全一冊　小説　立花宗茂

童門冬二

集英社文庫

全一冊　小説　立花宗茂

目次

十九人の居候――11
家臣の生き甲斐――31
意地わる少女――56
紹運と道雪――76
宗茂初陣と天下人――96
お色と宗茂の母――123
巨木倒れる――141
大友、秀吉に臣従す――157
壮烈岩屋城――172

孤舟立花丸の結束 206
老将、虎穴にとびこむ 221
秀吉、九州に上陸 250
島津降伏 275
水の都柳河入国 289
めまぐるしい十五年間 314
決戦関ヶ原 331
敗れて故国へ 363
肥後の亡命生活 382
闇千代死す 406
虎穴の江戸で 425
謀臣本多正信 445

徳川秀忠の顧問に 460
黒田長政と細川忠興 479
奥州棚倉の藩主に 492
民とともに生きよう 512
豊臣家滅亡 536
柳河に帰還 554
あとがき 571

解説 長谷部史親 578
鑑賞 佐木隆三 585
立花宗茂 年譜 細谷正充 592

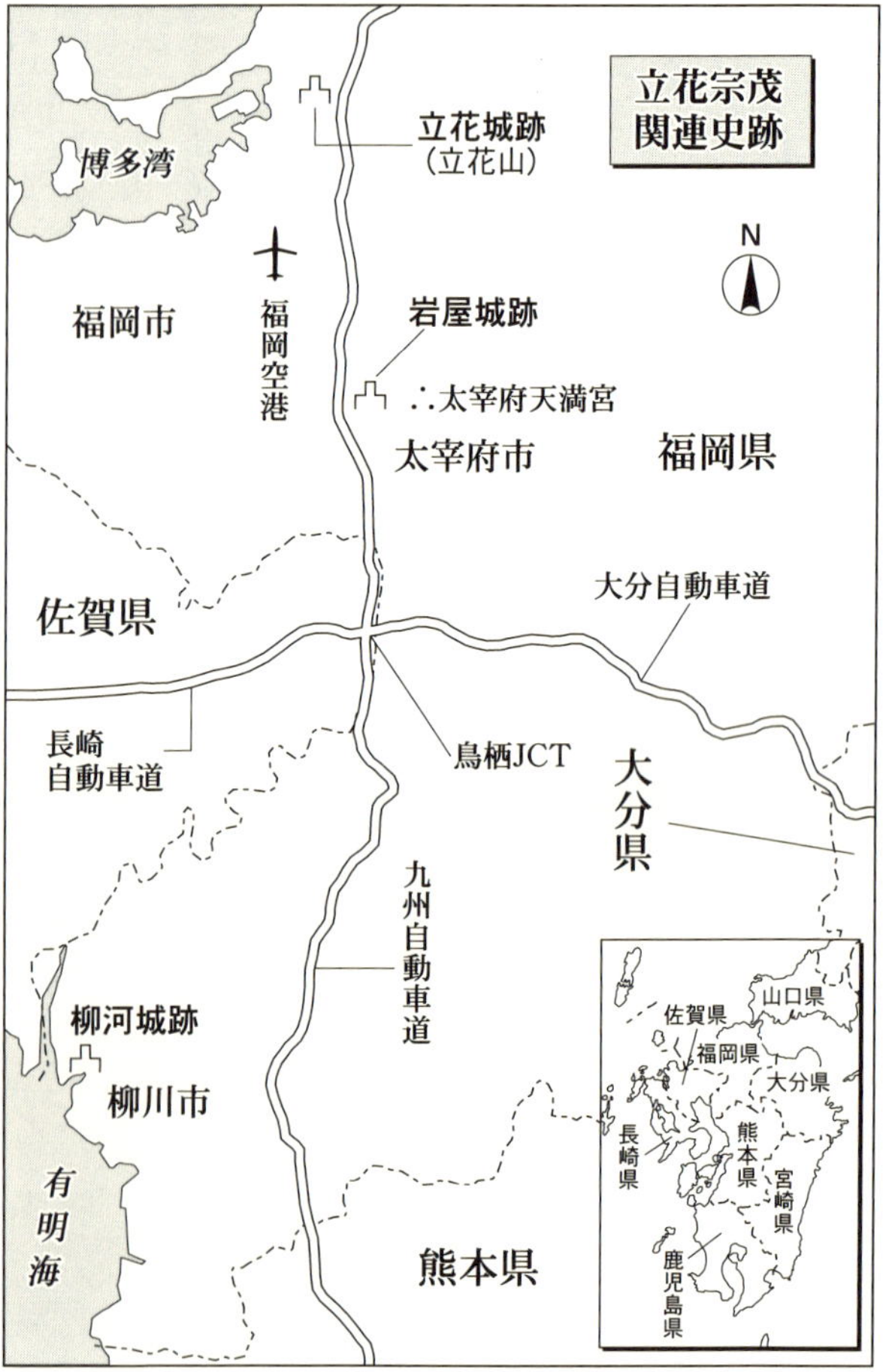
立花宗茂
関連史跡
博多湾
立花城跡
（立花山）
福岡市
福岡空港
岩屋城跡
∴太宰府天満宮
太宰府市
福岡県
佐賀県
大分自動車道
長崎
自動車道
鳥栖JCT
大分県
九州自動車道
柳河城跡
柳川市
有明海
熊本県
山口県
佐賀県
福岡県
大分県
長崎県
熊本県
宮崎県
鹿児島県

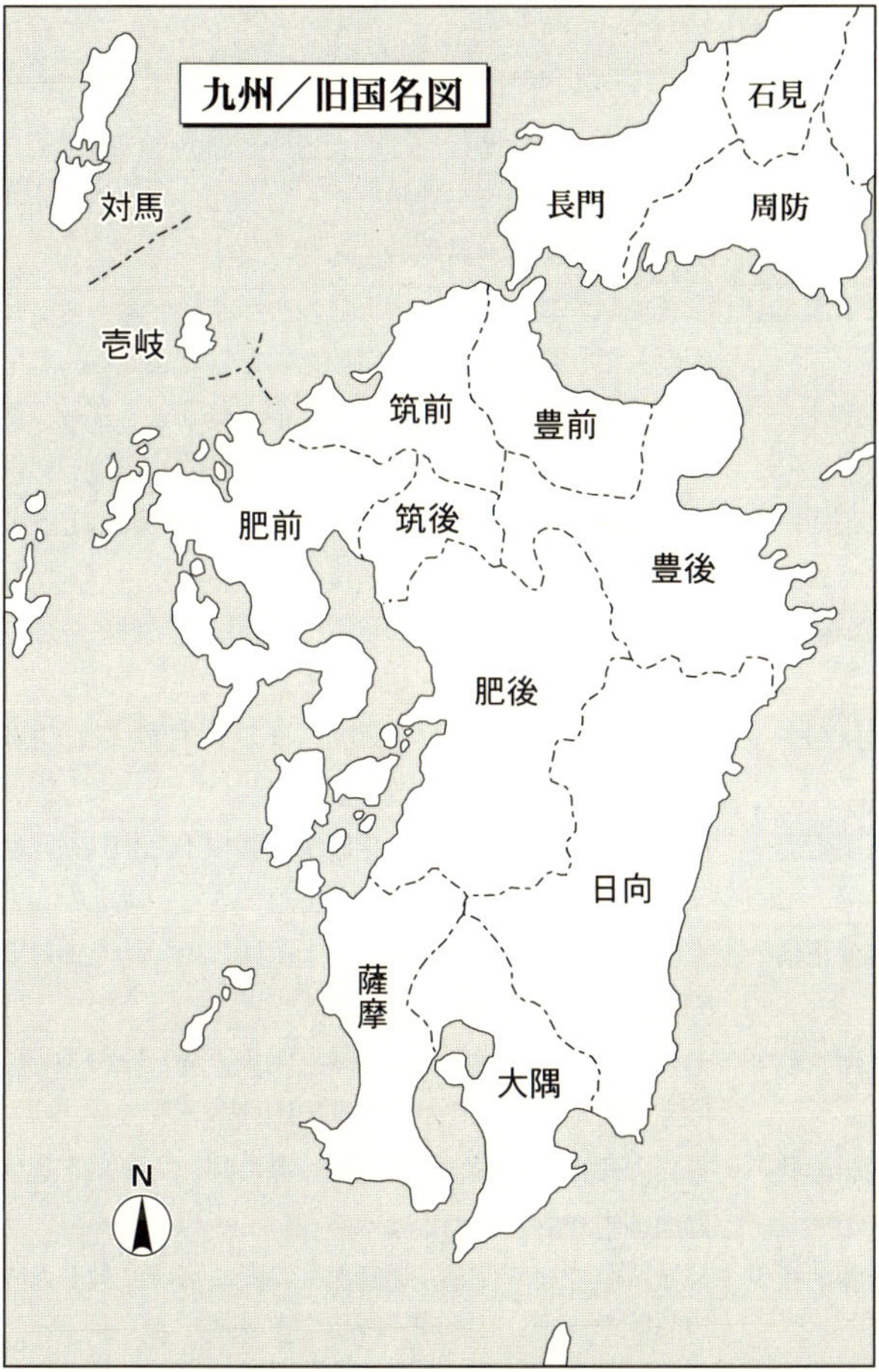
九州／旧国名図
対馬
壱岐
長門
石見
周防
筑前
豊前
肥前
筑後
豊後
肥後
日向
薩摩
大隅
N

◆主要登場人物

立花宗茂《たちばなむねしげ》……安土桃山、江戸時代前期の大名。高橋紹運の長男だが、請われて立花道雪の養子となった。秀吉の九州平定で功績をあげ、柳河城の城主となる。

誾千代《ぎんちよ》………立花道雪の娘。道雪六十三歳の折に家督を譲られ、七歳にして女城主に。後に宗茂を婿として迎える。

ぎん…………京都にて宗茂の世話係となり、慕い続ける。江戸、棚倉、柳河と、宗茂に付き添う。

立花《たちばな》**（戸次**《べつき》**）道雪**《どうせつ》…主君大友宗麟の命により立花鑑載《かねこと》を滅ぼし、立花鑑連《あきつら》を名乗る。剃髪して道雪と号した。

高橋紹運《たかはしじょううん》……宗茂の父。豊後大友氏の重臣で筑前国岩屋城の城主。島津氏の猛攻を受け、切腹して果てた。

豊臣秀吉《とよとみひでよし》……織田信長に仕え、関白、太閤にまで上り詰める。九州平定で功績のあった宗茂を直臣とした。

徳川秀忠《とくがわひでただ》……江戸幕府第二代将軍。お相伴衆《しょうばんしゅう》（話相手、相談役）に宗茂を迎えるが、これが宗茂再起のきっかけとなった。

本多正信《ほんだまさのぶ》……家康に近侍し、江戸城修築や上田城攻めで功をあげる。秀忠からの信も厚かった。

黒田長政《くろだながまさ》……秀吉に仕え、九州出兵で功績を示す。関ヶ原の戦いでは家康に加担し、戦績により福岡城主となる。

細川忠興《ほそかわただおき》……秀吉の死後、家康に従う。関ヶ原の戦いで軍功を遂げ、豊前国中津藩の藩主となる。

加藤清正《かとうきよまさ》……築城技術で知られる。朝鮮出兵の際に宗茂に救われた恩義を忘れず、一時期、敗将宗茂を預かる。

全一冊　小説　立花宗茂

十九人の居候

居候《いそうろう》をしている小さな禅寺の裏庭で、由布雪下《ゆふせっか》（荷）は、痛む腰をいたわりながら飯粒をムシロの上にパラパラと撒《ま》くように、並べはじめた。

この寺にきてからまもなく、由布は座ったまま後ろにある物を取ろうとして腰をひねった。途端、強烈な痛みが襲い、身体中カッと熱くなった。

合戦場でこんな経験をしたことはない。痛みは去らず、約半月ばかり由布は寝込んだ。寺に世話になったばかりのことだったので、由布は慌てた。主人の立花宗茂《たちばなむねしげ》や、同僚の十《と》時摂津《ときせっつ》などに、

「すまぬ。油断した」

と謝った。なんとかして起きようとするが、痛みのために冷や汗が額に浮いてどうにもならない。由布は悔しがった。

主人の宗茂は、

「長年の疲れがドッと出たのだ。ゆっくり休め。もはや合戦はない」

そう慰めてくれた。

「こんな体《てい》たらくで、なんとも申し訳ございません」

横たえた身体のまま、顔だけ主人のほうを向いて由布は謝った。

宗茂は、ニコニコわらいながら、

「気にするな。すぐ良くなる」

そう慰めてくれた。その経験があるから、由布は、

「二度とあんな目に遭いたくない」

と思い、以来、何をやるにも腰をいたわるので動きが鈍く、ぎごちなくなる。いまがそうだった。なるべく、腰に負担がかからないように支えながら、飯粒を撒きつづけた。

「何をなさっているのですか？」

後ろから声がした。

声ですぐ太田《おおた》久作《きゅうさく》だとわかった。久作は、宗茂の父高橋紹運《たかはしじょううん》に仕えていた武士で、まだ高《たか》橋《はし》統虎《むねとら》と名乗っていた宗茂が、十五歳のときに、立花城へ婿入りするさいに供として付いてきた。

もうひとり世《せ》戸《と》口十兵衛《ぐちじゅうべえ》が同行したが、世戸口は関ヶ原の合戦で討ち死にしてしまった。

関ヶ原の合戦のとき、主人の立花宗茂は持ち前の律義さから、

「恩のある豊臣家のために死力を尽くそう」

ということで、徳川家康に敵対した。が、敗れた。戦後処分を受けて、筑後（福岡県南部）柳河十三万石を没収された。

城地を没収されても、

「負けたのだからやむを得ない」

立花宗茂は淡々としていた。全員失業した。みかねた熊本城主加藤清正が、

「熊本へこられよ」

そういって、宗茂を誘った。宗茂は、

「家臣がたくさんおりますので」

と断った。清正は、

「よろしければ、ご家臣も一緒にどうぞ」

といってくれた。しかし、柳河城にいた家臣を全員連れていくわけにはいかない。選りすぐって百三十人ばかりが宗茂と同行し、熊本へ入った。

しかし完全な居候だから、加藤家内部でもいろいろと白い目でみる者もいたし、また当惑して眉を寄せる者もいた。家の安泰を願う加藤家の家臣にしてみれば、

「関ヶ原で徳川家康公に敵対した立花家主従を寄食させていると、やがては幕府から咎めがあるのではないか」

と心配したのである。もっともだった。

こういう空気が次第に濃くなったので、宗茂はある日、ついてきた家臣にいった。

「熊本を出よう」

「ここを出て、どちらへ赴かれるおつもりでございますか？」

立花城以来、ピタリと脇にいて片時も離れたことのない、家老の十時摂津と由布雪下がきいた。

「京へいこう」

「京へ？」

「そうだ。少し落ち着いた人間らしいくらしをしたい」

そう告げた。十時と由布は思わず顔をみあわせた。まったくの無収入なのにこの殿さまは、

「人間らしいくらしを楽しみたい」

とおっしゃっている。宗茂は三十五歳を過ぎたばかりだ。

(その費用をどうなさるおつもりか)

十時と由布は一瞬そう思った。が、ふたりは目と目で微笑みを交わし合った。

(これが殿のいいところだ)

そう思った。そこでふたりはこもごも、

「われわれもお供をいたします。京でのくらしを十分にお楽しみなさいませ」

そういった。

「しかし、金はないぞ」

ふたりは微笑みを失わずに、

「われわれがなんとかいたします。殿は金の心配などなさいますな」

京へ供をするといった瞬間に、十時も由布も、

（たとえ物乞いをしても、殿のくらしはお支え申そう）

と心を決していた。

百数十人の家臣は全員、

「京へお供をさせてください」

といった。宗茂は首を横に振った。

「京は狭い。それにわたしは無収入の身だ。とてもおまえたちを養えない。供は減らす」

そういって十九人にしぼった。おれもいく、われもいく、ともめた。結局はクジを引いた。選ばれた十九人は目を輝かせた。残された者は暗い表情でうつむいた。すぐ目をあげて恨めしそうに宗茂をみた。

宗茂は、家老の小野和泉《いずみ》に、

「おぬしが熊本に残る者の面倒をみてやって欲しい」

と頼んだ。小野はうなずき、

「かしこまりました。熊本に残る者のことはいっさいご心配なさいますな」

と心強いことをいってくれた。小野は関ヶ原の合戦で負傷したので、傷の養生もあって、

「お供をしたいとは存じますが、まだ傷を負う身でございますので、かえって足手まといに

なるといけません。熊本に残らせていただきます」

と申し出ていた。小野は槍の名人で、当時諸国の武士たちから、

「日本の三本槍」

といわれる槍の名人のひとりに数えられていた。そのため加藤清正はしきりに小野に、

「おれの家来になれ」

とすすめていた。そのことを知っている宗茂は、

「小野、わたしへの心遣いは無用だ。わたしが京へ去ったら、加藤殿のご好意を受けるようにせよ」

といった。このことばをきくと小野はたちまち涙ぐんだ。じっと宗茂をみかえし、

「その件は、もう少し考えさせていただきとうございます」

そう応じた。目の底に、

(わたしの主人はあなた以外ありません。そのような情けないことは、どうかお口になさらないでいただきたい)

という悲しげな色があった。宗茂は視線を逸《そ》らした。胸の中で思わず、

(済まぬ。小野を傷つけた。おれとしたことが心ないことを口にしてしまった)

と反省した。

加藤清正は情けの厚い武将だった。宗茂が、

「長い間おせわになりましたが、思うところがあって京へまいります」

と挨拶にいくと、心の底から残念そうな顔をした。そして、

「こういうことをいえば、立花殿のお気持ちに傷をつけると思って遠慮してまいったが、いかがだろうか。二万石さし上げるが、わたしの客将になってはいただけぬだろうか」

とすすめた。

加藤清正は勇猛な武将ではあったが、気持ちはやさしくまたはにかみ性だ。こういう申し出をするときに、おずおずとしかも顔を赤らめていた。宗茂には加藤清正の善良な性格がひしひしと伝わった。

「加藤殿のご厚情には、いままでもさんざん甘えてまいりました。これ以上ご迷惑をかけるわけにはまいりません。京へまいります。京では、関ヶ原の合戦後、家を潰された大名の家来どもが多く集まって再仕官の道を求め、また大名側でも名のある武士を次々と召し抱えているときききます。あるいはこの宗茂の家臣どもも、より良き仕官の口が得られるかもしれません。そういう次第で、京いきをどうかお許しください」

ほんとうは、

(いつまでもお世話になっていると、幕府側の猜疑心が増し、加藤殿にご迷惑がかかるといけませんので)

と言いたかったが、そんなことは口にしなかった。また、そんなことをいえば加藤清正もいやな顔をしてすぐ怒ったことだろう。

「わたしは、そんな心配をして立花殿のお世話をしてはおらぬ！」

一刻な清正はそう怒鳴ったに違いない。それを知っているから宗茂のほうも、

(口が裂けてもそんなことは言えぬ)

と歯をくいしばっていた。

別れの日、宗茂は家臣たちと別れの宴を張った。みんな泣いた。そして、

「お供をさせてください！」

と叫んだ。宗茂は、

「できぬ。すでに決めたことは守ろう」

と、クジに当たった者十九人以外は京へは連れていかないと再度宣言した。残される家臣たちは肩を震わせて嗚咽《おえつ》した。

宗茂はいった。

「京へ出て、この宗茂に再起の道が開かれたときは、必ずおまえたちを迎える。それまでは耐えよ。もちろん、その間加藤殿の家臣になるのも、あるいはツテを求めて他の大名の家臣になるのも自由だ。それぞれの存念の趣くところにせよ。なにをしようと宗茂は決して咎めぬ。いいな？」

このことばをきくと、みんな怒り出した。

「殿、あまりにも情けないおことばでございますぞ。われわれには殿以外主人はございませぬ！」

そう叫んだ。

「そうでなければ、柳河の地からこの熊本へまいって、きょうまで恥多き日々を忍んではまいりませぬ！」

　涙を振りとばしながらそうわめく者もいた。

　家臣たちの悲痛なことばをきいて、立花宗茂はせつなくなった。思わず瞼が熱くなり、指で目を押さえた。そして、

（おれはほんとうに幸福者だ）

　と思った。

　柳河を出て熊本へくる日もそうだった。

　全員熊本に連れてきたわけではない。柳河にも多くの家臣が残った。家臣たちは国境まで見送ってきた。そしてみんな大地に座り込み、オイオイと泣いた。

　泣いて見送ったのは武士だけではない。領民もかなりの人数が国境まで送ってきた。そして武士たちと一緒に土の上に座り込み、あふれる涙を泥だらけのこぶしで拭いつづけた。中には、

「殿さま、お城へお戻りください。われわれも竹槍を持って、お城を受け取りにくる軍勢と戦います！」

「そうです、お城へお戻りください」

　と訴えつづける者もあった。

　国境の道に立ち尽くしたまま、宗茂はなんともいえない感情に襲われた。武士だけでなく、

領民にもここまで慕われていたのかと思うと、感無量だった。

宗茂はいった。

「みんなの気持ちはうれしく思う。いたらぬおれを、ここまで慕《した》ってくれたことに礼をいう。しかし、時の流れはこの宗茂ひとりの力よりもはるかに強大だ。流れに従おう。すこやかに暮らせ。そして早くおれのことを忘れろ」

そういうと、クルリと身をひるがえした。

「いくぞ」

連れていく百三十人の家臣にそう告げた。さすがに肩が震えていた。

宗茂はじっと唇を噛みしめ、熱い思いが目から涙となって流れ落ちるのを堪《こら》えた。かれの背後で、いっせいに見送る者たちの号泣の声が高まった。

由布雪下も太田久作も、そのときの感動をいまだに頭の隅にこびりつかせている。

由布と太田は、熊本に供をしたのちにクジに当たって幸運にも京へ供ができた十九人の中に入っていた。

京に出た当時は、加藤清正がくれた餞別金があったので、なんとかくらせた。しかしそれも時間の問題だった。いまは完全に手持ち金がない。底をついた。

そのため、尺八の得意な十時摂津は、虚無僧姿に身を変えて京の町を門《かど》づけをして歩いている。

太田久作ほかの体力に自信のある家来は、京の町の普請現場を訪ねては、

「何でもやるから、使って欲しい」

と過酷な肉体労働に身を挺していた。

「おれは年を取って何もできない。また来た早々、腰を痛めるようなばかなことをする厄介者だ」

自嘲する由布雪下は、このごろでは竹細工の手伝いをしている。

寺に出入りする竹細工職人に与兵衛という男がいて、この寺の裏山の見事な竹林から、細工用の竹を分けて貰っていた。

その縁で、寺にころがり込んできた二十人の立花主従の生活困窮ぶりに同情し、

「お武家さまにこんなことを申し上げるのは申し訳ありませんが、もしわたくしの仕事を手伝っていただけるようでしたら、それなりのお礼をさし上げます」

と申し出たのである。

由布雪下がとびついた。しかし由布は老齢のためもあって、手の動きが鈍い。神経が次第にマヒしているので、頭のほうではこうしようと思っても、手のほうがいうことをきかない。よくしくじった。

しかし与兵衛は根気強く、

「少し慣れれば、上手になりますから、懲りずにつづけてください」

と親切にいってくれる。そして、しくじった分の代金も払ってくれた。

与兵衛にはぎんという娘がいた。いままでは、寺に出入りして住職の雑用を果たしていた

が、このごろは立花宗茂にピッタリくっついて、まめまめしくその世話をしていた。

最初、娘の名をきいたとき宗茂は思わず、

「なに」

と顔色を変えた。

「ぎんと申すのか?」

「そうです」

明るい娘のぎんは悪びれずに立花宗茂にうなずき返した。

宗茂が、かつて筑後柳河十三万石のお大名だったなどという予備知識はぎんにはない。

「合戦に負けたどこかのお侍さんが、東になってお寺さまの居候になっている」

という程度の受け止め方しかしていなかった。だから宗茂にたいしても、ズケズケと遠慮のない口をきいた。それが宗茂の気に入った。

ぎんという名に宗茂が顔色を変えたのには理由がある。

宗茂の妻は誾千代《ぎんちよ》という。「誾」という字には、

「慎ましく他人のいうことに耳を傾ける」

という意味がある。

しかし家来たちが知っている立花誾千代は、決してそんな女性ではなかった。

宗茂が高橋家から養子に入った立花城のあるじ立花道雪の娘で、男の子のいない道雪は娘の誾に千代という名をつけ、男子同様の育て方をした。

物心ついたころから誾千代は、立花城のある山中を走りまわり、父や家臣たちから武技を習った。

つねに男装をしており、他に対して、

「わたしを女と思うな」

と威張りつづけた。気性が荒い。とても、

「慎み深く、他人のいうことをきく」

というような女性ではなかった。だから、この強気が災いして、家来たちがみた限り、

「宗茂さまと誾千代さまの夫婦の仲は非常に悪い」

と感じ取れた。

関ヶ原の合戦のときも、誾千代は反対した。

「徳川殿にお味方なさい」

と、相変わらず命令口調で夫にいった。宗茂は、

「そんなことはできぬ。おれは豊臣秀吉公のお引立てによって、柳河の城主になれた。その恩を返す」

と頑張った。誾千代はせせらわらった。

「そんな律義さを貫いていたら、今の世には生きられません。どうせ戦に負けて家を潰され、お城を取られるのが関の山です。そんなことにならないうちに、徳川殿にお味方なさい」

「どんな目に遭おうとそれはできぬ。おれの一分《いちぶん》が立たない」

「古いこと」

嘲笑う誾千代の反対を押し切って、宗茂は石田三成に味方した。そして敗れた。しかし敗れて戻ってきた宗茂を、誾千代は嘲笑わなかった。むしろいたましげな表情をし、目に深い憂いをたたえて迎えた。低い声で、

「ご苦労さまでございました」

とだけいった。

妻のねぎらいの言葉をきいて、宗茂は思わず、

「おや？」

という表情をして妻をみかえした。こんなことはいままで一度もなかった。宗茂はあのとき、

(おれは、誾千代のほんとうの姿を理解していなかったのかな)

とさえ思った。

関ヶ原の合戦のかなり前から、ふたりは別居していた。

誾千代は柳河城を出て、宮永《みやなが》村という里で、一軒の家を構えた。宗茂との連絡係りを兼ね、重臣の米多比《ねたび》丹羽《たんば》が供をした。

「最後の最後までお気の強いことで」

当惑しきった十時摂津や由布雪下が宗茂にそういうと、宗茂は暗い目をしてこう応じた。

「気の強いのは娘のときからだ。おそらく、おれが高橋の家から戸次《べっき》へ養子に入ったときに、

深い絶望感をおぼえたのだろう。もともとは道雪殿のご訓育で、誾千代は立花城の女城主だったのだから。おれに城と家を取られたと思っているのだ」

「まさか、そこまでは」

「いや、そうだと思う。誾千代は女城主としての誇りが高い。それをおれにへし折られたと思っている」

「そうでしょうかな」

重臣ふたりは半信半疑だ。しかし立花宗茂は、

（それ以外、おれと誾千代との不仲は説明がつかない）

と考えている。

そんないきさつがあったから、京へきて竹細工職人の与兵衛の娘が、

「ぎんと申します」

と告げたときに、ハッと驚いたのである。誾千代を思い出したのだ。十時や由布にもそれがわかった。思わず顔をみあわせた。

しかしぎんは明るかったが、誾千代ほどの気の強い娘ではない。細かいことによく気がついた。女らしさを十二分に持っている。それが流寓《りゅうぐう》中の宗茂の心に温かくしみた。

ぎんは無垢な気持ちの持ち主で、いうことやることに邪気がまったくない。宗茂はぎんが去った後、よく十時と由布に、

「ぎんは天女だ」

と語った。十時も由布もうなずく。宗茂のいうことに異論はないからだ。

そしてふたりとも、

（京へきてぎんのような娘に出会えたのは、殿さまにとって本当に良かった）

と思う。十時も由布も自分たちのことはさておいて、とにもかくにも、

「宗茂さまさえお幸福《しあわせ》なら」

ということしか考えない。どんな些細なことでも、

「宗茂さまがおよろこびになるなら」

という気持ちなのだ。その点ではふたりとももとっくのむかしに、

「宗茂さまのために、いつでも一命を捨てる」

と考えていた。

関ヶ原の合戦では、徳川家康に敵対した多くの大名が家を潰された。家臣団は失業した。しかし、家を潰された主人を守って、これほど多くの家臣たちが金魚のフンのようについてまわり、しかも、

「主人を養おう」

などといういとなみに死力を尽くしている例はまったくない。立花主従だけである。

「由布、なんの真似だ？」

虚無僧姿の老武士が入ってきて、声をかけた。十時摂津だ。尺八を手にしている。これから門づけに出掛けるのだ。

「おう」

腰を伸ばして、こぶしでトントンと叩きながら由布は十時をふりかえった。

「大きな声ではいえぬが、米が不足してきた。干して干飯《ほしいい》にする」

「そんなに米が払底《ふってい》したのか？」

「文字通り米櫃《こめびつ》には一粒もない。殿にはお話しできぬ」

「もちろんだ。が、吉報がある」

十時は懐に手を突っ込んで一通の書状と金の包みをさし出した。

「なんだ？」

「熊本の小野殿からだ。小野殿はついに加藤公の懇望もだしがたく、槍一筋をもって清正公に随身（供として従うこと。転じて就職すること）した。金を送ってきた」

「小野が金を？」

家老だった小野和泉がついに加藤家へ再就職したということよりも、金を送ってきたということに由布は驚いた。

「あのケチがよく金を送ってきたな」

目をみはってそういった。十時はわらい出した。

「小野殿を悪くいうな。おそらく無理をしてつくってくれた金だろうから」

「信じられぬ。立花城や柳河城にいたころは、まったくのケチでどんなことがあっても自分の金など一文も他人にはさし出さぬやつだったのに」

十時がいった。

「加藤家へ随身したことに後ろめたさを感じているのだろう。小野殿もやはり人の子だよ。この金はありがたく頂戴しようではないか」

「いまの時期には、大いに助かる」

由布はうなずいた。

期せずしてふたりは熊本の方角に向かい、

「小野殿、かたじけない」

と頭を下げた。そんな光景を太田久作がまじまじとみつめていた。

「では、町へ門《かど》づけにいってくる」

「ご老体のおぬしにばかり苦労をかけてすまんな。おれが甲斐性なしでなんの役にも立たぬから」

「そうでもあるまい。このごろは竹細工もたいへん上達したと与兵衛がよろこんでいたぞ」

「与兵衛は心根がやさしい。お世辞をいっているのだ。おれなど足手まといで、ほんとうなら一日も早くクビにしたいと思っているはずだ」

「そうでもないぞ。この間おまえのつくったかごが、たいへん高く売れたといってよろこんでいた」

「ほんとうか」

「うそをいってもはじまるまい。ところで、殿は？」

「さっきぎんと一緒に出ていかれた。天王山をみにいくとおっしゃっておられた」

「天王山を？」

「天王山は、天下分け目の戦いのときに必ず決戦の場になった山だ。殿も一度はご覧になりたかったのだろう」

「ぎんが供か。すっかりお気に入られたようだな」

「娘のように可愛がっておいでだ。名はおなじでも、お国もとの誾千代さまとは、ちょっと違うからな」

「そうかもしれぬ。しかし滅多なことはいうまい。では」

そういって十時摂津は空を見上げた。

「雲が多い。動いている。雨になるかもしれぬな」

「そんな気がする」

由布もうなずいた。そして、

「おれも出掛けなければならぬ。京の町に用がある。一緒にいこう」

といった。太田久作が慌てて追いすがった。

「わたくしも町に用があります。お供します」

そういいながら太田久作は振り返ってムシロの上の飯粒の群れをみた。

「もし雨が降ったら、この飯粒はどうなりましょうか」

「水びたしになる」

こともなげに十時がいった。

家臣の生き甲斐

久作はおどろいて十時《とき》をみかえし、

「もし殿がお戻りになったら、お気づきになるでしょうかな」

「殿が気づくとは？」

「雨に濡れぬように、飯粒を家の中に取り込んでくださるとか」

「ばかな」

十時と由布は顔をみあわせてわらいだした。こういった。

「おぬしは、殿が立花家へご養子に入られたときからお供をしてきたはずだ。殿のご気質はおれたち以上に知っているはずだ。殿がそんな細かいことに気をお配りになることは絶対にない」

「そうなると、この飯粒は雨に濡れて二度と食えませぬな」

「そうなる。しかし心配するな。小野殿から送られてきた金で当面はしのげる」

由布がそういって慰めた。

残り惜しげに何度もムシロのほうを振り返る太田久作を急《せ》き立てて、十時と由布は寺の門を出、坂道を下りはじめた。

雨が降ってきた。

天王山にいっていた立花宗茂とぎんは、急いで寺に戻ってきた。

「あら、これは何でしょう?」

庭にまわったぎんが宗茂にきいた。

すでに縁に上がって、濡れた衣類を脱ぎかけていた宗茂は、ムシロの上の飯粒の群れをみると、こともなげにこういった。

「家来どもが鳥のエサに並べたのだろう」

「鳥のエサに?」

信じられないようにぎんは眉を寄せて、飯粒の群れと宗茂の顔とを見比べた。

「ご飯を鳥のエサになさるというのですか?」

「そうだ」

「ふーん」

ぎんは鼻を鳴らした。

「変か?」

「変ですよ」

「なぜだ？」

「だって、お殿さまやご家来たちはこのお寺の居候さまでしょう。居候さまは、ご飯を鳥のエサに上げられるほど豊かではないはずですよ」

「では、その飯粒はなんだ？」

「さあ」

京娘のぎんは、父親の職業が比較的収入が多いので、まさか戦場のしきたりで蒸した米を干飯にして、長持ちする携行食にしていたということは知らない。首を傾げた。

宗茂は、

「放っておけ」

といい捨てて、スタスタと自分の居間に入っていった。そして、

「誰かいないか」

と大声をあげた。

「はい」

廊下のほうから声がして、やはり熊本から供をしてきた原尻宮内《はらじりくない》という武士が走ってきた。

原尻宮内は立花道雪の家臣で、宗茂が高橋家から婿にきたとき、立花城の麓まで出迎えた武士である。

「立花城きっての気難し屋」

といわれている。ほとんどわらったことはない。しかし忠誠心は無類で、婿であった宗茂

に徹頭徹尾仕えつづけている。

余計な口をきかずに、宗茂が柳河城主を命ぜられたときも黙って供をし、柳河城を明け渡したときも黙って供をし、熊本を出るときも幸運にもクジに当たって、余計な口をきかずに一緒に京へやってきた。

太田久作とともに宗茂の細かい用を果たしていた。

「お呼びでございますか？」

「腹がへった。飯をくれ」

「かしこまりました」

さがった原尻はすぐ膳をささげてやってきた。

膳の上にはカユが茶碗に一杯、中に梅干しが一個入っている。

箸を取った宗茂はカユを口の中にかき込んで、思わず眉をしかめた。

「なんだこれは。カユではないか」

「さようでございます」

「おれは別に腹など壊しておらぬ。堅い飯でいい。わざわざ柔らかくする必要はない」

「それが……」

原尻は何かいいかけたが、そのままことばを飲み込んだ。

じつをいえば、もう堅い飯は残り少ない。全員で分け合って食うとすれば、カユにする以外手がないのだ。

しかしそんなことを宗茂には話せない。だから原尻宮内はことばを飲み込んで、じっと歯をくいしばった。宗茂はいった。

「柔らかいカユはとしよりどもに食わせろ。おれの飯は堅いままでいい。わかったな」

「はい、承知いたしました」

しかたなく原尻はそう応じた。しかし胸の中では、

(殿は相変わらずだ。頼もしい)

と感じた。

これは京にきた十九人の家臣たちに共通していることだが、かれらは、

「どんなにくらしが貧しくなっても、殿のあのご気性だけはいつまでも大切にしたい。殿がこまごまとしたことにお気を遣ったり、心配なさるようなことだけは絶対におさせ申すまい」

と誓い合っていた。だから宗茂が、

「おれは腹などこわしていないから、カユにする必要はない。堅い飯を食わせろ」

といえば、

「いえ、堅い飯はもうありません。カユで我慢してください」

とは口が裂けてもいえないのである。原尻宮内もそのへんのことはよくわきまえていた。

そういう意味でいえば、宗茂主従はまさに、

「阿吽《あうん》の呼吸(あは吐く息、うんは吸う息)」がピッタリ合っていた。いわゆる〝以心伝心〟

である。余計な口はきかなくても、お互いに目と目を見交わせばすぐ意は通じた。

宗茂が食べ終わった膳をさげるため、原尻宮内は廊下を渡りながら、チラリと庭をみた。雨の勢いが強まっていた。由布雪下が苦心してムシロの上に並べた飯粒は、ビッショリ濡れていた。

(もうあの飯粒は食えない)

そう思うと原尻宮内は情けなくなった。自分が飯を食えないから悲しくなったわけではない。

(殿に堅い飯をさし上げることができない)

ということが情けないのである。

家臣団にとって、いまの心の支えはまさに主人の立花宗茂の、

「殿さま気質」

であった。つまり、

「俗事にはいっさい関心がなく、自分の信ずることだけを大切にして生き抜く人物」

としての宗茂の存在であった。これが十九人の支えになっていた。

十時摂津がこんなことをいったことがある。

「おれたちは、立花丸という一艘の船に乗っている。かつては、立花丸は立花城であり柳河城だった。船も大きくまた漕ぎ手もたくさんいた。しかしいまはたった十九人で漕ぐ小さな船だ。が、船長《ふなおさ》はあくまでもわが殿宗茂公だ。宗茂公をいずれかの岸辺にお運びするまでは、

われわれは死力を尽くして櫂《かい》を漕がねばならぬ」

まさにいい得て妙だ。このことばはみんなの気に入った。

「おれたちは立花丸の漕ぎ手だ。全員が一艘の船に乗り、心を合わせて櫂を漕いでいる」

という連帯心は、どんなにつらい思いをしてもかれらを支えた。

そしてかれらのもっとも美しいところは、そういう主人思いの気持ちを持ち、日々貧しさの極みに達するようなくらしをしていても、絶対に、

「われわれのような忠臣はいない」

というような自慢の心を持たなかったことである。かれらにすれば、

「当たり前のことだ」

と思っている。

立花宗茂が熊本城主加藤清正の好意を振り切って京に出てきたのは、まさに清正に告げたとおり、

「京はいま失業浪人の再就職の場になっているので、自分の家臣にもそういう機会が得られるかもしれない」

ということである。このことばはうそではない。宗茂も、

「いつまでもおれの世話をしているよりも、早く新しい主人をみつけて再仕官してくれるほうが嬉しい」

と思っていた。

京の町はまさに再就職市場だった。職を求める者、名のある武士を求める者が交錯していた。

「召し使われたいと願う者と、召し使いたいと思う者との思惑」

が飛び交っていた。再就職を求める武士たちは、

「どこどこの合戦では、だれだれの首を取りました」

と武功を誇大に告げ、同時に、

「わが家の家系はかくのごとき名門でございます」

と、いい加減な履歴書を掲げたりしていた。当時はまだ、この家系と武功が、

「再就職の条件」

になっていた。

これが大坂の陣が終わって豊臣家が滅びてしまうと、世は太平になり、再就職の条件は激変する。各大名が求めるのは、

「算勘（ソロバン勘定と経営感覚）の才能がすぐれている者」

あるいは、

「領内から年貢を増徴できる者」

というような、経済的な条件に変わっていく。が、これはすこし後のことだ。

立花宗茂は、京に着くと部下にこういった。

「京へ出てきたのは、おまえたちの再仕官口を探すためだ。しかし、それぞれがおのれを安

売りするな。高く売れ。自分から頼んで歩くな。頼みにくるまで待て」

一同は顔を見合わせた。目で、

（そんな虫のいいことをいっていたら、再仕官などできるはずがない）

と思った。しかし十九人は誰ひとりとして、

「一日も早く再仕官したい」

などと思っていなかった。全員そろって、

「最後まで殿のお世話をしたい」

という気持ちで燃えていた。かれらにすれば、

「百三十人もいた家臣の中から、たとえクジに当たったとはいえ、京までお供をして殿のお世話ができることは、ほんとうに名誉であり幸福なことだ」

と思っている。つまりかれらにすれば、

「殿のお世話のために、選ばれた家臣」

という自覚があった。

かれらはかれらなりに、どんな貧乏ぐらしをしても、主人の宗茂のそばにいられるということだけで、十分に幸福だったのである。

十九人の胸の中では宗茂が半ば、

「偶像化」

されていた。かれらの敬愛の象徴としての存在が宗茂であった。生きる上の強力な支えな

のである。

だから世事に疎《うと》く、庭でせっかく干した飯粒が雨で台無しになろうとも、おそらく戻ってくる十時も由布もなにも文句はいわないはずだ。

逆に、

「庭の飯粒を雨びたしにするほど、われらが主人はお気持ちが立派であらせられる」

とよろこぶはずだ。

残ってカユを出した原尻宮内も同じだった。ただかれは、

「おれは腹など壊してはおらぬ。カユにせずと、堅い飯を食わせろ」

といわれたときのせつなさ、情けなさだけは胸の中に残った。十時や由布に話せばおそらく大わらいをすることだろう。

「さすが殿だ。あっぱれだ。仕え甲斐がある」

と、あのとしよりどもはよろこぶに違いない。

しかし当の立花宗茂は、かならずしもそんな浮揚した気分ではなかった。かれの頭の中には、いまぎんと一緒にみてきた天王山の光景や、天王山頂からみた眼下の風景が焼きついていた。

天王山は、

「天下分け目の天王山」

といわれる。

むかしから、いろいろな合戦があったといわれているが、中でも有名なのが羽柴秀吉と明智光秀の山崎の合戦である。

この合戦の直前、明智光秀は主人の織田信長を京都本能寺で殺した。

仇を討つために、当時中国地方に戦線を伸ばしていた秀吉は、急遽毛利方と和睦し、軍をUターンさせて一挙に京都に押し戻ってきた。

いつからそういうことが言われるようになったのかわからないが、

「天下は、先に天王山を制した側が勝つ」

といわれていた。

明智光秀も急遽天王山を占領しようとした。ところがその前に、秀吉のほうが先に天王山を占領した。

そして光秀は敗れ、天王山から脱走して途中の寒村で土民に首を取られた。

天王山はわずか二百七十メートルの山だ。頂から見おろせば、眼下に桂川、宇治川、木津川の三つの川が大きなヘビのようにうねって流れているのがみえる。やがてこの三つの川がひとつになり、淀川になって大阪湾にそそぐ。

川の向こうは石清水《いわしみず》八幡宮のある男山が張り出している。天王山と男山との間は一キロ少しの距離だ。

宗茂がいま思い出しているのは、その男山に近い洞ケ《ほらが》峠《とうげ》の光景であった。

ここには筒井順慶《つついじゅんけい》という武将が陣をおいていた。順慶は大和国（奈良県）の大名だったが、

秀吉と光秀の合戦がおこなわれたとき、

「どっちに味方するか」

と去就に迷った。結局かれは形としては中立をまもったのだが、じつは秀吉に内通していた。

そこで、

「洞ヶ峠」

といえば、

「どっちつかずの日和見《ひよりみ》」

という意味にされた。同時に、

「裏切り者」

の意味も持った。

ぎんの案内で、

「ここが洞ヶ峠ですよ」

と説明されたとき、宗茂は筒井順慶のことを思い出した。そして、

「武将として節を貫くか、あるいは貫かずに名を汚《けが》すか」

という問題について深く考えた。宗茂は、

(すくなくとも、おれは節を貫きとおした)

と満足した。

が、その結果家は潰され、領土は取られ、家臣は全員失業している。その家臣の再就職の世話も十分に果たさずに、逆に失業家臣団の世話になって養われている。

宗茂自身は、十時摂津や由布雪下たち十九人の家臣たちが、

「殿はいつでも節義を守られる。立派だ。世俗的な細かいことにはいっさい心をお用いにならない」

と、半ば神格化していることは十二分に承知している。

しかしだからといって、それに甘えているわけではない。宗茂は宗茂なりに反省していた。

それは京へ連れてきた十九人に、再就職の道をすすめながらも、

「自分から安売りするな。再仕官するのなら高く売りつけろ。それにはこっちから売りこむのではなく、向こうから買いにくるのを待て」

と命令してしまったことが、いまになって、

(少しいいすぎではなかったのか)

と思いはじめていたのである。

寺に戻って庭をみたとき、雨に濡れている飯粒の群れをぎんは、

「このご飯は何にするのでしょう?」

ときいた。宗茂は、

「鳥のエサだろう」

と答えた。しかし心の中では、

(ほんとうに鳥のエサなのだろうか?)

と思いはじめていた。

(ひょっとして、家来たちがわれわれの食物として何か工夫をしていたのかもしれない)

という気持ちも湧いた。しかし宗茂は宗茂で、

(いま、そういう細かいことに心を用い、家来と同じような考え方をすることは、かえって家来を苦しめるのではないか。あらゆることから超越して、失業後も殿さま気質を丸出しにしている自分を慕ってくれるなら、それを演じつづけることがおれの役割なのだ)

と思っている。いわば、

「作為的な道化者」

の役を演じつづけようと心を決めていた。

そのほうが家来たちもよろこぶ。それを、

「この飯粒は何に使うのだ?」

ときいて、事実を知ったとしたら、

「なぜ、雨が降ったときに取り込んでくださらなかったのですか」

と文句をいわれるかもしれない。

そういう次元に主人と家臣の話をおいてしまったら、いままでの生きてきた信条はもろくもくずれる。

天王山の頂上にいたとき、宗茂はフッと故郷の立花城のことを思い出していた。

立花山は標高三百六十七メートルだ。北が玄界灘、そしてその手前に博多の全貌が見渡せる。博多湾には志賀島《しかのしま》が洋上に長く西に伸びている。ちょっと天橋立《あまのはしだて》に似ている。

立花山は二神山と呼ばれ、山頂はラクダのこぶのような山が三つある。どこからみてもすぐわかる山容をしていた。

山はほとんどが樟《くすのき》で覆《おお》われていた。

ラクダのこぶのような三つの峰はそれぞれ名前があって、いちばん高い所を井楼岳《せいろうたけ》（本城）といった。山頂の広さは約九百九十平方メートルあった。

西に松尾岳《まつおたけ》があり、ここは山頂の面積約六百平方メートルである。

さらに白岳《しらたけ》があり、こちらも本城と同じ九百九十平方メートルあったという。

山への登り口は、下原、立花口、原上、山田の四方面があった。立花口には、伝教大師（最澄《さいちょう》）とかかわりの深い独鈷寺《とっこじ》がある。

そして、その登り口のすぐ脇に六所宮《ろくしょのみや》があった。宗茂の養父立花道雪は、出陣のときは必ずこの六所宮に戦勝を祈願した。

現在も立花山はそのまま保存されている。車では登れない。麓から歩いて登る。かつては、

「全山樟であった」

といわれた山の樹木はほとんど変わっている。わずかにあちこちに櫨《はぜ》の木が生えている。櫨の紅葉は美しく、秋になると楓《かえで》とは違った色彩をみせる。

立花宗茂の頭の中には、その立花城の姿が浮かんだ。死んだ養父立花道雪や、妻の誾千代の姿が浮かぶ。

そして自分が育った宝満城での、父高橋紹運《じょううん》と共に生きた時代などが次々と思い起こされた。

立花宗茂がその名を名乗るようになったのは、天正十年（一五八二）十一月十八日からだといわれる。それまでのかれは、高橋統虎《たかはしむねとら》といっていた。幼名は千熊丸《せんくままる》だ。元服して、高橋家の仕える大友義統《おおともよしむね》から、一字名をもらって統虎と名乗った。

父は、高橋鎮種《しげたね》だ。筑前（福岡県北西部）太宰府《だざいふ》に近い宝満《ほうまん》・岩屋《いわや》両城の督（守将）を務めていた。まだ三十四歳の若さだというのに、紹運《じょううん》という号を持っていた。これは、高橋鎮種が、自分より倍の年齢の戸次鑑連《べっきあきつら》を尊敬していたからだ。戸次鑑連は、道雪《どうせつ》という号を持っていた。そのまねをしたのである。戸次鑑連は、立花城のやはり城督を務めていた。

当時戸次鑑連は、吉弘鑑理《よしひろあきただ》・臼杵《うすき》鑑速《あきすみ》とともに、

「大友家の三老」

といわれていた。つまり、

「大友氏を支える三人の老臣」

という意味だ。

そして高橋鎮種は、この大友三老のひとり吉弘鑑理の息子だった。吉弘家を出て、高橋家

の養子に入ったのである。

大友三老にはそれぞれ「鑑《あき》」という名がついている。これはかれらが仕える主家大友家のそのときの当主義鑑《よしあき》からもらったものだ。立花宗茂の実父高橋鎮種の「鎮《しげ》」という字は、その大友義鑑の子義鎮《よししげ》からもらったものだ。

さらにいえば、立花宗茂の最初の名統虎《むねとら》の統の字は、義鎮の子義統《よしむね》から与えられたものである。

このように、由緒ある家臣の家では、それぞれ主人からその名を一字もらうことを名誉にしていた。

主家大友家の当主が「義《よし》」という字を名乗るのは、おそらく大友家の主人筋に当たる足利将軍家の当主からそれぞれ名をもらったものだろう。このころの大友家の勢いは強く、俗に、「九州内六ヵ国の守護」

に任ぜられていた。六ヵ国というのは、筑前・筑後、豊前・豊後、肥前・肥後の六ヵ国である。九州というのは、その字のとおり、

「九つの国」

を示すから、九分の六を大友家が支配していたということになる。残る三ヵ国は、日向《ひゅうが》（宮崎県）、薩摩・大隅《おおすみ》（いずれも鹿児島県）だけだ。

こうなると大友家の当主はどうしても、

「残る三ヵ国も手に入れたい」

と思うようになる。当主だった大友義鎮は、宗麟《そうりん》という号と、フランシスコという洗礼名を持つキリシタン大名だった。

戦国時代の大名は、一時期先を争うようにしてキリシタンになった。しかし、かならずしも神への信仰心が強かったわけではない。もっと実利的な目的があった。

実利的な目的というのは、たとえば大友義鎮にしても、

・キリシタンになると、外国との貿易の利益が得られること。
・鉄砲や大砲などの武器と、火薬が手に入れられること。
・医術をはじめとする外国のすすんだ西洋文化が輸入できること。
・これによって、日本の従来の迷信や腐敗などによって惑わされている民衆が、正しい生活態度を保つようになれること。

などである。

しかし、キリシタンの常套手段として、

・はじめに神父（パードレ）がやってきて布教する。
・次に商人がやってきて、その国の品物を売りつける。
・やがて領土的野心を露骨にし、これに従わないときは最後に軍隊がやってくる。

といういわば、

「他国侵略あるいは植民地化の三段式戦法」

が取られた。この戦法によって、植民地化された国がインド・南米・フィリピンなどすで

に例がたくさんあった。

これを警戒した豊臣秀吉は、天下人になると同時にキリシタン禁令を出す。秀吉の後を継いだ徳川家康も、この禁令を踏襲していく。

その中で、大友義鎮だけは、最後までキリシタンを信じ抜いた大名だったようだ。そのために、家の中で始終ゴタゴタが起こった。つまり、

「こんな主人では、先が思いやられる」

と心配する家臣がたくさんいたからである。

戦国時代の統制は、江戸時代のような主従関係が成立していたわけではない。従っているフリをしていても、いつ裏切るかわからない。というのは、小さな大名や豪族はそれぞれ自分の支配する土地と住民を所有していたからである。いってみれば現在の言葉を使えば、

「地方豪族がそれぞれ保っている自治体の連合体」

が、そのまま戦国大名の実態だったのである。

大友義鎮の行動に疑いを持ちはじめた小大名たちは、次第にその支配下を逃れ、南方の島津氏に心を寄せる者が多くなった。

「島津氏に支配されたほうが、われわれは安心して生きていける」

と考えはじめたのである。あるいは、

「この際、大友家から独立して単独の実力者になろう」

と志す者もいた。たとえば、肥前佐賀（当時佐嘉）に拠点をおく龍造寺氏などはその例だ。

龍造寺氏には、鍋島という名家老がいて、この支えによってしだいに力を強めていた。

そのため、高橋統虎が成人していくころは、大友・島津・龍造寺というように三つの大きな勢力が、九州の支配者になっていた。

六ヵ国の支配者になった大友義鎮は、

「思い切って、島津を討とう。そうすれば、龍造寺のような裏切り者ももう一度心を入れ替えるに違いない」

と考え、島津討伐のための大軍を起こした。

このとき、大友義鎮から心の離れた九州の豪族たちは、はっきり反大友の姿勢を示し、親島津の旗を掲げた者がたくさんいた。秋月、原田、筑紫《つくし》氏などはその代表である。もちろん龍造寺氏もその中に入っていた。

そしてややこしいのは、この反大友派の中に、戸次鑑連が入城する前の城督立花鑑載《あきとし》と、宗茂の父高橋鎮種が入城する前の宝満・岩屋両城の城督高橋鑑種《あきたね》が加わっていたことである。

経過をとばして結論からいえば、立花城の戸次道雪（鑑連）と、宝満・岩屋城の高橋紹運（鎮種）の二将は、

「大友家に反乱を起こした立花城督と宝満・岩屋城督の後を襲って、親大友派のふたりが代わって城督になった」

ということなのだ。

そのために、入城した当時の戸次道雪も、高橋紹運もそれぞれ旧姓を名乗っていた。立花

道雪は戸次を名乗り、高橋紹運は吉弘姓を名乗っていた。

ふたりがそれぞれ「立花」あるいは「高橋」と姓を変えるのは、かなりのちのことである。

つまり大友家からみれば、

「かつての立花城主と宝満・岩屋城主のふたりは、大友家に対する反乱人であった」

ということで、戸次鑑連と吉弘鎮種がそれぞれ、立花姓と高橋姓を名乗ることを禁じたのである。

しかし戦国時代の人びとには、

「貴種尊重」

という気風があり、同時に、

「伝統を重んずる」

という雰囲気があった。

だから新城督として戸次鑑連と吉弘鎮種がいくら能力がすぐれていようと、小豪族や民衆たちはなかなかなつかない。

「前の領主のほうがなつかしい」

と旧主を慕う。それを慰撫するためには、やはり長年その地域を治めていた当主の姓を名乗るのがいちばん手っ取り早い。そのため、政略性に長《た》けた戸次鑑連は、

「確かに立花家は、反大友的行為を取りましたが、この地方を治めるためにはわたくしが立花姓を名乗ったほうが民衆のうけがよろしいと思います」

と大友家に願い出た。吉弘鎮種も同じである。

「島津家を討って、九州を全部大友家の支配下におこう」

と遠大な計画を立てた大友義鎮は、大軍をひきいて南下した。このときの軍勢は、十字架の旗を立て、兵士たちはいっせいに、

「サンタ・マリア」

の声を立てたという。

しかし、島津家の当主義弘は猛将だった。

かれは、大友家に味方する隣国日向（宮崎県）内の小豪族を片っ端から討ちたいらげた。そして逆に北上しはじめた。

両軍は、日向国の耳川《みみかわ》というところで激突した。そして、大友軍は大敗した。勢いに乗った島津軍は追撃してくる。大友軍は敗退し、根拠地である府内（大分市）に逃げ戻った。

「キリシタンなど信仰するから、こういう目に遭うのだ」

と大友義鎮に対する批判勢力はいよいよ増えた。キリシタン信仰と関わりなく、

「こんな頼りない主人に仕えていると、島津や龍造寺に滅ぼされてしまう」

と先行きのことを案じて、北上してくる島津軍に加わったり、あるいは龍造寺軍に降伏する者が次々と出た。

その中で、戸次鑑連（道雪）と高橋鎮種（紹運）のふたりだけは、

「ほかの者がどれほど大友家を裏切ろうと、自分たちだけは最後まで大友家に尽くす」

と頑張り抜いた。しかし大友家自身の勢威は日増しにその力を失った。西の海に落ちる落日と同じだった。

「大友家はいつ滅びるか」

という噂が、九州だけでなく日本全体に広まっていった。

当時日本統一の志に燃えて、中国地方から四国方面に軍を派遣していた織田信長が、突然部下の明智光秀に殺されたのが天正十年（一五八二）六月二日のことである。

この前年に、高橋統虎と名乗っていた宗茂が、戸次家の養子に入った。統虎は十五歳だった。

かれを婿にしたのは、戸次鑑連のひとり娘誾千代《ぎんちよ》だった。宗茂よりふたつ年下だった。

ところが、誾千代はすでに、父の鑑連から立花城の城督の職と、城内の財産を全部譲り受けていた。いってみれば、

「戦国女城主」

だった。

彼女が父から城督の職と、城内の支配権を譲り受けたのはまだ七歳のときだったという。

誾千代の誾という字は、字引を引くと、

「慎ましく、他人のいうことをよくきく」

とある。父の道雪にすれば、

「やはり、幸福が得られるように慎ましい女性に育って欲しい」

と考え、こういう名をつけたのだ。

ところが誾千代はとんでもないジャジャ馬娘で、お転婆の典型だった。美少女で、かなり注目される存在だったが、その立ち居振る舞いは男の比ではなかった。

同世代の少年たちも、誾千代のお転婆ぶりには辟易して、

「姫さまに近づくな。いじめられるぞ」

と敬遠した。それをいいことに誾千代はいよいよ思うままに振る舞い、同世代の少年たちをいじめ抜いた。

彼女には、小さいときから、

「わたしは女城主だ」

という誇りと意気込みがあった。だから、

「城内の男たちは、すべてわたしの家来だ」

と思っていた。父親の道雪は苦笑する。いじめられた少年の親が訴えるようなことがあると、

「どんなにお転婆でも、誾千代は女だ。やがては女らしくなるだろう。我慢してくれ」

と逆に説得した。

宝満・岩屋城の城督高橋鎮種は、少年時代から道雪を尊敬していたので、よく少年の宗茂を連れて立花城に遊びにいった。仕事があっていけないときは、

「ひとりで立花城へいって、道雪殿にいろいろと教えを請うてこい」

と告げ、立花城にいかせた。

宗茂の父高橋鎮種は、宝満・岩屋両城の城督を命ぜられていたが、主として生活していたのは岩屋城のほうだった。

意地わる少女

現在、岩屋城跡は太宰府《だざいふ》市内の四王寺山（大野山ともいう）の中腹にある。

大化の改新後、皇位についた天智天皇の二年（六六三）に、朝鮮に出兵した日本軍は、白《はく》村江《すきのえ》で唐と新羅《しらぎ》の連合軍に大敗した。このとき日本は百済《くだら》を応援した。

敗戦後、天智朝廷は、

「唐と新羅の連合軍は、かならず日本を襲う」

と考えた。そこで、九州の那《な》の津《つ》（博多の古名）にあった宮家《みやけ》を遙か内陸部に後退させた。つくったのが「大宰府《だざいふ》」である。大宰府は、

「遠の朝廷《みかど》」

と呼ばれた。

唐・新羅連合軍の襲来を警戒した天智朝廷は、この遠の朝廷である大宰府を守るために、前面に城を築いた。

これが、四王寺山頂にある大野城である。大野城は、百済式の山城だった。朝鮮から渡ってきた百済人が、築城の設計をし、工事の指揮を執った。

それだけで足りず、天智朝廷はこの大野城の前面に、大きな堤と濠をつくった。これを、「水城《みずき》大堤《たいてい》」と呼ぶ。大堤は、高さ十メートル、根盤八十メートル、そして長さは約一キロメートルに及んだ。その前面に、深さ四メートル、幅六十メートルの濠が掘られた。二重三重に、唐・新羅軍を防ごうというわけである。

しかし、このとき唐と新羅は襲来せずに、のちにこの大野城や水城が役立ったのは、鎌倉時代の元（モンゴル）・高麗連合軍の襲来のときである。

大野城の郭内には、四天王をまつる四王寺がつくられ、国家鎮護の祈願がおこなわれた。現在、この四王寺山は、〝福岡県民の森〟になっていて、頂上まで車でいける。山頂は広々とした草原風の公園で、大野城の跡を示す防塁などが残されている。

そして、この大野城の中腹にあったのが岩屋城だ。ここは、意外に本丸跡が狭く、「嗚呼《ああ》壮烈岩屋城址」

と書かれた石碑が立っている。なぜ後世の人が、

「嗚呼壮烈」

と書いたかといえば、北上してきた島津軍の猛攻撃に遭って、城督高橋紹運（宗茂の父）ほか七百数十人の城兵が、全員ここで壮烈な最期を遂げたからである。

少年時代の宗茂はおそらく、父の紹運から、この四王寺山の由来をきいたに違いない。

「この山の頂には、唐と新羅の軍が攻め寄せたときに、これを防ごうとした朝鮮式の城がある。大野城と呼ばれた」

などと。

そして紹運は少年宗茂にさらに、

「大宰府の由来」

や、その意義を語ったことだろう。だから宗茂の父紹運が、岩屋城の城督としてここに腰を据えていたときには、おそらく、

「自分は、歴史的遺産である大宰府を守っているのだ」

という誇りを持ったに違いない。

四王寺山の頂上にある大野城跡から、北のほうを眺めると、間近なところにコブが三つ並んだ山がみえる。これが立花山だ。

コブが三つあるというのは、東から松尾岳《まつおたけ》、井楼岳《せいろうたけ》、いちばん西の白岳《しらたけ》とそれぞれ名づけられた尾根が並んでいるからだ。

立花城は、真ん中の井楼岳にあった。井楼岳は三百六十七メートルの高さだ。

現在立花城跡は石垣その他が保存されている。しかし、ここには車ではいけない。筆者自身も徒歩で登ったが、山頂近くなると相当に苦しい。

かつては、全山九州の名木である樟《くすのき》が密生していたという。しかし、現在はその樟も非

常に少なくなっている。

千熊丸《せんくままる》と呼ばれていた宗茂が、岩屋城にやってきたのは、元亀元年（一五七〇）五月のことだった。

小さいときから、宗茂は身体が大きく、とくに首は太く短かったという。いうところの〝猪首《いくび》〟だった。

そのため力が強く、相撲が非常に好きだった。しかし、同じ年ごろの少年と相撲を取ってもすぐ勝つのでおもしろくなかった。必ず、年上の少年に相手をしてもらった。

弓も巧みだった。十歳ごろには、空とぶ鳥も射落とせるような腕前になった。

父の紹運も少年千熊丸を、

「強い武士に育てたい」

と訓育したので、山の中を歩きまわっても単なる散歩ではなかった。突然、

「いま、ここで敵に襲われたらどうするか？」

ときく。いってみれば、

「模擬合戦」

を想定して、千熊丸宗茂を鍛えた。

紹運は、十代（ティーンエイジャー）末に宗茂の父になっていたので、つねに気分が若い。また好奇心も強い。だから宗茂に模擬合戦を教えるときも、

「このときの敵の兵数は何人、そして味方は何人。敵の武器は鉄砲、こっちは弓と矢だけ」

などと、敵味方の兵数や、携えた武器の種類などもきちんと教えた。いい加減に、

「どうするか?」

とはきかなかった。必ず数字をあげた。

これが、宗茂のその後にどれだけ役に立ったかわからない。こんな模擬合戦の問いがとんでくると、宗茂はすぐには答えず、必ずあたりの地形をみまわした。そして近くの岩山を指さし、

「あの岩山に登って、敵を防ぎます」

などと答える。紹運が、

「なぜだ?」

ときくと、

「日輪(太陽)が、西の空にかかっているからです。あの岩山に登れば、敵は日輪の光を真っ向から受けますので、目がくらみます。そこを見届けて防げば、たとえ敵が鉄砲を持ち、こっちは弓矢であっても防げると思います」

と答えた。紹運は、腹の中では、

(千熊丸はなかなか鋭い)

と感心するが、すぐには褒めない。逆に、

「そんなことをいっても、あの岩山へ味方が登るのにはかなり時間がかかる。たどり着けないうちに、敵の鉄砲にやられてしまう」

と注文をつける。少年宗茂は、

「たしかにそうです」

と思案顔になる。そんなとき紹運は、

「そういうときは、味方の兵を二手に分け、一組で敵の攻撃を防ぎながら、もう一組を先に岩山に登らせるのだ」

と教える。宗茂はニッコリわらって、

「なるほど。よくわかりました」

と、うなずく。そして、

「さすが父上です」

という。紹運は苦笑し、

「親にお世辞をいうな」

と軽く叱る。

しかし紹運にすれば、教えれば教えるだけまるで砂が水を吸い込むように、戦場の知恵を頭の中に収め、実技を身につける宗茂が頼もしくてしかたがなかった。

それでいて宗茂にはやさしいところもあった。

あるとき、鷹狩りに出て、同じような少年たちと一緒に歩いていると、突然脇から大きな犬がとびかかってきた。少年たちは次々と噛まれた。悲鳴をあげた少年たちはいっせいに逃げはじめた。

ところが、宗茂は逃げない。落ち着いて、刀を抜いた。まわりでは、

「千熊丸さまは、犬を殺すのか」

と目を丸くした。ところが宗茂は、刀の刃を返すと、いきなり犬を峰打ちにした。犬は気絶した。やがて意識を取り戻し、宗茂をみると恐怖の悲鳴をあげて尻尾を巻いて逃げ去っていった。

この沈着ぶりには、仲間の少年たちだけでなく、大人の武士たちも舌を巻いた。

が、そんな沈着で冷静な宗茂も、立花城に遊びにいくと、城督の道雪や娘の誾千代《ぎんちよ》からは、徹底的にしごかれた。

ある夏の日、例によって宗茂はひとりで立花城へ遊びにいった。待っていた道雪は、

「時分どきだから、まず飯を食え」

といってご馳走してくれた。

膳の上には、下の山中の川でとれた鮎が塩焼きにされて、乗っていた。

好物なので、目を輝かせた宗茂は鮎を取り上げると、食べる前にまず丁寧に小骨を抜きはじめた。

道雪はしばらくそんな宗茂をみていたが、やがて大声で怒鳴った。

「ばかもの。娘のような真似をするな。男なら男らしく、頭から骨までしっかり食え！」

その怒鳴り声があまりにも凄まじいので、宗茂はびっくりして道雪をみかえした。道雪は仁王のような顔をして、宗茂を睨みつけている。

その脇では、少女の闇千代があきらかに、目で、

「いい気味だこと」

と語りながら、満足そうな表情をしている。くるたびに、宗茂は闇千代にいじめられるから、あまり好感は持っていない。

（闇千代さまは、美しい娘だけれど、相当に意地が悪い）

と思っている。

道雪に怒鳴られた宗茂は、

「申し訳ございません」

と謝ると、箸を捨てた。そして、鮎を頭からそのままムシャムシャ食いはじめた。そのさまをみて道雪がはじめて笑みをこぼし、

「それでいい。それが男の鮎の食い方だ」

と満足そうにうなずいた。

そうなると脇にいた闇千代が、

「チッ」

と舌を鳴らす。

宗茂が道雪のことばにしたがって、たちまち鮎の食べ方を改めたので、道雪の機嫌が直ったことがおもしろくないのだ。闇千代にすれば、

（千熊丸さまは、もっと父上にいじめられたほうがいい）

と思っていたからである。

ある秋の日に、道雪が、

「栗を拾いにいこう」

と誘った。誾千代と道雪の古くからの家臣由布雪下《ゆふせっか》がついてきた。

道雪は、

「城に籠った際は、米だけでは食糧が間に合わなくなる」

そういって、山中に銀杏の木や栗の木をたくさん植えさせた。柿も多い。だから季節がくると、それらの木々が多くの実をつける。それを拾うのが楽しみだった。

栗林にいって、拾っているうちに宗茂は思わず、

「アッ」

と声をあげた。イガを踏んづけ、それがそのまま足の裏に刺さってしまったのだ。

「どうした?」

道雪がきいた。

「イガを踏みつけました」

そういって宗茂は、足を持ち上げ裏に刺さった栗のイガをみせた。

道雪はニヤリとわらった。誾千代も人の悪い笑みを浮かべた。うれしそうだ。

誾千代が脇にいた由布雪下になにかささやいた。雪下はうなずきながら誾千代のことばをきき、これもニヤリとわらった。意地の悪い笑顔で気味が悪い。

（なにをする気だ？）

宗茂が警戒した。由布が近づいてきた。

「千熊丸さま、取ってさし上げましょう」

そういった。

「すまぬ。頼む」

そういって、宗茂は脇の木につかまり、足をさし出した。

すると、由布は栗のイガをとるどころか、逆に力を込めてさらに宗茂の足の裏深くイガをさし込んだ。あまりの痛さに宗茂は、

「う」

と声を洩らした。道雪がきいた。

「千熊丸、痛いか？」

「いや」

宗茂は首を横に振った。

道雪や由布のことを気にしたわけではない。宗茂が気にしたのは誾千代である。由布雪下に思い切り栗のイガをさし込まれて、骨まで響くような痛みを感じた。しかし、ここで痛いといえば、誾千代は必ず、

「意気地なし！」

と嘲笑うにちがいない。だから宗茂は我慢した。道雪はわらった。

「なかなか我慢強いな。男はそうでなくてはならぬ。由布、抜いてやれ」

そういわれて由布ははじめて、宗茂の足の裏から栗のイガを抜き取った。しかしその抜き方がかなり乱暴なので、もう一度強い痛みが宗茂を襲った。

痛がる宗茂の気持ちを見抜いたのだろう、誾千代がまた意地悪くわらった。目にからかいの色を浮かべ、両手を合わせて小さく叩くまねをした。小憎らしい。

しかし誾千代が宗茂に意地悪をするのは、宗茂が嫌いだったからではない。逆だった。誾千代は、宗茂に少女らしい恋情を持っていた。が半面、警戒もしていた。それは、父の道雪が必要以上に、宗茂を可愛がるからである。なにかにつけて、

「千熊丸、千熊丸」

と口に出す。宗茂がくると、いろいろと意地悪をしたり、叱ったりするが、宗茂がいないときには、

「あんないい少年はいない。紹運殿は、ほんとうに幸福者だ」

とうらやむ。その語調に、このごろの誾千代は不安と警戒心を持ちはじめている。それは、

(父上は、千熊丸さまを立花城の後継ぎにお考えになっているのではないか)

と思うからだ。

そう思い出すと、思い当たることがたくさんある。そうでなければ、これほど手を取り足を取るようにして、いろいろなことを教えたりはしないだろう。

誾千代が我慢できないのは、

「そうなったときは、わたしは女城督の座を奪われる」

と思うからだ。

父は誾千代が七歳のときに、主家の大友義鎮《おおともよししげ》（宗麟）と、相続人の義統《よしむね》の承認と証明入りで、誾千代を、

「立花城督に任ずる」

という任命書を貰ってくれた。だから少女ではあったが、誾千代は立派な、

「戦国女城主」

のひとりなのである。

日本の城の変遷は、山城から平山城へ、そして平山城から平城へとしだいに平面に密着するようになる。

戦国時代のほとんどの城が山城だ。しかし、現在復元されているような美しい城ではない。必要最小限の濠や砦《とりで》や櫓《やぐら》などを備えた、いわば〝砦〟式のものが多い。立花城も同じだ。たとえ高さが三百六十七メートルという低い山であっても、前に書いたように現在でも車では登れない。それは、この城が、

「要害堅固で、守るに易く、攻めるに難い」

という地の利を占めていたからである。そしてこの立花城は、豊後府内（大分市）に本拠を構える大友氏にとって、

「博多支配のための拠点」

であった。

築いたのは、大友貞載《さだとし》（豊後の守護貞宗の二男）だ。貞載がここに城を築いたのは元徳二年（一三三〇）のことであった。

したがって相当に古い歴史を持っている。地方の人びとは大友貞載のことを、

「西の大友」

と呼んだ。それほど大友家にとっても由緒深い城であった。したがってここの城督になるということはそのまま、

「大友家の西の支配者」

ということになる。

博多の開港都市としての有効性は、古くからあった。日本古代国家も、ここを貿易の拠点とし、外国からの賓客の宿泊所や、貿易事務の実際を取り扱うために鴻臚館《こうろかん》をおいた。わらい話だが、

「日本最初の汚職は、この鴻臚館からはじまった」

といわれる。

したがって、博多に対する欲望は近辺の戦国大名の共通するところだった。北九州の大名だけでなく、中国地方のその後を継いだ毛利氏もしきりに狙った。

支配者の大友義鎮（宗麟）はキリシタン大名として名を馳せた。ところがかれには悪いクセがあって、とくに、

「女性に目がなく、自分の欲望を達成するためにかなり非道なことをおこなった」

という漁色性があげられる。そのため、しだいに信望を失っていった。

「大友義鎮を見限って、むしろ毛利元就と手を組んだほうがいい」

と考えるいわゆる、

「反大友派」

が次々と育った。

その先頭に立っていたのが、秋月文種《あきづきふみたね》・種実《たねざね》父子であり、これに同調したのが高橋鑑種《あきたね》・元種《もとたね》父子（といっても元種は秋月家から入った養子だ）、筑紫惟門《つくしこれかど》、原田親種《はらだちかたね》、ほかに、宗像《むなかた》、麻生《あそう》などの豪族であった。

戦国時代の九州の諸大名や豪族たちを、血統で分けると、大友系と大蔵系といっていいような系列ができる。

大友系は、血族である戸次《べっき》、吉弘《よしひろ》をはじめ、

「大友家の紋所をそのまま使ってもよい」

として、大友家の家紋である杏葉《ぎょうよう》の紋の使用を許された、田原、田北、志賀、一万田《いちまだ》、清田、野津、立花、高橋などの〝同紋衆〟などがいた。

もう一方の大蔵系というのは、原田、秋月、三原、田尻、坂井、高橋、江上、小金丸、原、波多江などの姓を持つ武士たちだ。

これらの姓を持つ武士の祖先は、中国から日本に帰化した阿智王《あちおう》だといわれる。

阿智王は、後漢の光武帝の苗孫《びょうそん》（子孫）といわれ、霊帝の曾孫にあたる。魏《ぎ》の乱を避けて日本に渡り、帰化して朝廷に仕えた。朝廷は阿智王に大蔵《おおくら》の姓を与えた。

この阿智王から十四世の子孫春実《はるざね》のときに、北九州と深い関わりを持った。

天慶《てんぎょう》四年（九四一）に、藤原純友《すみとも》が乱を起こした。追捕使《ついぶし》の長官は小野好古《よしふる》だった。大蔵春実は小野とともに、藤原純友を討滅した。

その功績で、時の朱雀《すざく》天皇から〃鎮西将軍〃に任ぜられた。そして、筑前、豊前、肥前の三前と壱岐、対馬二島の支配を命ぜられた。

かれは基肄城《きいじょう》を拠点として、大宰府の警固にあたった。

やがて、原田というところに居館を構えたので、土地の人びとから、

「原田様」

と呼ばれるようになった。原田種直の時代に、その四男種泰が三原郡高橋に拠点を構えた。そこで大蔵系の他家と同様に、種泰は地名をそのまま取って高橋と名乗るようになったという。

したがって、反大友派の先頭に立っていた秋月、高橋両家はともに大蔵系の家である。

とくに、立花宗茂の実父である高橋紹運が拠点にしていた宝満・岩屋城の前任の城督高橋鑑種は、直接大友義鎮に反旗をひるがえした。

ところが、この鑑種はもともとは大蔵系の血筋ではない。大友系の一門である一万田家の出身だ。

当時、高橋家では長種が当主だったが、子供がいなかった。そのため、高橋家は滅亡の危機に襲われた。家来たちが心配して大友義鎮のところにいき、

「ご一門から、どなたかご養子を賜りたい」

と懇願した。義鎮は、

「この際大蔵系の高橋家を、大友系に組み込もう」

と考え、一万田家から左馬之助と名乗っていた少年を高橋家に入れた。左馬之助は高橋鑑種と名を変えた。

鑑の字はいうまでもなく、義鎮の父義鑑の一字を与えたものだ。したがって高橋鑑種に限っていえば、かれは、

「大友系の血を受けながら、大蔵系の養子となった」

ということになる。

こういういきさつがあったので、はじめのころの高橋鑑種は大友家に対して忠誠を尽くした。

秋月文種がその拠点である古処山《こしよざん》に立て籠って、義鎮に反旗をひるがえしたときに、鑑種は大友方の先手となって秋月征伐に活躍した。秋月文種は討伐された。

よろこんだ義鎮は、高橋鑑種に筑前御笠郡を与えた。鑑種は大宰府近くの宝満山に城を築き、さらに支峰の愛岳《おだけ》と大野城のある四王寺山中腹に岩屋城をつくってこれを支城とした。

主人の大友義鎮は、よろこんだ。

「自分の目に狂いはなかった」

と、鑑種の忠誠ぶりを愛でた。以後、高橋鑑種は、

「大宰府の守護人」

として、義鎮に忠誠を尽くしつづけた。

その鑑種が、秋月征伐から八年後の永禄九年（一五六六）十一月に、突然義鎮に反旗をひるがえした。しかも、すでに毛利氏と通じていた。

事件が起こったのは、立花宗茂が生まれる前年のことである。そしてさらに、それから二年後の永禄十一年（一五六八）には、立花城の城督立花鑑載《あきとし》が、やはり毛利氏と通じて大友義鎮に反旗をひるがえした。

義鎮はこのふたりの反乱者に対し、戸次鑑連《べっきあきつら》（道雪）と高橋鎮種《しげたね》（紹運）のふたりを主将として討伐を命じた。

道雪・紹運らを主将とする大友軍は、果敢に戦い、永禄十一年には立花鑑載を殺害した。高橋鑑種のほうは先に岩屋城を落とされたが、本城の宝満城に籠って抵抗をつづけた。高橋鑑種が大友義鎮に降伏するのは、永禄十二年（一五六九）のことである。宝満城を奪われて、その養子元種とともに小倉城に移された。

この経過をたどる中で、古処山城に拠点を持つ秋月種実は、最後まで、

「反大友」

の旗を掲げつづけた。

こういうように、北九州の戦国史は非常に入り組み、また合戦が絶えない。しかし、大きく鉈《なた》をふるって、わかりやすいようにすれば次のようになるのではなかろうか。

・宗麟と号し、またフランシスコの洗礼名を持つ大友義鎮は、三前、三後（豊前・豊後、筑前・筑後、肥前・肥後）の六ヵ国の守護と同時に、九州探題を命ぜられたことによって、一挙に九州全土の支配権を確立しようとした。

・かねてから、博多の国際港としての機能に目をつけ、真っ先にここを支配した。その拠点を立花城とした。

・九州の歴史的伝統と権威を重んじ、大宰府を重視した。これを守護する形で、かつて天智天皇のときに敵国襲来を防ぐためにつくられた大野城の中腹に、岩屋城をつくらせ、その本城を宝満城においた。

・これはあきらかに、大宰府の保っている歴史的権威を守るためであり、同時にそのことは大友義鎮の権威を高めることでもあった。

・立花城や宝満城・岩屋城には、腹心をおいた。

・そのうえで、義鎮は一挙に島津討伐を思い立った。

・しかし、中国の毛利元就がしきりに北九州を狙っているので、これに対抗するため毛利氏の敵尼子《あまこ》氏と組んだり、あるいはその遺臣山中鹿介《やまなかしかのすけ》に軍資金を送って、毛利氏に滅ぼされた尼子氏の再興を策したりした。

・この争いの底には、血筋からいうと大友系と大蔵系の闘争がある。博多近辺に拠点を持つ大蔵系の一族は、大友義鎮のこの地域に対する支配を好まなかった。できれば一日も早く、大友色を払拭《ふっしょく》したいと考えていた。
・このことを知った大友義鎮は、自分の一族の中から重要拠点に城督を送り込んだ。立花城には立花鑑載を、宝満・岩屋両城の城督には、一万田家から鑑種を送り込み、これに高橋姓を名乗らせた。
・にもかかわらず、立花鑑載も、宝満・岩屋両城の城督高橋鑑種も、ともに毛利家と結託して、大友義鎮に反旗をひるがえした。
・この反乱には毛利氏が味方しただけではなく、北九州の大蔵系の一族と在地の旧家が味方した。
・これらの反乱者に対する討伐軍の主力には、立花宗茂の義父戸次鑑連（道雪）と実父高橋鎮種（紹運）が活躍した。
それにしても、それではなぜ、大友義鎮から送り込まれた忠義の臣立花鑑載や、高橋鑑種が主家にそむいたのだろうか。

理由のひとつは、都において、足利十五代目の将軍義昭が織田信長に追放され、事実上室町幕府が崩壊していたことである。

これによって、日本全国を支配していた将軍家の権威が完全に失われた。戦国時代の風潮は、俗に、

「下剋上だ」

といわれる。下剋上というのは文字通り解釈すれば、

「下が上をしのぐ、あるいは討ち勝つ」

ということである。

この風潮が、まず都に近い近畿地方で起こった。そして同心円的に、まるで水紋のように各地に広がっていった。

当然九州にもやってきた。これがいってみれば、

「室町幕府から任命された守護や九州探題などという役職には、すでになんの権威もない。これからは、実力本位の土地の分捕り合戦だ」

という気風が、九州の諸実力者たちにも湧いたことだ。が、それだけではない。

腹心が次々と義鎮に反乱を起こしたのは、義鎮自身の行動にもかなり問題があった。とくにかれの、

「女性好き」

は、手がつけられない状態になっていた。

紹運と道雪

大友義鎮《よししげ》（宗麟）に忠誠を尽くし抜いた高橋鑑種《あきたね》が、反乱を起こしたのも、じつをいえば鑑種の兄である一万田《いちまだ》親実《ちかざね》の妻が、非常に美貌であったために義鎮がこれを欲しがり、ついに一万田親実を謀殺してしまったのがひとつの原因だ。

もうひとつは、いまでいえば、大友義鎮の、

「ガバナビリティー（統率力）」

が、はなはだしく下落していたことである。

一万田家から選ばれて、高橋家の後を継いだ鑑種は、そのころの九州情勢に明るかった。

とくに、北九州を狙う毛利元就に対抗するため、鑑種は大友義鎮に、

「毛利討伐軍を編制しましょう」

と意見具申した。反毛利勢力を集め、一挙に関門海峡を渡って中国へ殴り込みをかけよう、という策を立てたのである。いままでの、毛利側が攻め込んでくるのを守るだけというやり

方を変えて、

「こっちから毛利の領土に攻め込みましょう」

という積極戦法を考えたのである。大友義鎮は賛成した、そして、

「おぬしは見込んだだけのことはある。おぬしがその毛利討伐軍の指揮を執れ」

と命じた。鑑種はよろこんだ。そして準備に怠りなかった。

ところが日にちが立つと、義鎮は突然、

「毛利討ち込みは中止する」

といった。鑑種は、

「なぜですか？」

と食ってかかった。北九州の豪族たちにも呼びかけをし、それぞれに準備をして門司辺りに集結しようという寸前だったから、取りやめになったのでは鑑種の面目がたたない。しかし義鎮は、

「時期が早い」

といっただけで、深い理由は説明しなかった。あいまいだ。俗なことばを使えば高橋鑑種は、

「二階に上げられて梯子を外されてしまった」

という状態になった。一度ではない。何度もこういうことがつづいた。鑑種はしだいに大友義鎮に対する不信感を募らせた。

「主人の大友義鎮公には、統率者としての器量と人格が不足している」

と考えるようになった。

その二年後に立花城で大友義鎮に反旗をひるがえした立花鑑載《あきとし》もまったく同じだった。

かれらは口々に、

「義鎮公はもうだめだ。大将としての器がない。責任感がまったくなくなった」

といった。


こういうように次々と足下から背く者が出る状況を、在地の大蔵系の一族が見過ごすはずがなかった。

この状況をいち早く見抜き、もっとも機敏に行動したのが秋月種実であった。

ここで脇道にそれるが、余談をひとつ。

秋月氏は、当初は北九州の名族で、古処山《こしょざん》城という拠点を設け、現在の福岡県朝倉市一帯に勢力を張っていた。ところが、いままで書いてきたように一貫して、

「反大友」

の態度を取りつづけた。

つまり、帰化人である大蔵氏の流れを汲む秋月氏は、豊後から進出してきた大友氏が、博多港を中心に我物顔に振る舞うことが許せなかったのである。

そのため、やがて北上してくる島津氏とも手を組む。

「どんな手段を取っても、大友氏を滅ぼしたい」

というのが悲願だった。

しかし大友義鎮は、ついに関白となった豊臣秀吉に救援を頼む。秀吉はよろこんで九州攻めにやってくる。この征伐軍の前に、島津氏は降伏した。戦後処分がおこなわれる。

このとき秀吉は、ずっと島津氏と行動をともにしてきた秋月氏に対し、

「それほど島津が好きなら、島津の近くにいけ」

といって、島津氏の拠点である薩摩に隣接する日向国《ひゅうが》（宮崎県）の財部《たからべ》に領地を与える。秋月氏はやがて財部を高鍋と地名変更する。そしてここで、明治維新を迎える。

この秋月家から出羽国（山形県）の米沢藩の藩主として、養子に入ったのが上杉鷹山《ようざん》である。上杉鷹山の前名は秋月松三郎といった。

つまり上杉鷹山は、いってみれば大蔵系の子孫なのだ。高鍋にいってからの秋月家は、代々の藩主が、

「藩政改革の名手」

として有名だった。鷹山の兄など、この時代にすでに酪農にまで手を出している。現在の宮崎県は農業が盛んだ。県民のある人は、

「外国へ農業製品を輸出しているのは、わが県だけだろう」

と胸を張る。つまり、農業県であることに誇りを持っている。そんな伝統が、秋月家にもあり同時に上杉鷹山にもあった。

高橋鑑種が岩屋城で反乱を起こしたのは、永禄九年（一五六六）のことである。そして、立花城主立花鑑載がやはり毛利と組んで反大友の兵をあげたのは、永禄十一年（一五六八）のことであった。

大友宗麟（義鎮）が、こういうように腹心に次々と背かれたのには、もうひとつ理由があった。それは宗麟はキリシタンになっていたので、合戦のたびに、部下に、

「ゼス・キリスト！」

とか、

「サンタ・マリア！」

というような、日本離れのしたかけ声を上げさせたからだ。また、通過する沿道で、由緒ある寺や神社をみつけると、すぐ兵を集めて、

「あの寺や神社に矢を射込め」

と命ずる。さらに、神社や寺が宝物にしている品を持ち出させ、これを道の上に敷きつめさせ、

「踏んで歩け！」

という。部下の中には、やはりカミを信じたり、ホトケを信じたりしている者がいるから、なかなかこういうことはできない。無理に命令されると反発心を持つ。

こういうことも、しだいに宗麟からみんなの心を引き離す理由になった。

この時代は、地侍や土豪はそれぞれ自分の所有地や、農民を持っている。そしてこの農民

がそのまま兵士になるから、実際の支配力は土豪や地侍にある。大名は、それをまとめて管理しているだけだ。

そのために土豪や地侍は、自分の領内の民衆を大事にする。民衆がどんどん大友宗麟から離れていった。そうなると、管理者である土豪や地侍も民衆に同調せざるを得ない。

これが、大友宗麟に対する謀反心をいよいよエスカレートさせたゆえんだ。

「敵の敵は味方だ」

ということばがある。ほんとうなら、そんな相手とは仲良くしたくないのだが、その相手が自分の敵と戦っているので、

「それなら手を組んで、共同の敵にあたろう」

という考え方になる。戦国時代の九州地方は、まさにこの、

「敵の敵は味方だ」

という考え方がまかりとおっていた。そのために、反大友の旗を掲げた高橋鑑種も立花鑑載も、反大友の旗を掲げつづけている秋月氏ほか、北九州の大名たちと手を組んだ。さらに、中国地方の毛利氏とも組んだ。

こうして、大友宗麟の真の味方は、やがて立花宗茂の実父である高橋紹運と、同じく舅である立花道雪のふたりだけになってしまった。

宗茂が生まれたのはこんな時期だ。ちょうど、高橋鑑種と立花鑑載が、ともに旗をあげた

ころかれは生まれている（かれの出生年月日については、永禄十二年〈一五六九〉という説もある）。

立花宗茂が道雪の婿になり、誾千代《ぎんちよ》の夫になったのは天正九年（一五八一）八月十八日のことだが、道雪家ではこの前にも、養子の案があった。

道雪の妻は再婚で、一男一女があった。しかし男の子は筥崎《はこざき》宮司への道を歩んだので、残ったのは女の子だけである。

やむを得ず道雪は、妻が連れてきた娘の政千代を、重臣の薦野《こもの》増時《ますとき》に娶らせて、後を継がせようとした。このころ、政千代は十歳で、増時は、二十八歳だった。

しかし強引な道雪は年齢のことなど問題にしない。増時は辞退した。理由は、

「なんといっても立花家は大友一族であり名門です。わたしは一介の地域の土豪にすぎません。後継ぎは、ぜひご一族の中からお迎えください」

といった。やりとりをしているうちに、政千代が死んでしまった。残ったのは誾千代ひとりだ。

やがて、薦野増時は立花城によく遊びにくる高橋紹運の長男千熊丸に目をつけた。

「千熊丸さまは非凡な器量をお持ちです。また、お父上も大友家の一族です。ぜひ千熊丸さまをお迎えください」

そうすすめた。道雪もかねがね千熊丸には目をつけていたので、この意見に賛成した。というよりも、

（鷹野のいうように、大友に血のつながりのある者を立花城主にしなければ、到底大友家を支えることができない）

という危機意識がそうさせたのである。理屈を超えた、

「貴種尊重」

の風潮は、戦国武士に対し支配的だった。

鷹野増時の義侠心に感じた道雪は、のちに高橋家と交渉し宗茂の妹を、鷹野の息子の妻に迎える。

こういう縁で、鷹野家はやがて立花姓を名乗ることを許される。道雪や婿の宗茂、あるいは宗茂の実父である高橋紹運たちのやり方は、この時代特有の、いわゆる、

「政略結婚」

ではない。もっと奥底の深いところで、

「心と心のつながり」

があった。

「お互いを信じる心」

が、堅く結びついていたのである。

こうして誾千代の夫となり、道雪の婿となった宗茂に初陣の日がやってきた。天正九年（一五八一）十一月のことである。

戦国時代の合戦方法は、単に武闘だけが能ではなかった。

「調略」

も重んじられた。いろいろなガセネタやデマ情報を流して、敵の内部を攪乱する。よく使われたのが、

「内応者」

を生むことだ。不安材料を流し、疑いを持たせる。そして、

「噂はほんとうかもしれない」

という心理を助長して、こっち側の味方にしてしまうことだ。

一貫して反大友の旗を掲げる秋月家の当主種実は、この調略が得意だった。

豪族のひとりに問註所《もんちゅうじょ》一族がいた。そのうちの井上城（福岡県うきは市浮羽町流川）城主の問註所鑑景《あきかげ》は、突然秋月種実の謀略に引っかかって大友家に反旗をひるがえした。

ところが同じ一族の問註所統景は、現在のうきは市新川の長巌城主だったが、このことを知るとすぐ豊後の大友宗麟に使いを出した。そして、

「こういう次第で一族の問註所鑑景が裏切りましたので、至急援兵を送っていただきたい」

と申し入れた。大友宗麟は朽網宗暦《くたみそうれき》に兵を授けて問註所統景の応援に駆けつけさせた。

放っておくと、大友軍によって井上城は落とされる。

秋月種実はこの報告を受けると、

「大友め、策に乗ったな」

とニンマリわらい、弟の高橋元種とともに六千の軍勢で、井上城の救援に向かった。

そうなると今度は朽網宗暦が、前と後ろからの挟み撃ちになる。そこで、朽網は筑後川まで退いて、大友宗麟に、

「こういう次第です。至急援兵を送っていただきたい」

と申し入れた。宗麟は切り札である立花道雪と高橋紹運に朽網救援を命じた。道雪は立花城を、紹運は宝満城を発って筑後へ向かった。このときひきいた軍勢は五千騎だという。

そしてこの中に、初陣の立花宗茂（当時統虎《むねとら》）が加わっていた。

舅の立花道雪は、足が不自由で歩行が困難だ。なぜ足が不自由になったかといえば、みんなの話では、

「若いころ、道雪さまはカミナリをお斬りになった」

からだという。

「カミナリを？」

宗茂はわらい出した。しかし相手は真顔で、

「わらいごとではありません。ほんとうのことです」

とムキになっていう。ある夏、地域では落雷がしきりだった。当時の人は迷信深いから、

「カミナリが落ちるのは、天上にいる悪神の祟りだ」

と恐れた。これをきいた道雪はわらって、

「それならおれが退治してやる」

といい、大木の下で落雷を待った。やがて、凄まじい光と音響を伴って、カミナリが落ちてきた。このとき道雪は刀を抜いて待っていた。そして大木にカミナリが落ち、バリバリと木が割れたときに、道雪は、

「この悪神め！」

といっていきなり斬りつけた。道雪は、

「たしかに悪神を斬ったという手応えがあった」

と語るが、実際にはカミナリに打たれてしまった。つまり感電したのである。道雪は気を失った。

そしてこのときから、足が不自由になった。歩行が思うようにいかない。

しかし道雪は怯《ひる》むことなく、合戦のたびに大きな輿《こし》を用意させた。そして、屈強な若者百人ばかりに、交替で輿を担がせた。

道雪は輿の上にあぐらをかき、脇に長い刀と小銃を一丁おいて、

「エイトウ、エイトウ」

と奇妙なかけ声をあげて、輿を敵陣に運び込ませる。若者たちが敵の攻撃に怯むと、

「怯むな、怯むな。敵陣へこの輿を入れろ。そして、どうしても怖ければおれをおき去りにしておまえたちは逃げろ。おれがひとりで食い止めてやる」

そう怒鳴る。その勢いが凄まじいので、怯んでいた若者たちも心を取り直す。そしてまっしぐらに敵陣の中に躍り込んでいく。

だから敵は、道雪の、

「エイトウ、エイトウ」

というかけ声が辺りに響きわたると、

「おい、カミナリおやじがやってきたぞ！」

と叫び合って、クルリと身をひるがえす。みんな逃げていく。

それを追って道雪の輿は、さらに突きすすむ。勢いを得た道雪の部下は、いっせいに喚声をあげて敵を追いつめていく。

このときもそうだった。宗茂は目を丸くした。

普段の道雪は部下に慈悲深い。それによく村を訪ねた。そのときはかならず婿の宗茂を同行する。村人たちは、

「ご領主さま、大根をいかがですか」

とか、

「これは丹精したごぼうでございます。どうぞ」

と自分たちのつくった農作物をさし出す。道雪はニコニコ笑いながら、

「ありがたい。これはうまそうだ」

といって泥だらけの大根やごぼうを輿の上に乗せる。輿に乗ったままおこなう廻村が道雪は大好きだった。

当時の武士は、ほとんどが農業を兼業していたので、悩みもあった。とくに土地の所有権

を巡っての争いが多い。

そういう訴えを道雪は根気強くきいた。いきなり不機嫌な表情になって、

「ばか者。そんなつまらないことをおれに話すな」

などとは絶対にいわない。宗茂は、

（カミナリおやじといわれる道雪さまにも、こんな温かい面があるのだ）

といつも感嘆した。そして、

（だからこそ、部下のすべてが道雪さまのためなら、いつでも生命をさし出すという気風が生まれているのだ）

と思った。つまり道雪の部下や民に対する愛情はみせかけではない。

（情けをかけておいて、いつか利用してやろう）

などという計算ずくの気持ちはまったくなかった。本心で、相手のことを心配している。宗茂からみると、

（お舅さまは、いつも相手の立場に立ってものを考えておられる）

と思えた。

道雪はよく宗茂にこんな話をした。

「武士には絶対に弱い人間はいない。もし、臆病な者がいたらそれは本人が悪いのではない、大将が悪いのだ。つまり大将がその武士の勇気と能力を引き出すことができないから、そういう結果が出る。大きな口を叩くようだが、もしおまえが他家にいる臆病な武士をみつけた

ら、おれのところへ連れてこい。かならず勇敢な武士に仕立ててみせる」

普通の人間がいえば、

「なにをエラそうに大口を叩くのだ」

と反発を感ずるだろうが、道雪がいうとすべてほんとうのことに思えた。そのために道雪の部下は先を争って功名を立てた。

が、功名を立てない部下がいても道雪はやさしく慰めた。

「おい、合戦には運不運がある。きょうのおまえは不運だった。次の機会には、かならず運に恵まれるぞ」

そういって、手柄を立てた者と同じように、刀や脇差を与えて慰めた。

そして、全部下に対し、

「生命を惜しめ。無駄死にをするな。そしていつまでもおれを支えて欲しい」

そう告げる。

だから、きょうの合戦で手柄を立てられなくても、あすの合戦で手柄を立てた者がいれば、道雪はかならず、

「ほらみろ、きょうのあいつには運がついた。手柄を立てる立てないは、運不運によるのであって、いちいち気にするな」

という。

道雪の名は有名だったので、立花城にはよく客がきた。そのたびに麓の館で酒宴が開かれ

る。

戦国のことなので、接待はたいてい若い武士が務めた。ところが、若い武士の中にはあがってしまって、接待がうまくいかないこともあった。

けつまずいて、膳をひっくり返すこともある。座は一瞬緊張する。ところが道雪は大きな声でわらい、

「おい、接待がうまくいかなかったからといって気にするなよ。おまえは、いつも戦場では、槍の名人だろ」

そういうと、道雪は座ったまま自分で槍をしごく所作をして、

「客人、わしも槍は相当に使うが、こいつには到底かないません。な、そうだな」

という。失敗した若い武士は、おろおろしていたが、道雪のことばにニコリとわらうと、

「はい、そのとおりです。槍なら決してお館にもひけは取りません」

と威張る。道雪は、

「そうだ、その意気だ。客人、そういう次第ですから、ご無礼の段はどうか大目にみてやってください」

と取り成す。脇にいた宗茂はつくづく、

(お舅殿は、ほんとうに人の使い方がうまい)

と感嘆する。

初陣を許された宗茂は、

「きょうこそ、有名なお舅殿の輿に乗っての、エイトウ、エイトウという勇姿がみられる」

と大いに期待した。

ところが、総大将の大友宗麟の気紛れはこのときにも起こった。宗麟は次々と入ってくる報告をきいていたが、

「秋月種実が弟の高橋元種とともに、大友軍の攻撃に向かった」

ときくと、すぐこんな決断をした。

「朽網《くたみ》に引き揚げろといえ」

というものだ。側近は驚いた。

「そんなことをしたら、朽網の救援に向かった立花道雪殿と高橋紹運殿が危機に陥りますぞ」

そう反対したが、宗麟はきかない。

「大丈夫だ。道雪と紹運は強い。見事に切り抜けるはずだ」

そういい捨てた。しかし、

(立花道雪や高橋紹運のような煙ったい存在が、なにかのときに討たれてしまえばいい)

と考えていたわけではない。宗麟は本気で道雪と紹運の武運を信じていた。側近はつくづく考える。

(こんな仕えがいのない主人に、立花道雪や高橋紹運はなぜあれほどの忠誠を尽くすのだろうか)

しかしその半面、

（いまの主人のことばは本気だ。宗麟さまは、ほんとうに道雪殿と紹運殿を信じておられるのだ）

と思う。

こういう複雑な主従の気持ちは、通り一遍の忠誠心しか持っていない人間には理解できない。大友宗麟と道雪・紹運の三人の間には、たしかにほかの者からは理解できない強力な心の絆が結ばれていた。

その限りにおいては、かなり、言行に乱れを生じている大友宗麟にも、そういう真実の一面があったのである。

朽網を引き揚げさせたので、宗麟はすぐ道雪・紹運のところにも急使を派遣した。

「こういう次第で、井上城攻略は中止することにした。おまえたちも引き揚げろ」

使いを受けた道雪と紹運は顔をみあわせた。心の中で、

「またいつもの悪いクセをおはじめになった」

と感じたが、たとえどんな主人であろうと、死力を尽くして忠誠を尽くそうと誓い合ったふたりは、そんなことは口に出さない。目と目で、

（やむを得ない、引き揚げよう）

と語り合った。しかしこのままでは気がすまないので、

「帰り道に、秋月城を荒らそう」

と意見を一致させた。

通り道になる嘉麻《かま》、飯塚、片島《かたしま》辺りを襲い、民家に放火した。そして田から稲を刈り取って持ち帰ることにした。

このことを秋月種実が知って激怒した。

「普段、名将の名を高めている立花道雪と高橋紹運が、夜盗同様のことをするのか。こらしめてやる」

そういって、軍勢をひきいて本気で追撃してきた。

「秋月軍が追ってきます」

という報告を受けた道雪は、

「小癪な、迎え撃ってやる」

そういって、石坂という地域で迎え撃つ態勢を取った。本軍は宗茂の父紹運が指揮を執り、道雪は別に千騎ほどの軍勢を松林の中にひそめさせた。

これをみた宗茂は、

「わたしの軍も、伏兵になろう」

といった。後見役として付けられていた有馬伊賀が、

「なにをおっしゃいますか。あなたはきょうが初陣です。本軍から離れてしまうと、敵に討たれやすくなり危険です。父上のところか、お舅殿のところへお加わりください」

と反対した。

この日、宗茂は、唐綾縅《からあやおどし》の鎧《よろい》を着て、鍬形を打った冑《かぶと》の緒を締めていた。黄金作《こがねづく》りの太刀を佩《は》き、矢入を背に負っていた。弓は塗籠《ぬりごめ》である。

乗っていた栗毛の馬からひらりととび下りた。そして、

「少年のころ、父から教えられた作戦を実行するのだ」

といってわらった。

まだ、宝満や岩屋の城にいたころ、父はよく少年宗茂を連れて山中を歩いた。そして突然、

「いま、そこから敵が襲ってきたらどうする。敵の数は五百人だ」

と具体的な情景を仮に設定し、宗茂に作戦をきく。宗茂は、辺りをみまわした後、

「あの岩棚に兵を移します」

と答えた。

「なぜだ？」

ときく父に、

「あそこのあの岩棚に登れば、敵は逆光を受けて目が眩《くら》むからです」

と応ずる。しかし父は満足しない。

「ここからあの岩棚へ移るのには、時間がかかる。その間にやられてしまうぞ」

そういわれると宗茂も、

「そうですね」

と当惑する。父はニッコリとわらって、

「そういうときは、兵を二隊に分けて、一方で敵を防ぎ、一方をあの岩棚へ上げるのだ」

そう教えた。

宗茂はそのときのことを思い出していた。だからいま、父が本軍を指揮して敵を迎え撃ち、舅の道雪が脇の松林に入って伏兵となったのは、まさに父が少年のときに教えてくれた作戦どおりなのだと悟った。

宗茂初陣と天下人

宗茂には考えがあった。というのは、立花城を出るときに舅の道雪は、

「きょうはおぬしの初陣だ。兵を割いて与えよう」

といって、自分が指揮する本軍とは別に、宗茂用に部隊を編制してくれたからである。宗茂にすれば、

(舅殿がせっかく軍勢を与えてくれたのに、いま有馬伊賀のことばに従って父と合流してしまえば、自分が指揮するはずの部下もすべて父の指揮下に入ってしまう。それでは、舅殿が軍勢を割いてくれた好意に報いることができない)

と考えた。有馬伊賀は後見人として誠実であり、いつも宗茂のことを心配してくれる。だから正直に自分の考えを告げた。きいているうちに、有馬伊賀の目に驚きの色が走った。きき終わると大きくうなずいた。

「わかりました。若殿がそこまでお考えだとは知りませんでした。お考えはじつに頼もしい

ことです」

とニッコリわらった。宗茂は、

「ありがとう。協力を頼む」

といった。有馬伊賀のてきぱきした指揮によって、宗茂に預けられた軍勢も脇の松林に入った。約百五十騎である。

秋月軍が喚声をあげながら攻めかかってきた。正面から迎える宗茂の父紹運は、鉄砲隊を並べたままじっと待った。ともすれば兵たちが気負い込んで、引き金を引こうとする。紹運は、

「待て、まだだ。十分に引きつけろ」

落ち着いてそう命令する。そして、ふところ一杯に引きつけるだけ引きつけて、

「撃て！」

と命令した。いっせいに火蓋が切られ、弾がとんだ。秋月軍はバタバタと倒れた。大混乱になった。

すると、脇の松林にいた道雪軍が、

「かかれ！」

という道雪の命令一下喚声をあげて横から襲った。道雪はいつものように輿の上に乗り、百人ばかりの屈強な若者たちに交替で担がせながら、

「エイトウ、エイトウ」

という独特なかけ声をあげた。

秋月軍はびっくりした。

「ああまたカミナリおやじが出てきた！」

そう叫び合って、いっせいに崩れ立った。

これをみた宗茂は、

「かかれ！」

と命じ、真っ先に刀を振りまわしながら敵陣に躍り込んでいった。

「若殿、気をつけてください！」

有馬伊賀が慌てて後を追う。百五十騎もいっせいに突入した。

敵側に、堀江備前という勇者がいた。長刀《なぎなた》の名人である。群がる立花・高橋軍を片っ端から斬り捨てた。味方は怯《ひる》んだ。なかなか近寄れない。

これをみた宗茂は、いきなり弓に矢を番《つが》えるとひょうと射た。矢は堀江の腕に刺さった。

「う」

思わず呻いた堀江は、痛さに長刀を捨てた。が、こっちをみた。そして矢を射たのが宗茂だとわかると、

「おのれ、若僧め」

と罵《ののし》りながら、こっちへ向かってきた。そしていきなり、宗茂にとびかかった。相当な力だ。

しかし宗茂は大柄で、子どものときからさんざん相撲の経験がある。それに堀江よりはるかに若い。宗茂は、堀江を投げとばし、上から伸しかかって押さえつけた。

そしてまわりをみまわすと、萩尾大学という部下の姿が目に入った。宗茂は、

「萩尾、ここへこい」

と呼んだ。萩尾大学が駆け寄ってきた。宗茂は、萩尾と交替して堀江備前を押さえつけさせた。そして、

「首を取れ」

といった。萩尾はびっくりして宗茂をみかえした。

「しかし、この者は若殿が」

といった。宗茂はわらって首を横に振った。

有馬伊賀が感動のまなざしで宗茂をみた。それは、宗茂の意図があきらかに、

「萩尾大学に堀江備前の首を取らせよう」

と考えていることがありありとわかったからである。宗茂は、手柄を部下に譲ろうとしていた。それがわかったので有馬は、

「萩尾、すぐその武者の首を取れ。若殿のご好意だ」

そう告げた。萩尾も宗茂の気持ちを理解し、

「はっ、いただきます」

そう応ずると、堀江備前の首を取った。

こんなことは、宗茂がいくら黙っていろといってもすぐ洩れる。

報告をきいた道雪は、

「さすが婿殿だ。花も実もあるお振る舞いだ」

と褒めそやした。実父の紹運も、満足そうに宗茂をみた。目で、

（宗茂、あっぱれだ）

と語りかけた。

立花宗茂とその舅立花道雪、そして宗茂の実父高橋紹運の三人が、三位一体となって力戦した宗茂の初陣である。

しかも宗茂は、単に策を弄して勝っただけではなく、部下に手柄を譲るという美しい実績を残した。

「宗茂殿らしい初陣だ」

立花城に戻った道雪は、しきりにこの話をみんなにした。

宗茂の妻誾千代《ぎんちよ》が悔しがった。誾千代は、父の道雪が出陣するときに、

「わたしもお連れくださ い」

とせがんだ。道雪は、

「だめだ。きょうは、宗茂殿がおられる。それに宗茂殿にとってきょうが初陣だ。花を飾らせたい」

そういった。誾千代は身悶えして悔しがった。

「ぜひお供させてください」

としつこく迫る。夫の宗茂に頼むのではなく、実父の道雪に頼むのだ。こんなときにも、誾千代は宗茂を無視していた。

（たとえあなたは婿殿でも、この立花城の城主はわたしです）

という気概を相変わらず示していた。

そうなると、たとえ女城主であろうと、やはり合戦のときに手柄を立てなければ、立場がない。

だからどうしても合戦に参加したい。しかし道雪は首を横に振りつづけた。そして、

「秋月は油断がならない。いつこの城を攻めるかわからない。そのときは、留守になった城を守るのはおまえの役割だ。それこそ女城主としての責務を果たさねばならぬ」

そう諭《さと》した。しかたなく誾千代は、城に残ったわずかな武士と、仕える女性たちに武装させて、城を守ることにした。

だから戻ってきた道雪たちが、しきりに宗茂の初陣ぶりを褒めそやすと、胸の中がムシャクシャした。目で夫を睨みつづけた。その目の底には、

「もしわたしが合戦に加わっていたら、あなた以上の手柄を立てたはずです」

と告げていた。宗茂はつくづく、

（誾千代は、ほんとうに強気だ）

と思った。

宗茂が華々しい初陣を飾った翌年すなわち天正十年（一五八二）の一月に、主人の大友宗麟は、同じキリシタン大名である大村氏、有馬氏と相談して、少年親善使節をローマ法王のところに送った。

人びとは驚き、立花道雪のところにも、

「大友さまのあのようなおこないを、いったいあなたはどうお考えになるのか？」

とききにくる者がいた。道雪はニコリとわらって、

「なにをなさろうと、大友さまはわたしの主人だ。大友さまが、変な棒（十字架）を持って、町を踊りながら歩かれるのなら、わたしもその棒を持って後からついていくまでだ」

といった。訪ねてきた客は呆れて、

「話にならない。あなたは、もっと宗麟さまにきびしいと伺ったのに、案に相違した」

と失望して去っていった。

しかし道雪は、他人にはそう応じたが、実際にはこのときすぐに、豊後（大分県）の国老たちに、激しい意見書を送っている。

「大友氏の勢いが日に日に傾いている。これは、主人の宗麟さまだけが悪いのではない。脇にいるあなた方が、ひとつも諫言をしないからだ。諫言をおこなうには、死を覚悟しなければだめだ。大友家の衰運の責任は、あげて国老であるあなた方にある」

と激しく責め立てている。このへんは道雪も政略家だから、大友家に関わりのない人間に対しては、

「主人がキリスト教を信ずるのなら、わたしも信ずるまでだ」

といい放つが、実際には道雪はキリスト教など信じてはいない。そして、国老たちに送ったきびしい意見書の中では、

「殿が神仏をないがしろにするのはもってのほかだ。やはりご信心の心を取り戻すように、あなた方が脇から死を賭して意見すべきだ」

といっている。このへんははっきり使い分けていた。

だからといって道雪は、

「自分は主人から立花城の守備を命ぜられているのだから、豊後の府内城（大分城）内のことは、国老たちが取りしきればいい。自分は無関係だ」

などという無責任な態度は取らない。しばしば府内城にも出掛けていった。

そのころ、大友宗麟が、

「猿を飼って、客にいたずらをさせている」

という噂をきいたからだ。

府内城にいった道雪を、宗麟はよろこんで迎えた。しかし、噂にきいた猿をけしかけた。猿はキキと歯を剝きながら、道雪にとびかかってきた。途端、道雪は手に持っていた鉄扇で猿を一撃のもとに打ち殺してしまった。

座は緊張し、広間にいた人びとは真っ青になった。いっせいに宗麟をみた。が、宗麟は苦笑しただけで、文句をいわなかった。さすがの宗麟も、道雪には一目おいていたからである。

また宗麟が、領内の美女を片っ端から府内城に集めて、遊蕩生活にただれていた時期があった。しかも、

「意見をする者は、だれかれ構わずに成敗なさっておられる」

といわれた。これをきいた道雪は、一計を案出した。

かれは立花城に、上方から美しい踊り子を十数人招いた。そして、毎日踊りを踊らせた。

これが府内城の宗麟に洩れた。そのころの宗麟は、

「どいつもこいつも、わたしに意見ばかりする。今後、重役たちには絶対に会わない」

と宣言して、奥の部屋にこもって遊蕩三昧に耽っていた。ところが、

「立花城の道雪が、上方から美しい踊り子を集めて楽しんでいる」

ということをきくと、

「あの頑固者の道雪が？」

と不思議がった。しかし持ち前の美女好きの心が頭をもたげ、ついに立花城に使いを出した。

「噂によると、おまえは上方から美しい踊り子を集めて踊りを楽しんでいるそうだ。自分もその美女たちの踊りをみたい。踊り子たちを連れて府内城へこい」

というものだ。道雪は、

（してやったり）

とほくそ笑んだ。道雪が考えたのはまさに、日本の古い神話にある、

「天岩屋戸《あまのいわやと》踊り」

の伝説だ。

天岩屋戸踊りというのは、あるとき天照大神《あまてらすおおみかみ》が、怒って天岩屋戸に入り、扉を閉ざしだれにも会わなかった。

このとき、天鈿女命《あまのうずめのみこと》が、いまでいえばストリップショーをやってほかの神々を楽しませた。その歓声が岩屋戸の奥まできこえた。

「なにがはじまったのか」

と不審がった天照大神が、そっと外を覗こうとした。それを待ち構えていた天手力男命《あまのたぢからおのみこと》という大力の神が、いきなり岩屋戸を引き開けた。こうして天照大神は再び世間に出てきた、という話だ。

大友宗麟からの使いを受けた道雪は、府内城にいった。踊り子など同行しない。ひとりでいった。

「上方の踊り子たちは？」

府内城内に入ると、顔馴染みの国老たちがきいた。道雪は睨みつけた。

「そんな者は連れてこない」

そういって、

「お館に会わせろ」

といった。そして、

「お館には、道雪が上方の美しい踊り子たちを連れてきたと告げてくれ」

といった。

「われわれに嘘をいえというのか?」

国老たちは当惑したが、道雪は、

「おぬしたちが、しっかり意見をしないからこういうことになる。きょうはおれがお館に意見する」

そう告げた。道雪がきたというので、

「上方の美女たちの踊りがみられる」

とよろこんだ宗麟は、奥の部屋から出てきた。広間に出ると、しかし座っているのは道雪だけで踊り子はいない。

「立花、踊り子たちは?」

ときいた。道雪は、

「そんな者は連れておりません」

とビシッと応じ、それから懇々と意見をはじめた。

宗麟ははじめ不機嫌だったが、やがて懇々と述べたてる道雪の意見をきいているうちにうなだれた。

宗麟は道雪に対しては頭が上がらない。同時に、道雪のいうことは信じた。道雪の、

「お館が、十字架を持って町を踊って歩くのなら、おれも一緒についていく」

といっていたのを、すでに耳にしていたからだ。宗麟はばかではないから、道雪がそんなことをするはずがないことを知っていた。

しかし他人に対してそういうことをいってくれるのは、道雪が決して宗麟に対して反逆心を持っていないことを示すものだ。

いまの宗麟にとって、もはや信じられるのは立花道雪と高橋紹運のふたりしかいない。それだけにこのときの意見はきいた。

以後、宗麟は生活を改めた。

ただ宗麟には分裂症的な気配があったから、一旦改めてもすぐまた元へ戻る。そんな話をきくたびに道雪は、

「まったくしかたのないお館さまだ」

と軽く舌打ちをする。

その大友宗麟が、大村・有馬のふたりのキリシタン大名と相談して、少年使節をローマ法王庁に送った年の六月二日朝、織田信長が京都本能寺で部下の明智光秀に殺された。

このころ、毛利軍と対峙していた信長の部下羽柴秀吉は、ただちに毛利と和睦し軍を返した。

そして京都山崎で明智光秀を討ち取った。さらに、翌天正十一年、信長のあとがまを狙う秀吉に敵対した柴田勝家が、北陸の地で滅ぼされた。だれがみても、

「次の天下人は秀吉だ」

ということがあきらかになった。

毛利家は、本気で秀吉の軍門に降るか、あるいは最後まで秀吉と戦い抜くか、二者択一の態度を迫られた。

元就の長男隆元は若死にしたので、跡をその子輝元が継いでいた。そして、輝元の叔父に当たる吉川元春《きつかわもとはる》や小早川隆景《こばやかわたかかげ》は、

「この際、父の遺訓に背《そむ》くが、やはり秀吉の傘下に加わらざるを得まい」

と判断した。

そうなると中国地方を席巻し、さらに余力をかって北九州にもしばしば触手を伸ばしてきた毛利家も、九州に構うことができなくなった。

こういう状況をみていたのが、〝肥前の熊〟と呼ばれた佐嘉《さが》（賀）城を拠点にしていた龍《りゅう》造寺《ぞうじ》隆信《たかのぶ》である。

龍造寺隆信は、すでに大友宗麟の勢威が日に日に落ちていたので、肥前や筑後地方の大友系の城を片っ端から落としていた。

かれの娘婿が、島原の有馬氏だった。ところがこの有馬氏が、北上する島津氏に加担した。怒った龍造寺隆信は、この征伐に出掛けた。有馬氏は、島津に援軍を求めた。島津一族の家久が先頭に立って、多数の軍勢をひきいて出張ってきた。

隆信はこの有馬・島津連合軍と戦い、島原の沖田畷《おきだなわて》で敗死してしまった。

後を継いだ龍造寺政家は凡将で、父のような勇猛心がない。

父の隆信は、有馬氏を討ったあと肥後地方に手を伸ばし、支配するつもりでいた。政家はこれを諦めた。

肥前の熊と呼ばれた龍造寺隆信を討ち取った島津軍は、勢いをかって肥後に侵入した。国内の豪族、合志《こうし》、隈部《くまべ》、有働《うどう》、赤星などという諸族を討ち平らげた。さらに、筑後へ攻め上ってきた。

龍造寺政家は、島津氏に屈服した。ここでも、

「敵の敵は味方だ」

ということになり、本来なら、島津氏と組んだ秋月、筑紫、原田、草野、星野、問註所などの諸豪族は、龍造寺氏にとっても敵だったが、これらの敵はすでに島津氏と連合している。

そうなると、

「反大友」

という点では、目的は一致する。

さらに状況をみた筑前の宗像《むなかた》、麻生《あそう》という古い名門豪族も島津に服属してしまった。

大友家はいよいよ孤立した。危機を感じ取った立花道雪は高橋紹運と相談して、

「島津に使いを出して、島津・大友連合を策そう。その上で、敵対しつづける秋月と龍造寺を討とう」

と決めた。手紙を書いて、島津義弘のところへ送った。

ところが秋月種実は油断のならない人物で、こんなことはとっくに見抜いていた。先手を

打った。

「大友側から、なにかいってくるかと思いますが、それには乗らないでいただきたい。あくまでもわれわれを信じて、大友氏を滅ぼしましょう」

という使者を送り込んでいた。島津側ではこれを信じた。それは当然である。秋月は終始一貫して、

「反大友」

の姿勢を貫いている。

大友家の重臣である立花道雪や高橋紹運はたしかに名将だが、こんな話に島津としては乗るわけにはいかない。

道雪も紹運も大友思いだから、

「大友か島津か」

ということになれば、結局は大友を立て、島津に背く。それは秋月種実のいうとおりだ。したがって、道雪・紹運の出した使いは、空しい返事を貰って戻ってきた。こうなると、いよいよ島津の勢いは増し、

「九州全土を支配下に治めよう」

という野望を実行に移す。そして、上方では羽柴秀吉を中心に、

「次の天下人の争い」

が盛んにおこなわれているから、頼るわけにはいかない。大友家は、いよいよ追い詰めら

れた。

九州制覇をめざして、薩摩から北上してきた島津軍と、これに同調する北九州諸豪族の猛攻にあって、いまは完全に、

「大友家の二本柱」

になってしまった、立花宗茂の岳父（妻の父）立花道雪と、実父高橋紹運《じょううん》の軍は、力戦してよく防御した。が、天正十二年（一五八四）の秋から天正十三年にかけての約一年間、戦線は膠着状態に陥った。一進一退である。

このころ上方では、羽柴秀吉が天下人への道を真っしぐらに上り詰めていた。

天正十一年（一五八三）四月には、宿敵柴田勝家を北陸に滅ぼした。六月には、かつて一向宗の総本山であった石山本願寺を大坂城に改築して、秀吉はここに移った。翌十二年には、家康と長久手《ながくて》で戦ったが、この戦いは政治戦になり、やがて両者は和睦した。

後顧の憂いのなくなった秀吉は、信長が果たそうとして果たせなかった四国と九州に目をつけた。信長の宿願は、

「一日も早く日本を平和にしたい」

ということだった。信長といえば、比叡山を焼き打ちしたり、長島（伊勢）の一向一揆を焼き殺したりして、

「まるでオニだ」

といわれていたが、秀吉のみるところかならずしもそうではない。

「信長さまほど、この国の平和を願う大将はおられなかった」

と思っている。とくに信長は、女性の意見をよくきいた。女性の願いはなんといっても、

「一日も早く、この国での合戦を終わらせてもらいたい」

ということだ。男たちは、それぞれの勝手な論理によってすぐ合戦を起こす。そのたびに、女性たちは自分の愛する夫や子や親族を兵士として動員され、場合によっては殺されたり、あるいは傷ついたりしてくる。

「もうたくさんだ」

という思いは、戦国女性の共通した考えだった。信長はこれを、

「同時代に生きる人びとのニーズ（需要）」

として受けとめた。したがって信長は、

「一日も早く、この国を平和にしたい。そのためには、合戦の方法もいままでのように、ただ刀や槍を振りまわして、ヤーヤーとおからん者は音にもきけ、などという儀式にとらわれていてはだめだ。合戦は組織でおこなうに限る。また武器も近代化しなければならない」

と考え、軍団の組織化、近代化、そして兵器の近代化などをどんどん取り入れた。

その信長は、天正十年（一五八二）六月二日の朝早く、腹心の明智光秀に殺されてしまった。しかし、信長の遺志は羽柴秀吉が引き継いだ。秀吉は、

「信長さまが、果たそうとして果たせなかった事業を自分の手でおこなう。それが、おれの

責務だ」

と考えた。したがってかれは、信長が四国や九州の平定を考えていたのは、単に、

「領土を拡大し、自分の権力を高めたい」

からだ、とは思わなかった。

「信長さまは、とくに日本女性の悲願を受け入れて、日本国内では、どこの片隅でも絶対に男が合戦を起こさないような国になさりたかったのだ」

と思っていた。しかし秀吉は野望家だ。一農民の子からとんとん拍子に出世したかれにはなんといっても、

「絶大な権力を握りたい」

という考えがあった。秀吉は、

「征夷大将軍になりたい」

と思っていた。しかし征夷大将軍になるには、源・平・藤・橘の四氏でなければなれない。すなわち、源氏か平氏か、藤原氏か橘氏でなければなれない。

そこで秀吉は、信長が追放した最後の足利将軍義昭《よしあき》に、

「あなたの養子にしてもらえまいか」

と交渉した。足利義昭は嘲笑った。

「おまえなど養子にはできない」

義昭にすれば、信長と秀吉がグルになって、自分を京都から追い出したと思っている。恨

み骨髄に徹していた。そんな人間を養子になどできるはずがない。秀吉が養子になりたいというのはあきらかに、

「源氏の流れである足利氏の養子になって、征夷大将軍になるつもりだ」

という野望がみえみえだからだ。義昭は蹴った。そこで秀吉はやむなく、知者に相談した。知者は、

「公卿《くぎよう》におなりなさい」

と告げた。公卿というのは、公家の中で関白や太政大臣などの高位高官に就く者をいう。知者はさらに、

「征夷大将軍は、天皇が任命する職ですから、当然、関白や太政大臣の下位におかれます」

といった。秀吉も武士一筋に生きてきたので、

「できれば武士の棟梁になりたい」

と思っていたが、このことばに魅力を感じた。

「そうか、征夷大将軍は関白や太政大臣の下位者になるのか」

と納得した。そこでかれは、天正十三年（一五八五）七月に関白になり、翌年には太政大臣に任ぜられる。天皇から特別に、

「豊臣」

という姓ももらった。名実ともに天下人になった。

立花宗茂が、立花城で勇戦し、岳父と実父が筑後の高良《こうら》城付近に滞陣していたのは、こん

した。

秀吉は四国を平定した。土佐から興って、四国全体を席巻していた長宗我部《ちょうそかべ》元親《もとちか》も降伏した。

そうなると、あとは九州だ。秀吉のみるところ、九州国内は島津氏・大友氏・龍造寺氏の三大名が実力者で、あとの諸豪族がそれぞれの思惑でこれらの三氏にくっついたり離れたりしている。しかしつぶさに分析してみると、

「反大友氏」

の合言葉で結束している秋月氏などの諸勢力は、なかなかばかにできない。

秀吉は、

「合戦だけがことを解決する唯一の方法ではない。調略も大切だ」

と思っている。秀吉はしばしば騒乱最中にある日本の大名に親書を送った。文面は、

「土地争いの私闘をやめて、天皇に忠節を尽くせ。関白の名によって命ずる」

というものだ。短い文章だが意味は深い。秀吉は、

「天皇に忠節を尽くせ」

といっているが、実際は、

「関白であるおれに忠節を尽くせ」

という意味がある。そして、

「土地争いの私闘をやめよ」

な時期であった。

ということは、

「日本全国の土地は、すべて天皇の所有であって、大名の私有物ではない」

という意味がある。したがって秀吉は平定した土地に必ず、

「検地（年貢がどれほど取れるか調べること）」

をおこなった。考えようによってはたいへんな、革新的な宣言だ。日本国中の豪族はすべて、

「土地と、それを耕す農民はおれの所有物だ」

と考えている。秀吉は真っ向からこれを否定する。全国の豪族にすれば、承服できることではない。

「おれが所有している土地は、先祖がここへきて荒地を切り拓いて得たものだ。それを、天下の所有物などといってみすみす取り上げられてたまるものか」

と考える。これが、各地で一揆を起こすことになる。

しかし秀吉にすれば、

「そんなことを認めていたら、天下は平定できない。信長さまの遺志は実現できない」

となる。

そこでかれは、すべて、

「天皇の命により」

と天皇の名を持ち出す。そして、その天皇に仕える役人の最高位にある関白の名を利用す

るのだ。

この論法でいくと、秀吉の命令にそむく者はすべて反逆者になる。だから反逆者を討伐するのは官軍だ。相手は賊軍だ。秀吉はこういう理屈を立てて、日本中を平定していった。

その秀吉が九州に目をつけた。

九州の事情に明るいのは参謀の黒田如水《じょすい》である。如水の話によって、秀吉は大友家を支える二忠臣が立花道雪と高橋紹運であることを知った。

また、高橋紹運の長男が道雪の婿になって、立花城主として、島津軍とこれに加担した諸豪族の攻撃によく耐えていることを知った。

一方で、態度のあやふやな龍造寺氏を支えているのが、若い家老の鍋島直茂《なべしまなおしげ》であることを知った。

「ほう、九州には立花と鍋島というふたりの心強い若者がいるのか」

と感心した。胸の中で、

（ふたりがおれに味方したら、将来取り立ててやろう）

と、いまから立花宗茂と鍋島直茂に会うことを楽しみにした。

秀吉はある日、部下の佐々成政《さっさなりまさ》と蜂須賀家政《はちすかいえまさ》のふたりを呼んだ。

佐々は北陸地方の実力者だったが、長い間秀吉に反抗したのちついに最近屈服した大名だ。

蜂須賀家政は、少年時代の秀吉がいろいろとせわになった小六正勝の息子だ。四国平定後、阿波徳島で大名に取り立てた。秀吉はふたりに、

「九州の大友のところへ使いにいってくれ」

といった。

「大友は名門だ。一片の手紙でおれに臣従しろといってもいうことをきくまい。おまえたちふたりがいって説得してくれ。大友が臣従すれば、その時は島津征伐の立派な口実ができる。島津征伐も、勅命（天皇の命）によっておこなうつもりだ」

そういった。ふたりは承知した。去りかけるふたりに、秀吉が、

「あ、そうだ」

と思い立ってこうつけ加えた。

「大友が納得したら、この大坂城にくるようにいえ。そしてそのときは、立花道雪と高橋紹運、それに紹運の息子で道雪の婿になっている宗茂もいっしょに連れてくるようにいえ」

「かしこまりました」

大友家の忠臣たちの話は、佐々も蜂須賀もきいていた。ふたりは、

（殿下〈秀吉のこと。秀吉が関白になってから部下はそう呼んだ〉は、立花や高橋たちも、自分の部下になさるおつもりだ）

と感じた。秀吉は気前のいい男で、大名の家来でも気に入った者がいると、どんどん自分の姓である豊臣や羽柴の姓を与える。土地も与える。まるで、その武士が自分の家来であるかのように扱う。このへんが秀吉の巧みな、人心掌握術であった。

「名誉と褒美のばらまき」

といわれるゆえんだ。

その秀吉が、九州の大友家に佐々と蜂須賀を派遣して、大友系統の実力者を手懐《てなず》けようとするのも、この方法によろうとしていた。

まだそんなことを知らない立花宗茂は、立花城で善戦していたし、また舅の道雪と、実父の高橋紹運は、高良地帯でこれも力戦をつづけていた。

このころ、道雪・紹運連合軍が相手にしていたのは、龍造寺軍とこれに味方する黒木軍などである。

黒木軍の大将は家永（実久ともいう）である。黒木は猫尾《ねこお》城に拠点をおいていたが、これがなかなか落ちない。黒木がよく防戦したからだ。

そこで道雪軍は、龍造寺家晴（故龍造寺隆信のまたいとこ）の柳河（川）城を攻めた。が、柳河城は平城だったが、沖端《おきのはた》川と花宗川の流れを利用し、同時にこのへん一帯はかなりの湿地帯なので、まわりは泥沼だ。非常に攻めにくい。何回も道雪・紹運連合軍が攻撃をしかけたが、難攻不落の城だった。

「くやしいな」

道雪はぼやいた。かれは例によって輿の上に乗り、若者たちを、

「エイトウ、エイトウ」

という掛け声で指揮したが、ついに柳河城を落とすことはできなかった。

そのうちに、道雪の具合が悪くなってきた。紹運が心配した。

「大丈夫ですか?」

そうきいた。季節は夏だ。道雪は、

「夏風邪をひいたらしい。陣中で粋なことをしたせいかな」

そうわらった。しかし鋭い目で柳河城を睨むと、

「もしもおれが死ぬようなことがあったら、遺体に鎧を着せて、この城の方向に向けてくれ。絶対に、立花城には遺体を持って帰るな」

そういった。紹運は、

「ご冗談を。まだまだ大丈夫ですよ。風邪なら早くお治しください」

と苦笑した。しかし心の中にいやな予感が湧いた。

軍団の士気というのは、合戦中は高まるが、長く滞陣しているとしだいに低下してくる。古いことばに、

「小人閑居して不善をなす」

というのがある。

「考えのないつまらない人間は、暇になるとろくなことをしない」

という意味だ。さすがの道雪・紹運軍団も、その悪弊に陥った。暮れが迫って正月が近くなった時期に、突然道雪の部下三十六人が、

「故郷の立花に帰って、正月を楽しみたい」

といって脱走してしまった。報告をきいた道雪は怒った。

「すぐ立花の里へいって、脱走した三十六人を斬り捨てろ」

と命じた。討手は、

「脱走者の中には竹迫《たかば》進士兵衛《しんしべえ》の弟がおりますが」

と道雪の顔をみかえした。竹迫進士兵衛というのは、道雪の部下の中でも勇猛をもってなり、敵方にもその名をとどろかせていた勇者である。が、道雪は、

「かまわぬ。竹迫の弟も斬れ」

とオニのような顔をしていった。討手はすぐ立花の里に駆けつけ、家族と正月を楽しんでいた三十六人をすべて惨殺した。道雪の軍規はきびしい。

このころ、宗茂が束ねる立花城でも裏切り者が出た。桜井中務《なかつかさ》と同治部《じぶ》兄弟が、秋月種実や宗像氏貞に通じて、

「立花城の焼き打ち」

を計画したことである。が、この密謀がすぐ宗茂に報告された。宗茂は、家老の薦野《この》増時《ますとき》に、

「桜井兄弟を討て」

と命じた。増時は承知し、配下から討手を選んで桜井兄弟を討ち取った。

ちょうど、三十六人の脱走者の処断の報告がきたときに、立花城の宗茂から桜井兄弟の裏切りと、その誅殺の知らせがやってきた。道雪は、

「宗茂殿もなかなかやるぞ」

とよろこんだ。

天正十三年の夏になると、道雪の体力はいよいよ衰えていった。高橋紹運は、

「ここにいたのでは、充分に療養できない」

と考え、高良山の陣をまとめ、筑後川北方の北野村（久留米市北野町）へ陣を移した。

お色と宗茂の母

異常に暑い夏だった。道雪は、例の輿に乗せられていた。さすがに座ることができずに寝ていた。

ジリジリと照りつける陽光を手で防ぎながら、

「天敵は、この暑さだ」

と憎々しげにいった。そして、

「お色の祟《たた》りかもしれない」

そんなことをつぶやいた。脇に沿って歩いていた紹運はハッとした。

「お色の祟りかもしれない」

という道雪のつぶやきは、紹運が書いた手紙によって立花城の宗茂に知らされた。宗茂は手紙をみて、暗い気持ちになった。

「お色の祟りかもしれない」

という道雪のことばには、かなり真実性が込められていたからである。

お色というのは、道雪の側室だ。兄は宗像《むなかた》大社の大宮司である宗像氏貞だ。政略結婚によって、

「立花家と宗像家の和睦の証」

として、お色が道雪の側室になったのだ。道雪には、すでに正妻仁志《にし》がいたし、ふたりの間には誾千代《ぎんちよ》という娘が生まれ、誾千代はすでに大友家から、

「立花城の城主を命ずる」

と、女城主に任命されていた。お色を迎えたとき、道雪は五十九歳、お色は二十五歳である。

お色はたいへんな美人だったらしい。しかし身体はかならずしも丈夫ではなかったようだ。その前に、いろいろと精神を患わせられるような事件が起こっていたためである。

道雪が、

「お色の祟りだ」

といったのは、道雪がお色自身に対して十分に温かい扱いをすることができず、同時にまた立花城内の空気も、お色に対して冷ややかだったためだろう。

正妻である仁志やその娘の誾千代にすれば、お色の存在はなんとも疎《うと》ましい。

(あの立派な父上が、なぜこんなまねをなさるのか?)

と疑問を持っている。誾千代は夫の宗茂に対しても、よくこのことを告げた。が、宗茂は

かならずしもお色に対し冷たい扱いはしなかった。ときおり訪ねては、

「不足するものはありませんか？　なんでもいってください」

といった。立花城内で、唯一自分たちに温かい気持ちを示してくれる宗茂に、お色とその付き人たちは感謝した。これが誾千代には癪のタネだ。

「なぜ、お色さまにやさしくなさるのですか？　あなたはまさか、お色さまに気があるのではないでしょうね？」

勝ち気な誾千代はそんなことばまで口にする。宗茂はわらう。

「ばかな。お色さまは、おれにとっては母上のような存在だ。なにをばかなことをいう」

ということばが誾千代にはカチンとくる。

「あなたの母上は、わたしの母以外ありません」

とキッと睨む。宗茂は、

「そうはいっても、父上がお迎えになった方だ。粗略には扱えぬ。ましていまは父上がお留守をなさっている以上、われわれがお色さまの面倒をみてさしあげなければ、お色さまも心細くてしかたがあるまい」

という。誾千代は勝ち気だから、

「お色さまも、そのへんのことはお覚悟の上でこの城に参られたはずです。やさしくする必要はありません。あなたはすこし人がよすぎます」

と文句をいいつづけた。

お色は、宗像氏貞の妹だが、出身は長門国《ながとのくに》である。中国最大の守護大名だった大内氏の家《か》宰《さい》陶晴賢《すえはるかた》の姪照葉《てるは》を母にしていた。

宗像大社の宮司である宗像家は、同時に戦国武将でもあったので、大内氏に帰属していた。大内氏は、

「大内氏帰属の証として、当主は必ず長門国に在国し、山口の居館に出仕すること」

と命じていた。そのため当時の宗像家の当主だった宗像正氏は、弟に大宮司の職を譲って、自分は単身長州山口に赴いた。

大内家の当主義隆は、正氏に領内の黒川と深川の二郷を与えた。そこで宗像正氏は黒川隆尚と名前を改めた。

かれにはすでに宗像時代に、山田局という正妻と、菊姫という娘がいた。しかし、長州の現地で大内家の家宰陶晴賢の姪照葉を妻にした。そして照葉との間に鍋寿丸（のちの宗像氏貞）とお色が生まれた。

隆尚は死ぬ前に、宮司職を譲った弟氏続の子氏男を自分の娘菊姫の婿にしていた。そのため、今度は菊姫の夫氏男が隆尚に代わって山口に出仕することになった。氏男もまた、名を黒川隆像《たかさき》と改めた。

天文二十年（一五五一）八月に、陶晴賢が反乱を起こした。そして、主人大内義隆を攻め滅ぼした。義隆は長門に逃れ、黒川隆像の領地だった深川にある大寧寺という寺で自害した。このとき、黒川隆像は主人のそばで殉死した。

主人大内氏を滅ぼした陶晴賢は、

「今後の宗像家は、自分の血縁の者に継がせよう」

と考え、その相続人を黒川鍋寿丸に決定した。そこで鍋寿丸を守るようにして、陶家の家臣たちが鍋寿丸の母照葉と妹お色を同行して、宗像の地に渡った。これが宗像家を二分する大騒動の元になった。

宗像家のほうでは、

「大宮司職は、あくまでも正当の宗像家によって保つべきだ」

と強硬に主張する者がいた。

「いや、そんなことをいってもいまの宗像家は独立しては生き残れない。やはり、陶家の庇護下に入らざるを得ない」

として、正統宗像派と、長州宗像派は真っぷたつに割れてしまった。

陶晴賢は、この状況をみて、

「正統宗像派を絶滅させよう」

と考えた。そこで正統宗像派の面々を片端から滅ぼし、同時に、山田局や菊姫と、これに仕えていた四人の侍女まで暗殺してしまった。

やがて、異変が次々と起こる。山田局たちを殺した暗殺者がひとりずつ、異常な現象に襲われ、悶死する。人びとは、

「山田局や、正統宗像家の怨霊が祟っているのだ」

と噂した。

陶家の後ろ盾によって宗像家を継いだ鍋寿丸は氏貞と名を変えた。しかし、この異変つづきには心を安らかにすることはできなかった。そこで氏貞はしばしば、

「怨霊を鎮めるための行事」

をおこなった。

そのうちに、安芸国から起こった毛利元就が、大内氏を滅ぼした陶晴賢を厳島の戦いで破り、陶氏は滅びた。宗像氏はようやく、大内氏や陶氏の手から独立した。しかし、依然として弱小豪族であったために、

「寄らば大樹の蔭」

という生き方をせざるを得ない。大友氏に属したり、龍造寺氏に通じたりするような生き方をつづけた。

そしてある時期に、大友氏に属することになり立花道雪に和を請うたのである。

お色はこうして、数奇な運命をたどった末に、名将立花道雪の側室として送り込まれた。

お色は、立花本城の北方にある松尾岳の館を与えられた。そこで、

「松尾どの」

と呼ばれていた。しかし、松尾岳の居館は山の上にあるので、普段は立花山の麓の青柳村の石瓦《いしがわら》に新しく建てられた住居で暮らしていた。

お色が道雪の側室になったころ、大友氏の勢いは強かった。しかし、日向国（宮崎県）耳

川の戦いで大敗したのちに、その勢威がしだいに傾いた。絶好の機会とばかり、反大友派の秋月・原田・筑紫らの豪族は、いっせいに蜂起し、

「あなたも加わりなさい」

と、宗像氏貞にも誘いの声をかけた。しかし、氏貞は、

「立花家と和議を結んでいるので、参加することはできない」

と固辞した。宗像氏貞にすれば、長門国にいた時代から苦労をともにしてきた妹のお色が立花城に人質同様に嫁いだ以上、これを無視して、大友攻撃に参加することはできなかったのである。

しかし不幸な事件が起こった。

お色が立花道雪に嫁ぐとき、宗像氏貞は若宮という地域を、

「お色の化粧料」

として立花家に献じた。住んでいた郷士たちはすべて移住させられた。この若宮に住んでいた郷士たちは、このことに大きな不満を持っていた。

たまたま立花道雪の軍勢が、この若宮地域を通りかかった。若宮旧郷士たちは相談した。

「われわれの土地を奪った立花家に、報復しよう」

しかしこの企ては宗像氏貞の知るところとなった。驚いた氏貞はすぐ腹心を派遣して、この企てを思い止まらせようとした。ところが、現地のいい分をきいているうちに、派遣された腹心たちもいっしょに暴動に加わってしまった。いうところの、

「ミイラ取りがミイラになった」のである。若宮旧郷士たちは、いっせいに立花軍に襲いかかった。怒った立花軍は、逆襲し若宮旧郷士たちを滅ぼした。

この報告をきいた道雪は、

「氏貞め、約束を破る気だな」

と怒り、

「氏貞を攻める」

と宣言した。

重臣の小野和泉や由布雪下《ゆふせっか》は、意見した。

「今回の暴動は氏貞殿の本意ではありません。氏貞殿は逆に説得しようとしたくらいです。すでに暴動を起こした若宮旧郷士は滅ぼされたのですから、これ以上戦いを広げるべきではないと思います。そんなことをすれば、お色さまがこちらにおみえになっているのに、せっかくの和が壊れてしまいます」

と切々と告げた。道雪はきかなかった。

「いや、約束を破ったのは氏貞のほうだ。攻め滅ぼす。軍を出せ」

と命令した。やむを得ず、小野・由布たちは、指示どおり軍をひきいて宗像に向かった。

このとき、道雪はお色を訪ねた。そして面詰した。

「宗像の武士どもは卑怯者だ」

とののしった。が、お色は毅然として、

「宗像の武士は卑怯者ではありません。もとは、宗像家は神に仕える者です。しかし、ことあるときには、神事に使う烏帽子《えぼし》や直垂《ひたたれ》をかなぐり捨てて、具足甲《ぐそくよろい》を身につけ、まっしぐらに戦場に向かいます。宗像家は古くから神に仕えているので、先のみとおしも立ちます。ですから、合戦が起こったときは生命を惜しまず戦うのです」

といい返した。目を丸くした道雪は、やがてわらい出した。そして、

「さすが宗像の出だけある。気の強い女だな」

とわらってその場を去った。

宗像攻撃は成功しなかった。というのは、指揮にあたった小野や由布は道雪に意見したくらいだから、この戦いは気に入らない。したがって部下も戦意がない。結局は、あいまいな小競り合いをいくつかしただけで、立花城に戻ってきた。

立花宗茂にとって、お色という女性は不気味な雰囲気をたたえていた。きくところによれば、

「お色さまは、かって母親の照葉さまの咽喉笛に嚙みついたことがある」

と伝えられていた。そしてその奇怪な出来事も、

「宗像家の祟りだ」

といわれていた。

しかし宗茂が、お色に対し温かい扱いをしたのは、決して祟りを恐れてのことではない。

宗茂は生まれつき気質がやさしい。虐げられた者や、傷ついた者に対しては、ことのほか同情心を湧かせる。お色に対しても同じだった。

そのお色は、昨天正十二年（一五八四）三月二十四日に、ちょっとした風邪がもとで死んだ。遺骸は、青柳村字河原（古賀町）に埋葬された。三十九歳であった。まさしく、

「戦国の犠牲者」

としての、幸の薄い生涯であった。

宗茂は、お色を手厚く葬り石瓦の屋敷を取り壊したのちに、ここに彼女のために竹籠院を建てた。事のしだいは、宗茂が前線にいる道雪に細々と報告した。道雪は折り返し返書を寄越し、

「そこまで尽くしてくださったあなたに、お礼をいう。お色もさぞかし泉下で安らかに眠っていることだろう」

と書いてあった。

その道雪がいま病んでいる。病みはじめてからしきりにお色のことを考えているのだろうか。しかし、

「おれの病気もお色の祟りだ」

といういい方は道雪らしくない。冗談にしても、まわりの者をハッとさせる。宗像家に伝わってきた呪詛の伝統は、だれもが知っているからだ。いや、お色の死についてさえ、

「お色さまが亡くなったのも、宗像家の怨念だろう」

という者さえいる。

それは、正統宗像派の山田局や菊姫たちが殺された日が、三月二十三日で、お色が死んだ日の前日にあたっていたからである。因縁話の好きな連中は、なんでも宗像家の怨念に結びつけなければ気がすまなかった。

立花宗茂は、そんな噂は言下に否定した。

「ばかなことをいうな」

といって戒めた。

「道雪殿が、酷暑にやられて患っておいでだ」

という実父からの手紙をみた宗茂は、道雪のことを案ずると同時に、実母のことも気にかかりはじめた。

実母は、長男の宗茂が立花家の養子になったので、事実上の高橋家の後継ぎとなった弟の統増《むねます》とともに、四王寺山中腹にある岩屋城を守っている。

高橋家は、大友宗麟から岩屋城と宝満城両城の城督（城将）を命ぜられていた。宝満城は堅固な城であり、攻めるのにむずかしい。しかし高い山の上にあるので、普段の起居は岩屋城でおこなっていた。

北進する島津軍が太宰府に到着すれば、当然大友方の岩屋城と宝満城は敵の攻撃目標になる。

（敵の大軍にかこまれて、弟の統増は果たして母上を守り抜けるか）

このごろとみに宗茂の胸にわきあがる不安の種子だ。

というのは、弟の統増は宗茂とは違って、多少気の弱いところがある。一城の大将としては、やや頼りない。それだけ気がやさしいということなのだが、宗茂にすれば不満だ。自分が善戦して、反大友方の秋月軍や原田軍を蹴散らしているだけに、その思いが深い。

宗茂にとって、やさしい母親だった。

母は、大友家の侍大将斎藤家の出身だ。父の斎藤長実《ながざね》は、大友家の家老職をつとめていた。兄の鎮実《しげざね》も多くの戦場で数々の手柄を立てている。

宗茂の父高橋紹運の実家は、豊後国東《くにさき》に拠点を持つ吉弘《よしひろ》家だ。

吉弘家は、大友氏の一族だ。紹運の父、すなわち宗茂の祖父にあたる鑑理《あきただ》は同地方の屋山城主であり、大友三老のひとりだった。

宗茂の父は少年のころの名を弥七郎といった。元服して、主人大友義鎮（宗麟）から一字もらい、吉弘弥七郎鎮理《しげただ》（のちに鎮種と変える）と名乗った。

弥七郎鎮理は、少年時代からほとんど余計な口をきかず、その性格は誠実で、また考え深かった。それでいて、勇気のあることは人に負けず、どんなときにも自分の考えをはっきりことばにしたという。しかも、戦場では勇者の名が高く、

「吉弘弥七郎はじつに頼もしい。若年ながら、すでに大将の風格を備えている」

と評判を高めていた。

こんな縁で、弥七郎の父吉弘鑑理と、宗茂の母の兄斎藤鎮実との間には、

「弥七郎殿の嫁に、わたしの妹を貰ってはいただけないか」

という話が出、弥七郎の父も、

「ぜひそう願いたい」

と約束が交わされていた。

このころの母はたいへん美しく、また慎ましやかな性格だったという。母もまた、宗茂の父である弥七郎にほのかな思慕の情を持っていた。

ふたりがまもなく婚儀の式を挙げるという直前に、弥七郎はまた出陣した。そして、弥七郎が留守の間に、宗茂の母は痘瘡（天然痘）に罹った。そのために容貌が一変してしまった。

凱旋してきた弥七郎が、斎藤鎮実のところにいって、

「かねてのお約束どおり、お妹さまをわたくしの妻にいただきたい」

と申し入れた。が、鎮実は渋った。

「どうかしたのですか？」

いぶかしんで弥七郎がきいた。鎮実は苦しそうにこう応じた。

「じつは、あなたが出陣中に妹は痘瘡に罹りました。そのため、容貌が一変しました。早くいえば、醜い顔になったのです。あのような変化があった以上、到底あなたの妻にしていただくわけにはまいりません。この話はなかったことにしてください」

といった。弥七郎はムッとした。しかし、持ち前の性格なので、怒りを堪《こら》えながら静かにきいた。

「それは、お妹さまのお考えですか？」

「いや、わたしの考えです」

「では、お妹さまに会わせてください」

「会ってどうなさるのですか？　顔の変化を自分で確かめようというのですか？」

今度は鎮実のほうが色をなしてきき返した。弥七郎は静かに首を横に振った。

「そうではありません。いまでもわたしの妻になりたいかどうか確かめたいのです。ご本人に確かめたうえで、お妹さまが、この話をすすめるか、あるいはあなたのおっしゃるように破談にするかを決めたいと思います」

「なるほど」

鎮実はつくづくと、

（弥七郎殿は、あくまでも誠実なお方だ）

と感じた。

弥七郎は鎮実の妹に会った。たしかに容貌は一変していた。しかし、目は澄んでいて、むかしどおりの気持ちのやさしさはその発する気によっても察しられた。弥七郎は直感した。

（この女性は、むかしとちっとも変わっていない。相変わらず、慎ましやかで好ましい性格をお持ちだ）

そこできいた。

「率直に伺います。あなたは、わたしの妻になるのがおいやですか？」

すると鎮実の妹は、チラッと弥七郎をみかえしながらうつむいて、小さくこう答えた。

「いやではございません。でも、このように顔の形が変わってしまったものでございますから」

「そんなことは関係ありません。わたしはあなたの顔をいただくのではない。心をいただくのだ。いまも、わたしの妻になりたいというお気持ちは変わりませんか？」

「変わりません。ずっとお慕い申しております」

真っ赤になってそう応じた。弥七郎は満足した。ニッコリわらうと、

「ありがとう。ぜひわたしの妻になってください」

そう頼んだ。

鎮実の妹はよろこびの色を目にいっぱい湛えながら、大きくうなずいた。

宗茂の父と母との間には、そういういきさつがあった。きくたびに、宗茂は胸を温める。そして、

（父も母も立派な人だ）

と、そういう父母の間に生まれた自分を誇りに思う。

（※このくだりで、宗茂の母である女性の実名がはっきりしません。記録に残されているのは、この女性が亡くなった後の法号宋雲尼という名称だけなのです。戦国にはよくある例です。戦国時代の女性はただ『女』としか書かれていない場合がたくさんあります。そのために、このくだりではあいまいな表現をとったことをお許しください。彼女の正式な法号は

『宋雲院殿花嶽紹春大姉』です。)

宗茂の母は気丈ではあったが、根がほんとうにやさしい。

そのへんは、宗茂の妻の誾千代《ぎんちよ》とはちょっと違う。誾千代はあくまでもツッパリ女だ。

宗茂の母は、いつも控えめだった。それはおそらく痘瘡で一変した容貌を恥じてのことかもしれない。岩屋城にいたころ、ともすれば引っ込み思案になる母に対し、宗茂は、

「母上、もっと胸をお張りください。ご自身に自信をお持ちください」

と励ましたものだ。そのたびに母は、うっすらと瞼に涙を滲ませ、

「宗茂、ありがとう」

と礼をいった。目の底に、息子に対する感謝の色がありありと浮き出ていた。そんな母をみるたびに、宗茂の胸の中にはいいようのない思いが渦を巻き、思わず、

「母上」

と、とびつきたいような衝動にかられたことを記憶している。

すでに大友家は衰運の極に達し、北上する島津の大軍と、これに加わった反大友諸豪族の軍勢の前で、まさに風前の灯のような状況にあった。宗茂もいまは、

(場合によっては、この立花城で討ち死にすることになる)

と覚悟している。しかし、もし落城の日がくるにしても、

「せめてもう一度、母上にお目にかかりたい」

という思いは日増しに募っていた。道雪が病気になったことがその思いをよけい助長させ

た。

そして、宗茂や高橋紹運が恐れていたことが現実となった。それは、立花道雪がついに死んだことである。

天正十三年（一五八五）から翌十四年にかけて、筑後方面の戦線は一進一退の膠着状況にあった。すでに肥後国内の諸豪族を降伏させた島津軍は、さらに筑後に侵入しはじめた。肥前方面は、龍造寺家の支配地だったが、当主龍造寺政家は、

「もはや肥前の支配はできない」

とあきらめた。あきらめただけではない、

「島津の軍門にくだろう」

と心を決め、その旨島津家に告げた。こうして、島津軍は、反大友派の急先鋒である秋月、筑紫、原田、草野、星野、問註所《もんちゅうじょ》等の諸豪族とともに、名門龍造寺家も参加させることになった。この龍造寺家の動きをみて、筑前の宗像・麻生両氏も軍門にくだった。

こうなると残るのは、立花道雪が城督を務める立花城と、高橋紹運が城督を務める岩屋・宝満両城だけになってしまった。しかし、城督の道雪と紹運はともに、北上してくる島津軍を抑えるために、筑後に出陣している。立花城の城代として城を守るのは、婿の宗茂であり、岩屋・宝満のほうは、城代の屋山中務《ややまなかつかさ》他、伊藤源右衛門、花田加右衛門等の老臣たちであった。

立花宗茂の母、実名は不明だが、のちの法号宋雲尼は、このころ屋山中務たちに守られて

岩屋城にいた。岩屋城は宝満城の支城である。また、本城だけに宝満城のほうが、守りが堅い。屋山は、

「われわれがここで島津軍をくい止めますので、どうか奥方さまや統増《むねます》（宗茂の弟）さまは、宝満城にお移りください」

と告げた。宋雲尼は、

「いえ、ここで夫の帰りを待ちます」

と頑張ったが、屋山たちは、

「岩屋城は、宝満城の支城であり、備えもそれほど堅くありません。どうかお移りくださ い」

といった。宋雲尼がなかなかきかないので、屋山はついに、

「それではこういたしましょう。岩屋城の女性・子供・老人たちもともにお連れください。この者たちのご支配をお願いいたします」

つまり、戦闘員としては役に立たないであろう人びとを、宝満城に待機させて、その面倒をみて欲しいというのだ。そこまでいわれると宋雲尼もついに我を折った。心を残しつつ、岩屋城にいた女性・子供・老人たちを連れて宝満城に移った。宗茂の弟統増も母に従った。

立花宗茂の実父高橋紹運は、心の底から立花道雪を尊敬していたので、

「岩屋・宝満の城は城代に任せる。わたしは、道雪殿とともに島津軍をくい止める」

と、自ら野戦におもむいた。

巨木倒れる

このころ、道雪は龍造寺家晴の守る柳河城を攻撃していた。ところが柳河城は、平城だったが、付近を流れるいくつかの川と、湿地帯に囲まれて大変な要害だった。なかなか攻め落とせない。道雪は悔しがった。

おりしも、酷暑の季節だ。道雪はすでに七十三歳だ。

「エイトウ！　エイトウ！」

という掛け声をかけながら、屈強の若者たちに担がせた輿の上で、しきりに鞭を振りまわすが、湿地帯にはかなわない。結局、道雪軍も空まわりした。

総大将の道雪は焦った。エイトウ！　エイトウ！　と掛け声は勇ましいが、実効がひとつも上がらない。かれの形相はオニのように変わった。ジリジリと照りつける容赦ない太陽の熱が、いよいよかれの肉体を弱らせた。

そのころ、立花道雪・高橋紹運の両将は、高良山《こうらさん》に陣をおいていた。標高三百十二メートルの山だが、頂上近くに高良神社がある。

由緒深いお宮で、神仏混淆《しんぶつこんこう》の名残を引き、宮司が座主《ざす》を兼ねていた。

このころの座主は良寛といった。そして、京都の比叡山にも負けないような多数の僧兵がいた。これがみんな、道雪・紹運に味方した。

「おふたりとも、いまの戦国の世には珍しい義に厚い武将でいらっしゃる」

といって、道雪・紹運の心意気を褒め、

「微力ながらお味方する」

と告げた。快く、自分の高良山を大友方の前線基地として提供したのである。

しかし、迫りくる島津の大軍の前には、おそらく高良山も討ち破られるに違いない。道雪と紹運は時折そんな話をしては、

「お座主に申し訳ない」

と告げ合っていた。そんなこともあって紹運は、

「高良山はたしかによい基地ですが、山の登り下りをなさるだけでも、お疲れになるでしょう。平地に陣を置き換えましょう」

とすすめた。老将道雪ははじめのうちは反対したが、やがて、

「おぬしの言に従おう」

といった。そして、

「老いては子に従えだ」

とわらった。紹運もわらった。

このころ道雪は七十三歳、紹運は三十八歳である。

道雪がいうとおり、紹運は道雪の息子のようなものだった。事実、紹運は道雪のことを、

「わたしの父親だ」

と思っていた。

岩屋・宝満の両城の守りを城代の屋山中務に預けて前線に出てきたのも、この気持ちの発露であった。

筑後の平野部に、すでに大友家に敵対している筑紫広門の拠点である北野と赤司《あかじ》の二城があった。

道雪・紹運軍は、突然これを攻略して城を占領し、陣を移した。が、道雪は、

「柳河城を落とさないうちは、死んでも死にきれない」

といいつづけた。

「だいぶ、あの城にご執心ですな」

紹運はわらった。道雪は、

「それはそうだ。おれが攻撃した城で、あれほど落ちない城はほかにないからだ」

と悔しがった。紹運にすれば、

(柳河城を目標にしていてくだされば、心が張り詰めて、病気もお治りになるだろう)

と思っていた。だから、

「早くよくおなりになって、ともに柳河城を落としましょう」

と勇気づけた。

道雪が発病したのは、この年の六月ごろである。紹運は、ほとんど夜も寝ないで看病した。まわりの者が、

「お館《やかた》、少しお休みください。お館のほうが参ってしまいますぞ」

と心配した。が、紹運は自分の身体のことなど忘れて看病しつづけた。場所は現在の、久留米市北野町である。

高橋紹運の必死の看病の甲斐あって、八月になると道雪の病状はいくらか持ち直した。が、九月に入って涼風が吹くようになると、急に悪化した。

そして、九月十一日、道雪はついに重臣の由布雪下と小野和泉のふたりを呼んだ。

「おれはだめだ。あの世へいく」

「お館、そのようなことを。大丈夫でございます」

由布と小野は、涙を浮かべて道雪を励ました。しかし道雪は首をゆるく振った。

「もうおれに慰めは通用しない。いいか、おれが死んだら遺体に鎧を着せ、兜をかぶらせて、この近くの好見岳《よしみだけ》に埋めろ。好見岳から、柳河城を睨みつづける。おまえたちは、おれに代わって必ず柳河城を落とせ」

そういった。遺言だった。いい終わると、道雪は息を引き取った。

「お館！」

由布と小野は、道雪の遺体にすがりついて激しくゆさぶった。しかし、道雪は二度と息を吹き返さなかった。

　こうして、

「大友家の魂」

とまでいわれた巨木は倒れた。その地響きは凄かった。

道雪の死は、たちまち四方に知れ渡った。

誰もが、

「大友家もこれで終わりだ」

と思った。

立花道雪の死は、名族大友家に対する大きな弔鐘であった。道雪が、自分の肉体と心を叩きつけて撞《つ》く大きな鐘の音であった。

しかし高橋紹運は、その鐘の音を、

「大友一族に対する警鐘だ」

　と受け止めた。

（これからの大友家を支えるのは、わたしと息子の宗茂だけだ）

　と思った。

　道雪の死は、紹運の本拠である岩屋・宝満両城にも告げられ、立花宗茂が城代を務める立花城にも伝えられた。

道雪の遺言をきいた由布雪下と小野和泉のふたりは、高橋紹運のところにやってきた。

「お館は、亡くなる前にこう申されました。いかがいたしましょうか？」

遺言では、道雪は、

「おれの遺体に鎧兜を着せて、好見岳に埋め、柳河城を睨ませろ」

と告げた。由布・小野が紹運にきいたのは、

「遺言どおり、取りはからいましょうか？」

ということだ。紹運は考えた。やがてこういった。

「道雪殿の跡取りは、わが息子宗茂（このころはまだ、統虎《むねとら》といっていた。しかし、この小説では以後、宗茂で通す）だ。宗茂の意見に従おう」

そこで、使いが立花城に走った。宗茂も考えた。が、宗茂はこういった。

「遺言を守って、養父殿のご遺体を好見岳に葬ったとしても、まもなく島津の大軍が襲う。養父殿の遺体も、その馬蹄にかけられる。忍びない。この立花城にお連れ願いたい」

使者は紹運のところに戻って、このことを告げた。紹運はうなずいた。由布雪下と小野和泉は顔をみあわせた。紹運が、

「どうした？」

ときいた。由布がいった。

「われらふたりは、お館さまがお亡くなりになるときにしかと遺言を示されたものでございます。宗茂さまのご意向によって、ご遺体を立花城にお移し申すことは異論ございません。

しかし、ご遺命に反する不忠の臣として、腹を切らせていただきます」

「わたくしも同じでございます」

間髪を入れずに小野和泉もそういった。

紹運はふたりをみかえした。目の底に、感動の色を浮かべた。しかしこういった。

「ふたりの気持ちはよくわかる。しかし、ご遺命の真意は、柳河城を落とすことにある。われらは、恥を耐え生き残って、必ず柳河城をこの手にしよう。それが、道雪殿に対するなによりの供養だ。腹を切るのは思い止まれ。それよりも、ご遺体を立花城へお移し申そう」

道理をわきまえた紹運のことばに、由布と小野も、

「そこまでの仰せなら」

と切腹をあきらめた。このとき、切腹を思い立ったのは由布と小野のふたりだけではなかった。道雪を慕う家臣たちの多くが、

「お館さまに殉じよう」

と殉死を思い立った。

半分は、膠着状況にあった筑後の戦線で、思うような戦果が上がらないために、そんな暗い気持ちを持ったのだろう。そのことは、誰が考えても、

「道雪殿がお亡くなりになった後は、もはや大友家の命運もこれまでだ」

と思えたからである。それほど、立花道雪の存在は大きかった。

それと、高橋紹運がいかに勇猛な大将であっても、多くの人間が、

「高橋紹運殿が、そのまま道雪殿の代わりを務めることは無理だろう」

と紹運の能力の限界をみていたのである。

が、この予測ははずれる。こののちの紹運は、まさに道雪と同じか、あるいはそれを越えるほどの鬼神ぶりを発揮する。

(大友家を支えるのは、わたしひとりだ)

という自覚が、紹運の異常な能力を掘り起こすからだ。

その片鱗は、立花道雪の遺体を立花城へ護送するときからはじまった。

紹運は、由布と小野を通じ、道雪の部下たちに命じた。

「いつも、道雪殿の輿を担いでいた屈強の若者が棺を担げ。そして堂々と立花城へ向かおう」

選ばれた若者たちは顔をみあわせた。目が輝いた。道雪亡き後も、その遺体を担ぐ栄誉を与えられたからである。

棺を乗せる輿が新しくつくられた。われもわれもと、棺を担ぐ志望者が増えた。予定の人数の何倍にもなった。由布と小野が、

「選抜いたしましょうか？」

ときいた。紹運は首を横に振った。

「いや、志望者全員に担がせてやれ。そうすれば、道雪殿もおよろこびになる」

そう告げた。

温かいはからいに、由布と小野は感謝した。このことを告げると、若者たちはいっせいに

オウと声をあげた。

準備がととのうと、紹運は道雪の部下たちにこういった。

「これより道雪殿のご遺体を、立花城へお移しする。全員、道雪殿がお好きであった、あのエイトウ！　エイトウ！　という掛け声を大声であげよう。道雪殿もさぞかしおよろこびになろう」

「高橋さまは？」

そうきく由布と小野に、紹運は、

「わたしは、殿《しんがり》を務める」

といった。由布と小野は顔をみあわせた。感動した。

(高橋さまは、そこまで亡くなった道雪さまをご敬愛になっていらっしゃったのだ)

と感じたからである。

道雪の死は、大友側にだけ伝わったわけではない。島津側にも当然伝わっている。島津本軍はいざ知らず、はじめから反大友的態度を取ってきた北九州諸族は、

「絶好の機会だ」

とばかり、高橋軍を追撃してくるだろう。あるいは、火事場泥棒よろしく空き城になった城を占領するに違いない。この立花城への遺体の帰還は危険な旅だ。そのために紹運は、

「自分が殿になって、追撃してくる敵をくい止めよう」

と考えたのだ。その紹運の気持ちがわかって、道雪の忠実な家臣であった由布と小野は、

胸に熱いものをこみあげさせたのである。

紹運が殿を務めるという報が伝わると、道雪の部下たちはこの立花城への遺体の帰還がいかに危険な旅であるかを改めて知った。道雪の部下たちも、

「高橋さまは、じつに義と情に厚い名将だ」

と褒め讃えた。

由布と小野の指揮によって、道雪の遺体を乗せた輿の行進がはじまった。全員、

「エイトウ！　エイトウ！」

と掛け声をかけた。声をあげているうちに、天の一角から、

「エイトウ！　エイトウ！」

と呼応する、道雪の声がきこえた。全員びっくりした。

「道雪さまだ！」

口々に驚きの声をあげた。道雪の声は、この旅が終わるまで天から響き渡った。

「立花道雪死す」

の報に、島津軍は色めき立った。

この方面の島津軍の総大将は、島津忠長だ。忠長は、本家の島津義久の従兄弟にあたる。副将が伊集院忠棟《いじゅういんただむね》、新納忠元《にいろただもと》、野村忠敦《のむらただあつ》たちであった。

このときの総大将の忠長と、副将たちの合議は、

「追撃すべからず。武将の礼を尽くして、葬送の行進を見送るべきだ」

と決した。現場のほうでは、

「すぐ追撃しよう」

といきり立つ将兵がたくさんいたが、総大将と副将は、これを止めた。したがって、島津軍の追撃はおこなわれなかった。

一方、自分の拠点から反大友攻勢を繰り返していた秋月種実《たねざね》も、周囲では、

「道雪の遺体を邀撃《ようげき》（むかえうつ）するだろう」

と注目されていたが、種実は一兵も動かさなかった。もちろん部下の中には、

「この際です。道雪の遺体を奪い、一挙に立花城を落としましょう」

という者もいた。が、種実は、

「武士のすることではない。道雪は名将だ。静かに、葬らせるべきだ」

といって、ひとり酒を飲んで、いい競争相手だった敵将を偲《しの》んだ。さすがに、反大友の姿勢を貫いただけの名将であった。

こうして道雪の遺体は、エイトウ！　エイトウ！　の掛け声とともに、遠く筑紫の原野から立花城のふもとまで運ばれた。

城代立花宗茂やその妻誾千代、重臣の十時《とと き》摂津ら家臣団のすべてが整列して遺体を迎えた。宗茂以下、全員が鎧の上に弔意を示す衣をまとっていた。誾千代も同じ姿をしていた。彼女にすれば、

（父上亡き後は、いよいよわたしがこの城のあるじだ）

という気持ちが燃え盛っていたからである。

（宗茂殿になど、城を渡すものか）

と意気込んでいた。

が、どんなに意気込もうと、彼女を支えていたのは父道雪だった。

誾千代にとっても、道雪は大きな木だった。その木が倒れた。誾千代は道雪の幹に頼っていた一本の枝にすぎない。

倒れた大木の幹からいかに身を起こして、枝として生きていくか。それがこれからの誾千代の大きな使命であった。

生前、道雪は莚内《むしろうち》村の、医王寺の住職を尊敬していた。そこで医王寺の住職諸庵が導師となって葬式をいとなんだ。

遺体は、立花口の養孝院梅岳寺に葬られた。

法名は、

「福厳院殿前丹州太守梅嶽道雪大居士」

である。

この法名を取って、立花宗茂は柳河に移動したのち、福厳寺という寺を建てて道雪の霊を弔う。

遺体を運ぶときに、殿《しんがり》を自らかって出ていた宗茂の父高橋紹運は、横隈《よこぐま》（福岡県小郡市）まできたとき、部下に、こころにかかっていた岩屋・宝満の様子を探りにいかせた。

筋金入りの反大友派秋月種実は、さすがに武将の心得を保ち、道雪の遺体の葬列には手を出さなかった。が、筑紫《つくし》広門《ひろかど》は、

「この機会に、宝満城を奪い取ろう」

と策した。

部下を六部（修行僧）の姿に変えさせ、一挙に宝満城を襲わせた。

宝満城は、前に書いたように岩屋城側にたくさんの将兵を送り込み、代わりに岩屋城にいた女性・子供・老人たちがたくさんいた。そのため、たちまち城は奪われた。

急をきいた屋山中務が駆けつけて、中から高橋統増・宋雲尼母子他、多くの一般庶民を救い出した。そして岩屋城に移した。

機をみるに敏な筑紫広門のおこないによって、宝満城は奪われたが、

「お方《かた》さま（紹運の妻宋雲尼のこと）ほか、統増さまもすべてご無事においでございます」

という報告をきいて、紹運はひとまず安心し、岩屋城へ戻った。

が、服装を改めて翌日紹運は立花城にいき、道雪の葬式に参加した。

道雪の葬儀がすんだ夜、誾千代が宗茂の寝所にやってきた。部屋の入り口にじっとうずくまり、闇の中をみつめている。気配に気づいた宗茂は、

「どうした？」

ときいた。誾千代は細い声で、

「おそばにいってもよろしゅうございますか?」

ときいた。勝ち気な闇千代は、ここのところ夫の宗茂をそばに寄せつけなかった。宗茂も意地っ張りだ。

「妻が寝たくないのなら、無理にとはいわぬ」

と、毎夜ひとりで寝ていた。ところが、闇千代のほうからやってきた。おそらく、父の道雪が死んだ後の悲しさを、自分でもてあましているのだろう。宗茂は、

「ここへこい」

といった。

ツツーと絹ずれの音をさせて闇千代が床の中に入ってきた。寝間着姿だ。が、宗茂に背を向けて寝た。しばらくそうしておいて、やがて宗茂は闇千代の肩に手をかけた。震えていた。嗚咽している。

「悲しむな。おまえが泣けば、父上は余計悲しむ」

宗茂の手に、コックリとうなずく闇千代のしぐさが伝わってきた。宗茂はいった。

「おれにとって、道雪殿はまだ生きておいでだ。おれたちが、道雪さまのことをいつも思い出していれば、道雪さまは生きておられる。生きた者が忘れたときに、はじめてその人は死ぬ。おれは絶対に道雪殿を忘れぬ。おまえもそうしろ」

しばらく宗茂のことばを頭の中で消化していた闇千代は、突然こっちを振り向いた。そして、涙でビショビショに濡れた頬を、いきなり宗茂の胸に押しつけた。

宗茂は誾千代をしっかり抱きしめた。柔らかい髪に顎を乗せながらいった。

「寝ろ。なにもかも忘れろ。おれがついている」

誾千代はまたコックリをした。しかし今度のコックリは、さっきよりも大きかった。

寝所の天井には、穴が開けてある。雨が降らないときは、蓋を取る。天がみえる。

宗茂は天を仰いだ。いくつかの星がまたたいていた。宗茂には、その一角に今夜から新しい星がひとつ加わったような気がした。

(加わった星は、道雪殿だ)

そう思った。そこで、誾千代の頬をつき、

「あそこをみろ」

といった。誾千代は、宗茂が示したほうへ目を向けた。

「星が見えるだろう?」

「はい」

「夕べまでなかった星がひとつ加わった。道雪殿だ。道雪殿は星になって、われわれを守ってくださる」

そう告げた。誾千代は目をいっぱいに開いて、またたきもせずに天井の穴から空を凝視した。やがてニッコリわらった。

「そうですね、あの星は父上ですね」

そういった。

ギクシャクした夫婦仲が、どこかほぐれて一本の糸が結ばれた。宗茂がいった。

「大友家を支えるのは、もはや岩屋城の父上とおれ以外にいない」

誾千代は返事をしなかった。宗茂のことばが、

「きょうからはおれが立花城主だぞ」

といっているような気がしたからである。

誾千代は小さな声でいい返した。

「でも、立花城の城主はわたしでございますよ」

「つまらぬことを」

宗茂はわらい捨てた。

「ここまで追い詰められた以上、そんな細かいことにこだわるときではあるまい。おまえとおれのどっちが城主だろうと、おれたちは心をそろえて大友家を守らなければならぬ。いいな？」

最後のいいな？　という念押しは、誾千代の心の狭さを戒めるような響きがあった。

誾千代はしかたなく、

「はい」

と小さくうなずいた。

しかしだからといって、誾千代の生まれつきの勝ち気がそのまま消えたわけではなかった。

こののちも、誾千代は何度も夫の宗茂と衝突する。

大友、秀吉に臣従す

立花道雪の死によって、大きな衝撃を受けたひとりに大友宗麟（義鎮）がいる。宗麟はこのころまったく孤立状態だった。

日向国（宮崎県）耳川における大友軍の大敗は、宗麟自身が指揮を執ったわけではなく、嗣子《しし》義統《よしむね》が総大将だったが、だからといって父親宗麟の責任が免ぜられるわけではない。

耳川の敗戦後、一族・一門のうちから、次々と裏切り者が出た。また、大友氏に従っていた諸豪族も次々と反旗をひるがえした。この理由を、宗麟の家臣たちは、

「お館が、キリシタンにおなりになったためだ」

といった。

「お館が、あの妙な棒（十字架のこと）をご信じになるようになってから、ろくなことはない」

と噂し合った。中には宗麟に面と向かって、

「信仰をお捨てなさい」

という者もいた。

宗麟はこの状況下でも、信仰を捨てることなく、そむく気配のある家臣の家を一軒一軒訪ねては、高価な物を与えたり、あるいは励ましや慰めのことばをかけたりした。まるでかれ自身が、キリストになったかのようであった。

そのころ豊後府内（大分市）の町は、まさにヨーロッパのそれと化していた。洋風の学校があり、病院があり、教会がある。

そして、朝夕は、キリシタン信者たちの祈りのことばが町中に響き渡る。異様な光景である。

しかし宗麟は、

「いま、自分にとって支えになるのは神以外ない」

と考え、棄教しようとはしなかった。

しかし、立花道雪の死は衝撃だった。

「道雪の卒するは千里の鉄城の壊るるが如し。大友零落の基なり」

と世間ではしきりに噂している。宗麟も、

（そのとおりだ）

と思う。当主の座を譲った義統は頼りない。宗麟の信仰は無視して、

「ご隠居さまが、ぜひもう一度豊後の大守におなりください」

と、宗麟の統治を望む声も多い。宗麟もその気になって、

「では、息子の義統以下すべての家臣が、わたしの命に従うということを約束せよ」

と応じたが、この約束は守られない。

「宗麟さまは、すでにこの世からズレておいでだ。次々と変わる世の中の速さをご存じない」

と、現実から離れた政策にそっぽを向いてしまう。

宗麟は考えつづけた。

「この際、もう一度北上してくる島津軍と一戦構えて、潔く滅ぶべきか」

「あるいは、別な道をたどって大友家の名を存続すべきか」

ということだ。宗麟は結局後者を選んだ。それは、

「大坂にいって、関白である豊臣秀吉殿下にお願いし、島津を懲らしめてもらおう」ということだった。

秀吉が関白になったのは、天正十三年（一五八五）七月のことだ。ちょうど、立花道雪と高橋紹運が、北上してくる島津軍を迎え撃つため、高良山に陣を張っていたころのことである。

関白になった秀吉は、

「天皇の命によって」

という触れ込みで、日本全国の大名に対し、

「土地争いのための私闘を禁ずる」

と命じた。

だから、天正十三年の十月二日には、細川幽斎や千利休を通じて、大友家と島津家に、

「和睦せよ」

と命じていた。

島津家の重臣伊集院忠棟が、和歌の道で細川幽斎に、茶の道で千利休を師と仰いでいたからである。

しかし、この重要な和睦提言は、伊集院忠棟の判断によるわけにはいかなかった。忠棟は主人の島津家に相談した。島津家は当主の義久をはじめ、嘲笑った。

「一農民からの成り上がり者が、なにをいうか。当島津家は、源頼朝公以来の名門だ」

と家柄を誇り、細川幽斎・千利休の申し出を一蹴した。

このころの秀吉は、まだ徳川家康との仲がギクシャクしていたので、とても九州にまで手がまわらなかった。したがって、

「天皇の命により」

といういい方で、全国平定の調略をおこなっていたのである。しかし島津はいうことをきかなかった。

いままでは、立花道雪と高橋紹運のふたりが大友家の二本の柱としてよく支えてくれた。が、誰がみても、二本の柱とはいっても道雪の柱のほうが太く頑丈であることはいうまでも

ない。

その柱が倒れてしまった。

「やむをえない」

大友宗麟は、決意した。それは、

「豊臣秀吉に身を屈し、大友の家を存続させてもらおう」

ということであった。

天正十四年（一五八六）三月末、大友宗麟は腹心の柴田統勝、佐藤新介らのわずかな部下を連れて、臼杵《うすき》港から船で、大坂に向かった。

四月五日、和泉（大阪府）堺港に着いた。上陸して、同地の妙国寺という寺に入り、泊まった。

翌四月六日、早速に大坂城へいった。秀吉は、事前に連絡を受けていたので、

「おう、九州から大友がきたか。会おう」

といって、宗麟を通させた。

このときの会見の模様を、宗麟は細かく豊後の家臣たちに書き送っている。

この日、豊臣秀吉は五十歳、大友宗麟は五十六歳である。

宗麟の手紙によれば、大坂城はまだ完成していなかったが、工事の状況の賑やかさは筆舌につくしがたかった。

堀は大きな川のようであり、城門はすべて鉄が貼られていた。

秀吉と会った部屋は、いくつかの部屋をぶち抜いたもので、襖が全部開け放たれ大広間になっていた。秀吉は最上段の間に座っていた。

その服装は、紅の小袖を着、その上に唐綾の白小袖を重ねて袴をはいていた。袴の地の色はよくわからない。しかし、模様として紫や玉虫色のデザインがほどこされていた。足袋は赤地の金襴に練緯《ねりぬき》（絹織物）のものだったという。

ずらりと大名たちが並んでいた。秀吉の脇には、弟の秀長が控え、脇に宇喜多秀家、細川幽斎、長谷川秀一《ひでかず》、宇喜多忠家、前田利家、安国寺恵瓊《えけい》、宮内法印と呼ばれた前田玄以《げんい》とそれに茶頭《さどう》の千利休などが座っていた。

誰も脇差はさしていない。この席で、宗麟は酒や菓子のご馳走にあずかった。秀吉が、

「大友は茶が好きか」

と尋ねた。宗麟がなにかいおうとすると、千利休が間髪を入れず、

「お好きの由、承っております」

といった。秀吉はこれをきくとニコニコわらい、

「そうか、では一服点《た》ててしんぜよう」

といって立ち上がり、自分から釜の湯をすくって、茶を点てた。

「飲め」

と宗麟に突き出した。宗麟は半分ほどすすり、すぐ茶碗を部下たちにまわした。部下たちもまわし飲みをした。

「天守閣を案内しよう」

宗麟のなにが気に入ったのか、秀吉ははしゃいだことばつきになって、宗麟を天守閣へ案内した。

弟の秀長がついてきた。天守閣の下は、武器庫になっていた。大砲や、火矢、火薬などが収めてあった。また、金銀をぎっしり詰めた蔵もあった。秀吉は、すべての扉を開け放ち、

「これはなにに、これはなになに」

と詳しく説明した。最上階からは、あたり一帯の光景がみえた。

大坂城はもちろんのことだが、その城の下に展開した大坂の町々が、じつに広大で、賑やかだった。宗麟は目を丸くした。

胸の中で思わず、

(豊後府内の町など、とてもおよびもつかない)

と思った。

宗麟が驚嘆している様をみて、秀吉は調子づいた。

「おれの寝所をみせよう」

といって寝室に案内した。寝室には贅沢なベッドがおかれていた。いたるところに黄金が使われている。宗麟もキリシタン大名だから、ベッドのことは知っていた。しかし、ここまで金ピカなベッドはみたことがない。

秀吉はさらに、

「おれの宝物をみせよう」

といって、そこに居合わせた津田宗及《そうきゅう》や今井宗薫《そうくん》などの茶人にも、いままで収集した名器の数々をみせた。

宗麟はすでに、

「志賀」

という壺を献上していた。秀吉は、

「おぬしからもらった壺もその中に入っている」

といって、志賀の壺を出してみせた。着物部屋にも案内された。小袖や脇差などがおいてあった。

「気に入ったものがあるか？」

ときかれ、宗麟が思わず一本の脇差を指すと、

「やるよ。持っていけ」

と気前よくくれた。面会は上首尾であった。しかし秀吉は、肝心な、

「九州にいって、島津を懲らしめる」

ということは、自分では約束しなかった。

不安になった宗麟は、秀吉の前から退出後、秀吉の弟秀長にこのことを話した。秀長はニコニコわらいながら、

「いまの大坂城では、うちうちのことは千利休が、公儀のことはわたしがよろしくはからう

から、あまり心配なさらぬように」

といってくれた。そして秀吉からの土産だといって、米四百石、太刀一口《ふり》、馬一疋《ぴき》などを渡された。

別れ際に、秀吉が、

「おう、そうだ」

といって宗麟を呼び止めた。

「立花道雪が死んだそうだな？」

「はい。残念なことをいたしました」

「おれも残念だ。あいつがいなくなったのでは、さぞかし心細かろう」

そういって秀吉は、

「しかしまだおぬしには、高橋紹運がいるし、そのせがれの立花宗茂もいる。心強かろう」

そう告げた。宗麟は驚いた。目をみはって秀吉をみかえした。秀吉の情報通ぶりに呆れたのである。

（まったく油断もスキもならない。なにもかもご存じだ）

と感じた。秀吉はいった。

「どうだ？　おれの家人《けにん》（家来）になる覚悟はあるか？」

目の底が光っている。

宗麟はちょっとためらった。しかし、豊後を出るときからすでにそのことは覚悟していた。

「身を屈しなければ、島津を懲らしめてもらうことはできない」

といういことは、

「大友の名を保つことはできない」

ということである。そこで改めて座り直し、

「その覚悟でございます。どうぞよしなに」

と平伏した。

秀吉は満足そうにわらった。

「名門の家を捨てて、この関白に仕えようという心根は見事だ。悪いようにはしない。おぬしのその志をありがたく受けよう」

といった。

この一言で、大友宗麟は完全に豊臣秀吉に臣従することになった。宗麟の胸の中で、なにかがガラガラと音を立てて崩れ落ちた。

秀吉がいった。

「ついでに、高橋紹運と立花宗茂も、おれの家人ということにしよう。国に戻ったら、ふたりにそう伝えろ」

そういった。否も応もない。押しつけだ。

しかし宗麟は逆らえなかった。高橋紹運と立花宗茂が、大友宗麟とともに豊臣秀吉の家人になるということは、これからは紹運も宗茂も、宗麟の家来ではなくなるということになる。

つまり、三人とも同格で秀吉の家臣になったということだ。宗麟の気持ちは重くなった。が、

（これも我慢だ）

と自分の心をなだめた。

大友宗麟の懇願を受け止めた秀吉は、確約はしなかったが、腹の中ですでに、

「九州を征伐しよう」

と意を決していた。しかしいまは四国の長宗我部氏を攻略中なので、その後に九州にすすむ気でいた。

秀吉は再び、関白の名において、島津氏に、

「大友と和睦せよ。そして、九州各地の侵略をやめよ。そうすれば、薩摩・大隅の他に、日向と肥後の半国を与えよう」

という領地面における妥協策を出した。ところが島津家では、

「いままで切り取った九州各地は、それぞれの地域からの豪族の願いによるものであって、島津家の私意ではない。かれらが、島津家の統治を望んでいるのだ。干渉されるいわれはない」

と蹴った。秀吉は、

「小癪な島津め、叩き潰してくれる」

とはじめて本気で怒った。そこで、

「明年の春には、九州の島津を征伐する。その前に先陣として、九州へ渡れ」

と降伏直後の四国の長宗我部元親・信親父子と、中国地方の毛利輝元（元就の孫）、吉川《きっかわ》元春（元就の次男）、小早川隆景（元就の三男）などの毛利一門に九州へ渡ることを命じた。

そして軍監として、仙石秀久、黒田孝高（如水）のふたりを任命した。

しかし、まだ豊臣秀吉の実力を軽くみていた島津家では、総大将の義久が自ら大軍をひきいて日向路をすすみ、弟義弘には西軍として、肥後から筑後へ侵入させた。義久自身は、すでに豊後に入った。

たまりかねた大友一門は、大野郡で鎧嶽城主戸次鎮連《べっきしげつら》、鳥屋城主一万田宗慶《いちまだそうけい》、朝日嶽城主柴田紹安《しばたしょうあん》、また白仁城主志賀道輝、同じく道益、山野城主朽網《くたみ》宗暦、入田《にゅうた》宗和などが宗麟にそむいた。そして、

「ご案内仕る」

といって、島津軍の先導を務める始末だった。

この侵略に対して、実戦の指揮を執るのは宗麟の子義統《よしむね》だったが、かれは右往左往し、拠点を次々と変えた。

敗戦に次ぐ敗戦で、高崎城、豊前龍王城などに逃げ込んだ。

また、秀吉が先陣として派遣した仙石秀久や、長宗我部元親父子も島津軍に大敗した。長宗我部信親は戸次《へつぎ》川の合戦で戦死したし、仙石秀久は豊前の小倉城に逃げ込んだ。

長宗我部元親にいたっては、海を渡って伊予の日振島《ひぶりじま》へ走った。

　この報告をきいて秀吉はかんかんに怒った。

「どいつもこいつも腑甲斐ないやつばかりだ。だいたい、総大将の義統はなんだ。自分の国を守ろうとせずに、他国の城へ逃げ込むとはなにごとだ！」

と目を怒らせた。報告にきた軍監の黒田如水がポツリといった。

「しかし、そうなればいよいよ殿下のお出ましの意味が高まりましょう」

「なに」

　秀吉はジロリと如水をみかえした。そして、

「相変わらず、おまえは頭が鋭いな」

と嫌みをいった。

　秀吉の主人織田信長が明智光秀に殺されたときに、真っ先にこの情報を秀吉にもたらしたのは黒田如水である。

　そのころの如水は、まだ小寺官兵衛といって、姫路城のあるじだった。姫路城といっても、いまの姫路城ではなくそのころの戦国の城だから、砦のようなものだった。

　かれは、小寺という大名の家臣で、主人の姓をもらっていた。先をみる目が鋭く、

「これからは織田信長の天下になる」

と思っていた。

　だからその先陣として中国地方に侵入してきた羽柴秀吉にぴったりついた。

　ちょうど秀吉はそのころ長年付き合ってきた参謀の竹中半兵衛を死なせたばかりだったの

で、代わりに黒田官兵衛を重く用いた。

信長の死を知った如水は、すぐ秀吉の陣に駆けつけて大声でいった。

「羽柴さま、織田信長さまが明智光秀に殺されました」

「なに」

騒然となる秀吉の陣中で、ほかに大名がたくさんいるのに黒田如水は、さらに秀吉にこう告げた。

「これで、いよいよあなたの天下ですな」

これをきいたとき秀吉はチッと舌を鳴らした。腹の中で、

(このばかめ)

と罵った。

秀吉に天下に対する野望がないといったら嘘だろう。しかしこの段階では、信長にはたくさんの子供がいる。兄弟もいる。

まして織田家には、秀吉よりも先輩の重臣がたくさんいる。

(それを一挙に乗り越えて、おれが天下人になれるはずがない)

秀吉はそう思っていた。にもかかわらず、そんなことを軽々と口に出す黒田如水の訳知り顔がこづらにくかった。

織田信長はそういう如水の性格をみぬいていた。秀吉に何度も、

「黒田を殺せ。あいつは油断がならない」

といった。秀吉はそれを庇《かば》い抜いてきたのである。

だから、いま九州から戻った如水が以前と同じようなことをいうのに、秀吉は、

（こいつの性根は、死ぬまで直らない）

と思った。

しかし、島津の勢いが強まれば強まるほど、そして大友が追い詰められれば追い詰められるほど、秀吉の九州征伐が名を高めることはたしかであった。

秀吉はフッと思った。

（それまで、高橋父子が城を支えきれるだろうか）

秀吉は優秀な若者が好きだ。九州でいまかれの脳の中に刻みつけられているのは、立花宗茂と鍋島直茂のふたりの青年武将の名だ。

立花宗茂は、大友家の柱石であった立花道雪の婿であり、鍋島直茂は肥前の熊と呼ばれた龍造寺隆信の家老だ。しかし、隆信が戦死した後、その子政家は凡庸で、家老の直茂がメキメキと頭をもたげているという。

（九州にいけば、宗茂や直茂にも会える。楽しみだ）

秀吉はそう思った。

壮烈岩屋城

豊臣秀吉が、かれのいう、

「天皇の命による官軍」

をひきいて、九州に渡るのは天正十五年（一五八七）の春のことである。

それまで、大友家を支えるのは、かかって立花城主立花宗茂と、岩屋城と、いったん奪われて取り戻した宝満城のあるじ高橋紹運のふたりであった。

しかし、紹運はついに自分の拠点とする城を支えきれなかった。壮烈な悲劇が起こった。

薩摩軍とこれに同調する九州の諸豪族連合軍は、筑前南部に侵入してきた。天正十四年（一五八六）七月半ばには、約五万前後といわれる薩摩軍が、完全に野にみちた。

狙うのはもちろん、岩屋城、宝満城、立花城の三城である。岩屋・宝満の両城を守るのは、高橋紹運であり、立花城を守るのはその息子で立花家の養子に入った宗茂だ。

あわせて三千人足らずの兵力だったという。岩屋・宝満両城の人数は、約千人ぐらいだった。

いよいよ、悲劇的な岩屋・宝満両城の攻略がはじまるわけだが、このへんを吉永正春氏の『筑前戦国史』（葦書房）などの助けを得ながら、書いていく。

守城の総指揮を執る高橋紹運は、岩屋城にいた。本来この城は、宝満城の支城である。見下ろすと、すでに攻撃軍は、筑山、国分、坂本、二日市、針摺《はりすり》、天山《あまやま》、鞭掛、吉木、阿志岐、大石、本導寺、横岳観世音寺、太宰府、宇美口などの集落にびっしりと蟻も洩らさぬほどの綿密さで陣を張っていた。

岩屋・宝満両城をとりまく低い山々や、野はすべて薩摩系の軍勢でみちみちた。

「薩摩軍きたる」

という報は、ずいぶん前から紹運のもとに達していたので、紹運はおさおさ怠りなく籠城の用意をつづけていた。必要な食料、武器などをどんどん城に運び込ませた。

家臣たちの意気は高く、結束していたが、しかし、

「薩摩軍を、岩屋城で迎え撃つか、それとも宝満城で迎え撃つか」

ということについては、意見はふたつに分かれていた。大部分は、

「岩屋城を捨てて、宝満城に籠るべきです。本来、宝満城が主城であって、岩屋城は支城です。あちらに移りましょう」

とすすめた。が、城将の高橋紹運は首を横に振って、静かにこう応じた。

「この岩屋城に籠ろう。というのは、わたしが薩摩軍と戦いつづける間、いつもこの岩屋城

にいたことをむこう側もきちんとわきまえている。それが、大軍に襲われて怯《ひる》みをおぼえ、ついに守りの堅い宝満城へ移ったとあっては、わたしの武士道がすたる。あくまでもここで食い止めたい。それよりも、城内にいる女子・子供・老人たちや、あるいは一般の農民庶民たちを宝満城に移してもらいたい」

高橋紹運の話はつづく。

「かれらは、非戦闘員であって直接戦いに関わりはない。薩摩軍に襲われることを恐れて、たまたまこの城に逃げ込んだにすぎない。万一、われわれが敗死するようなことがあっても、薩摩軍にいっぺんの情けがあれば、非戦闘員を殺しはしないはずだ。それにはかれらを一時も早く宝満城へ退避させるほうがよい。

合戦は、天の時・地の利・人の和によって勝つか負けるかが決する。天の時というのは運である。地の利というのは、条件・状況などをいう。人の和というのは、いうまでもなく事にあたる人びとの結束力だ。

運というのは、訪れるのか訪れないのか人間には予測は立たない。したがって、いまは運頼みの考えは捨てよう。二番目の、地の利は非常に悪い。敵はみるとおり、数万の大軍だ。ここに籠ったのは千人足らずの軍勢である。

しかし、わたしはしみじみといま思うのだが、人の和だけはこの九州の大名家の中でも、際立って高い。とくに、息子の宗茂のいる立花城とも連携は緊密であり、たとえこの城が落ちたとしても、宗茂が必ず立花城を支えてくれる。

わたしは必ず宗茂がそうしてくれると信じている。そして、そうすれば必ず関白秀吉殿下の援軍が九州に到達するにちがいない。その日を信じて、われわれは捨て石になろう。かつて九州で栄えた菊池、少弐《しように》、宗像《むなかた》などの名家もすでに滅びた。これは、運であり天の時であり、また時の流れだ。わたしはいま、高橋家もその流れの中にあることを嚙みしめている。バタバタしてもはじまらない。

われわれが誇るべきは、おまえたちとともに、最後まで大友家を裏切らずに、義を貫いてきたことだ。この義の貫きぶりは、おそらく天がしっかりとみさだめていてくれるはずだ。宝満へ退くことなく、この岩屋城を守り抜こう。頼む。もちろん、わたしのこの考えに反対の者は、躊躇することなく城を去ってよい。止めぬ。咎めもせぬ。よいか」

ききいていた家臣たちは、すべてこぶしを目に当てて肩を振るわせた。嗚咽した。しみじみと語る大将の紹運のことばが、一語一語胸の底までしみ込んだからである。全員、

(紹運さまはご立派だ。この大将のもとで死ぬことは、まったく幸福だ)

と感じた。これがまたさらに、岩屋城に籠る将兵たちの戦意を高めた。

家老の屋山中務《ややまなかつかさ》が、

「よくわかりました。ご立派です。最後まで、あなたに従います」

と家臣団を代表して誓い、すぐテキパキと紹運が命じた仕事をはじめた。

すなわち、城内にいた女性・老人・子供や、一般の農民庶民やさらに病人などを宝満城へ移動させた。

これらの非戦闘員、ならびに後方支援の指揮を執るのは紹運の次子統増《むねます》である。

紹運はさらに、

「そなたも統増とともに、としよりや幼い子供の面倒をみてやって欲しい」

と、紹運が死んだ後、宋雲尼と法号を名乗る妻にいった。妻はかつて、

「わたしは、そなたの心を妻にするのであって、容貌を妻にするのではない」

といわれ、うれし涙に胸を熱くした思い出がある。

「宝満のほうは、統増に任せます。わたくしはぜひともあなたとご一緒に」

と懇願した。しかし紹運は首を横に振った。

「いや、いろいろとこまごましたことは、統増にはわからない。女性の感覚で、ぜひ宝満の面倒をみてもらいたい。いってみれば、統増とそなたは、宝満城の城主になる」

と微笑んだ。夫の悲壮な決意をすでに察していた妻は、それ以上無理強いはしなかった。

「わかりました。宝満のほうで、としよりや子供の世話をいたしましょう。どうかあなたもご存分に」

といった。ご存分にということばの底には、すでに、夫の死を覚悟している色があった。紹運はうなずいた。目と目が合った。いいようのない愛の光がとび交った。紹運は目で告げた。

「さらばだ」

妻も目で応えた。

「あの世でお目にかかりましょう」

ふたりは大きくうなずき合った。

このとき紹運が家臣たちに告げたのは、ことばにはしなかったが、

「武士は、義のために死ぬのが本懐である」

ということだった。

目先の利益だけを求めて、あっちにつき、こっちにつきという見苦しいさまをみせたあげく、ついに思い出の深い北九州の地を捨てて、薩摩の島津軍に加わった諸大名・土豪たちに対する、深い憤りの表明であった。

「高橋・立花両家だけが、最後まで大友家に忠節を尽くす」

ということを、岩屋城を最後の場として紹運は示しつづけたかったのである。

岩屋城には、立花宗茂のところから派遣された応援の武将が数人いた。内田鎮家、原尻宮内、森下家忠である。紹運はこの三人を呼んだ。そして手紙を書き、

「この文章を、宗茂の家老十時《ととき》摂津《せっつ》に渡してもらいたい」

と頼んだ。しかし自分の本心を伝えたいのはやはり息子の宗茂に対してである。が、紹運は節度正しかった。

「たとえ息子といえども、宗茂はすでに立花道雪殿の婿に入り、立花城のあるじだ。礼を尽くさなければならぬ」

と考え、宗茂の重臣十時摂津に依頼する形で、さらにその手続きを宗茂から派遣されてい

た三人の武将に依頼したのである。

　このへんの折り目正しさは、戦国では類をみないほどめずらしい。高橋紹運は、最後までそういう人物であった。

　十時摂津から、父の手紙をみせられた宗茂は思わず瞼を熱くした。改めて父親の偉大さに感動した。そこで、城内の広間に家臣たちを集め、

「岩屋・宝満の城が危機に瀕している。立花城を捨てて、応援に駆けつけるわけにはいかぬが、せめて志のある武士を、援軍として送りたい。食料も届けたい。誰かいってくれる者はいるか？」

　と、いまでいえば特攻隊を募るような発言をした。ためらいもなく、

「わたくしが参ります」

「わたくしも参ります」

　という声が次々と起こった。宗茂は驚いた。

　即座に、こんなにも多くの武士が岩屋城応援のために駆けつけたいといい出すとは思わなかったからである。しかし、手をあげた者すべてを岩屋城に送ってしまえば、立花城のほうが手薄になる。そこで宗茂は、

「おまえたちの志はうれしい。この宗茂、心から礼をいう。父上もさぞかしおよろこびになることだろう。しかし、万一、岩屋・宝満の城を落とした後は、薩摩軍は必ずこの立花城を攻めてくる。われわれはすでに、関白殿下の家人である。殿下の援軍が到達するまでは、な

んとしても立花城を最後の砦として支えなければならない。すべての士を岩屋に送るわけにはいかぬ。二十人か三十人に絞りたい」

　そう告げた。意を受けた十時摂津が、

「おまえはいけ、おまえは残れ」

　とテキパキと決死隊を選別した。結局二十数人が選ばれた。決死隊の指揮者になったのは吉田左京である。一同は、食料を馬に乗せ、ほとんど駆け足で岩屋城に向かった。息子からの好意を受けた紹運はよろこんだ。しかし、折り目正しいかれは、こういった。

「食料や武器・弾薬はありがたく頂戴する。しかし、落城が目にみえている岩屋城で、おまえたちの志を散らせるわけにはいかない。立花城に戻って、宗茂を支えて欲しい。そのほうが、われわれ岩屋城に籠る将兵の手向けになる」

　と帰城をうながした。が、吉田左京たちは怒った。

「何を仰せられますか。われらは、立花城を出たとき以来、すでに紹運さまのご家臣にお加えいただいたと覚悟しております。おめおめと立花城に戻れば、今度は主人に叱られます。どうしても、帰れと仰せられるのなら、この場でわれら一同切腹させていただきます」

　と、ことばどおり腹を切る構えをみせた。

　従ってきた二十数人も同じような表情をした。紹運は、目を潤ませた。

　立花宗茂にすれば、自分は婿であり、年も若い。立花城にいる武士たちのほとんどが、道雪の家臣であって、それほど宗茂に馴染みのあった武士たちではない。したがって、

「岩屋城に応援にいって欲しい」

といえば、あるいは中には、

(大事な立花城をそっちのけにして、父親の危機にわれわれをさし向けようとするのか)

と疑いを持つ者もいるかもしれぬと案じた。が、結果はちがった。真っ先に進み出た道雪の遺臣吉田左京が、

「武士の道は、義に殉ずることだと思います。わたくしをいかせてください」

と志願した。吉田左京の一言が、旧道雪系の家臣たちの胸をゆるがし、われも、われもと志願者が殺到したのである。宗茂は思わず胸の中で、

(道雪殿の家臣たちも、ようやくわたしに心を開いてくれたのだ)

と、そのことが無性にうれしかった。

吉田左京以下決死の覚悟で岩屋城にとび込んでいったこれらの二十余人の義士は、壮烈に玉砕する。

七月十日、城将高橋紹運は、烏帽子《えぼし》、直垂《ひたたれ》に衣服を改め、城中に宝満の神霊をまつって、武運を祈願した。直後、各武将を、それぞれ配置した。

虚空蔵台《こくうぞうだい》に、福田民部少輔を大将とし五十数人、虚空蔵台南の大手城門には、伊藤惣右衛門以下七十人。

虚空蔵台西南の城戸に、家老の屋山中務を将として百余人、風呂谷の砦に土岐大隅以下を。

また東松本の砦に伊藤八郎を将とし八十余人、秋月の押さえには、高橋越前を将とし五十

余人、水の手上砦に村山刑部を将とし二十七人。

百貫島から西北山城戸にかけては三原紹心を将とし八十余人、山城戸には弓削了意を将とし七十余人、二重の櫓は萩尾麟可と同大学を将とし五十人、例の立花宗茂から派遣されていた吉田左京ら決死隊二十数人がこれに加わっていた。

紹運自身は、百五十人の直臣をひきいて甲の丸で指揮にあたった。

総勢は、いろいろの説があるが現在では七百六十三人であったというのが定着している。

わたしはこの小説を書くために、数度岩屋城を訪ねた。行くたびに、

「こんな狭いところによくも七百六十三人もの将兵が籠城できたものだ」

と感じた。

が、実際はちがったようだ。つまり、ここに書いたように各方面に布陣したので、七百六十三人の将兵も分散されて配置されている。

だから、紹運とともに本丸に籠ったのは、それほど多い人数ではあるまい。

現地には、

「嗚呼壮烈岩屋城址」

の石碑が立っているが、面積としては相当に狭い。せいぜい、百人足らずの人間しか集め得ないだろう。

前にも書いたが、岩屋城は四王寺山頂にある大野城の、ちょっと下あたりに位置している。

フッと、

（なぜ、大野城を修築して居城にしなかったのかな）

とも思った。このへんは、高橋紹運の奥ゆかしい気持ちの発露であって、

「大切に保存すべき城を、自分の用には使わない」

という考えがあったのかもしれない。大野城だったら、東西南北の四方がよくみわたせて、迫ってくる敵兵に対しても、かなり有効な応戦が可能だったと思う。

が、そんな、

「もし」

などと考えてもはじまらない。現実に、高橋紹運たちは壮烈な玉砕を遂げるからである。攻撃軍の総大将島津忠長は、般若寺跡に陣をおいていた。そして、実戦の総指揮を執る島津家の重臣伊集院忠棟《ただむね》は観世音寺に陣をおいた。

付近にはいうまでもなく、大宰府の跡と、天満宮がある。天満宮では、岩屋城を取り囲んだ攻撃軍の数の多さに目をみはった。しかし、

「由緒ある社を兵火にかけるわけにはいかない」

ということで、天満宮は実戦の総指揮を執る伊集院忠棟に、

「いかなることがあろうとも、天満宮が兵火で焼失するようなことはお控え願いたい」

と申し入れた。忠棟は、

「極力、その線で努力する」

と約束した。

一般に、薩摩軍というと、〝薩摩隼人《さつまはやと》〟と呼んで、

「知力のない粗暴な人間たち」

と考えがちだが、決してそうではない。総大将の島津忠長や伊集院忠棟は、教養の深い文化人であり、

「情けを知る武将」

だった。だから忠棟は忠長に天満宮からの申し入れを告げて、

「大将も、ぜひその旨をお心得いただきたい」

と助言した。忠長はうなずいた。

「天満宮に兵火をおよぼしてはならない。また、付近の寺々に入って暴行略奪をすることもゆるさない。もし発見した場合には厳罰に処する」

というきびしい軍令を発した。

岩屋城からもっとも攻撃に近い砦は、右から百貫島砦、西の岩屋砦、東松本、風呂谷、西の山砦である。それぞれ兵が配置されていた。

そして西の山砦の後ろに虚空蔵台と呼ばれる二の丸があり、その後ろが本丸に相当する甲の丸になる。甲の丸の東側に水の手上砦と、秋月口があった。背後に北の手砦があり、これは宇美《うみ》に到る間道につらなっていた。北西に大野城の跡があった。

したがって、攻撃軍の岩屋城攻めは、正攻法であって、あっちこっちの裏口から、ゲリラ的に攻め立てたわけではなかった。南面から大軍が何度も何度も攻撃を繰り返すという方法

が取られた。

島津軍のほかには、龍造寺、秋月、高橋、星野、問註所、草野、長野、原田、城井などの軍勢が囲んでいた。

地域は、観世音寺から、横岳、坂本、国分、水城におよんだ。四王寺山は、それほど大きな山ではないから、山麓一帯はほとんど攻撃軍の兵が、十重二十重に重なり合うという状況になった。

実戦部隊の総指揮を執る伊集院忠棟は、

「高橋紹運は名高い猛将だ。正攻法で攻撃を繰り返しても、こっち側にも多大な死傷者が出る」

と考え、島津忠長の了解を得て、岩屋城に降伏を勧告する使者を送った。

薩摩から同行している荘厳寺《そうごんじ》快心《かいしん》という口の達者な僧である。

「お坊さんが何か話があってやってきた」

という報告をきいた紹運は、全員に、

「矢止め（戦闘中止）」

を命じた。そして快心に会った。快心はこういった。

「島津勢がこのたび筑前に入ってきたのは、あなたを攻めるためではありません。勝尾城（佐賀県鳥栖《とす》市）の筑紫広門が、島津家にそむいた行為を咎めに参ったものです。筑紫広門は降伏し、勝尾城も落ちました。しかし、あなたのご子息統増殿が籠られている宝満城は、その筑紫広門が占領していたものであって、統増殿が所有するいわれはありません。どうか宝満城をお引き渡しください。そうすれば、島津は軍を引いて、あなた方の無事を保証いたします。しかし、お渡しない場合には、いっせいに攻撃をいたします。いかがでしょうか」

といった。高橋紹運はこれに対し、こう答えた。

「九州の南端から、この岩屋城までおいでになったことは誠にご苦労です。宝満城は、筑紫広門のものであって、当高橋家のものではないという仰せですが、わたくしどもは、主家大友の命によって、宝満・岩屋・立花の三城の守備を命ぜられて参りました。しかし、先年、大友・高橋・立花の三家は、ともに関白秀吉殿下の家人《けにん》になりました。したがって、この城はすでに関白殿下の所有に帰します。もし関白殿下が、城を引き渡せという仰せでしたらこれに応じましょうが、そうでない限りは最後まで守らざるを得ません。関白殿下も、やがて大軍をひきいて九州においでになるとのことでございますので、それまではわれわれはたとえ死を覚悟しても、城を守り抜きます。あくまで抵抗することにやぶさかではございませんので、どうかその旨を島津殿にお伝えください」

いってみれば、快心は小僧の使いになった。かれはすぐ島津の陣に戻り、居合わせた島津忠長と伊集院忠棟に報告した。

一方、秀吉から、

「先行して、島津征伐の軍監を務めよ」

と命ぜられていた黒田如水も心配した。

「高橋紹運は、関白殿下がとくに目をおつけになっている大友家の忠臣だ。むざむざ死なせるのは惜しい」

そう考え、腹心の小林新兵衛という武士を、ひそかに岩屋城へいかせた。小林は、南面は雲霞のごとく攻撃軍の将兵でみちみちていたので入ることができず、北側にまわった。間道を通ってやっとの思いで、城内に入った。

紹運に会って、黒田如水のことばを伝えた。それは、

「この城は明け渡して、いったん立花城にお引きになったらいかがですか。ご子息宗茂殿とともに、立花城をお守りになれば、その間に必ず関白殿下の島津征伐軍が到着いたします。どうか、お生命を大切になされよ」

といった。ところが紹運は、

「黒田殿のご好意はたいへんにありがたいと思います。しかし、この紹運はすでに、おのれの生きざまを敵味方を問わず、はっきり示しております。その生きざまとは、この岩屋城を死をもって守り抜くことです。関白殿下の援軍がおみえになり、島津を懲らしめられる際は、この岩屋城の土の下から、拍手をもってお迎えする所存です。どうか、黒田殿によろしくお伝えください」

高橋紹運は、はっきり、

「わたくしの墓は、この岩屋城です」

といい切った。

小林新兵衛も、戦国武士だ。紹運の話をきいているうちに、その目がみるみるうちに感動に潤んだ。新兵衛は衝動的にいった。

「じつにお見事。さすが高橋紹運殿です。感じ入りました。このうえは、主人如水のもとに立ち帰ってあなたのお話をお伝えするよりも、わたくしもこの城に籠らせていただき、島津軍に一泡吹かせれば、主人如水はそのことのほうをよろこぶと思います。どうか、あなたの配下にお加えください」

と申し出た。このへんは、じつに不思議だ。

人間には「風度」というのがある。

風度というのは、

「相手をその気にさせてしまう」

という一種の雰囲気だ。気（オーラ）である。

「この人のためなら生命を捨てても惜しくない」

「この人のためなら、自分で真っ先に討ち死にしよう」

と思わせるものだ。戦国時代のすぐれた武将には、これがあった。

武田信玄や上杉謙信や織田信長や豊臣秀吉あるいは徳川家康、毛利元就、伊達政宗などにもこの風度がある。

だからこそ危機に面しても部下がいっせいに、

「われわれの力で、なんとしてもここを守り抜こう」

という気を起こすのだ。

のちに詳しく書くが、立花宗茂はこの、

「風度の人」

である。

「宗茂さまのためなら」

と思い込む部下がたくさんいた。

その父紹運にもそれがあった。初対面であったが、黒田如水の部下小林新兵衛は、高橋紹運の風度に圧倒された。

（だからこそ、この城に籠った数百人の将兵が、紹運殿と心を一にしているのだ）

と感じ取れた。そのため、その気（オーラ）にかれも胸を打たれてしまい、

（おれも一緒に、この城で討ち死にしよう）

と思い立ったのである。しかし紹運は微笑して首を横に振った。

「せっかくですが、あなたがこの城で戦死なさったのでは、わたくしがいま申し上げた肝心なことが黒田殿に伝わりません。ということは、関白殿下にも伝わりません。どうか、このままお帰りになって、わたくしの志とするところを正確にお伝えください。お願いいたします」

と丁重に頼んだ。小林新兵衛は思い直し、大きくうなずいた。

「お見事なるお志、このよごれた戦国に咲いた美しい一輪の花であります。たしかに承った

ことを、正確に主人に伝えます」

紹運は、小林新兵衛のために何人かの案内人をつけて、無事に北の方面から脱出させた。

話をきいた黒田如水は、

「なるほどな、おれとはだいぶちがう」

と沈黙し、腕を組んだ。如水自身は、世間から、

「頭はいいが、その頭の良さをひけらかすところがある嫌みな男だ」

と思われていた。

とくに如水は、実際の戦闘よりも調略において才覚を示したから、余計そう思われた。腕を組んだ主人のことばに、小林新兵衛も、

「わたしもそう思います」

と共鳴した。如水は目をむき、

「こいつ、なにをいうか」

と怒った。しかし本気ではない。ふたりは顔を見合わせてわらいだした。そして、

「九州には、じつに立派な大将がいるな」

と紹運のことを褒め合った。

降伏勧告の使者快心が小僧の使いで帰ってきた以上、総大将島津忠長もそのままではすませなかった。

「全軍、岩屋城を落とせ」

と命じた。七月十四日の午後のことである。午前中を無為に過ごしたのは、

「あるいは、紹運が考えを変えて降伏するかもしれない」

と時間的猶予を与えていたのだ。が、紹運にその気はまったくなかった。

攻撃はすさまじかった。島津勢とこれに参加する九州諸族の軍は、それぞれ旗印を立てた。そしてまず、大手門めざして竹束を楯にしながら、ジリジリと進んでいった。通過する民家はすべて焼きはらった。

しかし、城側も攻撃を受けるたびに、たちまち鼓を鳴らし、上から鉄砲を撃ちかけてきた。こういう攻防戦は、なんといっても高い所にいるほうが有利になる。攻め手はバタバタと倒れた。しかし、人数には限りがない。倒される遺体を乗り越え乗り越え、攻め手はジリジリと斜面を這い登っていった。

城側の総大将高橋紹運は、本丸（甲の丸）の高楼にいて、円形に部下を配置した。それぞれの部署と部署との間に空堀を掘って、遮断した。そうなると、それぞれの部署にいる将兵は、

「他からの援軍を頼むことができない。敵を、他の部署にいかせないように、ここで死守しよう」

とそれぞれが、自分のいる場所でいわば、

「自己完結的な防衛」

を志した。これがすさまじい。

そのために、攻撃軍はなかなか思うように砦が落とせなかった。ようやく斜面にとびついて、砦の柵に迫ろうとすると、上から高橋勢が、大きな石や大木を落としてくる。たまったものではない。声をあげて逃げようとするが、石や木の速度のほうが速く、攻撃軍の多くが石や大木の下になって圧死した。

このへんの守りぶりは、南北朝のころに千早城に籠った楠木正成のゲリラ戦術に似ている。楠木正成の戦法は、戦国武将もみんな知っていた。

七月十四日、および翌十五日の攻撃は、夜を徹しておこなわれたが、城はぜんぜん落ちない。攻め手は疲れてしまった。

総大将の島津忠長は、実戦部隊の総指揮者伊集院忠棟の報告をきいて、

「さすが高橋だな」

と感嘆した。忠棟もうなずいた。とくに、ため息をついたのが島津軍に参加していた北九州の諸大名たちである。

顔を見合わせて、

「高橋紹運がこれほどの猛将だったとは思わなかったな」

と口々にぼやいた。その北九州の大名の中には、

「正面からの攻撃では、こちらの損害が重なるばかりです。どこか山側の間道を探して、そこから攻め入ったらどうでしょうか」

と意見具申する者もいた。伊集院忠棟もうなずき、

「岩屋の背後に迫るような間道を探せ」

と、近傍の村から農民を何人も駆り立てて、案内に立てた。

しかし、この案内人たちも高橋紹運に心服していたので、攻撃側の思うとおりにはならなかった。さんざんに振りまわして、結局は逃げてしまった。

「おのれ」

と、山の中に迷い込んでしまった攻撃軍は、地団太を踏んだ。

およそ十日間、一進一退の繰り返しである。攻撃側は、ほとんど砦を落とすことができない。いたずらに投げつけられる石や大木の下で肉体の一部をくだかれて大怪我をするか、あるいは圧死するかを繰り返した。

しかし城兵側も、意気は高かったが、さすがに疲れた。

そこで紹運は、前線の総指揮を執っていた屋山中務に命じて、

「砦から二の丸へ後退するように」

と命じた。疲れた兵は、二の丸に入って一息ついた。

これを知った攻撃軍は、それとばかりに再び攻撃を開始した。ところが、二の丸でしばし憩った城兵は、今度もまた上から大石や大木を落とし、さらに鉄砲を撃ち込んだ。狙い撃ちにして、弓につがえた矢を放つ。攻撃軍は、さんざんな目に遭った。

伊集院忠棟は再び総大将の島津忠長のところにいった。

「埒《らち》があきません。もう一度、降伏を勧告したいと思います」

「よかろう。ぜひそうしてくれ」

忠長もうなずいた。そこで伊集院忠棟は、大将のひとりだった新納蔵人《にいろくらんど》を軍師として岩屋城へさし向けた。

大手口まで馬を進めた新納は、

「城将高橋紹運殿にもの申す」

と大声で呼びかけた。一瞬、城内は静まったが、やがて櫓の上にひとりの人物があらわれた。

「この城に籠る高橋家の家臣麻生外記《あそうげき》と申す者です。主人紹運に代わって承ろう」

と挨拶した。

新納蔵人はひと目みて、

（紹運殿だ）

と感じた。そこで丁重な口調で、

「われわれ大軍を迎えてのこのたびの紹運殿のお働き、じつに感服つかまつった。しかし、それほどの紹運殿が、なぜここまですでに暗愚無道だと噂の高い大友殿に忠節を尽くされるのか、理解に苦しんでおります。

誰もが知るごとく、大友家は九州六ヵ国の管領であったにもかかわらず、当主大友宗麟殿は、神仏を廃棄し、寺社を取り壊して天理にそむきました。また人道にそむいて勝手な振舞いが多かったため、家臣の信望を失っております。民の心もすでに離れております。大友家に属した城は次々と反乱を起こし、いまや本領の豊後一国さえ危ういありさまです。智者は仁なき者のために死せずと申すではありませんか。あなたが忠節を尽くす大友宗麟は、仁ある将とは申せません」

新納蔵人は、熱弁をふるいつづけた。

「これにひきかえ、わが島津家の政道は正しく、つねに信義をもって人に接しております。大友宗麟殿の政道に不満を持つ民にも、仁の徳をおよぼそうと考え、北上してきた次第です。武門の道はたしかに弓矢を張ることにあります。しかし、弓も張りっ放しではなりません。ときには、義に応じてゆるめることも必要でしょう。いまがその機会です。どうか、島津家の志を正確にご理解になって、城をお開きください。

これまでのあなたのお働きで、紹運殿の武名は九州一帯に響き渡っております。もし城をお開きになれば、城中の方々の生命と、あなたの本領は安堵することをお約束します。どうか、一刻も早く城をお開きになるよう、紹運殿にお伝えいただきたい」

相手が高橋紹運だと知りながらも、新納蔵人はあえて、

「紹運殿にお伝え願いたい」

と告げた。

新納蔵人は、

「薩摩きっての弁論家」

といわれている。さすがに、その論旨も堂々たるものだった。とくに、

「大友宗麟殿は、仁の道に反するような政道をおこない、民を苦しめている。そこへいくと、島津家の政道は正しく、民に対しても仁の徳をおよぼしている。であれば、降伏しても別に恥にならぬではないか」

という論の立て方はさすがだった。しかし、高橋紹運は櫓の上からこう答えた。

「おことばながら、主人紹運にお伝えすることはできません。なぜなら、お話の中に島津家は、仁の徳を民におよぼし、義を重んじたと仰せられるが、わたくしども決してそのようにはわきまえておりません。島津殿は、理由なく日向の伊東殿を討たれて、のちに次々と各豪族の地を奪い、故なくこの筑前の地まで兵をお進めになられました。

お話のあった大友家は、島津家のご遠祖と同じく、右大将源頼朝公から、豊前豊後を賜って、九州に下向した家柄であります。

以来、島津家と同様に、九州の探題職として威を張ってこられました。

たしかに、いま武運衰え、仰せのようなことがあるかもしれませんが、『君、君たらずとも、臣、臣たれ』の教えどおり、主人がいかような者であろうとも、これにつねに諫言をおこない、家をまっとうするのが臣下の務めだと心得ております。

あるいは、源平両家天下に権を争って以来、盛んなる家が衰えなかった例はありません。足利将軍家をはじめ、斯波《しば》、細川、畠山、山名、一色、吉良、今川、大内、上杉、武田、千葉、土岐、佐々木、宇都宮、朝倉、尼子、菊池以下多くの名家が破滅いたしました」

高橋紹運は蜒々《えんえん》と反論をつづけた。

「これは、天の運あるいは時の流れと申せましょう。しかし、たとえ天の運、時の流れであろうとも、われら一同は衰えた大友家を支え抜き、再び旭日の勢いを取り戻すことこそ、臣下の道と心得ております。

先般申し上げたとおり、われらはすでに関白豊臣殿下の家人に席を連ねました。すでに、殿下も島津征伐のために、進発あそばされたよし伺いました。

されば、関白殿下が九州にご到着になり次第、島津家の破滅も時間の問題となります。一刻も早く薩摩にお帰りのうえ、島津家の進路をお定めになることこそ肝要かと存じます。

が、かかる妄言に煩わされることなく、当城をお攻めになるとあらば、よろこんでわれわれも矢をもってお出迎えいたしましょう。

どうぞ、島津忠長さま、伊集院忠棟さまに、この旨お伝えください。仰せの趣は、主人高橋紹運にお伝えする必要をまったく認めません」

この間、敵味方ともふたりのやりとりにじっと耳を傾けていた。このへんはおもしろい。やりとりをしている間に、ぬけがけ的に不意を襲うようなことは誰もしなかった。乱れた戦国時代の、

「武士道」

が、全軍にいきわたっていた。

新納蔵人は、

「お志の趣、よく承った。戻り次第、主人にお伝えいたしましょう」

と丁重に挨拶した。目で、

（紹運殿、このうえは、弓矢の場で再度お目にかかりましょう）

と挨拶した。紹運もじっと新納を見返し、

（お待ち申し上げる）

とうなずいた。

戻った新納蔵人は、島津忠長と伊集院忠棟に報告し、

「櫓上で麻生外記と名乗った武士は、たしかに高橋紹運殿でございます」

と報告した。忠長と忠棟は顔を見合わせた。そして互いに、

「もはや、手は打ち尽くした」

と諦めた。しかし念のために、もう一度最初に送った降伏勧告の使僧快心を送って、再度降伏をうながした。

しかし、城側の返事はまったく変わらなかった。全員、すでに玉砕の覚悟を決めていたのである。

岩屋城の将兵の心は一致していたが、宝満城のほうはそうはいかなかった。ここはいわば寄せ集めの将兵が守備していた。そのために動揺が起こった。

攻撃側から何度も使いがきて、降伏を勧告していることは情報として伝わった。そのため宝満城にいた将兵の中には、

「城将統増殿を殺すか、あるいは敵に売り渡して、無事をはかろうではないか」

などと、とんでもないことを考える連中もいた。

この空気を知った浄戒坊隆全《じょうかいぼうりゅうぜん》という僧は、山を下って、岩屋城の紹運のところにやってきた。

こんなことをいった。

「あなたはもう名将の名が高い。島津側では、宝満の城を明け渡せば、城兵すべての生命を助け、領土も安堵するといっているのだから、とりあえずそれに応じられたらいかがか。そして、立花城に立ち戻り、ご子息とともに関白殿下の援軍を待つほうが得策ではないのか」

これをきくと紹運がはじめて怒った。

隆全は、龍造寺と仲がよかったので、紹運がその気になれば、龍造寺にとりなしを頼もうと考えていた。

しかし、紹運の拒絶にあって、再び渋々と宝満城に戻っていった。

「もはや、敵に降伏の意志はまったくない」

と判断した島津忠長は、伊集院忠棟に命じて、翌日午前四時ごろから、総攻撃を命じた。例によって、竹の束を楯にジリジリと進む攻撃軍は、ところかまわず崖に取りついて、なんとかして城内に押し入ろうと努力した。

城側からは、相変わらず大きな石や大木を投げてきた。鉄砲の弾や矢もとんでくる。しかし、

「きょうの攻撃が、最後の攻撃だぞ」

それぞれの隊長のことばに、攻撃軍も奮い立った。是が非でも、自分たちの手で城を落とそうと意気込んだ。次々と倒れる仲間の遺体を越えて、ジリジリと崖を登っていった。どんなに強くても、城を守るのは七百六十三人しかいない。相手は何万という人数だ。とうてい数のうえではかなわない。

この日の昼ごろ、岩屋城は本丸を残して、ほとんどの砦が壊滅させられた。

午後一時ごろ、福田民部が守っていた虚空蔵台の砦も落ちた。

「持ち場を死守する」

と覚悟していた大将の福田民部以下、全員が討ち死にした。南門の伊藤惣右衛門、成富左衛門らもやがて七十余人の部下とともに、全員戦死した。

西南の城戸を守っていたのは、重臣屋山中務以下百余人である。屋山の指揮によって、何度も敵をひきいれてはこれを殺し、押し返し、またひきいれては殺して押し返すという戦法を繰り返して、勇猛果敢に戦い抜いたが、ほとんどが全身傷だらけになって、討ち取られてしまった。

風呂谷、百貫島、山城戸などの防衛線も次々と破られた。三原紹心、土岐大隅、伊藤八郎、弓削了意などの将も討ち死にした。秋月口も突破された。高橋越前、伊部九華らも戦死した。死に切れない者は、自ら腹を切った。

百貫島口にいた大将三原紹心は文武両道の達人だといわれていた。派手な武装をして、四尺あまりの大太刀を振りまわしながら敵兵を片っ端から斬り倒していたが、最後には辞世の歌をつくり、これを朗々と唱えながら、敵中に斬り込んで壮烈な死を遂げた。辞世の歌というのは、

「打太刀《うつたち》の金の響も久方の　雲の上にぞ聞こえあぐべき」

というものであった。

この間、総大将の高橋紹運は本丸の櫓で全軍の指揮を執っていた。

味方に死傷者が出るたびにすぐ駆けつけ、数珠を片手に経を唱えて死者を弔った。傷を負った者には、自分が持っていた薬を与えた。やがて、

「水の手を絶たれました」

という報告がきた。紹運は、脇にいた中島左馬之助や、中島大炊助ら近臣に、

「もはやこれまでだな」

といった。近臣たちもうなずく。紹運は、

「討って出よう」

と大太刀を抜き放ち、

「つづけ」

と叫ぶと、押し寄せる敵軍の中に斬り込んでいった。そして、十七人まで切り倒した。

しかし紹運も傷を負った。生き残ったのは、わずかに五十数人に減っていた。しかし、生き残った者もほとんどが手負いの者ばかりだ。紹運は、

「敵の手にかかるのは無念である」

そう告げると、高い櫓に登り、

「島津勢にもの申す！　高橋紹運の最期を、しかと見届けよ！」

大声で叫ぶと、持っていた大太刀を構えて、見事に立ち腹を切った。ドォーと倒れた。

これを見た生き残りの城兵も、すべて腹を切った。腹を切る力がなくなっていた者は、仲間に刺し殺してもらった。全員、自ら生命を絶った。

紹運に辞世がある。城の扉に、書き残したという。

「かばねをば　岩屋の苔に埋《うずめ》てぞ　雲井の空に名をとゞむべき」

あるいは、

「流れての　末の世遠く埋《うずも》れぬ　名をや岩屋の苔の下水」

というものである。かれが最期を遂げたのは、午後五時ごろのことだといわれる。このとき、紹運は三十九歳であった。

紹運の死を、櫓の下から見上げていた五十余人の近臣たちは、それぞれいっせいに経を唱えたという。

こうして、岩屋城はついに陥落した。

高橋紹運は、岩屋城の櫓で腹を切るときに、下の近臣たちに向かってこう告げた。

「わたしの遺体は、このままこの櫓の上におけ。首を取って埋め、遺体を敵に渡すまいとして火をかけることは無用である。

このまま櫓の上のわが遺体を、敵勢が発見すれば、わが高橋軍がいかに戦ったかがあきらかになる。

首を隠し、遺体を焼けば、あるいは、高橋紹運はいずれかに逃げ去ったかと思われる。もはや、その懸念は無用である」

紹運にすれば、いままで手は尽くした。自決はかれの、

「戦国美学の終わり」

を物語る。

いわば、燃えに燃えて、最期に散っていく紅葉の一葉の心理であった。あるいは、思い切って美しく咲き、そして時を惜しむことなく、自ら散っていく桜の花におのが身をたとえていた。

終始一貫して紹運は、

「戦国の美学」

を大切にして、それを自分のよりどころとしながら生き抜いたのである。

攻撃軍に発見された高橋紹運の首の検分は、般若坂の高台においておこなわれた。

このとき、薩摩軍の総大将島津忠長と伊集院忠棟たち攻撃軍の諸将は、床几《しょうぎ》を離れ大地に正座して紹運の首に手を合わせた。総大将の島津忠長は、

「じつに惜しい名将を失った」

と瞼を熱くした。

このへんは前にも書いたように、島津家の将兵たちは決して粗暴な人間ではなかった。名将に対する礼をきちんと守った。

高橋紹運の首は、付近に丁重に埋められた。しかし、その埋めた場所がどこであるかは現在も諸説ある。混乱の極に達していた戦場での出来事だから、これは当然だろう。

こうして、天正十四年（一五八六）七月二十七日に、岩屋城は落ちた。直後、薩摩軍は、高橋紹運への尽くすべき礼は礼として、攻撃の手は休めなかった。ただちに、本城の宝満城に降伏を勧告した。

宝満城内では、すでに戦意を失っていた。岩屋城に対し、しばしば薩摩軍から降伏勧告がきていたことは知っていたし、同時に宝満城に籠る将兵は雑多だった。

いったんこの城は筑紫広門に下ったが、その後、筑紫・高橋両家は、和睦し、その証として、政略結婚をおこなった。すなわち、高橋紹運の息子統増《むねます》（立花宗茂の弟）と筑紫広門の娘を結婚させたことである。

それに、高橋紹運の考えによって宝満城には、一般の老人・子供・女性などが多く収容されていた。紹運は、

「われわれは最後まで岩屋城を守り、死守する。力尽きたときは、全員玉砕する。しかし、一般の非戦闘員を巻き込むわけにはいかない」

そういって、非戦闘員のすべてを宝満城に退避させた。そしてその束ねを、自分の妻と息

子の統増夫婦に頼んだ。

紹運の妻は、紹運の壮烈な死を知った直後、髪を切って尼になった。宋雲尼と名乗った。

「母上、いかがいたしましょう?」

統増は宋雲尼に相談した。薩摩軍の降伏勧告に応ずるかどうかを、母にきいたのだ。統増はこのとき十五歳だから無理はない。宋雲尼はいった。

「私たちを人質にして、城内にいるすべての人びとの生命が助けられるならば、城を開きましょう」

「わかりました」

統増は健気にうなずいた。母が頼もしかった。薩摩軍からの申し入れは、

「城を開けば、高橋統増夫婦ならびにその母は、無事に立花城に送り届け、城内に籠った将兵ならびに一般人の生命はすべて助ける」

というものであった。手っ取り早くいえば、

「城だけ渡せ。そうすれば、城の中に籠っていた連中は勝手に去ってよい」

ということである。統増は薩摩軍にこのことを告げた。城の門が開かれた。ドッと薩摩軍が乱入した。

しかし、統増夫婦と宋雲尼はたちまち捕らえられた。

「なにをする!」

統増が約束違反を咎めると、薩摩軍はせせらわらった。

そして、統増夫婦も宋雲尼もそれぞれこの戦場から隔たった後方の肥後国（熊本県）へ送り込まれてしまった。小さな家に閉じ込められ、きびしい監視の番兵がつけられた。統増は、

「だまされた！」

と地団太を踏んで悔しがった。妻はただ泣きくずれていた。ただふたりとも心配だったのは、

「母上はご無事だろうか」

ということであった。

孤舟立花丸の結束

島津忠長にすれば、名将高橋紹運の冥福を祈るための礼は尽くしても、紹運はすでに死者だ。だからこそ礼を尽くして弔った。

が、高橋統増やその母宋雲尼や、そしてさらに立花城主宗茂は、まだまだ現実の存在として健在だ。

これを降伏させるのには、やはり調略や策謀が必要だ。その点、忠長もまた戦国の武将であった。

宝満城を落とすと、島津忠長はここの城将に秋月種実を命じた。種実はよろこんだ。種実は宝満城と岩屋城を貰った。

このとき種実は、なにげないふりをしながら、

「島津さまも、そろそろお引き揚げになることをお考えになったらいかがでしょう」

といった。忠長は脇にいた伊集院忠棟や新納《にいろ》忠元《ただもと》と顔をみあわせ、思わず、

「なに」

と、いぶかしげな目を向けた。秋月種実は、

「あなた方のお蔭で、北九州もほとんど平定され、残るは立花一城となりました。立花城に対しては、私の宿怨があります。最後のとどめは、ぜひわたくしに刺させていただきたい。立花城を落とせば、九州全土が島津殿の支配下に屈します。いかがでしょう」

と持ちかけた。秋月にすれば、長年反大友の姿勢を貫き、島津の助けを得てここまでやってきたが、まさにことばどおり、

「恨み重なる立花城に対しては、自分の手でとどめを刺したい」

という気持ちがあった。島津忠長は、心の一隅で思わず、

（そうするかな）

と思った。

しかし、この忠長の「そうするかな」という気持ちは、秋月種実の気持ちとは違った。それは、やがて九州に押し寄せてくる豊臣秀吉の軍勢に対する認識が、秋月と島津ではまったく違っていたことによる。

秋月種実はまだ豊臣秀吉の軍勢をそれほど大袈裟に評価してはいない。

（大したことはない）

と軽くみていた。が、島津忠長は情報通だ。

伊集院忠棟は、千利休たちとも親交があり、上方情報に明るい。したがって、朝日のよう

な上昇を遂げる関白秀吉が、いかに力を蓄えつつあるかはすでに知っていた。

忠長は正直にいって、

(北九州で、豊臣軍と戦いたくない)

と思っていた。早い話が、

(どこかで折り合いをつけて、和睦したい)

と思っていた。

ただ和睦するうえにおいても、かなり条件を良くしたいので、既成事実として北九州全土まで島津の手で制圧しておきたかったのである。その最後の攻撃目標が立花城だった。

「考えておく」

島津忠長は秋月種実にそう答えた。そしてこうもいった。

「ついては、あなたもわが使僧とともに立花城にいき、宗茂殿に開城をすすめてはくださらぬか」

島津忠長のことばをきくと、秋月種実は目を輝かせた。老獪《ろうかい》なかれは、

(願ってもない役だ)

とよろこんだ。そこで、薩摩軍の正式な使者である僧と、副使になった秋月種実は立花城にいって降伏を勧告した。

「たびたび申すとおり、島津家は立花家に対しなんの遺恨もない。速やかに城を開くなら、城兵の生命を助け、囲みを解いてただちに引き揚げる。城だけを渡していただきたい。が、

あくまでも城に籠るとあらば、すでに人質にしている弟御の統増殿ご夫婦、ならびに母御宋雲尼殿の生命はないものとお考えいただきたい」

と、半ば恐喝の態度に出た。とくに、後半の、

「あくまでも抵抗するならば、統増夫婦と母親の生命は保障しない」

という件《くだり》は、秋月種実が力をこめて告げた。

〝矢止め（戦闘中止）〟を命じた立花宗茂は、使僧と秋月種実のいうことを静かにきいた。

そして、

「城内で評定《ひょうじょう》したうえでお答えしましょう」

とその場では即答しなかった。

「ぜひ、色よいご返事を」

得意気にそう告げて去る秋月種実の後ろ姿を、立花城内の将兵は憎々しげに見送った。

「大したやつだ」

宗茂はつぶやいた。

「なにがです？」

脇にいた重臣の由布雪下《ゆふせっか》（荷）と十時摂津《ときせっつ》がきいた。

「秋月種実だ」

宗茂はそう答えた。由布と十時は顔をみあわせた。宗茂のいうことがよくわからない。宗茂はいった。

「この立花城に乗り込んでくるとは、大した度胸だという意味だ」

ふたりは、「ああ」とうなずいた。やっと宗茂のことばの意味がわかったからである。

「しかし、秋月の生き様も見事だ。終始一貫して、反大友の態度を取っている。その意味では、その大友家に尽くし抜こうというおれと同じだ。心根は変わらぬ。敵ながらあっぱれといっていいだろう」

「お館《やかた》、敵に感心しては困ります」

由布がからかうようにいった。十時がわらった。宗茂もわらった。そして、

「さて、評定を開こう」

そう告げた。

立花城の広間に、重臣たちが集められた。立花右衛門大夫、由布雪下、小野和泉、十時摂津、十時太左衛門、薦野《こもの》三河守、安東紀伊守、高野大膳、内田壱岐《いき》入道、原尻宮内《くない》、ほかに森下、堀らの連中が集められた。宗茂は、

「いま、島津軍から軍使がきた。いうまでもなく、開城のすすめだ。城を明け渡せば、城に籠った将兵の生命は助けるという。どうするか?」

宗茂の脇には例によって、妻の誾千代《ぎんちよ》がいた。女性だが、武具を身につけて、肩を怒らせながら座っていた。男性のように胡坐《あぐら》をかいている。

宗茂をキッと睨み、

「評定などする必要はございません！」

と絹を裂くような声をあげた。宗茂は妻をみた。

「評定する必要はないというのはどういうことだ？」

「いうまでもございません。全員、籠城討ち死にを仕りましょう」

そういって、誾千代は重臣たちをみわたし、

「な、そのほうたちも同じ考えであろう？」

と重臣たちの返事を促した。その態度にはまだ、

（この重臣たちは、わたしの家臣だ）

という気持ちがありありとみえた。

寝室に入ると、じつにやさしい女性らしさをみせる誾千代であったが、こういう場に出てくると、たちまち女城主に戻る。宗茂は心の中で苦笑した。

（相変わらずだ）

と思った。

しかし、宗茂にすればこういうときに、誾千代が男性に負けないような態度を取ってくれることのほうがうれしかった。メソメソして、泣かれたり、まわりの人びとの気持ちを悲しくさせるような態度に出られるよりも、このほうがよっぽどいい。

宗茂はいった。

「妻の意見は籠城討ち死にだ。どうする？」

一座からは、もちろん、

「誾千代さまの仰せのとおり、籠城、討ち死にを仕りましょう！」

　という力強い声が次々と返ってきた。しかし、うなだれてじっと考え込んでいる重臣もいた。

　かれらにすれば、すでに岩屋・宝満城を落とされた。しかも、宝満城を守っていた宗茂の弟統増と母宋雲尼とは、薩摩軍に人質として連れ去られている。かれらは、

（立花城を守り抜くのはよいが、しかし統増さまご夫婦や、母御宋雲尼さまのお身になにかあったときは、われわれの責任になる）

　と考えていた。

　沈痛な空気が流れた。統増夫婦や母宋雲尼の身柄を心配する重臣たちの気持ちは宗茂にもよくわかった。そのことは、肉親である宗茂がいちばん心配している。考えれば考えるほど宗茂の胸は張り裂けそうになる。

　しかし、大将がそれを口に出すわけにはいかない。というのは、統増夫婦や母のことは、あくまでも家庭内のことだ。肉親内の事情である。

　宗茂はいった。

「時間がないので、わたしから結論を出す。籠城討ち死にしたいものは、わたしとともに残って欲しい。しかし、城を出て別な道を歩みたい者は止めぬ。城を出て生命を大事にするがよい。結論はこのふたつとしよう。選ぶのはおまえたちだ」

　そういった。宗茂はつづけた。

「わたしがなぜこの城に残るかといえば、すでに岩屋城において父が壮烈な死を遂げたにもかかわらず、その弔い合戦もせずにおめおめと城を明け渡すことはできぬからだ。またわれわれは、いままで一貫して主人である大友家のために尽くしてきた。最後の段階にいたって、裏切るわけにはいかぬ。義を貫きたい。そうすれば、われわれの死はわが父高橋紹運殿と同じように、義死となる。

もうひとつ、おまえたちも心にかけてくれている弟夫婦と、母のことについては、いってみれば縄目の恥を受けたということだ。その恥を晴らさないで、おめおめと城を開けるわけにはいかぬ。わたしの考えはそういうことだ」

脇で、誾千代がクッと鼻を鳴らした。ただ意地で単純に女城主の威勢を示すために、

「籠城討ち死に以外ありません」

と突っ張ったことが、さすがに恥ずかしくなったのだろう。

夫の情理を尽くしたことばをきくと、誾千代は急に胸に熱いものが込み上げてきたのだ。

(夫は、そこまで考えておられる)

そう感じ、チラリと宗茂をみた。その瞳を横顔で受け止めながら、宗茂は、

「どうする?」

重臣たちに返事を促した。

「おそれながら」

重臣代表として家老の小野和泉が前へ進み出た。顔をあげて、こういった。

「お館のお心のほど、よくわかりました。われわれに一部のためらいがあったのは、いまお話にあったように統増さまご夫婦、ならびにご母堂宋雲尼さまのお身の上についてでございました。お館さまが、そこまでご決意になった以上、なにも申し上げることはございません。あくまでも立花城を守り抜き、立花一族の有終の美を飾りとうございます。われわれは、殿とともにこの城で討ち死にいたします」

普段と違って、大きな声はあげなかったが、ほかの重臣たちもいっせいにうなずいた。

宗茂は顔をあげて全員の一人ひとりをじっとみかえした。宗茂にみつめられた重臣たちは、一人ひとりがしっかりと顔をあげ、目の底に輝くものを浮かべて大きくうなずいた。

宗茂の瞼はしだいに熱くなった。宗茂はいった。

「正直にいう。わたしは高橋家から入った養子だ。おまえたちのほとんどが、ここにいる誾千代の父上道雪殿の家臣である。にもかかわらず、そこまでわたしに心を開いてくれたことをほんとうにうれしく思う。わたしもきょうはじめて、『ああ、おれは完全に立花家の人間になれたのだ』という思いを噛みしめている。このことは、ここにいる妻誾千代とともに礼を申したい。よし、わかった。ともに、この城で死のう。では、水杯《みずさかずき》だ」

宗茂はそういって大きくわらった。誾千代は夫の頼もしいことばに、いまは少年のようにこぶしを目にあてて嗚咽していた。重臣たちもいっせいに泣き出した。静かな興奮が大広間にみなぎった。

宗茂は、

「ただちに薩摩軍にこのことを返答したい。十時《とき》、使いに発ってくれるか？」

十時摂津をみた。十時はうなずいた。すぐ立ち上がった。宗茂が十時摂津に託したのは、つぎのようなことであった。

「わたくしの父高橋紹運は、主家大友家だけでなく、秀吉殿下の味方をして貴軍と戦い、岩屋城において義死を遂げました。その息子として、これを黙視し、おめおめ城を明け渡すわけにはまいりません。さらに、いま貴軍によって縄目の恥を受けている母や弟夫婦たちの恥を雪《すす》ぐためにも、やはり最後までこの城を守り、一戦いたすべきだと思います。どうか、一日も早く軍勢をおさし向け願いたい」

こういう状況になったとき、一般の兵の士気（モラール）は、それぞれの職場のリーダーの心構えによる。

しかし、立花城内の現場の指揮者たちは、すべて士気が高かった。かれらは重臣たちから、

「評定は籠城討ち死にに決定した」

といわれると、大きな声をあげた。うれしかったのである。一部の者は、

「城を開いたほうがいいのではないか」

といった。しかしそういう連中も、決して自分の生命が惜しかったからではない。

「統増さまご夫婦や、宋雲尼さまに万一のことがあっては、申し訳ない」

と、あくまでも統増夫婦と宋雲尼の身の上を心配してのことである。

「そのためには、われわれが恥を忍ぼうではないか」

という気持ちだった。さっき大広間で開かれた評定における、一部重臣たちの気持ちとまったく同じだった。

それが、籠城討ち死にに決定したというので、自分たちが心配していた不安も全部一掃された。

夜を徹して、防備のための補強工事がおこなわれた。

「水は大丈夫か」

「間道から食料を運び込め」

「あの崖の柵が壊れているぞ」

「そこに石を積め」

などという指示が、次々と現場の指揮者からとんだ。兵たちはテキパキと動いた。

櫓の上からその光景を見ながら、宗茂は脇に立った誾千代にいった。

「頼もしいな、立花城の連中は」

誾千代はうなずく。

「おぬしの父上道雪殿のご遺徳の賜物だ。おれは幸福だ」

宗茂はそういった。誾千代は探るように夫をみかえした。

「本心でそうお思いですか？」

「思っている」

宗茂は妻をみかえした。

闇千代はじっと宗茂をみていた。やがて、

「さっきのおことばは、ほんとうにうれしゅうございました」

そう告げた。

「さっきのことばとは？」

「あなたが、いまはじめて立花の人間になれた、という気がするとおっしゃったことです」

「ああ、そのことか」

宗茂は微笑んだ。そしてうなずいた。

「本心でそう思っているよ。ということは、おまえとも真の意味で一心同体になれたということだ」

「まあ、こんなときに」

闇千代はホホホとわらい出し、手で口を押さえた。なにかにつけて、闇千代の突っ張りからギクシャクすることのある夫婦だったが、いまは完全に心が解け合っていた。それはいうまでもなく、死が刻々と近づいていたからである。

立花城からの使者十時摂津の口上を、島津忠長・伊集院忠棟・新納忠元の三将は静かにきいた。まわりの将兵たちの中には、

「なにを小癪な！」

と、十時摂津にとびかかろうとする構えをみせる者もいたが、伊集院が、

「控えろ」

と叱りつけた。十時の口上が終わると、忠長はうなずいた。

「さすが、名将高橋紹運殿のご子息であり、立花道雪殿の婿であられる宗茂殿のお言葉、見事である。島津忠長、しかと承った。このうえは、弓矢の場においてお目にかかろう。ご苦労でした」

さすがに忠長は落ち着いて、十時摂津の労をねぎらった。十時は丁寧に一礼し、踵《きびす》を返した。そして馬に乗って、立花城への道を静かにたどりはじめた。

「うらやましいな」

忠長がポツンとつぶやいた。

「なにがです？」

新納忠元がきく。

「立花城内は、上から下まで完全に結束している。全員が、立花城という一艘の船に乗っている。船長《ふなおさ》は宗茂殿だ。櫂を握った城兵は、一糸乱れずにその櫂を漕いで、岸辺に向かっていく。岸辺には大友家への義死という札が立てられている。見事だ」

「お館」

新納忠元が声を潜《ひそ》めた。

「当薩摩軍は、その船に乗っていないということでございますか？」

「そうだ」

忠長は苦笑して新納をみかえした。

「こっちは、雑多な寄せ集めだ」

そういってわらった。床几から立ち上がった。

「全軍に伝えよ。ただちに、立花城を攻撃する」

「かしこまりました」

島津忠長は、情と非情の両面を兼ね備えたすぐれた大将であった。十時摂津の口上から、立花宗茂ほか城兵の立派な姿勢を感じはしたものの、だからといって攻撃をためらうような人物ではない。派遣軍の総大将としての責務を忘れるようなことは絶対になかった。

「それならそれで、こっちも役割を果たすまでだ」

と、心をきめた。

だからこそ、かれは嘘をついてでも宝満城にいた宗茂の弟統増夫婦や、その母宋雲尼を拉《ら》致《ち》して、人質として肥後国に閉じ込めてしまったのである。

島津軍は、太宰府の本陣から香椎《かしい》に進んだ。そして、付近一帯の寺社、村落のことごとくを焼き払った。夏の真っ盛りである。照りつける陽光のもとで、焼かれた香椎宮の本殿、拝殿、大門、廻廊、楼門、鐘楼、宝蔵などは全部焼失してしまった。さらに香椎宮に関わりを持つ末社や、社家、社坊などの建物もすべて焼失した。神木も焼けた。

香椎宮に仕える神人たちは、怒りに目を燃やしながら、かろうじて御神体を奉じて逃れた。

時の大宮司職は武内氏永である。かれは怒り心頭に発し、

「立花城に籠って、宗茂殿とともに島津軍の暴虐に対し一矢報いる」

と宣言した。多くの神人が従った。

一方の島津側では、

「総攻撃は、八月十八日とする」

と決定した。

麓に群がった島津軍のおびただしい旗のはためきや、将兵の喚声は、夏の熱い風に乗って、立花城内にもよくきこえた。

が、そんな旗のはためきをみたり、敵兵の喚声をきいたからといって、立花城内の将兵の士気は一向に衰えなかった。逆に、

「いつでもこい」

と、喚声をあげた。立花宗茂は、朝起きるとすぐ現場に出た。そして一日中、各砦をまわった。

「頼むぞ」

「大丈夫か？」

などと、兵士に声をかけてまわった。

老将、虎穴にとびこむ

兵士たちは宗茂に声をかけられると、ピッと姿勢を正し、

「元気です！」

「がんばります」

と口々に応えた。目が輝いている。

(これなら大丈夫だ)

宗茂は安心した。

柵のそばに立って、敵軍の状況をみおろした。蟻一匹逃れるすきがないほど、びっしりと囲んでいる。宗茂はわらい出した。

「大したものだ。敵がこれほど多いとは思わなかった」

と、脇にいる武士につぶやいた。武士は苦笑した。その宗茂に、

「なかなか、殿下の援軍は参りませんな」

と低い声で語りかける人物がいた。

振り向くと、壱岐入道という号をもつ重臣の内田鎮家《しげいえ》だ。宗茂の養父立花道雪にずっと仕えてきた宿将だ。

「ちょっとお話ししたいことがあります」

目で脇へ誘った。

「うむ？」

宗茂はなんだという表情で、内田についていった。内田はまわりをみまわし、人気がないことを確かめると、こういい出した。

「豊臣軍が到着するまで、時間を稼ごうと思います」

「どうやって？」

「わたしが薩摩軍に降伏します」

「なに」

宗茂は眉を寄せた。内田はニコニコわらいながらこう告げた。

「お館が手紙を書いてください。島津に内通し、ひそかに降伏するという文面です。それを持ってわたしが敵陣に入り、なんだかだといいながら、時間を稼ぎます。その間に、豊臣軍も到着するでしょう」

「そんなことが、うまくいくかな」

宗茂がわらった。内田もわらった。

「うまくいくかいかないか、やってみなければわかりません。やらせてください」

「命懸けだぞ」

「覚悟しております。城で死ぬのも、敵陣の中で死ぬのも同じです。お願いいたします」

「うむ」

宗茂は腕を組んだ。しかし心の中では、

（おもしろい策を考え出したものだ）

と感心した。

宗茂は口には出さないが、いまいちばん心にかけているのは内田がいった豊臣軍の到着が遅れているということだ。

正直にいって宗茂も、この城で籠城討ち死にする気はない。豊臣軍の援軍を得て、もう一度巻き返し、島津軍を徹底的に追撃したい。

そして父紹運の恨みを晴らしたい。また、弟夫婦や母を救い出したい。表面上はあくまでも、

「義死を遂げるために、全員討ち死にしよう」

と悲壮なことばで告げてはいるが、本心は違う。これは多くの将兵の生命を預かる大将としては当然である。

「わかった」

意を決した宗茂はうなずいた。

「手紙を書こう」

「ありがたき幸せ」

「老齢のおぬしにすまぬな」

「なんの。としよりだからこそ、死に場所を求めているのでございます。ご心配あるな」

内田は、豪快にわらった。館に入った宗茂は、ひそかに手紙を書いた。

「なんのお手紙です？」

誾千代が寄ってきて覗いた。宗茂は慌てて手で紙を覆った。

「ばか」

誾千代は目をむいた。

「妻のわたしに隠すのですか？」

「ああ、隠す」

「水臭いこと。おみせなさい」

手を伸ばして手紙を奪おうとする。宗茂は必死になって逆らった。誾千代は怒った。

「お珍しい。女子《おなご》への艶文《つやぶみ》ですね」

憎々しげにそういった。宗茂が、

「ああ、そんなものだ」

とうなずいた。

真実は告げられない。このことは、内田とふたりだけが知っていればいいことだ。ほかの重臣たちにも話すわけにはいかない。

「いいですよ、それなら。こんなときに、ふん」

鼻を鳴らして、誾千代は不機嫌に去っていった。

さっぱりした性格だから、それ以上は追及しない。それが誾千代のいいところでもあり、また悪いところでもあった。そのために、時折女性らしい情感が失われる。

宗茂の手紙を持った内田は、ひそかに間道を伝い薩摩軍に向かっていった。別れるとき、

「これで、二度とお目にかかれぬかもしれません。どうか、ご健在で」

内田はそういって、じっと宗茂をみた。

宗茂は、内田をみかえし、

「おぬしもな。世話になる」

そううなずいた。内田は、

「あなたさまを立花家にお迎えして、わたくしども重臣はほんとうに幸福でございました。お若いながら、あなたさまは道雪さまに引けをとらぬ立派な大将でいらっしゃいます。最後に、このことだけは申し上げておきます」

そういった。宗茂は思わず瞼を熱くし、

「うれしいぞ、そのことばをしっかりと胸に抱いていく。決して無駄死にをするな。もう一度戻ってきて、おれとともに戦ってくれ。豊臣の援軍は必ずくる」

「そうなることを願います」

内田はニコニコわらいながら、静かに去っていった。宗茂がいつまでも内田の後を見送った。脇に誾千代がきた。

「入道となにかお企みになりましたね」

「なんのことだ？」

「このごろ、おとぼけがうまくなったこと。まったく悪いお方ですね、宗茂さまは」

そういって誾千代は、武具の隙間を狙って手を差し入れ、宗茂をつねった。宗茂は思わず、

「痛い」

と声をあげた。

「痛いように、つねってさし上げているのです」

誾千代は小気味よさそうにいった。

その夜、すぐ武具が着られるように枕元においたまま、ふたりは一緒に寝た。

宗茂は天井の蓋をはずした。穴から天がみえた。晴れ渡っていた。星がたくさんみえる。輝いていた。

「あれが、父上の星ですね」

脇に添った誾千代がそう告げた。ひときわ輝く星を、ふたりは、

「道雪星」

と名づけていた。

「入道は、時間稼ぎにいったのですか？」

星をみあげながら誾千代がきいた。

「なんのことだ?」

宗茂はとぼけた。

「また、そんなおとぼけを」

誾千代は宗茂の腕を思い切りつねった。

「痛い!」

宗茂は悲鳴をあげた。

寝室の中でじゃれつくふたりの声を、廊下で寝ずの番をする武士たちは顔を見合わせ、ニヤリとわらった。

しかし、卑しいわらいではなかった。かれらにとって、城主夫婦がそういうように戯れてくれることがうれしかった。

いつもどおり明るい宗茂と誾千代の声をきいていると、城兵たちの士気はいよいよ高まるのである。


薩摩軍の陣中にいった内田は、島津忠長と新納《にいろ》忠元《ただもと》に会った。そして、

「立花家の重臣、内田鎮家でございます。壱岐入道と号しております。お見知りおきを」

「内田殿の名はよく伺っている」

新納忠元が渋い表情でうなずいた。目が光っている。

（いったいなんのために、ノコノコとわが陣にやってきたのだ？）

という深い疑いの色が浮いていた。内田は懐から立花宗茂が書いた書状を取り出した。恭《うやうや》しく捧げて忠長に渡した。

「これは？」

ききかえす忠長に、内田はいった。

「主人立花宗茂が、ひそかに島津さまにお送りする書状でございます。内容は、主人宗茂は単独に降伏を決意した、というものです」

「なに」

忠長は思わず目を光らせ、脇にいた新納忠元の顔をみた。新納は忠長をみかえさずに、じっと鋭い視線を内田に浴びせつづけた。

しかし内田はたじろぎもしない。堂々と自分の口上をつづけた。

「しかし立花城内の将兵の士気は高く、あくまでも籠城討ち死にを叫んでおります。主人宗茂が城を開こうなどといい出せば、おそらく城兵によって殺されてしまうでしょう。しかし、宗茂さまは貴軍に捕われているお母上や、弟御ご夫婦のお身柄が心配で、最後まで貴軍と戦う気は毛頭ありません。一日も早く、母上と弟御ご夫婦を救い出したい願いでいっぱいでございます。これは子として、また兄として当然でございましょう。その情をとどめかね、単独に降伏を決意した次第でございます。

しかし、いま申し上げたような戦意にみなぎる城中から、ひとり脱出するにはいろいろと時間がかかります。支度もございます。そこで宗茂さまのお心内を察し、この内田がひそかに、当ご陣にまかりこし、このことをご報告に参った次第でございます。どうか、宗茂さまが脱出して参りますまで、わたくしを人質としてお預かりください」

「……………」

内田の話の途中から、忠長は宗茂の手紙を開いて読みはじめた。耳は内田のことばをききつつ、目は宗茂の文に引き込まれた。内田のいうとおりだった。宗茂は、内田がいま話したようなことを文面に書いていた。母を思い、弟夫婦を思う気持ちが切々と文面に滲《にじ》み出ていた。

忠長は思わず、

（あの立花宗茂を、ここまで苦しめたか）

と、自分が約束に反し、統増夫婦と宋雲尼とを人質として熊本に連れ去ったことを悔いた。恥ずかしい気もした。

が、いまはそんなことはいってはいられない。いまは、

（この内田のいうことを、信ずるか信じないか）

という選択肢が目の前にあった。

忠長は宗茂の手紙を読み終わると、黙って新納忠元に渡した。手紙をひったくるように手にした新納は、急いで目を走らせた。

読み終わると、思わずうなり、宙に目をあげた。そして、

「内田のいうことは、誠のようでございますな」

そうつぶやいた。

「おれもそう思う」

忠長がうなずいた。

「では、しばらく攻撃の日を延ばし、宗茂殿が当陣へまかりこすのを待ちますか」

「そうしよう。十八日の攻撃を少し延ばしたところで、立花城の命脈はすでにつきている。急ぐこともあるまい」

「わかりました。内田殿」

内田をみる新納忠元の目は、さっきとはぜんぜん変わっていた。和《なご》みがあった。

「宿舎へご案内する」

「ありがたき幸福《しあわせ》。酒はありますか？」

内田は、しゃあしゃあとしてそんなことをいった。新納は苦笑した。

「あります。たっぷりある」

そういった。内田は心の中でほっとした。

（うまくいった）

と思った。

内田は立花城を出るときからこう思っていた。

（おれはこれから薩摩軍を騙しにいく。他人を騙すには、嘘をつく自分が自分の嘘を信じな

ければだめだ)

　だからその信念にしたがって、終始一貫して島津忠長と新納忠元の前では、自分の嘘を信じ抜いた。自己暗示である。これが成功した。

　もしも、内田自身が自分のいうことに、ひとかけらでも疑いの念を持ったら、たちまち忠長や新納に見抜かれる。内田は、芝居を完全にやりとおしたのである。

「八月十八日をもって、貴城を総攻撃する」

　という通告は、すでに立花宗茂のところにもきていた。

　が、八月十八日になっても敵は動かない。熱い夏の野に、依然として旗をひるがえし、大きな声をあげ合っているだけだ。宗茂は悟った。

(内田の策が成功し、敵が攻撃を延期した)

　と感じた。思わずニコリと頬がゆるんだ。

(運が向いてきたぞ)

　と思った。運が向いてきたというのは、

「立花城が落城する前に、豊臣軍が必ずやってくる」

　という確信がにわかに高まったことである。

　そのとおりだった。

　豊臣秀吉は、それまでゴタゴタしていた徳川家康との人間関係を見事に整理した。後顧の憂いはなくなった。

かれはすでに毛利家、すなわち本家である毛利と、分家である吉川《きっかわ》、小早川の三将に対し、

「急ぎ、九州へ渡り立花宗茂を助けよ」

と命じていた。

八月十六日、毛利家の武将神田忠元がひきいる三千の軍勢が、海峡を渡った。そして、関門海峡の制海権を握った。

引きつづき、一族の吉川、小早川の諸軍、ならびに先発軍の軍監を命ぜられていた黒田孝高（如水）の軍勢が門司に上陸した。

毛利軍も黒田軍も弱冠二十歳で健気にも立花城を守りつづけている宗茂の姿勢には、胸を打たれていた。

「戦国武士の鑑《かがみ》である。死なせてはならぬ」

を合言葉に、いっせいに速度をあげて立花城に迫ってきた。この報が黒田如水から次々と宗茂のところに通知された。

宗茂はよろこんだ。そして、

「内田よ、そろそろ薩摩の陣から抜け出してこい」

と念じた。ひそかに使いを内田のところに遣わした。内田は、使いの者に、

「わかった。お館によろしく伝えてくれ。おれもなんとかして脱出しよう」

とうなずいた。満足だった。しかし内田は脱出する気など毛頭ない。

八月二十三日、内田は島津忠長の前に出た。忠長は、伊集院忠棟や新納忠元などの諸将と

軍議を開いていた。

「豊臣秀吉の先発軍が、すでに九州に上陸し立花城に迫っている」

という報告が、島津軍にも伝えられていたからである。その席へ、のこのこと内田が出てきた。

「申し上げたいことがあります」

大声でそういった。軍議に参加していた諸将は、ハッと顔を上げて内田を睨んだ。

「なんだ、こんなときに」

新納が険しい声を上げた。内田はニコニコわらいながらこういった。

「長い間、みなさまをお騙《だま》しして申し訳ありませんでした」

そういった。武将たちは、思わず地図から顔を上げて内田の顔をみた。呆気にとられている。

「いまなんといった？」

「長い間、みなさま方をお騙しして申し訳ないとお詫びしているのです」

「われわれを騙したというのはどういうことだ？」

伊集院忠棟が静かにきいた。内田はいった。

「先にさし上げたわが主人立花宗茂さまの手紙は、真っ赤な偽りでございます。あれは偽書でございます」

「なんだと？」

カッとなった新納忠元が立ち上がった。仁王のような目で内田を睨みつけた。しかし内田は語りつづけた。

「一言で申せば、わたしが偽って貴陣にお邪魔したのは、関白殿下の援軍が到着するのを待つための、時間稼ぎでございました」

「やはりそうか！」

新納忠元が悔しそうに自分の膝を叩いた。

内田はうなずいて、いった。

「すでに立花城には、毛利・吉川・小早川の諸将がひきいる援軍が一万近く到着しております。さらに豊後には、関白殿下の武将である仙石殿、長宗我部殿のひきいる四国の軍勢が、府内《ふない》（大分市）に上陸いたしました。

関白殿下も、まもなく九州へ上陸の予定と伺っております。

もはやこうなりましては、島津さまのご運もこれまででございます。潔く、陣を払って薩摩へお帰りになるか、それともあくまでも立花城をお攻めになって、豊臣軍の前に崩れるか、どちらの道をお選びになるかご自由でございます。

ただ、今日までみなさまをお騙ししたこの内田の罪は重うございます。わたくしも逃げ隠れするつもりはございません。どうか、首をおはねください」

その任を果たした内田壱岐入道鎮家は、自分のいいたいことをいうと、どっかとその場にあぐらをかいた。そして、

「さ、一刻も早く首をおはねください」

と島津軍にいった。

「おのれ、このうそつきめ！」

島津軍の将兵が刀を抜いてバラバラと内田のまわりに走り寄った。そして、いきなり斬りつけようとした。が、このとき総大将の島津忠長が、

「まて」

と声をかけた。

忠長の脇にいた副将の伊集院忠棟と新納忠元も将兵たちを制止する姿勢を示して、床几から立ち上がった。

「なぜですか？」

不満に満ちた怒りの声を向ける部下に、忠長がこういった。

「たとえ、われらを偽ってこの陣に滞在したといっても、内田を斬ればこちらの恥をさらすだけだ」

「恥をさらすとはどういうことでございますか？」

忿懣《ふんまん》やるかたない部下は、さらに迫る。忠長はこう答えた。

「入道がこのわが島津の陣に入ったのは、いわば身を捨てて虎の穴に入ったと同じことだ。入道は見事にそれを成し遂げた。そして、豊臣の援軍という虎児を得た。われらが負けだ。潔く、入道を立花城に戻そう」

部下の将兵も、島津忠長の義を重んずる武士道精神をよく理解していた。説得されれば、たちまち納得する。不満そうに内田をにらみながらも、力なくうなだれた。さっきまでの、

「なにがなんでも内田を殺せ！」

という怒りはしだいにしぼんだ。

島津忠長は、

「立花城へお戻りあれ。じつに入道のおこないは見事であったと、この忠長が賛辞を呈していたと立花殿に伝えよ」

そう告げた。内田は、大地に正座し平伏した。

「あっぱれな御大将のお気持ち、ありがたくお受けいたします。わたしは、立花城へ帰していただきますが、お願いがございます」

「なんだ？」

脇から新納がきいた。

内田は新納を見上げ、こういった。

「わたしが今日まで、この島津の陣に滞在したという証拠をいただきとうございます」

「なんだと？」

脇からまた将兵が色めきたった。

「のぼせるな！」

という罵声がとんだ。が、相変わらず内田は平然としている。

新納はほほえんだ。そして忠長の顔をみた。忠長もほほえみ返して、うなずいた。

新納は自分が差していた脇差を差し出し、内田に突きつけた。

「これは、わが新納家に伝わる宝刀だ。目のある人物がみれば、かならずわかる。これを与えよう」

「かたじけのうございます。では、返礼にこれを」

内田は、自分が長年使ってきた長刀《なぎなた》を差し出した。新納は受け取った。

与えられた馬に乗り、内田は、

「では」

といって、静かに島津の陣を去っていった。見送りながら忠長がつぶやいた。

「まったく立花宗茂には、いい家臣がたくさんいる。うらやましい」

「お館《やかた》のボヤキがまたはじまりましたな」

伊集院忠棟と新納忠元はそういって、わらった。しかし三人ともすぐほほえみを顔から消し、深刻な表情になった。すでに、

「豊臣軍が、ぞくぞくと海を渡り九州に殺到している」

という情報は島津軍の中にも染み渡っていた。精強をほこるさすがの島津軍も、あきらかに動揺しはじめていた。

忠長はいった。

「薩摩へ戻るか」

「そのほうがいいかもしれません」

伊集院忠棟がすぐうなずいた。が、新納忠元は、

「いや、せめて立花城を落としましょう。島津の面目が立ちません」

と反対した。しかし忠長は首を横に振った。

「立花城を落としたところで、すぐ豊臣軍と戦わなければならぬ。薩摩を遠く離れたわが軍は、糧食や武器弾薬の補給線が長く不利だ。引き上げよう。秋月種実《あきづきたねざね》もそのように申していたではないか」

忠長はここで秋月種実の名を出した。秋月種実は前々からしきりに、

「どうか薩摩にお引き揚げください。北九州は、この秋月が支えてみせます」

と豪語していたからである。

秋月種実にすれば、思惑があって、

(島津の助けで北九州を制圧し、もう一度力を回復したい)

と考えていた。したがって、島津軍に引き揚げろということは、

「北九州は、自分の手にまかせてほしい」

ということである。忠長は、義に篤い武将ではあったが、やはり戦国を生き抜いてきたので、謀略にも長《た》けていた。胸の底で、

(この際、秋月種実の野望を利用しよう)

と考えた。したがって名目上は、

「大将が、部下を塀がわりに使えるものか」

といった。ところが、これがいつものことなので部下のほうにすれば、

「そういわれると、いよいよお館を守りたい」

という気持ちが起こる。これは、後年までずっと続くいわば、

「部下の宗茂に対する思慕の情」

の湧出だ。宗茂にはそういう不思議な魅力があった。

敵の守りは堅く、城は容易には落ちない。

「星野兄弟もよく戦うな」

宗茂は苦笑した。

「感心しているときではございません」

まわりに集まった、小野和泉、薦野増時、十時摂津などの宿将たちが城をにらみつけながらつぶやいた。このとき、

「お館」

と、地にひざをついて宗茂を見上げた若い武士がいた。宗茂がみると、小野理右衛門という若者だ。

「小野、またあの城に忍び入って、火をかけようというのではあるまいな?」

小野のことをよく知っている十時摂津がそうからかった。ところが小野は真顔でうなずいた。

「その通りでございます。これからあの城に忍び入り、あちこち火をかけてまいります」

小野理右衛門はこともなげにそういった。十時はまわりの連中と顔を見合わせ、

「小野よ、いとも簡単にいうが、あの城にいったん入ったら、なかなか抜け出ることはできないぞ。殺されるかもしれぬ」

「いえ、かならず脱出してまいります」

小野はそういいながら、もっていた傘を示した。

「その傘を何に使うのだ?」

「城から宙に飛び降ります」

「ばかな」

十時たちはいっせいにわらった。小野もわらった。しかしすぐ真剣な表情に戻り、

「お館、敵の城に忍び込むお許しをください」

と必死に願った。宗茂はじっと小野の顔をみていたが、

「わかった。頼もう。しかしくれぐれも、命を大切にしてくれ。おれにとって、おまえはかけがえのない部下だからな。頼むぞ」

そう告げた。このひとことが小野理右衛門の胸をキュッとしぼった。かれは瞼を熱くし、大きくうなずいた。

「かならずこの傘で脱出してまいります」

そういうと小野は、足早にその場を去った。かれにはどうも忍びの術の心得があるらしい。

宗茂と三人の宿将たちは、小野の後ろ姿を見送った。

「あんな傘で、城から出られるものか」

小野和泉がつぶやいた。

半刻（約一時間）ほどたって、城の中から突然煙があがった。続いて炎もあがる。立花軍はいっせいに緊張して山の上の城を凝視した。だれもが、

（小野が、城内に火をつけた！）

と感じたからである。城内の騒ぎの声がきこえた。

一同が見守る中で、突然城壁にひとりの武士が飛び上がった。

「小野だ！」

「小野理右衛門だ！」

そういう声が立花軍の中からあがった。

「あいつ、何をする気だ？」

そんな疑問の声が飛ぶ間もあらず、城壁にのぼった小野は突然もっていた傘を広げると、ひらりと宙に飛んだ。

そして現地に残る伝説によれば、たまたま城内から吹く風に乗って、傘は小野をつるしたまま近くの森林に落下していった。

「小野が傘で飛んだ！」

「あいつらしい」

そういう声が飛びかった。やがて、傷ひとつ負わずに小野理右衛門は、宗茂のところに戻ってきた。

「ただいま戻りました」

「城壁からの脱出ぶり、たしかに見届けたぞ。傘がおまえの命を救ったな」

「はい、ちょうどいい具合に風が吹きましたので」

小野理右衛門はそういってわらった。

城の火は、いよいよ燃え盛った。

そして、これが原因で高鳥居城はまもなく落城した。八月二十五日正午ごろだったという。

宗茂が先頭に立って、焼け落ちた城内に攻め込むと、城兵は全員自決していた。

「見事だ」

宗茂は、敵兵の遺体に、ていねいに手をあわせながらつぶやいた。

ふたたび、父高橋紹運が玉砕した岩屋城の光景が瞼の裏に再現された。宗茂はその光景を自分でみたわけではない。

しかし、あのとき島津軍の総大将島津忠長や、副将の伊集院忠棟たちがとった、父紹運への礼節ある扱いをきちんとおぼえていた。

(星野兄弟をねんごろに弔おう)

そう思った宗茂は、星野兄弟の首を礼をもって埋葬した。星野兄弟は兄を吉実、弟を吉兼といったので、ふたりの吉の字を取り、墓に、

「吉塚」

と名づけた。

高鳥居城を落とした宗茂は、さらにいきおいをかっていよいよ岩屋・宝満両城へ押し寄せた。ともに、島津軍や秋月軍に跳梁された思いの深い城だ。

秋月種実は、すでに自分の本拠に引き揚げていた。城将として桑野新右衛門が三百人の部下を率いて守っていた。

大将の秋月種実が豪語するように、秋月軍は強い。だから岩屋城に籠った桑野軍も、容易には城を明け渡さない。あくまでも徹底抗戦の構えをみせた。

宗茂にすれば、城攻めでむだな犠牲者を出したくない。その気持ちを察したのだろう、また小野理右衛門が前へ出てきた。

「お館、ちょっと城へ忍び入り、また火をつけてきましょう」

簡単にそういった。宗茂が苦笑した。が、

「わかった。頼む。が、この前もいったように、無駄死にはするな。おまえの顔がみられなくなると、おれがさびしくなる」

そう告げた。小野はくっと鼻をならし、

「まいったな。これだから、お館にはかなわない」

そうつぶやくと、ツツと巧みな走法で、岩屋の城に忍び込んでいった。やがて、高鳥居城のときと同じように、岩屋城の中から噴煙が上がった。

「小野のやつ、また見事に火をつけた」

ふもとから岩屋城を見上げる立花軍の将兵は、感嘆の声をあげた。立花宗茂が、

「いまだ、攻め込もう！」

と先頭に立って、坂をのぼりはじめた。岩屋城は落ちた。生き残りの城兵は、裏道を伝って秋月本陣へ逃げ戻っていった。

岩屋城を落とした宗茂は、そのまま間をおかずに宝満城も取り返した。

立花宗茂のこういう一連の行動にもっとも感嘆したのが、豊臣秀吉である。黒田如水たちから次々と入る宗茂の活躍ぶりに、秀吉はひざをたたいて宗茂を褒め讃えた。

「すぐ感状を書く」

といって、右筆《ゆうひつ》に口述筆記させ、末尾に自分の名を書き花押を押した。感状は、

「立花左近将監殿へ」

となっていた。さらに秀吉は、それだけで気持ちの高ぶりが収まらず、黒田官兵衛（如水）ほかに対し、宗茂の活躍ぶりを書き記した。

しかし、岩屋・宝満の両城を落とした立花宗茂にとって、まだ気がかりなことがあった。

それは、島津軍に拉致された母親の宋雲尼と弟の高橋統増とその妻の身の上である。

このころ、宗茂の母宋雲尼は、肥後（熊本県）の南関《なんかん》（熊本県玉名郡南関町）に閉じ込められていた。

たまたま肥後には、

「島津と手を切り、関白殿下に忠節を尽くす」

と変心して、肥後に攻め入っていた肥前（佐賀県）の龍造寺政家がいた。そこで宗茂は、龍造寺政家に使いを送って、

「ぜひ、お力で母を救出していただきたい」

と頼んだ。

使いを受けた龍造寺政家はよろこんだ。

というのは、一時期は島津に心を寄せていたので、秀吉の受けがどうかと政家は心配していた。

そこへゆくと立花宗茂は、終始一貫して大友家に忠節を尽くし、島津と戦い抜いた。豊臣秀吉の受けがいい。そこで政家にすれば、

「関白殿下に受けのいい立花殿の願いをかなえれば、こんどは立花殿が自分のために口をきいてくれるだろう」

と考えたのである。

政家は、ただちに、

「承知した」

と快諾の使いを宗茂に送った。そして間髪を入れず、部下の堀江覚仙と大木兵部少輔に、宋雲尼の救出を命じた。

堀江・大木軍は、敏速に行動し、南関を護衛していた島津の兵を駆逐して、無事に宋雲尼

を救い出した。

宋雲尼は立花城に戻ってきた。宋雲尼と宗茂は、再会をよろこんだ。気になるのは、統増夫婦のことだ。

というのは、龍造寺軍によって、宋雲尼の救出がおこなわれてしまったので、警戒心を強めた島津軍は、統増夫婦をそれまで監禁していた肥後から、薩摩へ移してしまったからである。川内川《せんだいがわ》上流の祁答院《けどういん》へ監禁した。

統増夫婦が救出されるのは、翌年、島津氏が豊臣秀吉に降伏する直前のことである。

豊臣秀吉は、天正十四年（一五八六）十二月一日に、ついに、

「九州征伐の動員令」

を発した。このころかれは、それまでの関白の官位にさらに、太政大臣の官位を加えられた。そして天皇から、

「豊臣の姓を与える」

といわれ、羽柴から豊臣に姓を変えた。

秀吉にとって姓などというのは、いわば一種の符号のようなものだったから、木下・羽柴・豊臣と三回も改姓している。

羽柴にいたっては、織田家の重臣であった丹羽という大名と、柴田という大名からそれぞれ一文字ずつをもらってつくり出した姓だ。

そして、この羽柴と名乗ったときにかれははじめて織田信長から城をもらった。城を築い

たのが、琵琶湖畔の今浜だった。この今浜を秀吉はただちに、

「長浜」

と地名変更した。長浜の長はいうまでもなく、織田信長の長だ。

こういうように、主人や先輩の名前を一字ずつもらっては、地名や自分の姓にするところなど、秀吉はかなり融通の利く人物であった。

長年ぎくしゃくしてきた徳川家康との関係も良好になり、家康はついに秀吉に臣従した。いってみれば、内地において後顧の憂いはない。そこでかれは、九州攻めに本腰を入れることにした。

秀吉、九州に上陸

かねてから、秀吉は、

「天皇の命によって、土地争いのための私闘を禁ずる」

という命令を出していた。したがって、この命令に背き、九州全土を席捲していた島津氏はあきらかに、

「天皇の命に反した大名」

ということになる。ひとことでいえば、

「朝敵」

だ。したがって秀吉が出した九州攻めの動員令は、

「島津氏と、これに味方する朝敵どもを討つ官軍」

になる。掲げる旗は、錦の御旗だ。秀吉は、官軍の総司令官ということになった。

しかし、島津氏もこれにくみする秋月氏も、まだそういう秀吉のこわさを知らない。

「たかが成り上がりの関白太政大臣め」

とタカをくっていた。

当時、日本の諸国はあわせて、

「六十余州」

といわれたように、六十六ヵ国に分類されていた。

秀吉が動員したのは、この六十六ヵ国のうち、近畿地方、北陸地方、南海道地方で、山陽・山陰あわせて四十ヵ国余の総勢は、約二十五万人を越えるといわれた。

奉行は石田三成、大谷吉隆《よしたか》、長束《なつか》正家《まさいえ》の三人が任ぜられ、

「将兵三十万人の食料と、馬二万頭の飼料を一年分用意せよ」

と命ぜられた。さらに、

「武器弾薬、大楯、縄、斧、鎌、熊手、鍬などの必需品も調達せよ」

と命ぜられた。博多の神屋宗湛ほか、実力商人たちが活躍した。

荷はすべて、下関に送られた。ここから海を渡って、九州へ運ばれた。

翌天正十五年（一五八七）元旦、秀吉は大坂城で諸大名の参賀を受けた。このときかれは、

「九州征伐軍は、次のような編制とする」

と告げ、全軍を七軍団にわけることを発表した。それぞれの進撃コースも発表した。

一月二十五日に、宇喜多秀家が先発隊になり、二月五日には、秀吉の弟羽柴秀長を総大将とし、羽柴秀勝、宮部《みやべ》継潤《けいじゅん》、蒲生《がもう》氏郷《うじさと》、九鬼《くき》義隆《よしたか》などの軍勢が次々と出発していった。

秀吉自身は、三月一日に朝廷に参り、天皇に出発の報告をした。留守を命ぜられたのは、甥の豊臣秀次と前田利家である。これには三万の軍勢を残した。

秀吉が供にしたのは、親戚の浅野長政、佐々成政《さっさなりまさ》、増田《ました》長盛《ながもり》などである。

秀吉の軍旅は、このときからゆとりをもつものとなった。つまり、

「おれの軍勢は、これだけゆとりがあるぞ」

ということを、敵軍に誇示することであり、同時にまた、

「おれの部下になれば、合戦もけっこう楽しいものになる」

ということを知らせる情報宣伝の意味もあった。

そのために、かれは好む茶の指南として、千利休と津田宗及《そうきゅう》を供に加えた。ほかに、連歌師、医者、歌舞音曲の芸能人なども引き連れていた。

秀吉自身は、「緋縅《ひおどし》の鎧に、鍬形打った冑《かぶと》をかぶり、赤地の錦直垂《ひたたれ》」という、きわめて華美な軍装であった。華麗な、

「都武士」

の姿を、そのまま実現したのである。これが、九州にいたるまでの沿道の人の目をみはらせた。

秀吉軍（官軍）は、陸と海の両道を進んだ。

備後（広島県）に入ると、赤坂というところに、前将軍の足利義昭が迎えに出た。足利義昭は、織田信長に京都を追放されて以来、備後の鞆《とも》に拠点を置いていた。

鞆は、足利家とゆかりが深い。足利尊氏が、京都からいったん落ちるときにも、ここで院《いん》宣《ぜん》（上皇、法皇の命令書）を受け取っている。これによって北朝側だった足利尊氏が、逆賊の立場から、逆に南朝側の楠木正成や新田義貞を討つ官軍に変わった。

こういう、いわば、

「手続き上のかけひき」

は、昔からおこなわれている。

つまり、合戦をおこなうにしても、大義名分がなければ兵は起こせない。そのために、豊臣秀吉も島津氏を討つためには、私情によって討つのではなく、

「関白太政大臣が天皇の命によって討つのだ」

という大義名分を明らかにしたのである。

山陽路を進む秀吉は、その後、安芸（広島県）で厳島《いつくしま》神社に参詣した。厳島神社は、毛利元就が陶晴賢《すえはるかた》を討った折の奇襲作戦で有名になったお宮だ。平清盛がつくった神社である。

このように、刻々と西下してくる秀吉軍の数の多さと、その力のゆたかさを、まだ秋月種実は現実感をもって認識していなかった。が、いろいろな情報が飛び込んでくる。

すでに、秀吉が先発させた毛利系の諸軍は、どんどん北九州を制圧していた。北九州の甘《あま》木《ぎ》に拠点をもつ秋月種実にしてみれば、しだいに緊迫した空気だけは感じ取っていた。

ある日かれは思い立って、腹心の恵利《えり》暢尭《のぶたか》という家臣を呼んだ。こういった。

「おまえが使者になって、秀吉にニセの降伏をしてこい」

「は？」

恵利には、主人のいうことがよくわからない。顔をあげて種実を見返した。種実はじれったそうに告げた。

「ニセの降伏の使者になって、秀吉の陣営に入り、かれの軍勢がどの程度の力をもっているのか見極めるのだ。うまく抜け出して戻ってこい」

恵利は、

（ああそういうことか）

と納得した。主人のいうことなので、恵利はニセの降伏使となって、秀吉の陣営に急いだ。秀吉はこのころまだ広島にいた。

いきなり秀吉には会えないので、妻同士が姉妹である秀吉の縁者浅野長政に仲介を頼んだ。

「北九州一の抵抗者秋月種実のところから、降伏の使者がやってきた」

ときいた浅野は、これを信じて秀吉に紹介した。秀吉は、

「秋月のところから降伏の使者だと？　本当かな」

と、目を細めて疑い深そうな顔をした。しかし、

「会おう」

とうなずいた。恵利暢堯は、秀吉の前へ出た。そして、

「主人秋月種実が、殿下に降伏を願い出ております」

と告げた。秀吉は、

は島津とわが秋月家ほか数家に過ぎません。いまが、関白に降伏する絶好の機会でございます。この上、なお合戦を続けるならば、それでなくても疲れ切った民が、いよいよ窮地に陥りましょう。どうか民のためにも、恥を忍んで降伏していただきたい」

と頼んだ。

が、恵利のことばが強くなればなるほど、秋月種実は逆に虚勢をはった。かれにしても、恵利の状況視察から、豊臣秀吉の軍勢が容易ならない力をもっていることを悟っていた。が、

「おまえはニセの降伏の使者として、秀吉の陣容をよく調べてこい」

と命じたのだから、その秀吉軍のいきおいがすさまじいものであったとしても、すぐ心を切り替えて、降伏するわけにはいかない。

ちょうど立花城の城主宗茂が、きょうまで大友のためにがんばってきたように、秋月種実は終始一貫して反大友の態度を貫いてきた。

だからこそ、島津に味方した。

秋月種実は、

「ここが最後の正念場だ」

と思っていた。そのため、恵利の涙をふるっての諫言にも耳を貸さなかった。宿将たちと酒を飲みながら、

「腰抜け武士め、イヌ武士め」

と、ののしり続けた。恵利は静かにその場から去った。心の中ではすでに、

「死をもって、主人を諌《いさ》めよう」

と覚悟していた。

その夜、恵利暢尭は、妻、長女、次女の三人とともに、近くを流れる川のほとりの大きな岩の上で自刃した。

場所は、鳴渡《なると》谷近くだったといわれる。現在、朝倉市秋月に「恵利暢尭腹切り岩」として、その巨岩が残されている。

このとき、恵利暢尭は、三十八歳だったという。後年、秋月城主として黒田如水の次男長興がこの城に入ったとき、長興は恵利の話をきいた。

「この地に、そのような忠臣がいたのか」

と感動した長興は、地域に観音堂をたて「鳴渡山音声寺《おんじょうじ》」と名づけて、忠臣恵利の霊を弔った。

こうなると、いよいよ主人の秋月種実は、

「秀吉軍とはあくまでも戦う」

という決意を表明せざるを得なかった。秋月種実もまた、崖っぷちに追い詰められていた。

しかし秋月にすれば、

「攻撃こそ、最大の防御である」

という考えを貫くほか、すでに方法がなかったのである。

筑前方面から撤退した攻撃軍の総大将島津忠長や、副将伊集院忠棟、新納忠元を迎えた島

津家の頭領島津義久は、

「豊臣軍はいずれやってくる。本国鹿児島を守るには、九州中央部を確保する必要がある」

と告げて、あらためて豊後の攻略を命じた。

島津義久は、この攻略によって大友宗麟と義統《よしむね》父子を完全に滅ぼそうと策した。

いってみれば、

「豊後を守り抜くことが、鹿児島を守り抜くことになる」

という戦略である。そこで、義久は弟の義弘と家久を、左軍、右軍の司令官として、四万の軍勢を与え豊後に攻め込ませた。

この報をいち早く知った大友方の諸将の中から、次々と裏切り者が出た。まず、大友家の当主義統の弟である田原親家が、

「島津に味方する」

と宣言した。

これに呼応して、立花道雪の甥の戸次鎮連《べっきしげつら》、志賀道益、朽網《くたみ》宗暦、入田《にゅうた》宗和、柴田紹安らが次々と叛旗を翻した。

このために、北上してきた島津軍は豊後制圧の加速度をあげた。そして、豊臣方の軍勢としてこの地域まで進出していた大友・仙石・長宗我部の連合軍を打ち破った。

戸次川《へつぎがわ》（大分市戸次、現大野川）の合戦では、島津軍は豊臣軍の長宗我部元親《もとちか》の息子信親《のぶちか》と、四国の豪族十河在保《そごうまさやす》の首を取った。

これにおどろいた仙石秀久《せんごくひでひさ》は、あわてふためいて、そのまま船で海を渡り、領国の讃岐《さぬき》（香川県）の高松城へ逃げ戻ってしまった。

この報告を受けた秀吉は真っ赤になって怒った。そして、仙石秀久の領国を没収し、高野山に追放してしまった。

立花宗茂のように、孤立しても最後まで大友家のために尽くそうという忠義の武士がいる。また、広島へニセの降伏の使者として差し向けられながら、主人に諫言をして、それがきかれないとみれば、潔く腹を切って死諫をおこなった恵利暢尭のような武士もいる。

秀吉にすれば、

「九州には忠義な武士が多い。九州は義の本場だ」

と感嘆していたから、仙石のような臆病な大将がいることは、耐えられなかった。

「官軍の名に泥を塗り、おれの顔に泥を塗るようなものだ」

と怒りはすさまじかった。そのため一方では、いよいよ立花宗茂に対する感動の念を深めた。

しかし、大友家の当主である義統も情けない大将だった。

「島津軍が、ふたたび北上してきた」

という報告を受けると、臆病風に吹かれた義統は拠点である府内（大分市）を放棄した。そして高崎山へ逃れた。さらに、豊前の龍王城へ移動した。龍王城に着いたときは、部下の数は五千人足らずだったという。島津軍は府内を占領し、陣を張った。

三月下旬になって、

「豊臣秀吉が、ついに九州に上陸した」

という報告を得た。総大将の島津義久は、

「鹿児島に戻って、本国を防衛せよ」

と豊後放棄を命じた。島津軍は、ふたたび南下のため府内から撤退した。

三月二十八日に九州入りした秀吉は、すぐ立花宗茂に手紙を書いている。

「長らくの奮戦まことにご苦労であった。わたしがきた以上は大船に乗った気で安心されたい。島津征伐の戦略は次の通りだが、まず甘木の秋月を攻める。あいつは裏切り者だからぜひ首を取る。ついては、そなたも軍を率いて、秋月へきてもらいたい」

と丁寧に頼んでいる。

秀吉は九州へ入る前に、毛利家の支配地である赤間ヶ関(現在の下関)に陣をおいた。諸国から大名がかけつけた。この中に、鍋島直茂がいる。鍋島直茂は、龍造寺政家の家老だったが、かなり前から秀吉の天下取りを予想し、主人にしきりに秀吉への服属をすすめていた。

人を見る目のたしかな秀吉は、すでに鍋島直茂の存在を知り、

(こいつも、立花宗茂同様みどころのある若者だ。九州地方では、立花と鍋島が、おれの強力な支え手になるだろう)

と踏んでいた。したがって、鍋島直茂に対する扱いも格別なものがあった。

秀吉が小倉に上陸すると、それまでに、

「心を入れ替えて、お味方いたします」

と誓いの使者を出していた諸豪族が集まってきた。高橋元種、麻生家氏、麻生元重、時枝、広津、彦山の衆徒などである。

豊前には宇都宮鎮房という豪族がいたが、本人はやってこなかった。かわりに息子の朝房が、

「お味方いたします」

とあいさつにきた。

「おやじはどうした？」

と秀吉がきくと、

「なにぶんにも、病の身でありますので」

と息子は答えた。秀吉は大きくわらい、

「仮病だな」

と告げた。宇都宮朝房は真っ赤になってうつむいた。図星だったからである。

父の宇都宮鎮房は、

「成り上がり者の秀吉に、名門宇都宮家の当主があいさつにゆけるか」

とバカにしたようなことをいって、

「おれの代わりにおまえが行け」

と、家存続の手続きだけは取ったのである。

虚栄と意地の突っ張りで、ついに、

「徹底抗戦」

を宣言した秋月種実は、諸城に部下を配置した。

その最大の拠点が、岩石城《がんじゃくじょう》（添田町）であった。ここには、秋月家中でも猛将の名の高い隈江《くまえ》越中と芥田《あくただ》六兵衛が城将として配置された。部下には三千の軍勢が与えられた。

「まず、岩石城を落とせ」

秀吉は命じた。そして、

「ぜひわたくしどもに」

と願い出る諸将を抑えて、秀吉は蒲生氏郷と前田利長の二大名にこの攻撃を命じた。

このとき蒲生氏郷の部下が一番槍をつけて、これがきっかけとなって岩石城は落ちた。よろこんだ秀吉は、蒲生氏郷にそのとき着ていた羽織を与えた。

秀吉の九州征伐で、合戦らしい合戦があったのはこの岩石城攻めだけだった。あとは、東と西の二手にわかれた豊臣軍の風を巻くいきおいに、沿道の島津方の豪族はすべて降伏した。

しかし、甘木に陣取った秋月種実は頑強だった。かれは俗に〝秋月二十四城〟と呼ばれる城砦をもっていた。この城に部下を配置した。

その軍勢は、総数で約二万五千人だといわれる。やはり、長年この地に力を蓄えてきた秋月家の底力はそれなりに健在だった。

秋月種実は、岩石城が落ちる前は、岩石城の西方約十一キロのところにある益富城にいた。しかし、岩石城が落城したのですぐ、本拠の古処山《こしょざん》城へ移った。

秀吉は容赦しなかった。

「是が非でも、秋月の首を取れ」

と命じた。

秋月種実は、益富城から出るときにこの城に火をかけた。そのあとに秀吉が入った。そして秋月種実がおどろいたのは、翌朝、古処山城から益富城をみると、焼いたはずの城が、完全に復元されていたことである。

白壁が朝日に映えている。しかも、城内ではしきりに水を使う音がきこえる。城を出るときに、水の根も断ったはずだ。ところが、城内では将兵たちがジャージャー水を使っている。

「いったい、なにが起こったのだ？」

種実はおどろいた。

しかし、これには仕掛けがあった。実際に白壁にみえたのは、壁ではない。いかに超能力をもつ秀吉でもそんなまねはできない。

秀吉が白壁にみせかけたのは、奉書紙を貼って、それを白く塗らせただけのものだ。水と思ったのは、水ではなく米だ。

米をザーザー音をたてて流し、水のようにみせかけていた。

この辺の仕掛けは、戦国時代ではあちこちの城でおこなわれていた技だ。秀吉はそれをまとめて使っただけである。

しかし、秋月側ではびっくりした。戦意がみるみる萎《な》えた。頼みとする島津軍は、すでに豊後の府内から撤退してしまっている。秋月種実は完全に孤立した。城内で軍議がひらかれた。

「恵利のいったことは正しかった」

はじめて総大将の秋月種実はそうつぶやいた。結局、

「くやしいが、秀吉に降伏するよりほかあるまい」

ということになった。

一族の福武美濃守が、降伏の使者として秀吉の本陣に行った。秀吉はまだ益富城にいた。降伏の口上を告げに行った福武は、けんもほろろに追い返された。秀吉は、

「この前も、秋月はおれにニセ降伏の使者を送ってきた。信用できない。本人がこいといえ」

そう告げた。

ここに至って秋月種実もついに観念し、頭をそって僧形になった。衣を着て息子の種長とともに益富城に向かった。

しかし入れ違いに秀吉のほうが業を煮やし、すでに秋月に向かっていた。この間の距離は約十一キロだったという。

行き違いに気づいた秋月父子は、急いできびすを返し、秀吉軍を追いかけた。そして、秋

月の手前の芥田《あくただ》（嘉麻《かま》市嘉穂町）の村里で、ようやく追いついた。

「降伏いたします」

と畑の土の上に平伏した。

秀吉は床几に腰を掛けていたが、もったムチで土をはね飛ばしながらこういった。

「おまえはしたたかなやつだ。おれをだましたり、いろいろと策を弄する老猾《ろうかい》な人間だ。が、最後まで島津に尽くそうという心根はそれなりに高く評価する。本当なら首をはねるところだが、頭を丸めて地に手をつき、命乞いをするところをみれば、不憫でもある。一命は助けてやるから、これからは島津征伐の先手となっていままでの罪を償え」

と命じた。秋月種実にすれば、腹の中が煮えくり返っていただろうが、

「仰せに従います」

といわざるを得なかった。

このとき秋月種実は、いままで大事にしてきた家宝の茶入れ「楢柴《ならしば》」の壺を、秀吉に献上したという。

この「楢柴」は、天下の名器として有名だった。茶に志をもつ者にとっては、あこがれのまとだった。

もともとは、博多の豪商神屋宗湛がもっていた。これを秋月種実が奪い取ったものである。多少の金は払ったというが、強奪同様だったという。

これが手に入ったので、秀吉はよろこんだ。

秋月二十四城は全部開け放たれた。そして、秀吉の命令通り秋月種実・種長親子は、秀吉軍の先手となって、島津征伐のために南下の案内をはじめた。

こんな挿話がある。

益富城を出たあと、入れ違いにやってきた秋月父子は、秋月の手前で秀吉軍に追いついた。そこで降伏をした秋月父子は、自分の居城へ秀吉軍を案内した。

このとき、道の脇に大きな石を発見した秀吉は、

「ここでちょっと休む」

と休憩を宣言した。そして、

「秋月の息子、ちょっとここへこい」

と秋月種長を呼んだ。何事かと思って近づいた種長に、秀吉はこういった。

「きくところによれば、おぬしは俗謡の名手ときいた。軍旅の疲れを癒したい。一曲歌え」

と命じた。秋月家に対する最大の侮辱である。

しかし秀吉の胸の中はまだ収まっていない。秋月種実の執拗な抵抗が、ここまで九州の平定を妨げ、時間を取らせた。

（秋月種実は、島津と同格の元凶だ）

と秀吉は思っていた。

したがって、遠まわしな報復をしないと気がすまない。そのひとつとして、かれは息子の種長に、

「俗謡を歌え」

と命じたのである。

豊臣秀吉が、秋月種実の子種長に、

「おまえは、歌がうまいそうだが、ここで一曲歌え」

と命じたのは、現在なら宴会の席で、おエライさんが部下に、

「なにか歌え」

というようなものだろう。

しかし、このときの秋月種実・種長父子は、頭を丸めて僧形に姿を変えていた。降伏の姿勢を示すためである。そんな格好になっただけで十分屈辱感を味わっている。

秀吉はさらに加えて、種実でなく息子の種長に、恥をかかせようというのだ。それは、息子が歌をうたう屈辱感を、いままで執拗に抵抗してきた父の種実にも倍加させて味わわせようという魂胆であった。

こういうときの秀吉は意地が悪い。やはり小さいときから苦労しているので、かれの心の片隅には、いじけ根性やひがみ根性が残っている。それが頭をもたげる。秀吉の器量の限界であった。

あまりの屈辱に、種長は顔を真っ青にし、父の顔をみた。父も目の底に怒りを燃やしたが、しかしその火はすぐ消えた。

(やむを得ない。歌え)

と命じた。

「一張の　弓の勢い月心に在り　これぞ真如の槻弓《つきゆみ》の　薩摩もなどかおそれざる」

元歌があったものを、即興で種長がアレンジしたものだろう。月の半月のように張った弓は、どんなに強かろうと薩摩軍を恐れはしない。必ず打ち破る、という意味だ。

きいた秀吉は満足した。

「おもしろい、いい歌だ」

と褒めた。

昨日までの盟友島津氏を裏切って、上方からやってきた秀吉軍に降服した秋月父子にすれば、断腸の思いであったにちがいない。

しかし、降伏後はおそらく、秋月軍は秀吉軍の先手を命ぜられる。これは目にみえていた。それならば、ここでその気持ちをあらわしておいたほうが賢明だと、種長は考えたのである。

天正十五年（一五八七）四月五日、降伏した秋月種実・種長父子は、僧形のままの姿で、豊臣秀吉軍をかつての居城であった秋月の荒平《あらひら》城に案内した。

秀吉は、城へ入る前にまわりの光景をみわたし、

「なるほどな、こういう堅固なところに城をつくるとは、さすが秋月だ。たしかに攻めにくい」

と感心した。

秀吉が秋月に到着したのを知って、次々と九州の諸将が駆けつけてきた。争って、

「豊臣丸に乗り遅れるな」

と、恭順の気持ちを示しはじめた。

肥前からは、若い家老鍋島直茂のすすめによって龍造寺政家が、さらに名族の肥前、筑紫、草野が、筑前からは原田、麻生、杉、占部、許斐《このみ》などが、そして豊前からは秋月一族の高橋元種、長野、城井、山田、八屋、広津、宮成、時枝などの武士群が、さらに彦山の衆徒に加えて、壱岐、対馬の島から、平戸、大村、五島などの海に面した地域からの豪族たちが、次々と駆けつけてきた。

秋月種実・種長父子が支配していた石高は、約三十五、六万石だといわれる。したがって、秋月の城下町はかなり大きな町だった。にもかかわらず、これら駆けつける諸大名・豪族のひきいる軍勢で、たちまちあふれた。

武具の触れ合う音や、将兵の高い話し声で静かな山間の町が、一瞬にして喧騒の町に変わった。

立花宗茂が、二千三百騎の部下をひきいて駆けつけたのもこの日である。

城内は、先に駆けつけた武将たちであふれかえっていた。宗茂は、謙虚に末座に座った。ところが、正面の上座に立って、次々と駆けつける武将たちの挨拶を受けていた秀吉が、目ざとく宗茂をみつけた。たちまち、その顔がくずれ、目が喜びに輝いた。大声を出した。

「立花左近、ようきた!」

そういうと宙で激しく手を振って、

「ここへ、ここへこい」

と招いた。

宗茂は思わず、まわりをみまわした。先着の武将たちがいっせいに宗茂に注目した。

秀吉はさらに、

「立花左近、なにをためらうか。ここへこい」

とうながした。

宗茂は身をかがめ、ツツーッと秀吉の前へ小走りにすすみ出た。ギッシリと詰めていた武将たちが、思わず道を開けた。

秀吉の前にいくと、宗茂は平伏した。

「立花左近将監にございます。このたびのご無事なご到着、祝着至極に存じます」

と丁寧に挨拶した。

秀吉は、うん、うんと満足そうにうなずきながら、いとおしそうに宗茂をみた。

秀吉はやがて顔を上げ、鋭い表情になって全武将に大声で怒鳴った。

「者共きけ。先般、恐れ多くも帝のご命令によって、おれが発した御教書《みぎょうしょ》に対し、協力する者はほとんどいなかった。しかしこの若い立花左近だけが、孤城に籠り、島津の大軍にびくともせず、節を守りとおした。さらに、長い籠城にも少しも気を屈することなく、島津家が引き揚げるとみるや、ただちに追い討ちをかけて、多数を討ち取った。しかも、島津方の高鳥居城をも城兵をみな殺しにして奪い取った。その忠義は、まさに鎮西一、武勇もまた鎮西一である。わが上方にも、このような若者があろうとは思われぬ。見事である。それぞれ、範とせよ」

怒鳴りながら秀吉は、帰服した武将一人ひとりの表情を、それとなく探った。

(おれがこれだけ宗茂を褒め上げたことに、こいつらはどんな反応をみせるだろうか)

人間巧者の秀吉はこういうことが好きだった。それによって、自分の勢威がどれほどのものか、つねに確かめた。

中にはムッとして、秀吉を睨み返す者もいたが、多くの武将たちはうなだれてうつむいた。しかし、全武将が、

(立花宗茂が、あれだけ褒められるのは当たり前だ。われわれにくらべれば、あいつは若いながら最後まで、立花道雪と高橋紹運の志を継いで、立花城を守り抜いたのだから)

と感じていた。秀吉の宗茂に対する賛辞に対しては、異論を唱える者はいなかったのである。

秀吉は武将たちの反応を的確に捉えた。そこでしめくくりとして、宗茂に、

「おれが乗ってきた葦毛《あしげ》の馬を鞍つきのままやる。また、これもやる」

といって、脇で小姓がささげていた長い刀を宗茂に与えた。宗茂は、

「誠にかたじけのう存じます」

と押しいただき、大いに面目をほどこした。

このありさまを、龍造寺政家の供をしてきた鍋島直茂がじっとみつめていた。直茂は直茂なりに、

（もはや豊臣秀吉公の威力は確定している。わが龍造寺家も立花家に後れを取ってはならぬ）

と心の中でつぶやいていた。

秀吉は、立花宗茂に、

「薩摩攻めの先手の将を命ずる。帰服諸将は、すべて立花左近の指揮下に入れ。案内は、秋月種長が務めよ」

とテキパキと命令した。秀吉のこういう用兵の勘は鋭い。

秋月勢は、またしても降伏の屈辱と、その後にそれだけですまないきびしさを感じ取った。それだけに帰服した諸将も、改めて豊臣秀吉の威力に恐れおののいた。

「立花殿、よかったな」

宗茂に属するようになった武将の中には、そういって声をかける者もいた。中には、ブスッとふくれっ面をしたまま、宗茂を睨みつける者もいる。

しかし、天下人豊臣秀吉のお声がかりで、立花宗茂は完全に、

「鎮西一の勇者」

として位置づけられた。

秀吉はグズグズしていなかった。翌日、さっそく鹿児島に向かって出発した。

すでに、先陣を承っていた弟羽柴秀長の軍勢は、大友義統を案内人とし、毛利、小早川、吉川の毛利一族、それに黒田、宮部、蜂須賀、石田、尾藤らの諸軍をひきいて、かつて大友軍が島津軍に大敗した耳川を渡った。四月六日には高城《たかじょう》を包囲していた。

秀吉は、

「東の方は弟が攻め取るから心配ない。おれは西をいく」

と告げて、九州の西の道を一散に鹿児島に向かっていった。

秋月城に参集した九州諸族の口から、次々と情報がもたらされていたので、刃向かう者はいなかった。

筑後、肥後と攻め落とし、やがて薩摩との国境出水《いずみ》に陣をおいた。

一方の羽柴秀長軍も、次々と敵の城を攻め落とし、高城城主山田有信は、太守島津義久の指示によって、ついに四月二十六日開城した。

このころ、流浪将軍足利義昭に命ぜられた一色照秀と、木食《もくじき》上人が薩摩にやってきて、島津義久と講和の交渉をおこなっていた。

島津家の家臣の中でも、一族の伊集院忠棟は、北九州を席捲しているときも、総大将の島津忠長に進言して、立花城の包囲を解き、島津軍を鹿児島に引き揚げさせている。

忠棟は秀吉に従っている細川幽斎の歌の弟子でもあったので、都の状況にも明るかった。したがって、豊臣秀吉の実力をいやというほど知っていた。しきりに当主の義久に降伏をすすめていた。

島津降伏

伊集院忠棟は四月二十一日には、自分から羽柴秀長のところに、

「どうか、わが主義久たちの、罪をお許し願いたい」

と降伏の申し出をしていた。そして、義久自身にも、

「どうか、頭を丸めて秀吉公に謝罪の挨拶をしていただきたい」

とすすめた。しかし、島津義久の弟の義弘や歳久は、

「猿面（秀吉のこと）に降伏などもってのほかです。あくまでも、戦い抜きましょう。そうすれば、立花宗茂の指揮下に入っている北九州諸族も、必ずわれらに味方するでしょう」

とあくまでも降伏を承知しない。重臣の新納忠元もこれに賛成だった。

が、伊集院忠棟の意見を正しいとする当主義久は、

「この期におよんで、あがきはやめよう。わしは、頭を丸め、秀吉に謝罪する」

と宣言した。

秀吉は、このころ、川内川《せんだい》のほとりにある太平寺に陣をおいていた。部下の諸大名から、島津降伏の段取りが決まったことをきくと、

「ご苦労だった」

と労《いたわ》った。そして、急に思い立ったように、

「立花左近を呼べ」

といった。宗茂がやってくると、秀吉はこんなことをいい出した。

「たしか、おぬしの弟夫婦が島津側に捕らえられていたときいたが？」

「はい、おっしゃるとおりでございます」

「島津に交渉して取り戻せ」

そう告げた。宗茂は、

「はっ」

と秀吉をみかえした。秀吉は目の底で微笑んでいた。宗茂は悟った。

（そうか、そういうおぼしめしなのか）

と、たちまち胸を熱くした。

もう誰がみても、島津家の降伏は目前に迫っている。しかし秀吉にすれば、

「島津が降伏後、捕らえていた高橋統増《むねます》夫婦を返したのでは、単に降伏後の儀式になってしまう。降伏前に、立花宗茂が弟夫婦を取り戻せば、それは自分の力によって取り戻したことになる」

だから、

「いまなら間に合う。自力で弟夫婦を取り戻してこい」

というはからいをしたのである。じつに心憎い扱いだ。こういうように秀吉は、いつも、

「どういうときに、どういう手を打てば、相手の心を自分に引き寄せられるか」

という高度の心理的計算をしていた。

「ありがたきおことば、さっそくそのように仕ります」

頭を下げて去ろうとする宗茂に、秀吉はこういった。

「最初の交渉の使者は、薦野《こもの》三河がいいぞ。交渉がまとまった後の引き取りは、十時《とき》摂津《せっつ》にやらせろ」

「は？」

宗茂は呆れて秀吉をみかえした。秀吉はニコニコ笑っている。しかしこれは秀吉の常套手段だ。かれは、

「おまえの部下で、誰と誰は優秀だ。あいつらのことはおれもよく知っているぞ」

ということを、折に触れて誇示する。これは秀吉の悪いクセで、

「おまえの家来の誰々は、おれに心を寄せているぞ。なにかあったときは、必ずおれに報告してくるから、油断するなよ」

という警告なのだ。

秀吉は、多くの部下大名や、さらに大名の部下にも自分の豊臣や羽柴の姓を与えている。

豊臣という姓は、天皇から貰ったものなのだが、秀吉は頓着しない。どんどん姓を与え、他人でも〝豊臣一族〟の中に組み込んでしまう。

秀吉から、蒲野三河守増時と十時摂津の名を出されて、宗茂は胸の中で声をあげた。感嘆すると同時に背筋が寒くなった。

(殿下は、そこまでゆき届いておられるのか)

と戦慄した。

しかし、目前の降伏儀式が迫っている前に、弟夫婦を救い出してこいという計らいはありがたかった。

蒲野増時がすぐ島津の陣へいって交渉をした。島津家では、もともと高橋統増夫婦の人質としての価値を認めていない。せっかくこの夫婦を捕らえて人質にしても、兄の立花宗茂の戦意はぜんぜん衰えなかった。最後まで立花城に籠って応戦した。

「殺してしまおうか」

といい合ったことさえある。

しかし、生かしておいたのがもっけの幸いだった。というのは、立花宗茂が秋月で秀吉から、

「鎮西一の忠義者、鎮西一の勇者」

と褒められたことは、鹿児島にもきこえていた。ということは、

「立花宗茂は、いま九州でいちばん秀吉のお気に入りなのだ」

ということになる。

その秀吉のいちばんお気に入りの弟夫婦を生かして返せば、宗茂も満足し、また秀吉も降伏の条件をゆるめてくれるかもしれない。島津家ではそんな計算をした。

そこで、

「高橋統増夫妻は、お返しする」

と返事した。鷹野増時がこの朗報を持って戻ってくると、秀吉から命ぜられたとおり今度は十時摂津が引き取りに向かった。

統増夫婦とその供の一行を受け取った十時摂津が、川内川を舟で下ってきたときに、川の上に陣をおいていた薩摩軍が、

「落人だぞ！」

と叫んで、たちまち舟を漕ぎ寄せ取り囲んだ。そして、乗せていた荷物を奪い、供の女性たちに乱暴しかけた。

十時摂津が怒り、敵の指揮者の舟に漕ぎ寄せて、

「この狼藉は、いったいなんのまねぞ！　われらは、立花宗茂の手の者なり。ただいま、島津家の手にあった宗茂さまの弟君ご夫妻を引き取って参ったところだ。これはいったいなんのまねか！」

と怒鳴りつけた。立花宗茂の名をきいて、敵将はたちまちひるみ、

「引け、引け！」

と叫んだ。一行は無事に宗茂の陣に戻ってきた。

「統増、苦労したな」

宗茂は弟の手を取って慰めた。統増はみるみる目に涙を浮かべ、

「兄上、腑甲斐ないこの統増をお許しください」

と人質になったことを改めて謝罪した。宗茂は、ゆるりと首を横に振り、

「気にするな。このたびの解放は関白殿下のおぼしめしだ。即刻、殿下のところにいってお礼を申し上げよ」

と告げた。宗茂と統増夫婦の姿をみた秀吉は、顔をほころばせた。

「無事に戻ったか。統増、苦労したな。そなたの父紹運殿の義死は、この秀吉、武士の鑑《かがみ》として決して忘れぬぞ」

そう告げた。秀吉もまた、統増に対し、

「武士の身でありながら、敵の人質になるとはなにごとだ」

などという叱責のことばは吐かなかった。

この点、宗茂と同じような、

「相手の立場になって考える」

という方法を、秀吉も身につけていた。

五月八日、頭を剃って坊主姿になった島津義久は竜伯と号し、秀吉の本陣太平寺におもむいた。そして、

「このたびのいたらぬ仕儀、深くお詫び申し上げます」

と、降伏謝罪した。

島津家降伏の条件として、義久の三女亀寿という娘と、降伏派の伊集院忠棟が人質にさし出されることになった。秀吉は、

「申し出を受けよう。そのほうには、薩摩一国を安堵する」

と朱印状を授けた。

同時に、弟の義弘、家久、征久ら一族の領地も安堵した。

島津歳久だけは、出てこなかった。自分の館に籠ったまま、

「あくまでも、秀吉と戦う」

と気勢をあげていた。

秀吉は、しかし島津歳久にはかまわず、

「引き揚げる」

といっせいに、兵を引いた。

その後、最後まで抗戦の意気を示していた島津歳久は、兄義久の説得によって切腹させられる。

また、主人よりも先に秀吉のところに駆け込んで降伏の意を示した伊集院忠棟は、これもまた後に島津家によって切腹させられる。

凱旋の旅についた秀吉は、六月六日焼け落ちた太宰府に着いた。惨状に眉を寄せた秀吉は、

ただちに復興の工事を命じた。

　ここでは、降伏した島津義久も僧形のまま秀吉のために茶を点《た》てて、その相手をした。秀吉はすでに、筥崎《はこざき》八幡宮内の境内に殿舎を建てさせていた。地元では、

「神聖な八幡宮の境内に、陣をおくとはなにごとだ」

　と息巻く者がたくさんいた。

　しかし、これは秀吉の計算の枠内だ。かれは、神聖な筥崎八幡宮の境内に、自分の本陣をおくことによって、さらに威を示そうとしたのである。

　この殿舎に入った秀吉は、二十数日間ここに滞在した。

　参集する諸大名やその供の軍勢で、筥崎八幡宮近辺はひしめいた。

　また、博多湾の海上には、軍船が満艦飾《まんかんしょく》の旗や幟でその華やかさを競った。

　この筥崎八幡宮の陣営で、秀吉はまず九州攻めに功績のあった大名の報奨と、そむいた者への処分をおこなった。

　もっとも多く貰ったのが、毛利元就の三男小早川隆景である。

　かれは、筑前一国、肥前と筑後でそれぞれ二郡を得た。

　また小早川(毛利)秀包《ひでかね》は筑後で三郡を、佐々成政は肥後一国を、相良《さがら》頼房は球磨《くま》葦北で三郡を、黒田孝高(如水)は豊前で六郡を、毛利勝信は豊前で二郡を、大友義統は豊後一国を、島津義久は薩摩一国、弟の義弘は大隅一国をそれぞれ安堵された。

　九州諸大名は、有馬晴信が肥前で南高来郡を、松浦隆信が肥前で二郡を、波多《はた》親《ちかし》が肥前で

二郡を、五島純玄《すみはる》が肥前で二郡を、大村喜前《よしさき》が肥前で一郡を、宗義智《よしとし》は肥前のうち対馬の島々を、そして伊東祐兵は日向で一郡を、高橋元種も日向で一郡を、秋月種長も日向で一郡を、島津久保も日向で二郡を、伊集院忠棟も日向で二郡をそれぞれ分与された。

そして、立花宗茂は筑後国内において四郡を与えられた。

しかしこのうち三池郡は弟の高橋統増に与えられた。本来なら、統増は島津軍の人質になっていて、なんの戦功もないのだから、これは破格の扱いだ。やはり、

「鎮西一の忠義者、鎮西一の勇者」

と秀吉から折り紙をつけられた兄宗茂の功績によるものだろう。

龍造寺政家は肥前国内において六郡を与えられ、その家老鍋島直茂は肥前国で二郡を与えられた。

これもまた秀吉の特別な配慮によるものである。秀吉は、

「立花宗茂とともに鍋島直茂もじつに心きききたる若者だ。大友家に宗茂があるように、龍造寺家には直茂がいる」

と直茂を褒め讃えた。

こんな話がある。龍造寺家の先代隆信は九州の猛将といわれ、近隣から恐れられていた。しかし、島津軍の先鋒となった有馬氏と戦って敗死してしまった。

後を継いだ政家は不肖の息子で、頼りない。心配した隆信の母慶誾尼《けいぎんに》は、龍造寺家安泰のために一時身を挺して、鍋島直茂の父の後妻に入った。慶誾尼にすれば、

「わが子隆信と鍋島直茂を義兄弟にしてしまえば、直茂も謀反心を持つことなく、龍造寺家を支えてくれるだろう」

と考えたのである。このへんの祖母の慶誾尼の努力は涙ぐましい。が、孫の政家はなかなかこれに応えない。

豊臣秀吉が島津征伐をするために鹿児島に向かったとき、佐嘉（賀）の城下町を通った。このとき、慶誾尼の努力で、秀吉はたまたま佐嘉城に立ち寄った。

佐嘉城では、龍造寺家が迎えた。政家はこのころ肥満体で、歩くのにもかなり苦労した。如才ない秀吉は、

「政家殿、このたびはご厄介になる」

とニコニコしながら、逆に政家を支えるようにした。そして、

「政家殿は何がお得意かな？」

ときいた。

「碁が得意でございます」

といった。秀吉は胸の中で舌打ちした。ほんとうは、政家から、

「武術が得意でございます」

という言葉をききたかったのだが、政家はこれを趣味の話と勘違いした。

脇で慶誾尼がハラハラし、若い家老鍋島直茂がなにくれとなく、政家をかばった。

秀吉はチラリチラリと直茂をみながら、

（この若者はみどころがある。それに、主人をかばって感心だ）

と思った。慶誾尼にすれば、そういう秀吉の視線が気に入らない。

（殿下は、政家よりも直茂に関心を持っていらっしゃる）

と案じた。秀吉は、

「政家殿、せっかくだ、一局相手をしてくれ」

と、碁盤を用意させた。秀吉は碁が強い。

うまく政家をあしらいながら、結局は、政家を敗った。政家は悔しがった。そんな子供じみたしぐさに、慶誾尼と直茂は心を痛めた。

慶誾尼は、

（きょうの会見は失敗だ。殿下は、政家よりも直茂のほうに深い関心をお持ちになった）

と絶望した。秀吉は、

「さて、鹿児島へ急がねばならぬ。世話になった」

ヒョイと身軽く立ち上がった。

慶誾尼にうながされて、政家も見送りに立とうとした。ところが、肥満体で長く正座していたので足がしびれ、立ち上がった途端、コロリとその場にひっくり返った。

いっせいに失笑が湧いた。秀吉はみむきもせずに、さっさと玄関へ歩いていった。そして、政家がまだ追いつかないうちに、ピタリと見送りについてきた直茂にこう告げた。

「政家はダメだ。当分の間、おまえが龍造寺家の面倒をみろ」

目の底が光っていた。

「はっ」

みかえす直茂は、秀吉の目の底に鋭く光るものをみた。直茂はその場で平伏した。

この光景を、慶誾尼がじっと凝視していた。胸の中で、

(やがて龍造寺家は、鍋島直茂に乗っ取られる)

不意にそんな予感がした。この予感は当たる。

しかし、その後の鍋島直茂の龍造寺家乗っ取りは、秀吉のお声がかりによるもので、直茂自身の野望によるものではない。

が、佐賀の城下町にはやがて〝ばけ猫〟の伝説が生まれる。

これは、鍋島家に乗っ取られた龍造寺家で飼っていた猫が、自殺した龍造寺家の当主の血をなめて、ばけ猫となって夜な夜な鍋島家に仇をするというものだ。

この汚名の払拭《ふっしょく》に初代の直茂はどれだけ苦労したかわからない。

その点、立花宗茂のほうがはるかに幸福であった。

しかし、この二人の若者を発見したことは、秀吉の、

「九州統制」

の中でも白眉といっていいだろう。

九州処分の中で、高橋元種と秋月種長の二家が日向国に異動させられたのは皮肉だ。

秀吉にすれば、
「おまえたち両家は、最後まで島津の味方をして大友家にそむいた。そんなに島津が好きなら、島津のそばにいけ」
ということではなかろうか。
さて、立花宗茂が貰った領地の内訳は次のとおりだ。
筑後国山門《やまと》郡　七十二ヵ村　四万五千二十二石
筑後国下妻郡　十六ヵ村　一万七千八百四十四石
筑後国三潴《みずま》郡　九十ヵ村　五万八千六百十六石
筑後国三池郡　十八ヵ村　一万七百石
合計　四郡　百九十六ヵ村　十三万二千百八十二石
弟の高橋統増が貰ったのは、
筑後国三池郡　二十三ヵ村　一万八千百石
であった。
そして、それぞれ居城として定められたのが、宗茂は筑後柳河（川）城で、統増は三池江の浦城であった。
宗茂はすでに豊臣秀吉から、
「おまえは、おれの直臣だ」
といわれていたが、名実ともに一国一城のあるじとなり、大名の扱いを受けることになった。

　これは、弟の高橋統増も同じであった。九州の一角で必死になって誠意をつくしていた兄弟が、はじめて天下人から輝かしい光を当てられることになったのである。

　立花宗茂の名は、北九州という一地域から、秀吉によって一躍全国に名を知られる存在になった。

水の都柳河入国

立花宗茂は、立花城を出て柳河城に移らなければならなくなった。かれに代わって立花城に入るのは、筑前一国の支配者となった小早川隆景である。悶着が起こった。それは、妻の誾千代《ぎんちよ》が、

「柳河へなど、絶対にいきません！」

と駄々をこねはじめたからである。

誾千代の心理は複雑だった。形のうえでは彼女は立花宗茂の妻だ。

ふつうなら、夫が一国一城のあるじになり、十三万石の大名に取りたてられたのだから、うれしくないはずはない。

しかし誾千代は、そう思いながらも心の一隅に巣くっている、

「立花城のあるじはわたしなのだ。わたしは女城主なのだ」

という、亡父立花道雪以来の誇りがゆるさない。

「わたしはこの立花城に残ります。あなただけ、柳河城へいらっしゃい」

といった。宗茂が苦笑した。

「ばかなことをいうな。おまえもともに柳河城へいくのだ」

「いやです」

頑としていうことをきかない誾千代は、夜になると自分から寝屋の天井の板をはずした。

そして、空の星を指さした。

「ご覧なさい。あの空で父の星が輝いています。父の星も、ここから出てはならないとおっしゃっておられます」

「そんなことはない。柳河城にいっても、道雪殿の星は健在だ。われわれをつねに天からみまもってくださる。駄々をこねるな。柳河城へいこう」

「いやです」

「この城は、太閤殿下のご命令で、すでに小早川隆景殿が居城されると決まっている。小早川殿のためにも、きれいに城を明け渡したい。明日は、さっそく柳河城へ向かおう」

「いやです」

天井の穴から見える道雪星を凝視しながら、誾千代はくちびるを噛んだ。

宗茂は、床の上に起き上がり腕を組んだ。この落ち着きはらった夫の姿に余計腹を立てたのか、誾千代はこういった。

「明朝、小野、薦野《こもの》、十時《とと き》などの重臣の意見をきいてください」

闇千代はつづけた。

「かれらは、戸次《べっき》以来、立花家に長く仕えてきた重臣です。かれらはわたくしの家臣であって、あなたの家臣ではありません。かれらもそのつもりでいるはずです」

宗茂はチラッと闇千代をみかえした。腹の中では、

（ばかなことをいうな。かれらはすでにこの宗茂の家臣になっている）

といいかえしたかったが、そんなことをいえば闇千代の癇《かん》はいよいよ強くなり、何をいい出すかわからない。そこで、

「わかった、かれらの意見もきこう」

といった。

翌朝、早々に宗茂は小野和泉《いずみ》、薦野増時《ますとき》、十時摂津の三人を呼んだ。

「妻から話がある」

そう告げた。宗茂にすれば、夕べの闇千代のことばを忘れてはいない。

「もし、ほんとうに三人の重役がそう思っているのなら、自分からその答えを引き出せ」

という態度であった。

闇千代は三人の重役に自分の考えを述べた。そして、

「柳河城へなどいかずに、この立花城に残りましょう。亡くなったわが父道雪殿への忠誠心があれば、おまえたち三人もわたしの意見に賛成するはずです」

そういった。

三人は顔をみあわせた。ありありと困惑の色が浮かんだ。やがて長老の小野和泉がこういった。

「誾千代さまのお気持ちはよくわかります。しかし、このたびの柳河城への領地替えは、太閤殿下のご命令であって、宗茂さまのご意志ではございません。それを承知のうえで、あくまでも立花城へ残るとなりますと、すでに入城が決まっておられる小早川隆景さまと、ご異動をお命じになった太閤殿下への謀反ということに相なります。それをご承知でそのようなことを仰せられますか。太閤殿下への謀反ということになりますと、わが立花家は先般の島津のように、この立花城に籠って太閤軍と相まみえなければなりませんが」

筋のとおったいい方だ。

誾千代は絶望した。キッとくちびるを噛んだ。口の端から血が流れた。やがて誾千代は、

「わかりました。そなたたちもすでに宗茂さまの忠臣なのですね」

そういうと、パッと席を立って奥へ入ってしまった。

宗茂は肩の力を抜いた。苦笑していった。

「おまえたちがいうように、おれも誾千代の気持ちはよくわかる。立場を変えればおれもあいうように駄々をこねたかもしれない。が、小野のいうように、これは太閤殿下のご命令であって、そむくわけにはいかない。柳河城へいこう」

「しかし、誾千代さまは？」

「心配ない。ついてくるよ」

宗茂はそういって立ち上がった。

「すぐ出発だ」

「は」

三人の重役は、宗茂を頼もしく思った。家庭内のゴタゴタを公務に影響させない。異動は異動だと割り切って、妻の始末は自分でつけるつもりなのだ。

柳河城の前城主は、龍造寺一族の家晴だった。すでに大名に列せられた家老の鍋島直茂の働きによって明け渡しを了解していた。

「いま、立花家と昵懇《じっこん》になることは、太閤殿下のお覚えをさらによくする」

と考えた。

中には息巻く城兵もいたが、説得して無血開城させた。気丈な龍造寺家の未亡人慶誾尼《けいぎんに》も、

（当分は、鍋島直茂を立てて太閤殿下のご機嫌を損じないようにしなければ、龍造寺家そのものが滅びる）

と判断した。そこで鍋島直茂に向かい、

「そなたは、形のうえではわたしの義理の子に当たります。どうか孫の政家の面倒をみて、くれぐれも龍造寺家の家名が残るようにしてください」

と懇願した。

直茂は立花宗茂と同じようにまっすぐな気性の若者だったから、

「わかっております。身命をなげうって、できるだけのことはいたします」

とうなずいた。

慶誾尼はそんな直茂をみるにつけ、

(政家と直茂が、反対の立場であってくれたらどれほど龍造寺家にとって幸福なことか)

とひそかに嘆いた。

前城主龍造寺家晴は風流人だった。城内に竹林をつくり、見事な竹を育てていた。竹林の前に立ち止まった立花宗茂は、

「これはじつに見事だ。龍造寺家晴殿のお心根が偲ばれる」

と褒め讃えた。そして供をしていた連中に、

「この竹林をいつまでも大切にせよ」

と命じた。

駄々をこねていた誾千代も、やむを得ず柳河城内に入った。しばらくは、宗茂と口をきかなかったが、やがて折れた。

夜、寝屋にやってきた妻を宗茂は温かく迎えた。そっと宗茂の胸に頬を寄せる誾千代の背中をやさしくなでながら、

「ほら、ごらん」

と、寝屋の天井を示した。すでに宗茂の指示によってその一角がくりぬかれていた。穴から、たくさんの星がみえた。

「まあ」

闇千代は身を起こして穴をみあげた。

立花城の寝屋でみていたと同じ道雪星が、キラキラと輝いていた。

「宗茂さま、あの星は」

「そうだ。父上の星だ。道雪星だ。ちゃんと柳河までついてきてくださった。毎晩、われわれをみまもってくださる」

「………」

闇千代はみるみる涙ぐんだ。そして小さくコックリをしてうなずきながらこういった。

「心細かったのです」

「わかる」

宗茂はうなずいた。そして闇千代を強く抱き寄せながら、

「しかし、そなたにはおれがついている」

そういった。闇千代は小鳥のように宗茂の胸に身を寄せながら、しがみついた。宗茂はそんな妻をいとおしく思った。

柳河城には属城があった。松延城、鷹尾城、今古賀城、蒲池城、酒見城、城島城などである。

宗茂は永年功労のあった重臣たちに、次のような禄を与えた。

小野和泉　五千石、立花三河　四千石、立花三左衛門　三千五百石、由布雪下（荷）　三千五百石、立花織部正　三千五百石、矢島釆女正　二千百五十石、小田部新介　二千百五十

石、吉弘加兵衛　二千百五十石、原尻宮内　千五百石、内田忠兵衛　千五百石、佐伯善右衛門　千三百石、十時摂津　千三百石、小田部膳左衛門　千石、立花新右衛門　千石、立花三大夫　千石、丹半左衛門　千石、安東孫兵衛　千石、十時太左衛門　千石、安東彦右衛門千石。

六つの属城に対しては、次のように城代を命じた。

松延城　立花三郎左衛門
鷹尾城　立花三左衛門
今古賀城　立花右衛門大夫
蒲池城　小野和泉
酒見城　由布雪下
城島城　立花三河入道

である。

一方、三池城に入った弟の高橋統増《むねます》も、それぞれ禄高や配置を決めた。

現在の功労者に加えて、父の紹運とともに岩屋城・宝満城で戦死した屋山、村山、中島、伊藤、平井、三原、北原、今村、陣野などの遺族や一族を優遇した。

宗茂は、柳河へ入国すると同時に福厳寺《ふくごんじ》という寺を建てた。養父立花道雪と実父高橋紹運、さらに道雪と紹運とともに死んだ人びとの霊を弔うためである。

弟の統増も、やがて今山（大牟田市）に紹運寺を建てた。

立花道雪や高橋紹運をはじめとして、宗茂・統増兄弟が最後まで忠節を尽くした豊後の異色大名大友宗麟は、この年天正十五年（一五八七）の五月二十三日に死んでいた。

五月八日に、

「島津氏降伏」

の報告を受けていたから、それなりに満足だったろうが、しかし北九州に鳴りひびいた異色大名としてのかれにすれば、やはり、

「豊臣秀吉の力を借りた」

ということは、別な意味でその誇りを傷つけたにちがいない。

しかし大友宗麟の死は、独立した立花宗茂にとって、ひとつの義務感を取り除いてくれた。かれは豊臣秀吉の取り立て大名のひとりとして、以後まっしぐらに自分なりの道を歩いていく。

さてここで、ちょっと現在の柳川の話をさせていただく。

「人間の心は、木造建てのアパートのようなものだ。もし、どこかに空き部屋をつくると、必ずそこに苦悩がひっそりと忍びこむ。そしてそのままにしておくと、いつかその部屋から建物は腐り、やがてアパート全体を倒壊させてしまう」

というような意味のことをいったのは、フランスの文化人レオン・ブロアである。レオン・ブロアはこれに続けて、

「心のアパートを倒壊させないためには、生じた空き部屋に、自分の好きなことばや座右銘を入れておいて、落ち込んだときの支えにするとよい」

というようなことをいった。

わたしの心の空き部屋にも、いつも他人のいくつかのことばが入っている。そのひとつが、ルーマニアの作家コンスタンチン・ゲオルギュの、

「たとえ世界の終末が明日であろうとも　わたしはきょうリンゴの木を植える」

というものだ。そしてほかに、こんな詩も入っている。

「真実心《シンジツシン》ユヱタバカラル（騙される）。
真実心ユヱアヤマラレ、
シンジツ（真実）口惜《クヤ》シトオモヘドモ、
シンジツ此《コ》ノ身《ミ》ガ棄《ス》テラレズ」

『自愛一篇』と題した一篇の詩である。また、

「滴《したた》るものは日のしづく、静かにたまる眼《め》の涙。
人間なれば堪へがたし、真実一人は堪へがたし。
珍らしや、寂しや、人間のつく息。
真実寂しき花ゆゑに、一輪草とは申すなり……」

これは『永日礼讃』と名づけられている。

これらはいずれもわたしが愛してやまない北原白秋の詩だ。

北原白秋は柳川市内で生まれた。生家は大きな酒造家だった。現在もその跡が残されて、記念館になっている。

柳川は、

「水郷」

と呼ばれる。水の里だ。

たしかに河や沼や湿地帯が多い。しかし、ジメジメした感じではなく、全体に詩情が漂っている。

白秋は、この里に生まれて、大いにその詩心を刺激されたにちがいない。

柳川で有名なのは〝川下り〟である。

現在は、松月といううなぎ店の前から、舟が出て川を下り、やがて旧柳河城の外堀に入り、さらに内部に入る。

そして、再び外堀に出て水天宮の前が下船場になる。

途中、「御花《はな》」と呼ばれる歴史趣味の記念館の前にも船着場があって、上陸できる。

御花というのは、立花家と深いかかわりのある施設のことだ。

立花家三代目の当主鑑虎《あきとら》が、総面積約七千坪のこの地に「集景亭」と名づけた別邸を構えた。いわば立花家の別荘である。藩主や関係者の遊息の場所とした。

この地域が「花畠」という地名であったために、地域の人びとはこの施設を「御花」と呼んできた。

「御花」創設当時の庭は、現在の東の庭園に若干面影を残しているという。

しかし、現在の建物や庭園の大部分は、明治四十二、三年にわたって、立花家十三代の寛《とも》治《はる》氏によって新築されたものだという。

当時流行していた西洋館と大広間に、園遊会場を備えるという設計をした。園池は仙台の松島を模したといわれる。二百八十本の松を植えて、それを背景に岩石を島々にみたてて配置してある。

冬になると、五百羽におよぶ野鴨が群来するという。

昭和五十三年に、国の名勝に指定された。内部には、料亭旅館の松濤館をはじめ、レストラン、喫茶などの施設がある。

国の名勝に指定された庭園は松濤園と呼ばれる。

また、史料館として「殿の倉」が歴代藩主着用の甲冑、陣羽織、蒔絵の盃、文箱、化粧道具、能衣裳などを展示している。

とくに立花家の姫が愛したという雛人形は、江戸時代の精巧なつくりで全国にも例をみない貴重な史料だという。

柳川市の町の構造は、おそらく宗茂時代からの城下町がそのまま土台になっているのだろうが、碁盤目状にきちんと整備された町並みは、ほかの城下町に多い、

「城を攻めにくくする」

ことのために、わざとジグザグにしたり、いきどまりにしたりという構造はまったくない。

これは代々の城主の才覚によるものだろう。

現在、城の本丸跡の小さな丘の上に史碑が残されているが、公園になっている。

そして北面は柳城中学校の校舎になっている。

東側の二の丸は、道路に面して柳川高等学校の校舎と敷地になっている。

三の丸は、道路をはさんだ南側にあり、西の端に大きな駐車場がつくられている。

御花は、ちょうど川下りの内堀とさらに南の外堀に囲まれた地域にある。

わたし自身は、柳川を数度訪ねているが、いままではかならずしも立花氏の史跡を偲ぶためではなかった。

むしろ北原白秋の生家や、白秋が生まれ育ったこの地の光景を〝体感〟することによって、白秋の詩精神を追体験していた。

日本の城下町のほとんどが、かつて敵が城を攻めにくくするために、城にいたる道がジグザグになったり、あるいは行き止まりになったり、とにかく、

「攻めにくくする」

という工夫がほどこされた。

しかし、そうでない城下町もある。滋賀県の近江八幡市もそのひとつだが、福岡県柳川市もその典型的な例だろう。

つまり、城を中心にした町づくりが、碁盤の目状にタテヨコの条目がきちんとととのえられている。町は、ほとんどが正方形につくられている。

現在、柳川市内は、いくつかの「小径《こみち》」に分類され、訪ねる人が散策のときに、ゆかりの歴史を訪ねやすいように工夫されている。

「花の小径」「川の小径」「水の小径」「願いの小径」「商いの小径」「寺の小径」「緑の小径」「港の小径」などに分けられている。それぞれの特徴を簡単に書いておく。

花の小径　柳川はいうまでもなく、水の都だ。その特性をもっともよくあらわす地域だ。柳河城主だった立花家の菩提寺福厳寺や立花家の別邸だった「御花」もこの中に入る。福厳寺には、立花家歴代藩主の霊廟がある。

川の小径　二代目藩主立花忠茂の妻は、仙台の伊達家からきた。そのため、この地域には〝奥州〟の名がつけられた。柳川の産品に味噌やしょう油があるが、この地域の川のほとりにはその製造工場や、並倉《なみくら》が建てられ、川下りの観光客を楽しませる風物のひとつになっている。立花宗茂が、関ヶ原合戦後、城地を没収された後、藩主として入った田中吉政の墓のある真勝寺もこの中の地域に含まれている。

水の小径　真勝寺を出て、旧街道を歩くと瀬高街道や柳河城の大手門が建っていた地域に出る。昔の面影はないが、城を囲む総外堀が流れている。堀には、瀬高御門水門といわれる、城内に入る水路に架けられた門がある。万一の場合には、水門を閉めて上流の堤防を切り崩し、水を流してあたりを水びたしにするような仕掛けがつくられていた。そうなると、柳河城はそのまま島のようになる。住む人びとの生活用水や、物の運搬などの利用度の高かった水路も、ひとたび事が起こった場合には、城を守る役割を果たしていた。そのため柳河城は

〝水の城〟とも呼ばれたという。

願いの小径　三柱《みはしら》神社を中心にした地域である。三柱というのは、初代の藩主立花宗茂と、その妻誾千代、それに誾千代の実父だった立花道雪の三人のことだ。境内には〝熱の神様〟として有名な道了神社がある。立花宗茂や道雪は、剛勇を以《もっ》てなった戦国時代の武将だったので、この神社の参詣人の中には、勝負ごとに必ず勝つことを祈願する人も多いという。神社のまわりには、川下りの乗り場が四ヵ所あるので、観光客も参拝する。

商いの小径　城の西側を流れる沖端川《おきのはたがわ》は、総外堀の役割を果たしていた。引き込みがあって、船溜りがあり、物資の輸送に大きな役割を果たしていた。したがって、周辺には八百屋小路、魚屋小路、材木小路、鍛冶屋小路など、職業をそのまま町名にした町づくりがおこなわれていた。さらに、弓小路、鉄砲小路、鷹匠小路などもあったという。荷揚場はにぎやかで、いつも諸物資の積み出しやあるいは逆に陸揚げがおこなわれていた。

寺の小径　寺小路と呼ばれる地域で、寺の多くが立花家と深いかかわりを持っている。良清寺は立花宗茂の妻誾千代と、玉樹院は二代藩主忠茂の妻と、瑞松院は宗茂の後室と、天叟《てんそう》禅寺《ぜんじ》は宗茂の実父高橋紹運と、それぞれかかわりを持っている。立花家では、夫と妻が別々に葬られた。したがって、寺名はそれぞれ女性の戒名である。

緑の小径　柳川が生んだ大詩人北原白秋にちなんだ地域である。文学碑が多い。城の本丸跡に建てられた柳城中学校や二の丸跡の柳川高校などを訪ね、ありし日の城の姿を空想するのも一興だ。川下りの水路沿いに白秋道路がつくられている。ここだけは道が曲折していて、

いわゆる、

「敵が攻めにくくなる」

ように工夫されている。また水路沿いの小路が城内より低くなっているのは、非常の際に仕掛けによって水没させるためだったという。武家屋敷の跡もあって、ほかの地域の静かさからはちょっとかけ離れた荒々しさを残している。

港の小径　柳川市内を流れるあらゆる川が、すべてここに集まる。沖端川はそのまま有明海へそそぐ。漁港だ。有明海の干満の差を利用して、弁が開閉する〝二丁いび〟という仕掛けがほどこされている。つまり、水門から集まった川の水が海へ流れ出るように工夫されているのだ。

柳河藩主の茶室として利用されていた戸島氏の屋敷がそのまま保存されている。市内に十時《ととき》邸跡というのがあったが、この家も藁葺き屋根だった。柳河藩立花家では、重役の家も瓦ではなく、茅や藁を利用していたようだ。それだけ質素だったのだろう。

白秋の生家がこの近くにある。白秋の家は大きな造り酒屋だった。白秋の「思ひ出」に、『柳河』と題した次のような詩がある。

もうし、もうし、柳河じや、
柳河じや、
銅《かね》の鳥居を見やしやんせ、

欄干橋を見やしやんせ。
（馭者《ぎよしや》は喇叭《らつぱ》の音《ね》をやめて、
赤い夕日に手をかざす。）
（中略）
水に映つたそのかげは、
そのかげは、
母の形見《かたみ》の小手鞠《こてまり》を、
小手鞠を、
赤い毛糸でくくるのじや、
涙片手にくくるのじや。

もうし、もうし、旅のひと、
旅のひと、
あれ、あの三味《しやみ》をきかしやんせ、
鳰《にほ》の浮くのを見やしやんせ。
（馭者は喇叭の音をたてて、
あかい夕日の街《まち》に入る。）

明日《あした》天気になあれ。
夕焼小焼《ゆふやけこやけ》、

胸をしぼられるような悲しみがわきあがってくる詩だ。白秋はこの水の都で、そういう詩情を起こし、子供のときから胸いっぱいに抱きしめていたのだろう。

そういえば、歴代の柳河藩主立花家の当主にも、詩人や俳人がたくさん出た。

二代目の忠茂は、その号を〝好雪〟といったという。おそらく、宗茂の養父立花道雪の号を、意識したものだろう。七代目藩主鑑通《あきなお》は俳人として有名だった。

立花家は、初代宗茂、二代忠茂、三代鑑虎《あきとら》、四代鑑任《あきたか》、五代貞俶《さだよし》、六代貞則《さだのり》、七代鑑通、八代鑑寿《あきひさ》、九代鑑賢《あきかた》、十代鑑広《あきひろ》、十一代鑑備《あきのぶ》、十二代鑑寛《あきとも》とつづいて明治維新を迎えた。

立花宗茂が、柳河城主になったのは天正十五年（一五八七）六月五日のことである。宗茂はまだ二十一歳だった。そして慶長五年（一六〇〇）、関ヶ原の合戦に敗れて翌年城から追い出され、領地を没収されるまでの足掛け十五年間ここを統括した。

宗茂に代わって城主になったのが、田中吉政《よしまさ》である。田中吉政は、関ヶ原の合戦のときに旧友の石田三成を捕らえて功績をあげた。その褒美に、柳河城主に任命されたのである。

吉政の後は忠政が継いだ。しかし忠政に子供がいなかったので、元和六年（一六二〇）に改易された。

そして、その後に再び城主として入ったのが立花宗茂である。十一月二十七日のことで、

のであった。

宗茂は旧領に返り咲いた。こんな例は、江戸時代の大名家にほかにひとつもない。

のちに書くが、この返り咲きは二代将軍徳川秀忠の、宗茂に対する絶大な好意によるものであった。


さて、現在歴史学のほうでは正式に認知されたわけではないが、歴史をまなぶ方法として、

「体感法」

という方法が開発されている。わたしの経験では、主としてテレビの歴史番組において若いプロデューサーが実験しているやり方だ。

たとえば、私も小説に書いたことがある上杉鷹山は、この小説にもしばしば出てきた、反大友派の一方の旗頭秋月種実の子孫である。だから鷹山は秋月松三郎といった。

請われて出羽国（山形県）米沢藩の養子藩主になった。財政難に疲れ果てた米沢藩を再建するためである。このとき鷹山は、

「地域の産業振興」

を積極的におこない、その中に有名な、

「うるしの百万本植樹」

がある。わたしなどは、深い詮索もせずに、

「鷹山は、産業振興のためにうるしの百万本植樹を命じた」

とさらりと書く。そしてこの植樹の目的を、

「東北ではハゼの木が育たないので、蠟《ろう》がとれない。その代わりをうるしに求めたのである」

とつけ加える。ところがテレビの若いプロデューサーは、こんな描写では満足しない。かれらは、

「では、その百万本のうるしからいったいどのくらいの量の蠟がとれるのか」

ということを考える。そしてこれを実際に実験してみる。地元の大学の学生たちに協力してもらって、一日がかりで、うるしから蠟をつくる作業を手伝ってもらった。

ところが、一日かかって学生たちが産出した蠟の量はわずか二十グラムである。そうなると、

「うるしの百万本植樹計画は、果たして成功したのか？」

という疑問が湧く。

記録のうえでも、上杉鷹山の百万本植樹計画は失敗している。現在でいえば、コストが高すぎて得られる蠟の量が少なかったからだ。商売にならない。したがって、この計画は中止された。

記録には、この中止の事実が残されているが、しかし、

「では、なぜ失敗したのか？」

という原因追究については、それほど深く書かれていない。それを若いプロデューサーたちは、

「自分たちで、実際に蠟をつくってみて実証しよう」

という意気込みを持つ。このやり方が、

「歴史を体感する」

という方法だ。

立花宗茂が参加した関ヶ原の合戦についても、あのとき両軍の将兵が武具をつけて、何十キロも行軍したあと関ヶ原にたどり着いた。テレビの若いプロデューサーは、

「関ヶ原にたどり着いたときに、将兵の体力はどのくらい残っていたのか」

ということを、実際に当時と同じ武具を身につけ、自分たちで歩いてみて、その疲労度を実証する。これも体感法のやり方だ。

こういうように、

「その時代に立ち返り、その人物が具備していた条件や状況を再現して、そのときの人物とまったく同じ感じを味わう」

という方法である。これはわたしのような歴史作家にとっては貴重な方法だ。改めて、テレビの若いプロデューサーたちの歴史への取り組みの姿勢に、目からウロコが落ちる思いがした。

今回、柳川市を訪れたのは、北原白秋の詩情を体感するためではない。あくまでも、立花宗茂をより深く知りたいがためである。

わたしは、

「現在の柳川市街の原型は、立花宗茂時代につくられたのだろうか、それとも田中吉政時代につくられたものだろうか」

という点を知りたかったためだ。

なぜなら、立花宗茂は天正十五年（一五八七）から慶長六年（一六〇一）まで、足掛け十五年の間この地域を統治したが、かならずしもかれは町づくりや、民政に専念できなかった。

というのは、まだ日本の戦国時代が完全に終了してはおらず、そのために立花宗茂も、各地へ出陣していったからである。

立花宗茂が改易されたのちに入国した田中氏は、吉政、その子忠政と二代つづいた。慶長六年から元和六年（一六二〇）までの約二十年間在城した。二十年といえば、現在の首長の任期をそのまま当てはめると、五期つとめたことになる。五期あれば、現在でもかなりの町づくりができる。

では、柳川市の町の原型は田中父子がつくったのだろうか。いやそうではあるまい、という考えも湧く。

というのは、田中氏に代わって再び返り咲いた宗茂から、明治二年（一八六九）の版籍奉還にいたるまで、立花氏はずっとこの地域の藩主だった。約二百五十年におよぶ治政だ。

返り咲いた宗茂は、自分の旧臣を中心にして行政や町づくりをおこなった。伝えられるところでは、田中氏系の家来は全部追放したという。すくなくとも、藩の役職者としては用いなかったという。

そうなると、田中父子がたとえ自分流の町づくりをおこなったとしても、宗茂はこれをくつがえしたのではなかろうか。いってみれば、

「立花流の町づくり」

に変えたはずだ。現在多く残されている、

「水の都柳川」

の面影は、すべてが宗茂以下の立花氏一族によってつくられたものとみてよかろう。

そうはいうものの、田中吉政の墓もきちんと保存されている。

「田中吉政も名藩主だった」

という伝えもある。田中吉政は石田三成を捕らえたときに、かつての友情を思い出し、

「逃げろ」

といったという。しかし三成は、吉政の好意に感謝し、

「おぬしにそういわれると、よけい逃げられない。おれを家康のところに突き出せ」

と自分から縛についたという話が残っている。

となると、田中吉政も決して悪い人間ではない。まして、立花宗茂が柳河城を追われたのは吉政が原因ではなく、宗茂が関ヶ原の合戦で石田三成に味方したためだ。

そう考えると、田中吉政も決して悪人ではなかったし、立花宗茂のほうもそういう見方をしていなかったにちがいない。

ただし、町づくりや行政のやりかたとなるとこれは別だ。

宗茂には、なんといっても豊臣秀吉からこの城地を与えられた恩があり、思い出も深い。ましで、妻の誾千代がしきりに、

「わたしがこの城のあるじだ」

と主張する立花城を出て、はじめて独立した土地でもあった。そうなると新領地への思い入れも深く、

「自分なりの考え方で、城と城下町をつくろう」

という志が強く燃えていたことは確かである。

しかし現在残るいろいろな遺跡からも偲ばれるように、立花宗茂の城づくりは決して、戦国時代に多くみられるような「攻防の拠点」としての柳河城ではなかった。

本丸跡に史碑が残っているが、低い丘に建てられていて、決して九州の各地にみられるような山城ではない。平城である。

宗茂の心の底には、それだけ、

「平和を愛する」

という気持ちがあった。だからこそ、この地域の川や堀を利用して、

「水の城」

と呼ばれるような、美しい詩情を湛《たた》えた城と、城下町づくりをおこなったのだ。

しかし、その美しい詩情に満ちた城づくりや城下町づくりは、元和六年十一月二十七日に、この旧地に返り咲いたのちの事業と考えたい。

前半の十五年間は、それどころではなかったからである。そこで、その慌ただしかった宗茂の十五年間を駆け足でたどってみたい。

京都に凱旋した豊臣秀吉は天正十六年（一五八八）には、聚楽第《じゅらくてい》に入った。

秀吉は関白太政大臣に任ぜられていた。関白太政大臣というのは公家職であって、征夷大将軍のような武家職ではない。

秀吉は、武士でありながら公家職の最高位に上った。そのため、秀吉は眉を落とし歯を黒く染めて、公家と同じような服装をした。

聚楽第はよく、

「豊臣秀吉の別荘だった」

といわれるが決してそうではない。

めまぐるしい十五年間

聚楽第は公家職としての秀吉が、関白太政大臣の仕事をおこなうための政庁である。

しかし、いままでの公家職が仕事をしてきた京都御所内の諸役所とはちがって、華麗をきわめる贅沢な建造物にした。

この政庁に、秀吉は時の帝《みかど》後陽成《ごようぜい》天皇を招いた。

そのころ、九州の肥後（熊本県）で大規模な一揆が起こった。

秀吉は九州攻め後、肥後一国を北陸出身の大名佐々成政《さっさなりまさ》に与えていた。

このとき、秀吉は成政に命じた。

「肥後国人は気が荒い。とくに土豪や地侍は、完全に中央政権に屈伏してはいない。したがって、おまえは肥後におもむいたら、しばらくの間検地はするな。土豪や地侍のいままでの土地所有を認めてやれ。そして徐々に、かれらを手なずけろ」

秀吉の洞察力は鋭い。かれは小倉に上陸してから、九州の西岸の道をたどって鹿児島にいった。このとき肥後を通った。帰りも肥後を抜けた。

この短い旅の間に、

「この国は、土豪や地侍の勢力が異常に強い」

と感じた。検地というのは、

「その土地から、年貢がどのくらい取れるか」

ということを確定することだ。これが基準になってその国の米の収穫量が算定される。

土豪や地侍にすれば、

「われわれは先祖以来、何もなかった荒地を耕して、ようやく米が穫れるように仕立てあげた。それをいきなり他国の者がやってきて検地をおこなったり、年貢の増徴をはかるなど許せない」

という気持ちを持っている。秀吉は、

「当面は土豪や地侍のそういう気持ちを尊重して、少しずつかれらの気持ちをなだめ、中央政権に協力させるようにすべきだ」

と考えていた。現在でいえば、地域に培われてきた地方自治を尊重する、ということである。

ところが佐々成政は気の強い大名だった。秀吉の命令は形式的にきいたが、肥後におもむくと、すぐ検地をはじめた。成政にすれば、

「土豪や地侍におもねるのはいやだ。検地をおこなうことが、自分の威力を示すことになる。

力で屈伏させてやる」

と考えたのである。が、秀吉の予感は当たった。

検地に反対する肥後国内の土豪や地侍がいっせいに立ち上がった。

「検地には反対だ。強行する新領主を殺せ」

ということになった。

この報告が京都にもたらされると秀吉は怒った。

「だからいわないことではない。佐々のばかめ」

とののしった。しかし放《ほう》ってはおけない。

一揆鎮圧のために、九州をはじめ西国の諸大名が動員された。加藤清正たちが駆けつけ、
この軍に立花宗茂も参加した。

宗茂は宇土《うと》方面の一揆に立ち向かったが、一日に戦闘十三回、落とした砦が七つ、葬った
敵の数が六百余人という大功を立てた。

それでなくても、肥後の土豪や地侍も、立花宗茂がかつて豊臣秀吉から、

「鎮西一の勇者」

と褒め讃えられたことを知っている。

その勇猛ぶりを目のあたりにして、一揆はついに鎮圧された。秀吉の怒りは収まらず、
佐々成政は切腹させられた。

これをきっかけにして、秀吉は有名な、

「刀狩り令」

を出した。

これは、農民・僧・商人・漁民などあらゆる階層にわたって、刀をはじめとする武器を持っていた人びとから、それらをすべて取り上げる法律である。

秀吉のいい分は、

「天下はしだいに平定されつつある。平和な世に、一般人が武器を持つ必要はない」

というものだった。

しかも茶目っ気の多いかれは、集めた武器類を溶かして、京都に大きな大仏をつくった。

「みんなが持っていた武器は、いまは平和を守るホトケに変わった」

と告げた。

さらに秀吉は、〝水軍〟の名において、海賊行為をおこなっていた瀬戸内海や、九州沿岸の海の武士たちに対し、

「今後、海賊行為はいっさい許さない」

というきびしい法令を出した。

これによって、長年半ば海運業者、半ば海賊業をおこなってきた海の武士たちは、いっせいに失職した。

瀬戸内海や九州沿岸の水軍の海賊行為は、しばしば隣国の朝鮮や明《みん》（当時の中国の国名）から抗議を受けていたからである。

しかし、こういう国内平和を維持するための手を次々と打ちながらも、じつをいえば豊臣秀吉の目は、玄界灘の彼方にある朝鮮半島や、その背後に広がる大陸の明に向けられていた。その証拠に翌天正十七年（一五八九）になると、対馬の領主の宗氏に、

「朝鮮に入貢させよ」

と命じた。朝鮮側の反応をみて、侵略の口実を設けようとしたのだ。

この年の秋、立花宗茂は上洛した。秀吉に会って、改めて柳河城拝領の礼をいった。秀吉はよろこんだ。

「よくきた」

そういって、朝廷に奏請《そうせい》し、宗茂に従四位下侍従の官位を与えようとした。宗茂は驚いて顔を激しく横に振った。

「殿下の思し召しはこの立花宗茂にとって、このうえない名誉でございますが、従四位の件は、ご辞退申し上げとうございます」

「なぜだ？　公家の仲間に入れれば、おまえも御所への昇殿を許されるぞ」

「それはうれしゅうございます。しかし、わたくしの旧主の大友義統《よしむね》さまは、まだ従五位でございます。家臣であったわたくしが、旧主を超える官位を頂戴するわけにはまいりません」

「ほう」

秀吉は目を細めた。改めて宗茂をみた。ニッコリとほほえんだ。

「相変わらず律儀だな。鎮西一の忠義者とおれがいったのはまちがいない。わかった。それでは、しばらくは従五位にしておこう」

うなずいた秀吉は、

「その代わり、以前にも伝えたと思うが、おれの羽柴という姓は大威張りで名乗っていいぞ」

そう告げた。宗茂は平伏した。

「ありがたき幸せにございます」

「うむ、うむ」

まるで自分の息子をみるように、秀吉は好ましげに宗茂をみつめていた。

薩摩の島津氏に対してもそうだったが、秀吉は関白太政大臣の名において、

「武士同士の土地争いを禁ずる。そのための合戦はいっさいおこなってはならない」

と命じていた。そして、

「このことをあきらかにするために、諸大名はただちに京都にきて、天皇に忠節を誓え」

と告げた。

天皇に忠節を誓えというのは口実で、腹の中では、

「この秀吉に忠節を誓え」

ということである。が、秀吉の出身を軽く見て、

「あんな成り上がり者に、頭など下げるものか」

と突っ張る大名もたくさんいた。

たとえば、小田原城主の北条氏であり、陸奥の伊達氏である。

小田原の北条氏は、始祖早雲《そううん》以来百年になろうとしていた。早雲の善政は有名で、百年の間に領民たちの北条氏を慕う気持ちは頂点に達していた。

が、現在でも同じだが、組織や企業が、

「自分の企業は優良企業だ、安定企業だ」

などと思いはじめたら、すでに危機は相当すすんでいるとみなければならない。その考えが、末端にまでおよんで、結局は内部の論理だけで行動するようになるからだ。

北条早雲が大事にしていた領民に対する配慮がしだいに薄らいでくる。

同時に、権威主義が頭をもたげ、それは組織内における官僚主義を育てる。小田原北条氏は、完全にそうした毒に冒されていた。

そのため秀吉の怖さを知らない。薩摩の島津氏がそうであったように、秀吉のこの警告を甘くみた。秀吉は、

「天皇の命にそむく北条氏を討伐する。全大名は参加せよ」

と命じた。

天皇の命によるというのは、豊臣秀吉がひきいる軍は官軍だということだ。

反対に、これにそむく北条氏は、賊軍だということである。秀吉はつねにこの口実を使った。つまり、

「豊臣秀吉が北条氏を征伐するのではない。天皇にそむく大名を、天皇の命によっておれが総司令官となって征伐するのだ」

といういい方をした。

秀吉のひきいる大軍が、小田原城を囲んだ。立花宗茂も参戦した。天正十八年（一五九〇）のことである。

この小田原参陣のときに、豊臣秀吉は突然徳川家康に、

「いまもっている土地を返上してもらいたい。その代わりにいままで北条が治めてきた関東八州をさし上げる。拠点は江戸城になさるとよろしかろう」

と告げた。

このとき秀吉と家康のふたりが小田原城を見下ろす山の上で、並んで放尿をしながらこの話をしたので、

「関東の連れ小便」

といわれた。家康の家臣の中には、

「当家を江戸城のような不便なところに移すとは、秀吉公の悪企みですぞ。反対してください」

と息巻く者が多かった。しかし家康はわらって、

「心配するな。わしに考えがある」

といって秀吉の申し出に従った。

小田原の北条攻めは、秀吉にとって全国の大名の自分に対する忠誠心の試金石であった。

つまり、

「北条攻めに参加するかしないかによって、自分への忠誠度がわかる」

ということである。奥州の伊達政宗はかろうじて駆けつけてきた。

しかし、まだまだ秀吉の力をきちんと理解せずに、

「あんな成り上がり者のいうことなどきけない」

と相変わらずばかにしている大名もたくさんいた。秀吉は怒った。

「日本を平定するために、おれのいうことをきかない大名は全部討伐する」

と、またもや天皇の名をふりかざして、奥州へ攻め込んだ。宗茂はその供をした。

奥州征伐が終わって、日本は完全に平和化された。織田信長の時代にはまだ一部しか実現できなかった戦国時代の終了が、豊臣秀吉によって完全に実現されたのである。

しかしその直後、秀吉はついに、

「朝鮮に出兵する」

と宣言した。出兵の理由は曖昧だ。秀吉によれば、

「朝鮮側に無礼な行為があったため」

というが、かれははじめから朝鮮に出兵する考えを持っていたから、これは口実だ。

かれはさらに、

「明を討つ」

と宣言した。

目的は、どうも明にあったようだ。かれが側近に洩らしたことばによれば、

「明を日本国の所有とし、天皇に動座《どうざ》（座所をほかに移すこと）していただく。脇には、弟の秀長をつける」

などといっている。

当時の大名に対する恩賞は主として土地によっておこなわれた。秀吉は、

「大名に褒美として与える土地が、日本国内では限界に達した。隣国を占領して、これを分けて与えよう」

と考えた。

秀吉が朝鮮出兵を命じたのは天正十九（一五九一）年九月のことである。翌天正二十年は、十二月八日に改元して文禄となった。

秀吉の命で、日本側の大名軍が続々と海を渡り、朝鮮に侵入していった。

秀吉は、肥前名護屋（佐賀県松浦郡鎮西町）に基地を定め、大掛かりな城を築いた。

渡海軍十五万人、予備軍十万人という大軍が、ここに集まった。全大名の奉仕で、わずか二、三ヵ月のうちに、城が完成した。

天守閣は、佐賀藩龍造寺家が担当した。その出来栄えはじつに見事で、多くの大名たちに感嘆の声を洩らさせたという。

おそらく、主家龍造寺家になり代わり、実質的に佐賀藩政を牛耳りはじめていた鍋島直茂

の才覚によるものだろう。

直茂の頭の中には、つねに立花宗茂の存在があった。

（立花に負けたくない）

という競争心が湧き立っていた。

名護屋は、壱岐・対馬にもっとも近い東松浦半島の突端にある。

現在も名護屋城址はそのまま保存されている。国内のたくさんの城に比べると、ここの本丸跡はじつに広い。城址の突端に、句碑が立っている。青木月斗《げっと》が詠んだもので、

「太閤が、睨みし海の霞哉《かすみかな》」

と刻まれている。

城は整然とした、三の丸、二の丸、本丸というような設計ではなく、参陣した大名たちの居館の群れによって成立していたようだ。

現在は、ふもとに佐賀県立の歴史資料館が建てられている。そこで配られるパンフレットにははっきり、

「豊臣秀吉は、朝鮮を侵略した」

と書かれている。

立花宗茂は、この戦役に三千人の部下をひきいて参加した。かれは、その勇猛ぶりを発揮してよく戦った。

とくに、北方から押し寄せる明の大軍に対しては、一歩も引かず奮戦した。

この戦役は、慶長三年（一五九八）八月に豊臣秀吉が死ぬまでつづく。徳川家康は、はじめからこの戦役には反対だった。

かれは、天正十八年（一五九〇）に秀吉から命ぜられた、

「いままでの領地を返上してほしい。小田原北条氏が治めていた関東八州をさし上げるから」

という領国の移動を口実にした。

家康は秀吉に、

「北条氏の政治がいきとどいていて、民がどうも新しい治者であるわたしに服しません。いつ一揆が起こるかわかりませんので、朝鮮への出兵はご辞退申し上げます」

という、うまい口実を設けた。

したがって家康自身は、名護屋城にはいったが、部下はひとりも出兵させていない。

これが、戦後処理にあたって朝鮮側の印象をよくした。

「豊臣秀吉はばかだが、徳川家康は違う」

ということになり、その後の国交回復にも、家康のこのときの態度が大きくものをいったという。

名護屋城内には、各大名の居館と幔幕《まんまく》を張った陣屋がそれぞれきらびやかさを競った。

入江には軍船がひしめいた。軍船にももちろん、幔幕が張られたり、いろいろな旗が立てられた。

東松浦半島の一角は、たいへんな騒ぎになった。

秀吉が死んだのちに、豊臣政権の五大老たちは朝鮮からの撤兵を命じた。

撤兵は慶長三年の十二月までかかった。

もっとも危機に襲われていたのが、蔚山城《うるさん》に籠った加藤清正である。明軍と朝鮮軍が大挙して押し寄せ、激しい戦いとなった。清正は窮地に陥った。このとき、引き揚げ命令が達していたにもかかわらず、

「友軍を見殺しにするわけにはいかない」

といって、加藤清正軍救出に向かったのが立花宗茂軍だった。宗茂軍は、無事に加藤軍を救出した。

加藤清正はこのときの恩を忘れなかった。関ヶ原の合戦後、立花宗茂が改易され、放浪の身となったときにも率先して、

「わが領地へいらっしゃい」

といって、百数十人の宗茂主従をすすんで迎え入れたのが加藤清正である。

清正も律儀な武将だったから、蔚山城で受けた宗茂の好意を最後まで忘れなかったのである。

ごたごたの多かった朝鮮の役で、立花宗茂の行動は、美談のひとつとして多くの大名に感嘆された。

朝鮮への侵略を進めるいっぽうで、国内態勢の整備のために、豊臣秀吉は、越後の上杉景

勝を会津へ移封させた。

「古い名家がいつまでも同じ土地に根を張っていると、しだいに勢力が大きくなって厄介な存在になる」

というのがその名目であった。

上杉景勝は無念だった。直江《なおえ》山城守兼続《かねつぐ》という腹を割って話のできる参謀に、

「なんとかして、もう一度越後へ戻りたい」

とこぼした。直江は、主人景勝のことばをしっかりと胸の中に据えた。

直江兼続は、豊臣政権の五奉行のひとりで秀吉の信任の厚かった石田三成と義兄弟の盟約を結んでいた。秀吉が死んだ翌年の慶長四年（一五九九）になると、五大老のひとりである徳川家康と、五奉行のひとりである石田三成との不和があきらかになってきた。

同時に、かつて朝鮮にいた諸将と石田三成との不和もその色をしだいに濃くした。朝鮮にいた諸将が石田三成と不和になったのは、三成が軍監として朝鮮に渡ったときに、諸将の行動を褒めずに、いろいろとあしざまに秀吉に密告したからである。

ほとんどの武将が、

「三成め」

と憎んだ。

会津に異動させられた上杉景勝・直江兼続主従は、豊臣秀吉の死をいいことに、

「もう一度越後へ戻ろう」

という企てを実行に移しはじめた。

軍備をととのえ、越後国内に残してきた遺臣たちに、しきりに反乱をうながした。

これが、上杉景勝の後任として越後国主になった堀氏の癇にさわり、しばしば、

「上杉家は、こういう反逆行動をおこなっています」

と報告してきた。

五大老の筆頭だった前田利家が死んだために、徳川家康が豊臣政権の筆頭人になった。

家康は、上杉景勝に対し、

「いろいろとよくない報告がきている。大坂城にきて、秀頼公に事実を報告されたらいかがか」

と告げた。

このへんは、豊臣秀吉が関白太政大臣の名において天皇の名をよく利用したのと似ている。

関ヶ原の合戦はよく、

「徳川家康と石田三成の喧嘩だ」

というふうにいわれるが、形式的にはそうではない。

徳川家康が上杉家や石田三成に対して宣戦を布告したのは、

「豊臣秀頼公の名において」

である。石田三成側も、

「豊臣秀頼公の名において」

と秀頼の名を使っている。

徳川家康や石田三成の立場では、単独では合戦を起こすことはできない。名目がいる。名目としては、

「豊臣秀頼公の名において」

あるいは、

「豊臣政権の名において」

というほうが通りがいい。家康はこれを使った。

だからかれが上杉景勝に対し、

「一日も早く大坂城にきて、疑いを晴らしなさい」

という指示を出したのは、

「豊臣秀頼公の名において」

ということで、徳川家康の名においてということではない。

しかし上杉側では家康の命に従わなかった。というのは、上杉側にすれば、

「われわれが国に戻ったのは、秀吉公が突然会津へ領地替えをしたために、その整備に勤《いそ》しめということだったではないか。それをすすめたのは徳川家康殿のはずだ。にもかかわらず、再び大坂城にきて、疑いを晴らせというのは筋が通らない」

というういい分だった。これも一理ある。このとき有名な、

「直江状」

というのが書かれて、徳川家康の質問条項に対し直江兼続がいちいち反論したという説が伝えられてきた。

しかし、これはどうも偽作のようだ。直江兼続の名を高めるために、こういう作為がおこなわれたというのが現在の通説になっている。

しかし、たとえ直江状は書かれなくても、上杉景勝・直江兼続主従の心は一致していた。それは、いままでいわれてきたように、

「石田三成と共謀して、徳川家康を滅ぼそう」

ということではない。

それよりも、

「旧領地である越後国を回復したい」

という執念のほうが先に立っていた。

したがって、上杉家がしきりに軍備をととのえ、浪人を雇い、あるいは越後国内で反乱を扇動していたのも、すべて、

「もう一度越後に戻りたい」

という上杉家の悲願を物語るものだ。

いくら忠告してもいうことをきかないので、徳川家康はついに意を決した。

「豊臣政権の名において、上杉景勝を討伐する。全大名は参加せよ」

と命じた。

決戦関ヶ原

このとき、家康にしたがったのはほとんど豊臣系の大名だ。家康にはすでに、

「天下への野望」

があった。

もともとは、家康は織田信長と同盟者だった。したがって信長が死んだときに、

「次はおれの番だ」

と思った。

ところが、豊臣秀吉にうまいことしてやられてしまった。立ちまわりの早い秀吉は、当時合戦中だった毛利一族と突然和睦し、Uターンして明智光秀を殺した。この功績で、かれは天下人への道を駆け足で上り詰めた。

しかし、念願としていた征夷大将軍にはなれなかった。征夷大将軍になるには家柄が問題だった。

秀吉はやむを得ず、関白太政大臣という公家の最高位に上った。秀吉にすれば、

「征夷大将軍も、関白太政大臣の申請によって天皇が任命するものだ」

という負け惜しみの論があった。つまり、

「征夷大将軍よりも関白太政大臣のほうがエライ」

という単純な発想である。

徳川家康は征夷大将軍をめざしていた。かれは履歴に多少手を加えて、

「おれは源氏の子孫だ」

といっていた。

征夷大将軍になるのには、源平藤橘の四氏からでなければだめだということになっている。すなわち、源氏、平家、藤原氏、橘氏の出身でなければなれない。家康は、

「わが家は、新田義貞《にったよしさだ》の子孫である」

としきりに吹聴していた。

徳川家康のひきいる上杉景勝征伐軍は、会津に向かった。下野《しもつけ》（栃木県）小山《おやま》まできたときに、

「石田三成が、大坂で兵を挙げた」

という報告が入った。家康はニタリとほくそえんだ。

（思う壺だ）

と思ったからである。

小山までの軍旅は、石田三成を挑発して、かれ自身に兵を挙げさせるためだった。家康はそういう戦略を立てていた。そこで小山で軍議を開いた。

「どうするか？」

とはかった。

豊臣系の大名である福島正則や黒田長政、山内一豊たちは、

「ただちに軍を返して、石田三成を攻めるべきです」

と主張した。これらの武将は豊臣系ではあったが、朝鮮の役でひどく三成を恨んでいた。したがって、

「反石田三成感情」

という一点で、豊臣系大名は結束していた。

そこで家康はこの意見を入れて、

「軍を返す。上杉景勝征伐は当面中止し、先に石田三成を討つ」

と宣言した。


立花宗茂は朝鮮から引き揚げて以来、その疲れを憩う暇もなく、この決戦に巻き込まれてしまった。

石田三成から使いがきた。

「徳川家康は、反豊臣行動を取りつづける悪人です。かれを討伐しましょう。わが討伐軍の

総大将には、故太閤殿下の遺児秀頼さまがおなりになり、実戦の総指揮は毛利輝元殿がお執りになります。あなたは、故太閤殿下の恩を受けたはずです。どうか、豊臣秀頼公にお味方ください」

と書いてきた。

立花宗茂は、石田三成からの手紙を受け取るとすぐ、

「おれは故太閤殿下に恩がある。柳河城主になれたのも殿下のお蔭だ。石田三成に味方しよう」

と告げた。重臣たちも一も二もなく、宗茂に賛成した。

ところがたったひとり、

「とんでもない！　そんなことをしてはなりません」

と反対したのが、宗茂の妻誾千代《ぎんちよ》であった。

「なぜ、反対するのだ？」

表情を固くして尋ねる宗茂に、誾千代はこう答えた。

「世の中には、ものをいわぬ民の気持ち、意見というものがあります。女の身で、多くの事柄をわきまえているわけではありませんが、上方の空気をいろいろときくにおよんで、わたくしは次の天下人は徳川家康殿だろうと推察いたします。

いまでさえ、上杉景勝征伐のために、あれだけの豊臣系の大名たちが徳川殿に従ったということは、いかに徳川殿の勢威が強くなっているかを示すものです。

ここは、冷静に対応すべきではないでしょうか。軽率に、石田三成さまの味方をして、せっかく得た柳河の地を失ってはなりません。どうか、合戦においでになるのなら、徳川殿にお味方ください」

そういった。

宗茂は、黙って重臣たちの顔をみた。重臣たちの表情にも戸惑いの色があらわれた。

というのは、闇千代のことばにも一理あったからである。

じつをいえば、九州の諸大名も、いま闇千代がいったような考えを持っている。だから揺れていた。去就に迷っている。

誠実で律儀な宗茂は、それほど深くは考えない。かれは一途に、

「おれを今日あらしめてくれたのは、太閤殿下だ」

と考えている。だから、

「その恩に報いるべきだ」

と思う。

というのは、この時点で宗茂は石田三成の手紙の内容を疑っていなかったからである。疑っていないというのは、石田三成の手紙に書かれていた、

「豊臣秀頼公が盟主となり、総指揮は毛利輝元が執る」

ということである。そのことを信じていた。

つまり石田三成は呼びかけ人であって、実質的な西軍の総大将はあくまでも豊臣秀頼だと

いうことを信じていた。それならば、恩を受けた秀吉公に報いるためにも、その遺児である秀頼公に尽くすのが武士の道ではないかと宗茂は考えたのだ。

しかし結果からいえば、豊臣秀頼はついに出馬しなかった。また毛利輝元も、総指揮の役は引き受けながらも、大坂城から一歩も出なかった。

というよりも、合戦の敗色が濃くなると、城から退去してしまう。理由は、

「徳川家康と密約があって、現在の領地の保全を約束されていた」

といわれた。ところが実際には、

「関ヶ原の戦場に、毛利輝元の黒印を捺した軍令状があった」

ということで、毛利家は広島城を没収され、日本海の片隅の萩に異動させられてしまう。領地は大幅に削減される。

徳川家康のいい分によれば、

「毛利輝元は、密約でこの合戦に手を出さないといいながら、実際には軍令状を出して石田三成軍に味方したではないか」

というものだ。

三成にしても、

「徳川家康討伐軍の総大将は、秀頼公だ」

といったのは嘘ではない。しかしこれは三成自身が、

「そうあって欲しい」

と願ったことであって、秀頼自身はまだ幼年の身で、軍を指揮する立場にはない。そんな能力もない。

石田三成にすれば、今度の合戦の名目上の総大将を、豊臣秀頼にしたかった。しかし事実はそのようにはすすまなかった。混迷状況の中におかれて日本の大名は、

「どっちに味方すべきか？」

ということで悩んだ。宗茂の妻誾千代のように、

「おそらく次の天下人は徳川家康殿になるので、家康殿に味方したほうが家は安泰です」

という考え方を、日本中の大名がみんな持っていた。しかし一方、

「いや、恩顧のある豊臣家を裏切ることはできない」

と考える大名もたくさんいた。これらの大名は、単純に、

「石田三成は、豊臣秀頼公をいただいて徳川家康殿を討つ兵をあげたのだ」

と思っていた。これは、石田三成の宣伝がうまかっただけではない。当時の常識からすれば、

「豊臣秀頼公も必ずご出馬になる」

と考えるのがふつうだった。立花宗茂ももちろんこの口である。だからかれは、誾千代の論に対し、

「そなたのいい分はわかった。しかしおれは西軍に加わる。恩ある故太閤殿下に報いるのだ」

そういい切った。

宗茂は、全軍に出撃を命じた。慶長五年（一六〇〇）秋のことで、宗茂はこのとき三十四歳である。

軍をすすめる途中、宗茂は馬上から重臣たちを振り返り、

「宮永に寄る」

と告げた。従う重臣たちは顔をみあわせ、すぐうなずいた。

「それがよろしゅうございます」

宗茂が宮永といったのは、誾千代の住む村の名のことだ。

じつをいえば、このころの宗茂は妻の誾千代と別居していた。

宗茂は、秀吉の命により朝鮮へ出陣したが、文禄三年（一五九四）の六月に、一時帰国を命ぜられた。そして、秀吉が、

「女房といっしょに遊びにこい」

というので、その年の十一月に、誾千代をともなって京都の伏見へいった。

伏見城では秀吉は歓待し、ふたりのために特別な宿舎を用意してくれた。

が、秀吉のみたところ、どうも宗茂と誾千代の夫婦仲が尋常ではない。どこかよそよそしく、またぎすぎすしている。完全に心が解け合っていない。

しかし秀吉は何もいわなかった。それは、秀吉にもある後ろめたい思いがあったからである。

宗茂と誾千代は京都から柳河に戻った。戻るとすぐ誾千代は夫の宗茂に、

「城から出してください」

といった。

「別居させていただきたいのです」

と告げた。宗茂は誾千代の顔を凝視した。

誾千代は顔色も変えず、また澄んだ目で同じように夫をみかえした。やがて宗茂はうなずいた。

「わかった、そうしよう」

「なぜだ？」

という深い詮索はせずに、宗茂はあっさり引き受けた。宗茂にもある思いがあった。

こうして、誾千代は柳河城の南約一里の宮永村というところに、新しい居館を建ててもらい、そこへ移り住んだ。

母の仁志（このころは宝樹院という法号を名乗っていた）と、数人の侍女、それに何人かの護衛兵とともに新館へ移った。

当然、城の内外でいろいろな憶測がとびかった。しかし、何をいわれても誾千代は知らん顔をしていた。

噂は、やがて宗茂の耳にも入った。しかし宗茂は、その噂をかねてから知っていた。まわりの重臣たちは心配して、

「誾千代さまを宮永村にお住まわせになることは、かねてからの噂をいよいよ事実とすることになりませぬか？」

ときいた。宗茂は首を横に振った。

「たとえそうなろうともかまわぬ」

そういい切った。重臣たちは顔をみあわせた。

宗茂は、文禄三年の十一月に伏見城に豊臣秀吉を訪ねたが、それから三年後の慶長二年（一五九七）、再び朝鮮へ出陣した。

このころ宗茂はすでにその噂をきいていた。噂というのは、

「関白殿下は、肥前の名護屋城に、朝鮮に出兵した武将の奥方を呼び寄せ夜の伽《とぎ》をさせている」

というものであった。

最初に出兵した直後、立花誾千代は名護屋城に呼ばれた。数日後、柳河城に戻ってきたが、そのときの誾千代の顔色はけわしく、きびしい表情だった。そのためにいろいろな憶測がとんだ。

「誾千代さまも関白殿下の伽をお務めになったのか」

という疑惑が持たれた。

心配した周囲が、

「このような噂が流れておりますが」

と告げた。誾千代は首を横に振って、

「かまわぬ。いわせておけばよい。ただ、彼地《かのち》におられる宗茂さまに、ご心配をおかけすることは固く禁じます」

といった。

つまらぬことを、朝鮮にいる夫に知らせるなとクギをさしたのである。誾千代がそういい切るので、まわりの者も誾千代の性格を知っているから、それ以上、

「噂はほんとうでございますか？」

ときくわけにはいかなかった。

しかし、心根の卑しい者はひそかに、

「あの噂はほんとうなのだろうか？」

とささやき合った。つまり、

「好色な太閤殿下に、誾千代さまも伽をお務めになったのだろうか」

ということだ。

帰国した宗茂はまもなくこの噂を耳にした。しかしかれも何もいわなかった。

だから、夫婦そろって伏見城の秀吉のところに挨拶にいったときにも、正直にいって宗茂の胸のひと隅には、このわだかまりがあった。

しかし宗茂も男だ。絶対にそんなことは口にしなかった。誾千代も触れない。

しかし誾千代が、

「城を出て別居したい」

といい出したときには、宗茂もさすがに、

(噂はほんとうだったのか？)

と思い悩んだ。

(そうあって欲しくない)

という願望と、

(いや、そうだったのかもしれない)

という疑念が入り乱れ、かれを苦しめた。

いま、上方へ出陣するときに突然宗茂が、

「宮永に寄る」

といったのは、あるいは、

「そのへんの決着をはっきりつけて、戦場におもむきたい」

ということかもしれなかった。

前触れがあったので、宮永村の居館ではすでに誾千代が支度をして待っていた。

居館に入った宗茂は、武具を身につけたままましきりに建物内を歩きまわった。そして、

「これはいい。静かなたたずまいだ」

といった。

宗茂は縁に立って辺りの光景をみわたし、

「借景もすばらしい」

といった。そして誾千代を振り返り、

「ひとりで淋しくはないか？」

と告げた。誾千代はほほえみ、ゆるく首を横に振った。

「大丈夫です」

母の仁志《にし》が入ってきた。

「むこうに軽い宴の用意をしました。宗茂殿、出陣祝いに一献召し上がってください」

そう告げた。

「ありがとうございます。とんだご厄介をおかけいたします」

宗茂は義母にていねいに挨拶をし、誘われた部屋に通った。

まったくの家族水入らずの小さな宴であった。やがて仁志が、それまで酌をしたり、膳の世話をしていた侍女たちを下がらせた。

三人だけになると、仁志が突然切り出した。

「宗茂殿」

「はい」

「あなたは、あなたが朝鮮へお渡りになっている間に、娘に立った噂をおききおよびですか？」

宗茂は思わず仁志の顔をみかえした。出陣の前にこの義母はいったい何をいい出したいのかと訝《いぶか》った。

しかし宗茂にしても、胸の中でモヤモヤしていたこの問題にはっきり決着をつけたかった。そのうえで、上方へおもむきたい。そこで、

「存じております」

とうなずいた。仁志はさらに突っ込んだ。

「あなたは、その噂を信じておいでですか?」

宗茂はまっすぐに仁志をみかえし、こう答えた。

「信じておりません」

きっぱりといい切る宗茂の言葉に、仁志は思わず娘の顔をみた。

誾千代は目を輝かせて宗茂の顔をみかえしていた。その目がたちまち潤み、やがて透明な玉が涙となって浮かび出た。

涙の玉はそのまま誾千代の白い頬をころがり落ちた。その誾千代を宗茂はまっすぐみて仁志にこういった。

「妻は勝ち気な性格ではありますが、絶対に噂のようなことはいたしません。わたしは妻を信じ切っております」

宗茂の言葉に堪《こら》えきれなくなった誾千代は、思わず袂《たもと》を目にあてた。肩の力を抜いた仁志はほほえんだ。

「よかった、宗茂さまにそういっていただいて」

そういいながら、仁志はそっと娘の肩を抱いた。

誾千代は普段の勝ち気な性格をかなぐり捨てて仁志の胸に顔をすり寄せ、そのまま嗚咽《おえつ》した。その背を静かに撫でながら仁志は宗茂をみて、話し出した。

「関白さまに名護屋城へ呼ばれたとき、娘はわたくしに相談しました。関白さまにはよくないお噂があって、朝鮮へ渡った大名の妻女を次々と召されては、夜の伽を命ぜられておられますと。もし、そのようなお申し出があったとき、わたしはこのような覚悟をしておりますが、それでよろしゅうございますかとわたくしにききました」

「…………」

宗茂は無言で仁志の次のことばを待った。仁志はつづけた。

「娘の覚悟とは、懐剣を帯の間にさしていって、これみよがしに関白さまにご披露し、もし夜の伽を命ぜられたときは、その懐剣を抜いて自分の胸を突く、という覚悟をそのまま関白さまにお伝えしたいということでした。わたしは、そのとおりにしなさいと答えました。名護屋城へいった娘は懐剣の袋の紐をといて、ことさらに自分の覚悟を関白さまに示しました。さすがの関白さまもおどろいて苦笑なさり、やはり立花宗茂の妻女は違うとおっしゃったそうです。娘の感じでは関白さまも決して噂のようなことは、なさっておりませんでした。夫が戦場におもむいて、淋しがっている大名の妻を、ごちそうしたり、お茶の会に招いて、なぐさめておいでだったのです」

「母上」

宗茂はいった。

「わたしも、妻は必ずそのように振る舞うと信じておりました。したがって噂のような事実はまったくなかったと思っております」

いい切った宗茂は、一時期あまりにも噂がうるさいので、

「あるいは？」

と胸の中を疑惑がかすめたことを思い出し、恥じた。

「母上、お話を伺ってこの宗茂は、きょうここへ伺わせていただいたことを、つくづくよかったと思います」

「わたくしども母娘もそう思います。でも、宗茂さまのご本心を伺って、娘もさぞかし安堵したことでございましょう。ご出陣前に、お訪ねいただいてほんとうにありがとうございました」

涙で顔をくしゃくしゃにした誾千代は畳の上に手をついた。そして、

「このたびのご出陣、誠にご苦労さまでございます」

そう告げた。宗茂はうなずき、

「そなたの助言にさからってすまぬが、これもおれの意地だ。武士としての面目を保つためには、故太閤さまのご恩に報いることがおれの務めなのだ。わかって欲しい」

そういった。宗茂の目も和み澄んでいた。誾千代はうなずいた。

「わかっております。むしろ、そういうあなたの強いご性格についていけないわたくしの性格が、わたくしをお城から別なところに住まわせたのでございます。どうかご案じください

ますな」

そう告げた誾千代は、目の底を熱く燃やしながらこうつけ加えた。

「合戦の勝敗は時の運、もしも武運つたなくお敗れになるようなことがありましても、どうかご無事にお帰りくださいませ。その日を誾千代は心からお待ちしております」

「ありがたい。そのことばは、上方へおもむくこの宗茂にとって、なによりのはなむけだ。そなたも身体をいたわって、元気な姿でわしを迎えて欲しい」

別居していても、心の底でしっかりと信頼の手を握り合っている娘夫婦の姿に、今度は母の仁志が着物の袖を目にあてた。

外では重臣の小野和泉《いずみ》や十時《とき》摂津《せっつ》たちが、中の様子を案じながら待っていた。

明るい表情をして出てきた宗茂をみると、重臣たちは顔をみあわせてほっとした。

宗茂の表情が明るかっただけでなく、宗茂の後ろに誾千代とその母仁志が従っていたからである。

再び馬上の人となった宗茂に、誾千代がお辞儀をして声をかけた。

「どうぞ、存分にお戦いあそばせ」

「わかった。そなたもくれぐれも堅固でな」

そういうと、宗茂は馬首の向きを変え、その尻にピシリとムチをあてた。

「全軍、つづけ！」

そう叫ぶと一散に道を走り出した。小野和泉や十時摂津たち重臣は、馬上から誾千代と仁

志に、

「さらばでござる！」

と別れの挨拶をし、これもまた一散に主人宗茂の後を追って走り出した。すさまじい埃《ほこり》が道に立った。

閭千代と仁志は、いつまでもいつまでも去りゆく立花軍の後ろ姿を見送っていた。閭千代がつぶやいた。

「宗茂さま、どうかご無事でお帰りくださいませ」

その響きには、いいようのない切実な思いが込められていた。仁志は娘を振り返り、

「大丈夫です。宗茂殿は必ず無事にお帰りになります。しっかり、お留守を守りましょう」

そう告げた。閭千代は大きくうなずいた。


関ヶ原の合戦の大筋は、次のように伝えられている。
・会津の領主で五大老のひとりだった上杉景勝が、家老で謀将といわれた直江山城守兼続《かねつぐ》の意見により、会津で反徳川家康の兵をあげる。
・直江と石田三成とは義兄弟だったので、ふたりでしめし合わせてこの作戦を立てた。
・おそらく徳川家康は、上杉征伐のために軍を東北にすすめるだろう。その留守に、今度は上方で石田三成が兵をあげる。
・関東から東北にかけては、反徳川家康の大名がたくさんいる。とくに、常陸の佐竹氏は

家康を憎んでいる。そこで、上杉が兵をあげれば、佐竹その他の反徳川大名がこれに加担し、家康を苦しめることができる。
・上方で兵をあげた石田三成は、政権をその手に収めたのちに、東へ向かい、上杉勢などとともに徳川家康を挟み撃ちにする。
・そうすれば、徳川家康は完全に滅ぼされる。
しかし、このごろではこの説はつくられた説であって、実際には、

「上杉勢が、軍備を固めはじめたのは旧領の越後領を奪回するためだった」

といわれている。このほうが正しいようだ。

上杉家は、謙信以来、越後に根を張った豪族だったが、豊臣秀吉のいわば、

「大名の鉢植え政策」

によって、秀吉が死ぬ直前に会津に異動させられてしまった。上杉家では悔しくてしかたがない。

「なんとかして越後に戻りたい」

という悲願を胸に燃やしていた。秀吉の死後、どさくさまぎれにこれを実行しようとしたのである。

ところが案に相違して徳川家康は、

「豊臣秀頼公の名において」

という大義名分を掲げて、上杉討伐の軍を起こした。

豊臣秀頼公の名においてというのは、家康は豊臣政権の五大老のひとりとして、それまでにもたびたび上杉景勝に対し、

「このごろあなたは、国もとにおいて軍備を拡張したり、浪人を抱えたりしているというよくない噂がある。一日も早く大坂城にきて、秀頼公の疑いを晴らすようにすべきだ」

と告げていたからだ。が、上杉景勝は家康のいうことなどきかない。そのため家康は、

「秀頼公の命令に従わない上杉家を、豊臣政権の名において討つ」

と宣言したのである。

だから、関ヶ原の合戦は徳川家康も石田三成もともに、

「豊臣秀頼公の名において」

という大義名分を掲げている。両方ともそれを口実にしたのだ。

徳川家康が上杉討伐の軍を起こして関東地方に出撃すると、その留守をねらって石田三成が大坂で兵をあげた。

この報告が家康のもとに入った。家康はニンマリほくそえんだ。

(思うとおりになった)

と感じたからである。家康はただちに、軍を返す。そして、

「石田三成を討つ」

と宣言した。

しかし家康は上方へ向かう途中、自分の拠点である江戸城に入ると、そのまま一カ月あま

り動かなかった。

　これは家康が、

「豊臣方の大名が、どれだけ自分に味方をするか」

という見極めをしたかったからである。

　やがてこのことを知った豊臣系の大名たちは、先を争って石田三成攻撃に狂奔しはじめた。

家康は別働隊として、三男の秀忠に軍勢を与え、東山道（中山道）をすすませた。

「美濃（岐阜県）で合流して、大坂の三成を潰そう」

という作戦を立てた。

　やっとのことで江戸城を出た家康がひきいるのは、旧豊臣系の大名がほとんどだ。

腹心として供を命じたのは、わずかに井伊直政ぐらいなものだ。三河以来、徳川家に仕えてきたいわゆる譜代の武将たちは、ほとんど秀忠がひきいている。

秀忠は、信州（長野県）上田城の真田一族に振りまわされて、結局は関ヶ原の合戦に間に合わなかった。

　家康は激怒した。しかし、この激怒はかなりヤラセ臭い。つまり家康にすれば、

「秀忠がひきいた徳川家譜代の軍勢をそのまま温存したい。なるべく損ないたくない」

と考えたのではなかろうか。

　それを承知のうえで、信州の上田で時間をムダに費やしたとすれば、秀忠もなかなかのくせ者だ。タヌキおやじとタヌキむすことといっていい。

合戦では、家康の軍を東軍と呼び、三成の軍を西軍と呼ぶ。

西軍の作戦では、

・総大将は豊臣秀頼とする。そして総指揮者は毛利輝元（元就の孫）とする。現場の指揮は石田三成がとる。

・現場における合戦が思わしくなくなったときは、総大将の秀頼をいただいて、総指揮者の毛利輝元も大坂城から出馬する。

・西軍の拠点は大垣城とする。その前に岐阜城を落とす。

・西上してくる徳川軍を、美濃で迎え撃つ。

というものであった。これに対し、徳川家康のひきいる東軍が流した情報では、

・東軍は、石田三成の居城である近江の佐和山城を落とす。

・佐和山城を落としたのちは、京都を経て一挙に大坂城に向かう。

・大坂城内にいる豊臣秀頼と総指揮者の毛利輝元に対しては「絶対に出馬しないように」と牽制策を講ずる。

というものであった。

これを知った西軍は、

「佐和山城を落とさせるわけにはいかない。東軍を関ヶ原において迎え撃とう」

ということになって、西軍は大垣城を出た。そして急ぎ関ヶ原に向かった。

こうして、天下分け目の戦いといわれる関ヶ原の大決戦の幕が切って落とされる。

合戦には主戦場のほかに、

「どうしても、確保しておかなければいけない要衝」

というのがある。

関ヶ原の合戦では、琵琶湖畔の大津城がこれにあたった。石田三成が勝っても、あるいは徳川家康が勝っても、勝った軍勢がすすむのは当然京都から大坂だ。そのときに通過するのが、琵琶湖畔の大津だった。

ここに城が築かれて、このころの城主は京極高次《きょうごくたかつぐ》だった。京極高次の妻は、お初といった。お初にはひとりの姉とひとりの妹がいた。姉が茶々であり、妹がお江与（小督《おごう》ともいう）だ。

三人姉妹は、戦国時代の近江の名将浅井長政と、織田信長の妹お市の間に生まれた。そして、関ヶ原合戦のころ、姉の茶々は豊臣秀吉の側室として秀頼を産み、淀城の城主だった。

立花誾千代と同じように、戦国時代の女城主のひとりだった。

妹のお江与は徳川家康の三男秀忠の妻になっていた。そしてお初が大津城主京極高次の妻になっていた。

茶々は立場上、西軍の味方とみられる。お江与は秀忠の妻だから東軍になる。

お初は悩んだ。彼女は夫の京極高次に、

「徳川さまにお味方しなさい」

と告げた。高次は人が良く決断力の鈍い武将だったが、お初の意見に従った。

そこで石田方では、

「大津城を落とし、これを西軍の拠点として確保しよう」

ということになった。

九州柳河からはるばる上方に到着した立花宗茂軍は、この大津城攻めに参加することになった。

大津城攻めの大将は毛利元康（輝元の叔父）で、副大将は毛利秀包《ひでかね》だった。

これに、片桐且元《かつもと》、増田作左衛門、片桐貞隆、松浦久信、石川頼明、伊藤長秀、小出秀政が加わり、紀伊和歌山城主の桑山一晴、大和宇多《うだ》の領主多賀秀家、筑後山下城主筑紫広門、日向飫《お》肥《び》城主伊東祐兵、対馬府中城主宗義智《よしとし》、それに筑後柳河城主立花宗茂が参加した。

総勢約一万五千である。そして、京極高次が守る大津城には、三千人の軍勢が籠っていた。

大津城内の兵力は、攻撃軍のわずか三分の一だったが、城が堅固だった。

大津は古い時代から琵琶湖上の水運による北国や近江各地からの諸物資の集積地である。さらに東海道、東山道、北国街道の基点でもあった。軍事的、政治的に重要な役割を負っていた。

そのために、ここには強大な城が築かれた。琵琶湖をそのまま堀として利用した水城である。容易には攻め落とせない。

この防備堅固な大津の攻撃にもっとも威力を発揮したのが、立花宗茂のひきいる鉄砲隊であった。

　宗茂は早くから鉄砲隊を組織していた。容赦なく城内へ撃ち込ませた。

　このときの鉄砲の威力があまりにもすさまじいので、京都のある公家が、

「大津城攻め、鉄砲のひびき地を動かす。町はことごとく焼きはらわる」

と書いている。攻撃は九月八日からはじまり、

「総攻撃は九月十三日とする」

と定められた。

　城中には伊賀者と呼ばれる忍者が多数いた。

　これが夜中にそっと城から抜け出て、毛利軍の陣中に忍び込んだ。毛利家の旗を二本奪うと、そのまま城内に戻り、これを高々と城壁に掲げた。

　城内では、やんややんやの喝采をして攻撃軍をからかった。

　ところが、これをみた立花宗茂は、脇にいた重臣たちにこういった。

「毛利がすでに城中に入ったのではないか」

「そんなことは考えられませんが」

　重臣たちは顔をみあわせた。宗茂は、

「毛利に先を越されるのは残念だ。攻め入ろう」

　そう告げて全軍に突入を命じた。気の強い宗茂は、

「大津城攻略の一番乗りはわが立花軍がおこなうのだ」

と、かねてから心を決めていた。

柳河を出た立花宗茂軍は瀬戸内海を渡って大坂に向かった。このとき、中国・四国・九州方面の大名に、

「わたしに味方して欲しい」

としきりに呼びかけていた徳川家康の使者に出会った。

乗船してきた使者は家康からの宗茂宛の親書を渡した。それには、

「このたびの合戦で、わたしに味方をしてくだされば、九州において五十万石の領地をさし上げよう」

と書いてあった。宗茂はその場では使者に対し、

「徳川殿のご好意いたみいる」

と告げたが、使者が小舟で去ると、すぐその親書を破って海中に捨てた。脇の宿将たちをみて、宗茂はにがわらいしてこういった。

「情けないものよ」

「いかがなさいました？」

そうきく宿将に、宗茂は、

「徳川家康から五十万石やるといわれて、思わず心がゆらいだ。おれの心の底にはまだそんな欲心があったのかと思うと情けない。だから徳川家康の手紙を破って海中に投じたのだ。あんなものを残しておくと、いつまた心がゆらぐかわからん」

とわらった。

脇にいた小野和泉や十時摂津は、

「殿に限りそんなことはございません。われわれは大船に乗った気でおります」

といった。宗茂はおおわらいし、

「いや、大船かどうかわからん。案外、タヌキの泥舟かもしれんぞ」

そう告げた。しかし、わらう宗茂の表情には迷いはない。宿将たちは、

(殿はひとすじに豊臣秀頼公のために徳川家康と戦う覚悟を固められ、微塵もゆらいではおらぬ)

と感じ取った。

そういう経験があったから、宗茂は、

「何がなんでも、この戦ではつねに立花勢は一番槍をつけねばならぬ」

と部下を叱咤激励していた。

大津城内の伊賀の忍者がおこなった毛利家の旗二本のぶん捕りというういたずらは、こうして立花宗茂軍を奮起させ、逆に裏目に出た。

攻撃に次ぐ攻撃がいよいよ激しくなったからである。

城将の京極高次は悲鳴をあげた。撃ち込まれる銃弾が次々と城の建造物を焼き、火薬庫に引火して大爆発を起こした。

城中にはかれの妻お初とその侍女たちがいる。侍女たちはいっせいに悲鳴をあげ、

「もうこのような思いはたくさんでございます!」

と、まるで地獄の底を這いずるような状況を呈した。

「この城は琵琶湖を堀としている」

といって、背後の琵琶湖面からの攻撃を比較的軽くみていたのだが、攻撃軍はそんな安堵感を許さなかった。

琵琶湖上におびただしい船を浮かべ、船の上からもしきりに火矢や鉄砲の弾を撃ちはじめた。大津城は火炎に包まれた。

気丈なお初は、

「たとえ、全員討ち死にしようとも城を守り抜きましょう」

といったが、ぐらつき屋の京極高次は、

「このままだと罪のない女子供まで巻き添えにせざるを得ない。それは忍びない。降伏する」

といい出した。この決定がされたのが九月十四日の深更である。

そして九月十五日の夜が明けるとすぐ、京極高次は攻撃軍に対し、

「降伏する。わたしは頭を剃って高野山にいく。城中の罪のない女子《おなご》どもや一般庶民は助命して欲しい」

と告げた。総大将の毛利元康は承知した。

京極高次は近くの三井寺に入って頭を剃り、そのまま高野山に向かった。

唇を噛んだのが妻のお初である。そしてお初のことばが正しかったことがすぐ証明された。

というのは、当日、朝から火蓋が切られた関ヶ原の大決戦は、その日の夕方に完全に徳川家康の大勝利によって終わりを告げていたからである。

関ヶ原の主戦場における対陣は、西軍が北方から、石田三成、島津惟新（義弘）、小西行長、宇喜多秀家、大谷吉継《よしつぐ》、戸田重政、木下頼継、平塚為広、大谷吉勝、赤座直保、小川祐忠、朽木元綱、脇坂安治《やすはる》、そして松尾山には小早川秀秋が陣取っていた。

これに対する徳川軍に参加した大名は、北方から黒田長政、細川忠興、加藤嘉明、筒井定次、田中吉政、松平忠吉、井伊直政、本多忠勝、藤堂高虎、寺沢広高、京極高知、福島正則、その後ろに織田有楽、古田重勝、金森長近《ながちか》、生駒一正が控え、後方に徳川家康が陣をおいていた。

したがって、石田三成や島津惟新軍に対しては主として黒田長政、細川忠興、加藤嘉明、筒井定次、田中吉政らがあたり、小西行長や宇喜多秀家に対しては、松平忠吉、井伊直政、本多忠勝があたっていた。

藤堂高虎や福島正則は、宇喜多、大谷に向かうと同時に、小早川秀秋にいたる小大名たちに対陣していた。

東方の南面には、吉川《きっかわ》広家、長束《なつか》正家、安国寺恵瓊《えけい》、毛利秀元、長宗我部盛親などの西軍に対し、東軍では豊臣系大名の山内一豊、浅野幸長《よしなが》、池田輝政たちが向き合っていた。

東軍の中で家康の親族としては松平忠吉が、そして譜代としては本多忠勝が、さらに徳川四天王といわれはしたが、もともとは浜松地方の豪族で、今川家から徳川家に転職した井伊直政などの武将がいた。

しかし家康の親族や譜代といわれるのはわずか数人で、大半はすべて豊臣系の大名である。

したがって関ヶ原の合戦は、極言すれば、

「豊臣系大名同士の合戦」

ということができる。

合戦の勝敗を左右したのは、松尾山における小早川秀秋の裏切りである。

これによって、松尾山の麓にいた赤座・小川・朽木・脇坂たちの諸将がいっせいに裏切って、大谷軍に突入した。

小西行長や石田三成の軍勢はよく戦った。とくに石田三成の名参謀といわれた島左近や、蒲生郷舎《さといえ》たちは、最後まで戦って、ついに戦死した。

そのため石田三成は北国街道をたどって逃亡し、小西行長も逃亡した。が、ともにまもなく発見され捕らえられて首を切られる。

「関ヶ原の主戦場においては、西軍が完敗した」

という報告が立花宗茂のところに入った。宗茂は悔しがった。

「大津城攻撃にこれほど手間取らずに攻撃軍が関ヶ原に向かっていれば、あるいは敗勢を挽回できたかもしれなかったのに」

と悔やんだ。

しかし宗茂はこの段階ではまだ諦めていない。

「急ぎ大坂城におもむいて、秀頼公をいただき、毛利殿総指揮のもとにもう一戦かまえよう。秀頼公がお出ましになれば、関ヶ原の主戦場で徳川家康に味方した豊臣系大名も、いっせいに寝返るにちがいない」

と考えた。そこで、

「全軍、大津から撤退し大坂城に向かう」

と命じた。

立花軍が瀬田の唐橋までやってきたとき、西軍の一隊が橋の上に薪を山と積んで、いまにも火をかけようとしていた。

これをみた宗茂は西軍の隊長を呼んだ。

「ばかなことをするな」

と、橋の焼き打ちを止めた。西軍の隊長はくってかかった。

「石田三成さまから橋を焼けと命ぜられております。よけいな口出しをしないでいただきたい」

これをきくと宗茂は怒った。

「何をいうか！　源平のむかしから、京に籠った軍勢は必ずこの瀬田の唐橋を焼き落とした。しかしそのたびに敗れている。瀬田の唐橋を焼いて、焼いた側が勝った試しはない。この橋は軍勢だけが使っているわけではない。一般の庶民も使っている。橋が落ちれば、いかに庶民が嘆き苦しむことか。われら立花軍は、これから伏見におもむき東軍を防ぐ。安心して焼かずに橋を残せ」

と命じた。その剣幕がすさまじいので、石田方の隊長はふるえあがり、しぶしぶ撤退していった。

やがて徳川家康軍がこの橋にさしかかった。家康はこのとき、

「瀬田の唐橋は当然焼きはらわれていると思ったのに残っている。誰がこのような心ゆかしいことをしたのか調べろ」

と命じた。

敗れて故国へ

「橋を落とさなかったのは、敵軍の立花宗茂の所存によるものだそうでございます」

調査した部下はそう報告した。家康はニッコリわらった。

「立花宗茂という若者は、かねがね故関白殿下からもその名を伺っていた。ゆかしきことをする心やさしい武将である」

と褒め讃えた。立花宗茂の名は徳川家康の頭の中にも深く刻み込まれた。

伏見城に入った宗茂は、三日間この城で東軍のくるのを待ち構えた。しかしなかなか東軍が到着しないので大坂城にいった。

城中で、総指揮者的立場にあった毛利輝元と増田《ました》長盛《ながもり》に向かって、

「どうか秀頼公をいただき、この城で一戦かまえていただきたい。秀頼公がご出馬になれば、東軍に加わっている豊臣方大名のほとんどが寝返るはずです」

と切々と説いた。しかし毛利輝元はすでに徳川家康と密約があり、

「もしも大坂城に腰を据えたまま動かなければ、いまの所領を安堵しよう」

と約束されていた。

輝元は心がゆらぎ、ついに秀頼をいただいて出馬しなかった。

そのためにこういう思惑のある輝元が立花宗茂のことばに従うはずがなかった。のらりくらりとかわした。

増田長盛も同じだった。宗茂は腹を立てた。そして、

「このような腰抜けどもに操られて一味したおれがばかだった」

と、はじめて西軍に味方したことを悔いた。

城を出ると、

「全軍、柳河に戻る」

と命じた。

帰路は大坂港から船に乗り、瀬戸内海をたどった。

途中で、関ヶ原の主戦場から脱出してきた島津義弘の船団といっしょになった。

義弘はたまたま三百人ばかりの兵をひきいて大坂城にいたのだが、時期が悪く石田方に味方せざるを得ないはめに追い込まれたのである。

かれの軍勢はあまりこの合戦に熱心ではなく、敗戦直前に徳川家康の本陣近くを突破して、大坂まで逃げのびてきた。

「あの船団はどこの軍勢だ?」

そうきく宗茂に部下のひとりが、

「島津殿の船団です」

と答えた。船の上に丸に十の字の旗が立っているのを発見したからだ。

島津船団を発見した部下はこういった。

「きくところによれば、いま島津軍はわずかな兵ですが、なかに大将の島津義弘殿がおられるとききました。かつてわが立花家や、ご尊父高橋紹運《じょううん》さまを散々に苦しめた憎い仇です。この際、一挙にあの船に乗り移り、島津義弘の首を取って恨みを晴らしましょう」

そう告げた。宗茂は怒った。

「ばかなことをいうな！」

と怒鳴りつけた後、

「たしかに島津はわが養父立花道雪さまや、実父高橋紹運さまの仇にはちがいない。しかし故太閤殿下の九州ご征伐によって、島津殿は太閤さまに降伏し、いっさいは水に流された。ましてやこのたびは島津殿も秀頼公のために戦い、不幸にして敗れた。その軍勢の大半を失った。その落ち目に対し、いかにこちらの軍勢が多いからといって、この場で船上に乗り移り島津殿の首を申し受けることなど武士の恥だ。滅多なことをいうな。武士の振る舞いは、あくまでも礼節を重んずることが必要だ」

そう告げた。

島津義弘の首を取ろうといった部下は面目を失ってうなだれた。

しかし宗茂はすぐその部下の肩をたたいた。

「というのは建て前だ。じつをいえば、おれもこの際、島津の首を取ってやろうかと考えた。しかし、やめよう。おまえの気持ちはよくわかる」

そうわらって告げた。

このへんは宗茂の心憎い人心掌握術である。叱っても決してそのままにはしない。すぐ慰める。

部下は顔をあげ、

「考えの浅いことを申し上げ、どうかお許しください」

と謝った。宗茂は、

「わかっている。元気を出せ。これからもしっかりと頼むぞ」

そういった。部下はよろこびの色を目に浮かべた。

宗茂は、宿将たちにこう告げた。

「島津殿の船にいって、ご挨拶申し上げよう」

小舟が用意され、宗茂は義弘の船を訪問した。

「これは立花殿、このたびはまことにご苦労でござった。また敗将のこの老骨をよくお訪ねくださった。誠にいたみいる」

と、もろ手をあげて歓迎し、礼をいった。

このときの島津義弘は六十六歳である。ほとんど宗茂の倍近い高齢だ。

船上で酒を振る舞ったのちに、島津義弘は立花宗茂にこういった。

「これからおもむく豊前や豊後の地は、あのムジナおやじの禿頭黒田如水が陣を張っておる。敗残のわれわれをみれば必ず襲いかかってくるにちがいない。どうだろうか、わしといっしょに薩摩におもむき、薩摩の地でともに戦わぬか。そうすれば徳川のさし向ける軍勢など、ものの数ではないはずだ」

かつて九州全土を自分の手中に収めようとしたころの気概を義弘はみせた。

たしかに義弘のいうとおりだ。このまま柳河に戻っても、徳川家康に敵対した行為は咎められ、処分を受けるにちがいない。

義弘はそれをみこして、

「ともに徳川と戦おう」

と誘ったのだ。

しかし立花宗茂は首を横に振った。

「いや、わたくしは柳河城へ戻ります。決死の覚悟で九州の地に上陸する所存でございます。そんなわれわれをよもや黒田如水殿も妨げはいたしますまい」

「そうはいっても、あの男はわからんぞ。まったく油断がならぬからな。息子の長政もこのたびの合戦ではしきりに調略を使い、ついに小早川秀秋を裏切らせた。あの裏切りがこのたびの合戦の勝敗を左右したのだ」

島津義弘は吐き捨てるようにそういった。

島津船団と別れた立花宗茂はことばどおり豊後府内（大分市）に上陸した。

義弘のいったように、黒田如水の軍勢が陣を張っていたが、

「柳河城主、立花宗茂、まかり通る！」

と馬上から怒鳴る宗茂の勢いに押され、如水は、

「黙って通せ。襲えばこっちの被害が大きくなる」

と逸《はや》る部下を全部抑えた。

立花宗茂軍は堂々と府内を経て柳河城に向かった。

このとき宗茂は、

（この際は隣国の鍋島直茂殿と手を組んで、善後策を考えよう）

と思っていた。

その鍋島直茂は今度の合戦には直接参加することなく、佐賀城にいた。徳川家康の命によって、

「国もとに戻られよ」

といわれていたからである。

鍋島直茂は今度の合戦では、

「徳川家康殿に味方しよう」

と心を決めていた。

しかしその家康から、居城に戻るように命ぜられたので、自分の代わりに息子の勝茂を徳

川軍に参加させようとした。

徳川家康は会津でそむいた上杉景勝を討つために大軍をひきいて大坂城を発した。

それを追って勝茂が鍋島軍をひきいて上方に到着したとき、家康はすでに出発した後だった。

そして、家康が下野《しもつけ》小山まで着いたときに、大坂では石田三成が兵をあげた。

三成は次々と手を打った。近江や美濃には自軍の関所をつくって、敵対する大名軍を阻み、

「秀頼公に味方されたい」

と説得した。

近江国に入った鍋島勝茂は、この石田軍のつくった関所で止められてしまった。

厄介なことに勝茂の妻が大坂にいた。石田三成は、

「徳川家康の軍に加わった大名の妻は、全部大坂城に人質として閉じ込めろ」

と命じていた。

大名の妻は次々と護送されて、大坂城内に軟禁された。勝茂の妻もそういう目に遭っていた。

このとき、石田三成の強制連行に抗議し、自ら生命を絶ったのが細川忠興の妻お玉（洗礼名ガラシャ）である。

お玉の事件によって、多くの大名たちから非難の声が起こった。石田三成はこの人質作戦を改めた。

しかし、勝茂が近江国内で三成側の関所にさしかかったときは、妻が大坂城内に人質になったという報告をきいたばかりである。

勝茂はやむを得ず、

「このうえは、西軍に味方しよう」

ということで、関ヶ原合戦の緒戦になった伏見城攻撃に加わった。

伏見城は家康の譜代の臣鳥居元忠が守っていたが、その兵力はわずか五、六百だ。大軍に囲まれて、伏見城は落ちた。

関ヶ原の合戦に勝った後、徳川家康はとりあえずの戦後処分をおこなった。鍋島勝茂は家康のもとに出て謝罪した。

「はからずも石田方の妨害にあって伏見城攻略に参加いたしましたが、本心はあくまでも徳川殿に対し忠誠を尽くすことでございます」

といった。

家康は冷たい目で勝茂をみていたが、やがてこういった。

「もしもいまいったことばがほんとうなら、国もとに戻ってすぐに立花の柳河城を攻め落とせ」

勝茂は、

「かしこまりました」

とうなずき、全軍をひきいて佐賀へ戻った。

そして父直茂にこのことを報告した。直茂は、暗い表情になった。かれにとって立花宗茂は尊敬する盟友のような関係にあり、ともに豊臣秀吉に発見された逸材だ。

「わが手で立花宗茂を攻めるのか」

と考えると、気がすすまない。

そんな鍋島直茂に知恵をつけたのが加藤清正だった。清正は、

「立花を攻めるフリをしなさい。すぐわたしが仲介にはいる」

といった。

加藤清正は関ヶ原の合戦には参加しなかったが、かなり前に徳川家康からの密書を貰っていた。

「わたしに味方して欲しい。しかし、軍を動かすにはおよばない。肥後熊本城にあって、石田三成に味方する大名たちを牽制して欲しい」

という内容だった。

清正は家康のことばに従った。清正自身は豊臣秀頼に対しては誰にも負けない忠誠心を持っていた。

しかし、あえて家康のことばに従ったのは、かれは朝鮮で石田三成のために酷い目に遇わされていたからである。

豊臣秀吉が起こした朝鮮侵略戦争で、加藤清正はその拠点である蔚山《うるさん》城の守備を務めてい

た。

このとき、明《みん》の大軍が押し寄せてきて蔚山城を囲んだ。寒気きびしく、食糧も欠乏していた。

馬まで食い尽くして加藤軍は完全に飢餓状態に陥った。

このとき決死の覚悟で加藤清正軍を救い出してくれたのが、立花宗茂の軍勢であった。

加藤清正は以来、立花宗茂には恩を感じ、ことごとに宗茂を褒め讃えた。

しかしその宗茂は残念なことに今回の合戦では石田三成に味方してしまった。

九州の豊後（大分県）の港に上陸した立花主従は、黒田軍が待ち構える中を中央突破して、無事に筑後柳河城に帰り着いた。黒田軍は、宗茂勢の勢いにのまれてまったく手出しをしなかった。


宗茂は城に入る前に、宮永村に立ち寄った。ここには、妻の誾千代《ぎんちよ》が別に居館を構えていた。

すでに知らせがいっていたのだろう、門前に誾千代と母の仁志が供を従えて出迎えた。

宗茂は目をみはった。というのは、誾千代が紫 縅《むらさきおどし》の鎧を着けて、まるで男のように床几にドッカと座っていたからである。手にムチを持っている。

後ろには、武装した侍女約二百人が、かいがいしくハチマキをし、たもとをからげて長刀《なぎなた》を持っていた。異常に緊張している。その一群の手前で宗茂は馬を止めた。

「みろ」

　後ろを振り返った。

　従う小野和泉《いずみ》、十時《とき》摂津《せっつ》、由布雪下《ゆふせっか》（荷）などの宿将たちは思わず顔をみあわせた。宗茂の、みろということばの意味がわかったからだ。

「あれは」

「闇千代だ。相変わらずだな」

　宗茂はわらった。小野和泉は、闇千代が小さいときからずっと仕えてきていたので、闇千代に対する思い入れは深い。

「健気でございますな」

　と目をうるませた。宗茂はうなずいた。

「おれもそう思う。あの姿で、留守を守ってくれたにちがいない」

　宗茂は馬をすすめ、闇千代の側までいくとヒラリと馬から下りた。そして、

「いま戻った」

　といった。闇千代は床几から立ち上がった。そして、軽く会釈をしながら、

「お帰りなさいませ」

　そういって顔を上げ、

「ご苦労さまでございました」

　といった。脇にいた闇千代の母仁志もかいがいしい姿をしていたが、ニッコリわらって頭

を下げた。

「お疲れでございました」

宗茂はどう応じていいかわからず、苦笑していった。

「負けた。面目ない」

そして、

「さぞかし、おれを心の中であざけていることだろう？」

と誾千代に皮肉な目を向けた。

誾千代は澄んだ目で首を横に振った。

「めっそうもない。あなたさまは、できる限りのことをなさいました。ご武功のほどはすでに伺っております」

「ほう。おぬしのことばに従わず、関ヶ原に出ていったおれを蔑《さげす》まぬのか？」

「そんなことはいたしません。わたくしはあなたさまの妻でございます」

誾千代はきっぱりいい切った。宗茂の目に、おや？　という色が浮いた。誾千代は宗茂の心を察してすぐこういい添えた。

「わたくしはかつて立花城のあるじでございました。いまはその城を失った女城主でございます」

宗茂は改めて思い起こした。

（それが妻の本心だったのだ）

と気づいた。

「柳河城への異動は故太閤殿下のご命令だ。あのときは逆らえなかった」

「わたくしもいまはそう承知しております。あなたさまが、旧姓の高橋に戻らずに、立花の名をそのままお名乗りになっていることに感謝しております」

宗茂は、

（だいぶ風向きが変わったな）

と感じた。そこで、

「善後策を講じなければならぬ。ここを引きはらって城へくるか？」

ときいた。誾千代は首を横に振った。

「ここにおります。わたくしにも意地がございます」

「わかった。しかしその姿は？」

宗茂は、誾千代の鎧姿をみながらきいた。誾千代は、

「やがて鍋島勢が攻めてまいりましょう。それに備えております」

そう答えた。宗茂は、

「鍋島が攻めてくるというのか？」

「もっぱら、そういう噂でございます」

「直茂め、心の友と思っていたのに」

宗茂はギリギリとくちびるを噛んだ。そして後ろを振り返り、

「鍋島が攻めてくるそうだ。急ぎ城へ帰り応戦の準備をしよう。闇千代」

改めて妻をみた。

「もう一度きく。城へ戻らぬか?」

「ここで鍋島勢を防ぎます」

闇千代はそういった。宗茂はうなずいた。ニッコリわらうと、

「いいだろう。しかし、身が危うくなったときはすぐ城へこい」

そう告げた。そして闇千代の母仁志をみた。

「頑固な嫁で困ります」

そういってわらった。

仁志は、

「ご心労のほど、お察しいたします。しかしなにぶんにもわたくしの娘でございますので、どうかご容赦を願います」

年の功を経ているので、そういってわらった。宗茂もわらった。しかたなく闇千代も苦笑した。

「では」

仁志と闇千代に軽く頭を下げると、宗茂は再び馬に乗った。

「つづけ」

そういうと、一里ばかり南方にある柳河城めざして馬を走らせた。

加藤清正とはちがって、

「本気で柳河城の立花を攻撃しなさい」

と鍋島直茂・勝茂父子にすすめたのは、黒田如水である。

黒田如水も関ヶ原の合戦には直接参加していない。九州の一角に陣取って形勢を観望していた。野心家の如水は、

「東軍・西軍の勝敗をみきわめたうえで、おれの底力をみせてやろう」

と考えていた。

息子の長政ははじめから徳川家康に味方した。今回の合戦ではとくに大功を立てた。実際の合戦よりも調略面で活躍した。とくに松尾山にいた小早川秀秋を裏切らせたのも黒田長政の力が大きい。

そのために家康はとくに長政に感謝した。その手を取って、

「おぬしのお蔭で、今回勝利を得ることができた。かたじけない」

と懇《ねんご》ろに謝意を述べた。

得意気に戻ってきた長政はこのことを父の如水に告げると、如水はフンと鼻を鳴らした。そして、

「徳川殿は、おまえだけでなく、すべての大名に、おぬしのお蔭で勝てたと礼をいっているよ。本気にするな」

といった。さらに、

「徳川殿がおまえの手を握ったというが、どっちの手を握ったのだ？」

ときいた。長政は、

「右手でございます」

と答えた。如水は、

「そのときおまえの左手は何をしていたのだ？」

ときいた。肩を寄せながら長政は、

「ただブラブラしておりましたが」

と答えた。如水はまたフンと鼻を鳴らし、

「ばかめ。ブラブラしていた左手で、なぜそのとき徳川殿を殺さなかったのだ？」

といった。

長政は呆れて父の顔をみかえした。如水はニヤニヤわらっていた。しかし目の底は光っている。

長政は、

（父は本気でそういうことを考えているのだ）

と感じ、思わず背筋を寒くした。不気味な父の本体が垣間《かいま》見えた気がしたからである。

そんな如水だから、鍋島直茂に対し、

「立花を攻めなさい」

とすすめたのには思惑がある。立花宗茂も猛将だ。鍋島直茂も同じように猛将である。如

水にすれば、

（西軍に味方した猛将同士が戦えば、相殺現象が起こる。戦い抜いて両家とも潰れてしまえばいい。そうすれば、そういう策を講じたこの老いぼれを徳川殿も高く評価するだろう）

と思っていた。すべて計算ずくだ。それだけ如水は頭がいい。そのために織田信長や豊臣秀吉に警戒され、九州の一角に異動させられたのだ。

生きていたころの秀吉は、

「九州征伐や朝鮮出兵のために、どうしてもおぬしが九州にいてくれなければ困るのだ」

といったが、如水はそんなことばを信用していない。

（うまくおだてて、おれを中央から追っ払ったのだ）

と思っている。したがって、

「もう一度中央へのぼり、天下の行く末をみすえたい」

という野望はいよいよ大きくふくれあがっていた。

鍋島直茂は如水のことばに従った。かれ自身も関ヶ原の合戦に参加せずに、佐賀にいた。戦ったのは息子の勝茂である。

しかし、勝茂は徳川家康に味方するつもりで出陣していったのに、石田三成に妨《とが》げられ妻子を人質に取られてしまったので、やむを得ず三成の味方をした。それを家康に咎められて、

「わたしへの忠節の証《あかし》をもらいたい」

と、家康からもまた立花宗茂への攻撃を命じられた。

直茂は悩んだ。

というのは、かれもまた立花宗茂を尊敬していたからだ。というよりも、同じような境遇に立ち、同じように主家を支えてきたので、宗茂のいままでの苦労のほどがよくわかっていた。だからお互いに距離をおいていても、

(心の友だ)

と思っていた。

鍋島直茂にとっては、立花宗茂の存在はいつも大きな支えになっていた。

また同時に良き競争相手でもあった。ともに故豊臣秀吉に愛され、秀吉によって取り立てられた。秀吉がもっとも期待した九州の二青年大名であった。

それがいまは相戦わなければならない。そうしなければ、鍋島家は潰れてしまう。苦悩の選択であった。しかし直茂は決断した。

「柳河城を攻める」

そう宣言し、大軍をひきいて佐賀城を出た。

一方、肥後熊本城のあるじ加藤清正も急ぎ北上していた。清正は、

「立花宗茂は必ず鍋島直茂に攻められる。合戦にいたらぬ前に、おれが間に入って両者を和睦させよう。それには、立花宗茂は絶対に鍋島軍に刃向かってはだめだ」

と思っていた。黒田如水が策士らしく、

「立花と鍋島を争わせて、両者の力を徹底的に削いでしまおう」

と両家の自滅策を考えていたのに対し、加藤清正はあくまでもふたりを生き残らせる立場に立っていた。加藤清正は立花宗茂も鍋島直茂も好きだった。

「将来のある若い大名をふたりながら失うことは、今後の徳川殿にとっても得策ではない。両者とも生きる道を選ばせるべきだ」

と思っていた。だから、鍋島が名誉を回復するために立花を攻めるのはやむを得ない。しかし本気で攻めさせてはいけないし、また立花宗茂もこれに立ち向かってはならない。

というのは、立花宗茂の立場は、家康が今度の戦いで宣言した、

「故太閤殿下の遺児秀頼公を総大将とする豊臣軍の名において、これに刃向かう石田三成たちを征伐するのだ」

という大義名分にそむいている。

いってみれば徳川軍は政府軍だ。これに刃向かうのは賊軍である。したがって石田三成に味方した立花宗茂は賊軍の立場に立っている。それを攻める鍋島軍は政府軍になる。その政府軍に刃向かうとあれば、宗茂の立場はいよいよ危なくなる。

清正はそれが心配だった。だから、

「両者が合戦におよばないうちに、早く行きついて和睦させたい」

と考えていた。和睦といっても立花宗茂は賊軍なのだから、降伏以外手はない。清正はその説得をするつもりでいた。

肥後の亡命生活

加藤清正が瀬高という地域まできたとき、

「立花勢が攻め寄せる鍋島軍を迎え撃って、大奮戦中であります」

という報告が入った。清正は思わず、

「しまった！」

と膝をたたき、

「つづけ！」

と馬に乗って走り出した。

「一刻も早く宗茂を降伏させなければならない」

と馬上で思いつづけた。

「おのれ、裏切り者め」

と鍋島家の変節を怒った宗茂は、まさに追い詰められたネズミと同じだった。

「窮鼠猫を嚙《か》む」

というとことばどおり、宗茂は全軍をひきいて勇敢に鍋島勢を迎え撃った。

柳河城の北方一里半（約六キロ）に八ノ院というところがあるが、ここに陣を敷いて待った。やがて襲来した鍋島軍は、十二段にかまえていたが、

「つづけ！」

先頭に立って突入する宗茂は、次々と鍋島勢を打ち破り、十二段のうち九段まで打ち破った。その勢いに押され、鍋島勢はどんどん後退した。直茂・勝茂父子は、

「戻れ！　戻れ！」

と叱咤したが、浮き足立った軍勢はひとたまりもない。直茂は一瞬、

「このままだと立花勢に敗れるかも知れない」

と感じた。

そのとき、

「ひけ！　両者ともひけ！」

と大声で怒鳴りながら、両軍の間に割って入った猛将がいた。加藤清正である。清正は馬をグルグル乗りまわしながら、

「立花勢もひけ！　鍋島勢もひけ！　ここは、おれに任せろ」

と叫びつづけた。気づいた宗茂は馬上から手を上げて部下を止めた。鍋島直茂も同じように部下を制した。

加藤清正にすれば、事態は完全に悪化してしまっていたが、しかし清正は諦めなかった。

(こうなったら、自分の生命に代えても立花宗茂を守り抜こう)

と考えた。そこでまず鍋島直茂に、

「ここはおれに任せてもらいたい」

と告げて攻撃を中止させた。そしてすぐ立花宗茂のところにいって、

「話がある」

と脇へ誘った。

尊敬する先輩の清正のいうことなので、宗茂も従った。清正と宗茂は脇の林の中に入った。ふたりだけで話し合った。清正がすすめたのは、

「鍋島勢への降伏、それがいやなら、この加藤清正か黒田如水への降伏」

である。清正はさらに、

「おぬしの身柄はこの清正が生命に代えて預かる」

と誓った。

宗茂の肩から力が抜けた。加藤清正がそこまで心配してくれるとは思わなかったからである。

しばらくうつむいていた宗茂は顔を上げた。目に涙が光っていた。宗茂はうなずいた。

「降伏いたします。ただし加藤殿にです」

「わかった。あとはおれに任せてくれ」

清正は満足気にうなずいた。

加藤清正は徳川家康に急使を送り、自分の考えを述べた。立花宗茂の生命を助けること、身柄は自分が責任をもって預かること、などである。さすがに、

「柳河城をそのままとし、領地も安堵して欲しい」

とはいえなかった。

立花宗茂が義を重んじるあまり、最後の最後まで抵抗しつづけたからである。とにかく今度の鍋島軍に対する抵抗はまずかった。関ヶ原の現地から敗れて戻った賊軍が、九州現地の政府軍に対してまたもや抵抗をおこなったという結果を生んだからだ。

徳川家康はすぐ返事を寄越した。

「立花宗茂の領地と城は没収する。身柄はおぬしに預ける。よしなに頼む」

ということであった。清正の要望を全面的に受け入れたのである。

こうして立花宗茂は柳河城を明け渡し、領地を失うことになった。家臣の多くが憤激した。

「殿、このまま城を明け渡すのはいかにも悔しゅうございます。討手を迎えて、潔く討ち死にいたしましょう！」

という声があがった。

「そうだ、そうだ」

と、これに共鳴する者がたくさんいた。

宗茂は黙って家臣たちの顔をみつめていた。このとき、

「ひかえろ」

宿将の小野和泉がいきり立つ連中を睨みつけた。

「殿のお立場に立ってものを考えろ。このうえ討手を城に迎えてどうなるというのだ。おまえたちはそれでもいいだろうが、少しは家族のことも考えろ」

そう告げた。

一瞬、沈黙が大広間を襲い、やがていきり立っていた家臣たちもこぶしを目に当てて泣き出した。嗚咽の声が、大広間に満ちた。

宗茂は立ち上がった。そしてこういった。

「すまぬ。おれの不徳のいたすところだ。おれが判断を誤まったために、おまえたちにも不運を招いた。このとおりだ。許せ」

宗茂はドッカとあぐらをかき、手をついて頭を板の間にすりつけた。そのあまりにも率直な姿に家臣たちは驚いた。

「殿、お手をお上げください」

「殿、そのような真似はおやめください」

と次々とそばに走り寄ってきた。

しかし宗茂は手をついたままだった。顔を上げなかった。家臣たちがみると、宗茂の肩が小刻みに震えている。

宗茂も泣いていた。その姿に家臣たちは胸を打たれた。小野、十時、由布などの宿将たちが、こもごも宗茂に声をなげた。

「殿、お手をお上げください。われわれの補佐がいたりませんでした。責任はわれわれ家老陣にあります」

互いに責任を取り合う宗茂と家老たちの姿に、いまいきり立っていた家臣たちもことばを失った。

興奮の一時が過ぎた後、宗茂は立ち上がって、

「おれは加藤清正殿のご好意によって、肥後熊本城の居候になる。それぞれ身のふり方を考えろ。城には多少の金と米がある。家老たちの指示に従って、これを分け合え」

そういった。すると家老たちがいっせいに抗議の声をあげた。

「殿、お情けのうございますぞ！　そのようなおことばはききたくありませぬ。われわれも肥後へお供をいたします。どうかお連れください！」

宗茂は家老たちと顔をみあわせた。お連れくださいといっても、そんなにたくさんの人数を連れていけば加藤家でも迷惑する。

まして、賊将だった立花宗茂を引き取るだけでも、加藤家では清正は除外して、重役陣たちが眉をひそめているにちがいない。

そんなところへ大勢の家臣を連れていったら、いよいよ加藤家は混乱する。

しかしいまは、加藤清正の申し出を受けることが清正の誠意に応えることだと思っていた。

したがって、

「どんなに居心地が悪かろうと、当分は加藤家の居候の身になることが、おれの生きる道なのだ」

と考えていた。

慶長五年（一六〇〇）十一月三日に宗茂は城を出た。加藤家に交渉して供は百数十人連れていってもよいことになった。

城下町から城外の田畑にかけて、沿道にたくさんの町人や農民が土の上に座って見送った。みんな泣いていた。なかには、

「われわれには武器と食糧があります。もう一度城にお戻りください。籠城して討手と戦いましょう」

と叫ぶ者もいた。宗茂はその声ににこやかにうなずきながら、

「その志はありがたい。しかし、堪《こら》えよ。おれも堪えているのだから」

そう告げた。見送る人々の間からいっせいに嗚咽の声が起こった。

「殿は家臣だけでなく民からもこれほど慕われていたのだな」

宗茂に従いながら、小野和泉は十時摂津と由布雪下にそういった。十時も由布もうなずいた。十時摂津がしみじみといった。

「いつの日か、もう一度この柳河に戻りたいものだ」

「おれもそう思う」

由布も共鳴した。そして、

「こんなに民に慕われる大将がいまどこにいるだろうか」

とつぶやいた。そして、

「失ってみると、改めておれたちが持っていたものが、いかに尊い宝物であったかがわかるな」

といった。小野も十時もうなずいた。

宗茂一行を加藤清正は三橋村というところで迎えた。そして、

「よう決意なされた。今宵は瀬高城で酒を飲みましょう」

と誘った。その亡命の旅には誾千代もついてきていた。しかし誾千代は、

「肥後に着いても、やはりわたくしの住まいは別にしてくださいませ」

と頼んだ。宗茂は、

「そこまで意地を張らなくてもよいではないか。いっしょに住もう」

といったが、誾千代は首を横に振った。そしてまっすぐ宗茂をみつめ、

「いつぞやも申しました。城は失いましたが、わたくしはあくまでも女城主でございます」

「わかった。好きにしろ」

そしてこのことは加藤清正にも告げてあった。清正は、

「ほう」

と、ちょっと理解できないような表情をしたが、やがて、

「わかりました。それではご夫婦別々の住まいを用意いたしましょう」

といってくれた。

その夜、加藤清正の心尽くしで立花宗茂主従は誾千代も交え、心おきなく酒を飲んだ。酔ってくると、小野和泉がこんなことをいった。

「殿」

「なんだ？」

「このように屈託なくうまい酒が飲めるなら、浪人になるのもまた格別でございますな」

「なにをいうか、加藤殿の前で無礼だぞ。われわれはそろって加藤殿の居候になるのだ」

「居候などとおっしゃるな」

加藤清正が長い髭をしごきながらそういった。髭の先に酒のしずくがついている。清正はニコニコわらいながら、

「わが領地においでいただければ、一万石や二万石はよろこんでさし上げるつもりなので、どうかいつまでも心おきなくご逗留願いたい」

そういって、小野たちにも、

「ご家老たちもそのおつもりで、よろしいな」

と念を押した。

そして清正は朝鮮にいたときのひどい苦労や、そのときに孤立した加藤軍を、立花宗茂が救ってくれたことを改めて話した。

「そういうしだいで、この立花殿には足を向けて寝られぬのだ。今度のことも、そのご恩報

じの一端でしかない。そんな程度ではとても立花殿から受けた恩は返し切れぬ」と告げた。

宗茂主従には、加藤清正のあくまでも自分たちを居候として居心地悪くさせまい、という心配りであることがしみじみとわかった。

（加藤殿のような武将はいまどきまれだ）

だれもがそう思った。

肥後に着いた宗茂の一行は、宗茂が玉名郡高瀬に、そして妻の誾千代は玉名郡腹赤《はらあか》村に住むことになった。

このとき、小野和泉が宗茂のところにきていった。

「お願いがございます」

「なんだ？」

「長年おそばに仕えさせていただきましたが、この際、わたくしを腹赤村のほうへお遣わしいただきたいのでございますが」

「腹赤村？」

きき返して宗茂はすぐ、ああと気がついた。

「誾千代を守ってくれるというのか？」

「はい。なにぶんにも立花城でお小さいころからお側におりましたので、このじいが参れば、誾千代さまも少しはお心強かろうと存じまして」

「それはいい思いつきだ。ぜひ頼む」

「おゆるしくださいますか」

「ゆるすもゆるさぬもない。おぬしのその美しい心がけには手を合わせて礼をいう。ぜひ頼む」

小野和泉は手をついてお辞儀をした。が、顔を上げると、こういった。

「腹赤村には、わたくしのほかにも参りたいと申すものが多少おりますが」

「かまわぬ。多少でなく全員いってもいいぞ」

わらってそういう宗茂に、小野はわらい返し、

「そのようなことはございません。殿のおそばで死ぬまでお仕えしたいと申す連中も、数多《あまた》ございますれば、その連中まで腹赤村に連れていこうとは思いませぬ」

和やかな主従のやりとりに、従ってきた多くの武士たちも互いに顔をみあわせてほほえんだ。

加藤清正は宗茂にすすめた。

「島津征伐軍の先鋒を承ってはどうか。そうすれば、失った土地や城を取り戻すことができるかもしれぬ」

が、宗茂は静かに首を横に振った。

「かさねがさねの加藤殿のご好意には心からお礼を申し上げる。しかし、島津殿とは関ヶ原

の敗戦後、海上でごいっしょしたことがあり、いまは心の友として互いに手を結びあっております。その友を攻めることはこの宗茂にはできません」

加藤清正はいった。

「島津はかつておぬしの養父立花道雪殿や、実父の高橋紹運殿をさんざん苦しめた相手ではないか。この際、仇を討たれてはいかがか」

「そのお説は海上で島津殿とごいっしょしたときに家臣からも唱えられました。が、関ヶ原ではともに戦った敗軍の将同士、いまさら敗れた者同士が相争うなどということは、この宗茂の生き方にはありません。どうかおゆるしください」

清正はしみじみと宗茂の顔をみた。そして、

「お若いのにも似ず、じつに義理堅いお人だな。いや、これはわたしのほうが悪かった」

とあっさり引き下がった。このときの宗茂はまだ三十四歳であった。

島津攻撃の話はやがて立ち消えになった。

島津家のほうでも、徳川家康に謝罪し十分に恭順の意を表した。家康はこれを了とし、島津家に対しては従来どおり七十七万石の領地を安堵した。

島津家は、京都の公家の中にも知己がたくさんいた。そういう方面からの説得もあった。家康は不承不承、島津家の安泰と領土保全を約束した。

関ヶ原の合戦で徳川家康に敵対した大名は九十家あった。家康は戦後処分として、このうち八十七家をすべて改易（領土没収・家断絶・家臣全員失業）した。改易した領土は、じつ

に四百十四万六千二百石に達した。そして、減封した三家の領地は二百七万五千四百九十石である。

合わせると、六百二十二万千六百九十石が家康の裁量に任された。改易された大名は、五大老だった宇喜多秀家が五十七万四千石、四国の長宗我部盛親が二十二万石、九州の小西行長が二十万石、五奉行だった増田長盛が二十万石、同じ五奉行の石田三成が十九万四千石、そして立花宗茂の十三万石余などだった。減封されたのは、毛利輝元が百二十万五千石のうち、八十三万六千石を削られた。また、佐竹義宣は五十四万石だったものが、二十万石弱に減らされた。

ひどかったのは豊臣秀頼である。父秀吉が生きていた当時の直轄領は約二百万石あったが、戦後、摂津・河内・和泉の三国を領する六十三万七千石の一大名に転落させられた。

九州の配置図もがらりと変わった。如水の子黒田長政は筑前福岡で五十二万三千石、幽斎の子細川忠興は豊前小倉で三十九万九千石、加藤清正は、肥後熊本で五十一万五千石となった。寺沢広高が肥前唐津で十二万三千石、そして没収された立花宗茂の領地には、新しく田中吉政が増封されて三十二万五千石で柳河城に入城した。田中吉政は西軍の実質的な大将石田三成を捕らえたというので、その功を賞されたのである。

日本全国に多量の失業武士が出た。そのうち戦争犯罪人的な武士は逮捕され処刑されたが、ほかの武士たちは単に主人によって西軍に味方した者も多い。

徳川家康は深く追及することをやめた。そして、

「失業武士の再就職を認める」

という融和策をとった。失業武士たちはいっせいに再就職運動をはじめた。とくに、

「武名と人望のある武将」

に希望が殺到した。その先頭に立っていたのが加藤清正である。肥後熊本の城下町には、再就職希望武士が押し寄せてきた。

そんなある日、立花宗茂のところに加藤清正からの使いがきた。

「お暇なら、熊本城においでいただきたいとの主人のことばです」

宗茂は、

「伺うとお伝えしてください」

と丁重に告げ使者を帰した。

熊本城にいくと、城門の前を多くの再就職希望武士が列をつくっていた。ジロジロと宗茂をみた。なかには、

「あれは立花宗茂殿だ」

と声をあげる者もいた。いっせいに視線が宗茂に集まった。宗茂は堂々とその視線の中を歩いて城門をくぐった。

「ようこそおいでくださった」

宗茂を迎えた清正はうれしそうにいった。

「ご退屈はなさらぬか?」

「いたしませぬ。居候の分際で申し訳ないことではございますが、いまの生き方も格別なものがございます。お蔭さまでです」

宗茂は丁重に謝意を述べた。清正はうれしそうにうなずいた。

「ところで、何かご用向きが？」

宗茂がそうきくと、清正はうなずいた。

「お気づきだろうが、城の外にはこの加藤家で召し抱えてもらいたい、という武士が列をつくっております。これからかれらの試問をおこないます。立花殿にも立ち会っていただきたいのです」

「わたくしに？」

宗茂はびっくりした。

清正がいうのは、現在でいえば再就職者の口頭試問をおこなうから、宗茂もいっしょに試問して欲しいということなのだ。

試問は清正のほかに、加藤家の家老数人がおこなった。宗茂は一番端に座った。次々と志望者が呼び出された。おびただしい志望者に対し、加藤家の家老たちは決まって、

「なぜ加藤家に随身を望むのか？」

ときいた。現在でいえば、

「きみはなぜこの会社を志望したのか？」

と就職の動機をきくのと同じである。志望者は型にはまったようにこう答えた。

「加藤清正公の勇名を慕ってのことでございます」

答えが同じだと、選考がむずかしい。

なかに、かなりの高齢な人物がいた。試問する家老が例のごとく、

「なぜ加藤家を志望するのか？」

ときくと、老人はこう答えた。

「ゆえあって、かつて仕えていた主人の名をひかえさせていただきます。しかしかなりの数の合戦場をめぐってまいりました。しかし、ご覧のように高齢に達しましたので、そろそろゆっくりと隠居仕事などにつかせていただき、茶飲み話に過去の経験を語ることが、若い連中のお役に立とうかと存じまして」

「それは別に加藤家を志望する理由とは思えぬが」

「いや」

老人はわらって宙で手を振った。そしてこういった。

「加藤清正公なら、おそらくこのわがままな老人の願いをおかなえくださると存じまして」

家老たちは呆れて顔をみあわせた。目の底にありありと、

（この老人はだめだ。わがままだ。加藤家で隠居になり、茶をすすりながら経験談を話そうなどとはもってのほかだ）

という怒りの色が浮いていた。

ところが立花宗茂はその老人に関心を持った。自分をみつめる視線に気づき、老人も宗茂

をみかえした。そして、

(おや?)

という表情になった。老人はあきらかに宗茂を知っていた。

次に呼ばれたのが、中年者の失業武士であった。

「なぜ加藤家を志望するのか?」

という問いに対し、その中年者はこう答えた。

「わたくしは自分なりにいまの世ではかなり才幹のある武士だと思っております。が、いままで仕えた主人はその才幹を正しく評価してくれませんでした。加藤家ならおそらくわたくしの才幹をきちんとみきわめ、それなりの扱いをしてくれると信じております」

「その年になって、まだ立身出世を望んでいるということか?」

加藤家の家老が皮肉まじりにそうきいた。中年者の武士は悪びれず大きくうなずいた。

「さようでございます。立身出世は武士のひとつの目標でございます」

加藤家の家老たちは目で、

(こいつもだめだ)

と語り合った。

何人かののちに、若いきびきびした武士が呼ばれた。家老たちの質問にきちんと答え、しかも的を射ていた。家老たちはしだいに活気づき試問にも熱が入った。

「よろしい、別室で待つように」

そう告げた加藤家の家老たちの目には、

（この若者は絶対に採用しよう）

という色が浮いていた。

その日の試問が終わって採否の決定会議になった。清正が、

「どうだ？　おまえたちの意見は」

ときいた。家老たちはいっせいに、

「最後の若者がよろしゅうございます。かれなら、加藤家のお役にも立ち、さらに城の若者たちのいい刺激にもなりましょう」

そう告げた。清正は立花宗茂をみた。

「立花殿のご意見は？」

「さよう」

宗茂は少しいいよどんだ。というのは宗茂の考えは家老たちとはまったくちがっていたからである。清正は興味深そうな表情になった。

「立花殿はうちの家老らとは別なご意見をお持ちのようだが？」

と水を向けた。

宗茂はうなずきながら、こう告げた。

「わたくしは、熊本城で茶飲み話をしたいという老人に魅力を感じました」

「ほう、またなぜですか？」

清正が目を細めてきいた。宗茂は、

「いまのわたくしの身の上に重ねるわけではございませんが、あの老人の考え方には一理あるという気がいたしました」

宗茂はつづけた。

「すべて、物事はただ張りつめているというだけでは、やがてプツンと切れましょう。ゆとりが大事だと思います。浪人してわたくしはつくづくそのことを感じております。あの老人が、熊本城のゆとりのひとつになるならば、それはそれで十分に価値がございましょう」

「そのとおりです」

加藤清正がわが意を得たりというように、ポンと自分の膝をたたいた。

加藤家の家老たちは呆気にとられた。立花宗茂がおかしなことをいい出したのに、主人の清正が賛成したからよけいびっくりしたのだ。清正はいった。

「おれも立花殿と同じ考え方をしていた。採用したいのはあの老人だ。それに中年者もいい。いまの加藤家の中年者は、おれの武名のお蔭で少し安泰の気持ちを持ち過ぎている。緊張感が足りなくなっている。その意味では、あの中年者が城の中に入って、立身出世を目標に沼の中をひっかきまわすようなことをしてくれれば、それなりに城の中年者ももう一度元気を出すだろう。城の中でむずかしい問題が起こったり、わからないことがあったらあの老人に尋ねるといい。あの老人はなかなかのものだぞ。過去に相当な武功をあげてきているにちがいない。おれは、立花殿に賛成で、あの老人と中年者を採用したい」

「若者はどうなさいますか？」

家老のひとりがきいた。家老たちは自分たちの案が全部たたき潰されてしまったので、宗茂が憎かった。

（加藤家の内情によけいな口出しをする）

と思った。

宗茂はそういう家老たちの気持ちを敏感に察し、自分が座り心地の悪い針のムシロの上にいるような気がした。

清正は家老の問いにこう答えた。

「あの若者は採用しない」

「なぜでございますか？　きょうの志望者の中では、あの若者が断然群を抜いておりましたが」

「そのとおりだ。おれもそう思う。しかしな」

ここで清正はことばを切り、家老たちの顔を眺めわたして、こういった。

「おれはおれなりに熊本城の若者ほど優秀な者はいないと思っている。もしもおまえたちがいまの城内の若者たちに不満があるとすれば、それは若者たちの罪ではない。上役が悪いのだ。若者たちの能力を引き出せない上役に罪がある。そんなときに、あの若者を城で採用してみろ。いま城にいる若者たちは萎縮してしまう。自分たちは優秀ではないのかとひがむにちがいない。おれは城の若者たちにそんな思いをさせたくはない。だからあの若者は採用しない。あのくらい器量のある若者ならどこの大名家にいっても必ず採用される。別に加藤家でなくてもよい。わかるか？」

家老たちはうつむいた。清正のいうとおりだったからである。脇にいた宗茂はつくづく感じた。

（加藤清正殿が名将だといわれるゆえんはここにある）

そこへいくと、まだ三十歳なかばのおれは未熟で思慮が足りない、とつくづく感じた。

故豊臣秀吉に殉ずるために、関ヶ原の合戦では迷うことなく石田三成に味方したが、内実はかなり失望していた。

つまり、最後の大事な土壇場になっても、実質的な作戦指揮者である毛利輝元は現場に出てこなかった。石田三成や立花宗茂は、

「毛利輝元殿が、豊臣秀頼公を抱いて出馬してくれれば、この戦《いくさ》は必ず勝てる」

と信じた素朴な作戦をすら輝元はしりぞけた。淀君もまた、息子の秀頼を危険な戦線に立たせようとはしなかった。それが西軍の敗因の一番大きなものになった。

立花宗茂ももちろん、

「事の推移に〝もし〟はない」

ということは十分にわきまえている。

いまさらそんなことをいってみても繰り言だ。あのとき、その〝もし〟がおこなわれていなかったのだから、負けて家を潰され城を取られ、そして家臣ぐるみ失業してしまった自分

の身を嘆いてもはじまらない。

すべては、

「立花宗茂の選択の結果」

だったのである。

自分ではいい気になって、

「義のために戦う」

と大義名分を唱えたが、それは考えてみれば城主としての自分の独《ひと》り善《よ》がりであったかもしれない。

たしかに宗茂の行動は美学に満ちている。が、その美学と意地を貫いたためにかれの家来は全員失業してしまった。なかには恨んでいる者もいるかもしれない。

加藤清正の再就職志望者への試問ぶりと、その結果の出し方をみていて、宗茂はつくづくとそう思った。はじめて、

(おれはとんでもない罪を犯したのではないか)

という大きな反省の心がわきあがってきた。

その日、高瀬に戻った宗茂はまんじりともせず、腕を組んで考えつづけた。

「殿、どうかなさいましたか?」

心配した十時摂津がきいた。由布雪下も、

「熊本城内で何かございましたか?」

ときいた。宗茂は首を横に振った。そしてふたりをみかえし、こういった。

「いつまでも加藤殿のご厄介になっているわけにはいかぬかもしれぬな」

「なぜでございますか？　加藤さまがそうおっしゃいましたか？」

「いや、加藤殿は何もいわぬ」

「では、加藤家の家老たちが？」

「いや、それもない」

ないと答えたが、実際にはあった。

加藤家の家老たちは、あきらかにいま立花宗茂主従に迷惑さえ感じていた。

かれらが心配するのは、

「徳川家康殿にどう思われるだろうか」

ということである。

逆賊をいつまでも匿《かくま》うということは、そのまま徳川家康に対して敵対行為をつづけるということだ。

関ヶ原合戦後、家康は完全に天下人の座に就いた。後は、

「いつ征夷大将軍になるか」

ということだけだ。そして、

「その際、大坂城の豊臣家とどう折り合いをつけるのか」

という大きな政治課題があった。中央では、

「もう一度合戦が起こるのではないか」

という憶測がとんでいる。

誾千代死す

天下の動向が不透明で不穏なときは、どうしても大名家は安全・安定を心がける。そうなると、

「藩の安定を危うくするような存在」

は邪魔だ。

熊本城の加藤家では、主人の加藤清正は違うが、重臣たちの頭にはいつも立花宗茂主従の存在があった。重臣たちは、

「あの邪魔者が一日も早くいなくなってくれればいい。幕府の警戒心もとみに強まっているようだ」

と思っていた。したがって、加藤家の家臣にすれば立花宗茂主従に対して、

「一日も早く、この領内から出ていってほしい」

と考えていることは間違いなかった。

加藤家の失業武士の再就職試問に立ち会った宗茂は、加藤家の家来たちの考えを的確に見抜いた。熊本城を出て自分の浪宅に戻るときは、はっきり、

（熊本を去ろう）

と心に決めた。

「やはりそうでございましたか」

無言になった主人宗茂の表情をみて、宿将の十時摂津と由布雪下は顔を見合わせ、暗い面持ちでつぶやいた。

かれらもまた加藤家での自分たちに対する最近の反応で、宗茂が感じたことをそのまま受け止めていたからである。

宗茂は決断していった。

「熊本を去る」

「はっ？」

「京都へいく」

「それはまた」

宿将たちは驚いた。

「なぜまた京へ？」

「関ヶ原の合戦後、世の中がどう変わったかを見極めたい。それにはやはり都へ出るのが一番だ」

「なるほど」

由布と十時はうなずいた。そして、

「われわれもお供いたします」

そういった。これをきくと宗茂はニコリと笑った。

「頼む。わしひとりでは暮らしていけぬ」

「そんなこともございますまいが。殿は生まれつき一本気でいらっしゃいますから、京のような生き馬の目を抜くような人間が多いところでは、ご苦労なさることもございましょう」

十時摂津は宗茂をみつめ、

「われわれが義経の前に立ちはだかる弁慶の役割をいたします」

そういった。宗茂は、

「えらそうなことをいうな。おれだって幾多の戦場をくぐってきた武士だ。が、残念なことに生活の資を得る術は苦手だ」

「そのへんは、われわれが心得ております」

十時は大きく手で胸を叩いた。

「どうか大船に乗った気でいてくださいませ」

「そうかな。案外タヌキの泥舟かもしれぬ」

宗茂がそういうと、二人の重臣たちも声をあげて笑った。

こうして宗茂は熊本を出た。

このとき、加藤清正の預かりになっていた家臣が百三十人近くいたが、全員、

「お供させてくださいませ」

と叫んだ。

が、宗茂は全員を連れていくわけにはいかなかった。くじで十九人を選んだ。

それがいまこの京都で虚無僧になったり、肉体労働者になったり、あるいは習い覚えた芸を生かして商家をまわったり、いろいろな生業を営みながら生活費を稼いでいた。

宗茂にはいっさい働かせずに、家臣たちが主人を養っていたのである。近頃ではこれが京都でも評判になっていた。

「関ヶ原で敗れた立花宗茂主従が京都で暮らしている。が、家臣たちが必死に働いて主人宗茂を食わせている」

露骨にいえばそういう表現である。

天王山の頂きに立って立花宗茂は長い追懐を終えた。

みはるかす山河のように、宗茂の胸には、いままでたどってきた自分の人生行路への思いが湧いていた。

周辺一帯に霧が流れていた。まるで景色が墨絵のようになる。

「殿さま」

脇にいたぎんが声をかけた。

ぎんは、なにくれとなく宗茂主従の世話をしてくれる竹細工職人与兵衛の娘だ。宗茂主従が京に仮住まいをするようになってから、毎日のように宗茂のところにやってきては世話をやく。

誰がみてもこの娘が宗茂に好意を寄せていることはあきらかだった。ぎんという名は、宗茂が熊本に残してきた妻の誾千代《ぎんちよ》に通ずる名であった。

ぎんはいった。

「霧は怖うございますよ」

「霧の何が怖い？」

長い思い出にふけっていた宗茂は、ようやくわれにかえってきいた。ぎんはいった。

「霧には魔ものが潜んでおります。お風邪を召しますよ」

「そうか、霧には魔ものが潜んでいるのか。ぎんはおもしろいことをいうな」

宗茂は笑ってからかうようにいった。ぎんは顔を赤くした。しかし宗茂から特別な声をかけられたことが嬉しそうだった。

二人は山を下りた。

浪宅《ろうたく》に着くと、十時摂津や由布雪下たちが緊張した表情できちんと座り、宗茂の帰りを待っていた。

「お帰りなさいませ」

十九人がそろってお辞儀をした。

「どうした?」

室内に漂う異常な空気に宗茂は眉を寄せた。

毎日、全員が京の町に働きに出ているから、こういうように全員がそろうことなどめったにない。みんな動きがばらばらで、食事をするときも寝る時も、必ず誰かが欠けていた。

それが今日は全員揃って神妙な顔をしている。

「熊本の小野和泉殿から急使がまいりました」

「和泉が何をいってきたのだ?」

宗茂の問いかけに十時摂津は一瞬ことばを切った。が、すぐ体の底から勇気を奮い起こすようにしていった。

「闇千代さまがお亡くなりになりました」

「なに」

宗茂は目を見張った。

「まことか?」

かみつくようにいった。

「はい」

十時摂津は沈痛な表情でうなずいた。

かっと目を見開いた宗茂は、いきなり宙をにらんでこぶしを握った。そしてそのこぶしを自分の股に何度も叩きつけた。

やがて、

「闇千代が死んだか……」

うめくようにいった。

「ご心中、お察し申し上げます」

十時摂津はそういって深く頭を下げた。他の十八人も同じように頭を下げた。

「うー、うー、うーむ」

宗茂は胸の底からギリギリと絞り上げるような声を出した。

やがてその目から大粒の涙が流れ出て頰をつたった。宗茂はぬぐいもしない。

立ったまま、いつまでも涙を流し続けていた。

「闇千代が死んだか……。あわれな」

最後は振り絞るような声だ。

十時摂津をはじめここにいる十九人は、こもごも宗茂の胸の中を察していた。

立花宗茂とその妻闇千代は決して仲のいい夫婦だとはいえなかった。

ある時期から別居をしていた。闇千代は宗茂の養父立花道雪の娘である。立花道雪は宗茂の実父高橋紹運《じょううん》とともに、

「大友家の二柱石」

といわれた。

長年静かだった九州の地も、中国地方の毛利氏や九州南方の島津氏などの野望の触手が伸

びてくると揺らいだ。

　まるで颪にそよぐ葦のようであった。九州の諸豪族がほとんど毛利氏についたり、あるいは島津氏の味方をしたりした。

　もっとも標的にされたのが豊後（大分県）の大友氏である。その大友氏の重臣であった立花道雪と高橋紹運は、最後まで大友家に忠節を尽くした。みじんも揺らぐことはなかった。

　後に島津氏を征伐した豊臣秀吉でさえ感動したほどである。

　立花宗茂は高橋紹運の長男であったが、その器量を見込んだ立花道雪が、

「ぜひ娘の誾千代の婿になって立花家を継いでもらいたい」

と強引な申し入れをして、渋る紹運を説き伏せ、ついに宗茂を自分の婿にしてしまったのである。

　道雪は宗茂が婿に入る前にすでに娘の誾千代に立花城を与えていた。誾千代はしたがって立花城の女城主であった。

　その誇りが最後まで誾千代にまといつき、宗茂と一線を画した。

　宗茂からみれば妻の誾千代は妻ではなく、あくまでも、

「わたしは立花城の女城主です。あなたはその婿殿です」

といわれているように思えた。そうなると気の強い宗茂も我慢できない。

（なにをこの！）

という対抗心を燃やす。このつっぱりが二人の仲を隔てて、やがて別居生活に追い込んだ

のである。

宗茂は豊臣秀吉によって柳河城主に任ぜられたが、ある頃から誾千代は城を出て城外の村の一隅に住むようになった。

そして関ヶ原の合戦で宗茂が石田三成に味方して敗れた後、加藤清正の好意によって熊本に避難したが、このときも宗茂といっしょには住まなかった。腹赤村という里の庄屋の家に住んだ。

このとき、家臣の誰がみても二人の仲ははっきりしていた。

「お二人とも気がお強いから、やむをえまい」

はらはらしながらも家臣たちはそうあきらめていた。

熊本にいって二人が別々に住むようになったとき、宿将の小野和泉が、

「わたくしは腹赤村へまいりたいと存じますが」

と申し出た。誾千代の側でつかえたいという意味だ。

小野和泉は立花道雪の家老だった。したがって生まれたときからの誾千代をよく知っている。

宗茂を婿に迎えても誇りが高く、ついに夫と不仲になってしまった誾千代を、小野和泉はかれなりに理解していたのだろう。

居候の身となって心細い誾千代を、せめて自分が慰めたり励ましたりしたいということだった。

宗茂は感謝した。小野の願いを認めた。このとき、小野のほかにも、

「わたくしどもも腹赤村へまいりとうございます」

と願い出た家臣の群れがいた。すべて、かつて道雪の家臣だった武士である。みんな幼い頃からの闇千代を知っていた。

宗茂は胸を熱くした。うらやましいと思ったわけではない。

（あの気の強い闇千代にも、こういう忠義な家臣がいっぱいいたのだ）

ということがうれしかったのである。

宗茂はそういうように心が広く深い人物であった。自分が闇千代にしてやれない心遣いを、家臣が代わってやってくれることに感謝した。

しかし、その闇千代が死んだ。いま宗茂がもだえるように身を震わせているのは、後悔の念が胸の坂を駆けあがっていたからである。

（なぜおれはもっと闇千代にやさしくできなかったのか）

という悔いが、かれの胸の壁を小さなネズミのようにかじりとっていた。その痛みに宗茂はもだえた。痛みというのは深い悔恨と自己嫌悪の念であった。

控える十九人の武士たちは、すべてそういう宗茂の心の中を知っていた。

宗茂は正直だ。自分の感情を絶対に隠すようなことはしない。誰がみてもいまの宗茂は、自分で自分を殺しかねないような苦しみ方をしている。

その苦しみは十九人の家臣たちの胸にも正確に伝わった。誰かが嗚咽しはじめた。これに

同調する者がいた。嗚咽はやがて慟哭に変わった。

「ウッ、ウッ、ウッ」

と忍び泣く声や、

「オゥー、オゥー」

と、はっきり声に出して泣き出す者がたくさんいた。

突ったったまま、涙を流しっぱなしにしている宗茂をみていると、家臣たちも我慢できなくなったのである。十時摂津と由布雪下は、すでにしみの浮いた手を固く握り、目に押し当てた。かれらにしても、

(あの若い誾千代さまがお亡くなりになり、枯れ枝のようなわれわれがなぜ生き長らえているのか)

という思いが突き上げていた。

慟哭の声が狭い室内に満ちた。しかし、やがて涙を振り払った宗茂がいった。

「一同、誾千代の霊を弔おう。あの気の強い女だ。笑って死出の旅を歩いているに違いない」

といった。しかしそのことばは、立花宗茂が自分で自分にいいきかせているように思えた。

その夜、宗茂は一人で浪宅の庭に立った。天を仰いだ。誾千代にいつも、

「あの星は道雪星だ」

と教えた星がキラキラと輝いていた。

宗茂は道雪星の脇に、新しく小さな星が増えたような気がした。

（あの星が闇千代だ。父上とともに仲良く天で暮らすようになったのだ）

そう思った。

脇にひっそりと人の気配がした。振り向くと、ぎんが立っていた。

「奥方さまがお亡くなりになって、お祭し申します」

そう告げた。

「ありがとう」

宗茂は素直に礼をいった。そして天を指さした。

「あそこに大きな星がみえるだろう？」

「はい。ひときわ光り輝いておりますね」

「あれはわたしの養父立花道雪さまが亡くなって星にお変わりになったのだ。だからおれはあの星を道雪星と呼んでいる」

「どうせつぼし？」

ぎんは宗茂のことばをくり返した。宗茂はうなずいた。そしてさらにいった。

「今宵から、その道雪星の脇に小さな星が増えた。あれが闇千代星だ」

「ぎんちよぼし」

ぎんはつぶやいて、その星を見あげた。そして、

「奥方さまは星におなりになったのですね」

そういった。宗茂はうなずいた。

宗茂にはそのときのぎんの気持ちがわからなかった。ぎんは死んだ妻が星になったといって自分に告げる宗茂が少し恨めしかった。正直にいえば誾千代がうらやましかったのである。

ぎんは思わずつぶやいた。

「わたしも死んだら星になりたい」

なに、というような表情で宗茂はぎんをふり返った。ぎんは弱い微笑で宗茂をみつめた。

宗茂はぎんの目の中に、道雪星と誾千代星が映っているような気がした。宗茂はまじまじとぎんをみつめていた。ぎんも熱い光をたたえていつまでも宗茂を見返していた。

宗茂はそのぎんの表情に、突然妻の面影をみた。いままで気づかなかったが、この一瞬は、

(ぎんは誾千代に似ている！)

と感じた。思わず、

「ぎん」

とうめくようにいった。

その宗茂の懐の中に、ぎんは小鳥のように飛び込んだ。そして必死に宗茂の胸に自分の頬をすりつけながら、いやいやをするようにして叫んだ。

「お殿さま！」

「ぎん！」

宗茂も叫んだ。

しかし宗茂のいうぎんは、いまの胸の中に飛び込んできたぎんのことを指しているのか、それとも死んで星になった闇千代のことを指しているのか、宗茂にもわからなかった。

翌朝、宗茂は十九人の家臣を集めた。

「京を出る」

「はっ」

家臣たちは異論を唱えることなく素直にうなずいた。宗茂の胸中を察していたからである。

（殿は新天地にいかれて、闇千代さまへの悲しみを振り捨てたいのに違いない）

そう感じた。十時摂津がきいた。

「いずこへまいられますか？」

「江戸だ」

「江戸へ？　それはまた」

さすがの十時も驚いて他の連中と顔を見合わせた。

「江戸とはまたずいぶんと思いきった土地へおいでてございますな」

「虎穴に入らずんば虎子《こじ》を得ずだ。京都にくれば、天下の情勢がもう少しわかると思ったが、必ずしもそうではない。やはり江戸にいかなければダメだ」

「さようでございますなあ」

十時は賛成するようなしないような、あいまいないい方をした。しかし、十時たちは、

「どこへでも殿のお供をする」

と心に決めていた。俗なことばを使えば、

「殿は、生まれながらの殿さまなので、生活の資を得ることはまったくできない。われわれが面倒をみてさしあげなければ、殿は飢え死にしてしまう」

という現実的な問題があったからである。

そして十時たちにとって、そんな立花宗茂につかえることは生きる喜びだった。十時自身は毎日虚無僧に姿をやつし、尺八を吹きながら町を托鉢して歩いている。かつて柳河十三万石の家老が、京都の辻から辻を尺八を吹きながら金をもらって歩くなどということは予想もしなかった。

しかしいまの十時はそれがうれしい。

(純粋な殿のお世話をしていると思えば、こんな楽しい仕事はない)

と思っていた。

他の連中も同じだった。どんなにつらい仕事をしても、かれらは宗茂のにこやかな顔をみれば、それで一日の疲れが全部消えた。逆にいえば、

「殿さまがわれわれの生きがいなのだ」

ということだ。

宗茂は世話になったからといって、竹細工職人の与兵衛を呼んだ。そして京を出、江戸をめざすに至った経緯を話した。

「せっかくおまえがわれわれに竹細工を教え込もうとしてくれたが、こっちが不器用で役に立たなかった。かえっておまえに迷惑をかけた。すまぬ」

とわびた。与兵衛はびっくりして宙で手を振り、

「とんでもございません。行き届かないお世話で、かえって足手まといになったのではないかと思います。殿さま、お願いがございます」

与兵衛は連れてきた娘のぎんを振り返りながらいった。

「なんだ？」

「お見受けしたところ、お武家さまばかりでいらっしゃいます。江戸へおいでになっても何かとご不自由でございましょう。ぎんをお連れくださいませ」

「なに、ぎんを？」

ぎんをみて宗茂は思わずまぶしそうな目をした。昨夜ぎんを抱きしめたときの感覚がよみがえってきたからである。

ぎんは真っ赤になってうつむいていた。しかしチラリと顔を上げると熱いまなざしで宗茂をみた。目の底に、

「どうかぎんもお連れください」

という願いが切実にあらわれていた。

「どうする？」

判断に迷った宗茂は十時たちにきいた。十時と由布は顔を見合わせて微笑んだ。

「われわれだけでは細かいご用は果たせません。江戸へ参りましても、わたくしたちは虚無僧や労働のために外へ出なければなりません。留守の間はいままでのように、ぎんに世話を頼むのが一番よろしいかと存じますが」

十時のことばに全員うなずいた。宗茂は、

「わかった。ぎんも供をせよ。しかし楽はさせられぬぞ」

そう告げた。

宗茂のことばをきくと、ぎんはたちまち頰を紅潮させ、目を輝かせた。そして、

「…………」

と無言で父親をみた。与兵衛もうなずいた。

「よかった」

父親は昨夜、ぎんが宗茂の胸の中に飛び込んだ光景を盗みみていた。そして与兵衛なりに判断をくだした。

(ぎんは殿さまのお側につかえることが幸せなのだ)

どういうかたちをとろうと、与兵衛はそれでいいと思った。

それで宗茂の江戸行きの話をきいてすぐ、ぎんを連れてやって来たのである。

宗茂は与兵衛にいった。

「一人娘をおれが連れ去ったのでは、おまえが寂しくなるだろう」

「それはだいじょうぶでございます。わたくしには竹という相棒がおりますので」

「竹か」

宗茂は窓からあたりに生い茂った竹林をみながら、遠い目つきになった。そして与兵衛の顔をみずにいった。

「与兵衛、すまぬ」

すまぬの一言に万感の思いが込められていた。与兵衛は額を畳にすりつけていった。

「すまぬなどと、もったいないことをおっしゃいますな。娘も江戸へお連れいただければ幸せでございます」

その声は泣いているようにきこえた。

こうして立花宗茂と十九人の家臣は揃って江戸へ立った。もちろん旅姿のぎんも加わっていた。

これが慶長八年（一六〇三）のことである。年が変わったばかりの冬のことだった。

宗茂主従一行は江戸に着くと、高田の宝祥寺という寺にやっかいになることになった。住職は好人物で、

「これはこれは、ようこそ立花さま」

と温かく迎えてくれた。

「ご覧のとおりの貧乏寺で、なんのおかまいもできませんが、どうぞお気のすむまでごゆるりとご滞在くださいませ」

と歓迎した。

「ご住職、世話になる。二十余人もの居候が転がり込んで申し訳ない」

宗茂はそういって住職に深々と頭を下げた。

虎穴の江戸で

京都を出るとき、宗茂一行は大変な噂をきいた。それは、

「伏見城にいる徳川家康公がこのたび征夷大将軍におなりになる」

というものであった。宗茂たちはさすがに驚いた。

「徳川殿が征夷大将軍になるということは、もはや豊臣家の天下はないということか」

とささやきあった。

伏見は川港都市だ。大坂への便が淀川をつたってしきりに出る。したがって、京都と大坂への物資が集まってくる拠点である。

それだけに他の都市とは違って、住む人間の動きが素早い。伏見の町民の中には、

「また合戦や」

と騒ぐ者もいた。

徳川家康が征夷大将軍になるのを豊臣家が黙って指をくわえてみているわけがないという

のである。

「もしも豊臣・徳川両家が争うようなときには、殿はいかがなさいますか？」

十時摂津が低い声できいた。宗茂は、

「そんなことは決まりきっている。豊臣家に味方する」

と事もなげにいった。十時摂津はわが意を得たりというようにニッコリ笑った。

「それでこそ殿です」

「おだてるな」

宗茂がそういうと、みんなは大声で笑った。どんな苦労もいとわない明るい主従であった。

ぎんは、

(本当にいいお殿さまとご家臣だ)

と思った。

江戸にきて宝祥寺の世話になるようになってから、十時摂津たちはそれぞれ京都でやっていたのと同じような仕事をして金を稼いだ。

十時は虚無僧姿になって尺八を吹き、托鉢をして歩いた。

由布雪下は十時の勧めによって家に残り、宗茂の面倒をみた。

こまごまとした用はぎんが果たした。家臣たちはちりぢりに自分に見合った仕事を探して
江戸中を駆けずりまわった。

夕暮れになるとみんな戻ってきて、

「きょうは、こういうことがあった」

とか、

「こんな事件をみた」

などと話し合った。

家臣たちは、江戸で起こった事件の報告会で、

「今日はこういう仕事でいくら稼いだ」

などという話は絶対しなかった。

家臣たちはすべて、留守中の主人宗茂が退屈していることを知っていた。

そこでかれらは申し合わせ、

「殿のご退屈をお慰めするために自分たちが見、聞いた事件をお聞かせしようではないか」

と決めたのである。

江戸にきてからの家臣たちはけっこう忙しかった。

というのは、この年（慶長八年）一月二十一日に徳川家康は勅使権大納言広橋《ひろはし》兼勝《かねかつ》から、

「あなたを征夷大将軍に推したいが」

という内示を受けた。家康は、

「ありがたくお受けいたします」

と返答した。

二月十二日、家康は伏見城で勅使勧修寺《かじゅうじ》光豊《みつとよ》から、将軍の宣下《せんげ》を受けた。未明から降って

いた雨もちょうど上がった。

将軍宣下を受けた家康はいったん江戸城に戻った。

そして、三月二十一日には再び上洛した。大名たちに命じて補強工事をさせた二条城に入った。二条城は今後、江戸幕府のいわば京都支社になる拠点だ。

三月二十五日、公家のように衣冠束帯《いかんそくたい》をつけた家康は、足利室町将軍の古式に則《のっと》って牛車《ぎっしゃ》に乗って参内《さんだい》した。天皇に拝賀の礼をおこなった。

二十七日には、二条城に勅使を迎えて賀儀がおこなわれた。

四月四日から三日間、二条城において能楽を催した。このとき家康は朝廷に対し、

「将軍宣下のお礼を申し上げる」

といって、天皇に銀千枚、錦百疋《ぴき》、太刀などを献上した。

江戸城を出発するときに、家康は全大名に、

「江戸の町づくりを命ずる」

と号令した。

関ヶ原の合戦の翌年に、いったん築いた江戸の町が焼けてしまったからである。

天正十八年（一五九〇）八月一日に江戸に入った家康は、太田道灌が築いた江戸城をそのまま引き継いだ。

しかしこのときの江戸城は、建物も藁葺き屋根で、堀には船板が渡してあるような粗末なものだった。

宿将の本多正信が、

「これではあまりにもひど過ぎます。城の改築を急ぎましょう」

といったが、家康は首を横に振った。

「城づくりより町づくりの方が先だ」

といって、江戸前の海を埋め立てて新しい都市をつくりはじめた。

これが慶長六年（一六〇一）の暮れに火が出て焼けてしまったのである。

宿将たちは家康が征夷大将軍になったので、

「このたびは将軍におなりになったのでございますから、拠点である江戸城を大々的につくりなおしましょう」

といった。ところが、家康は今度も首を横に振った。

「いや、おれの城など後まわしでいい。それよりも町づくりを急ごう」

といって、大掛かりな江戸の町づくりを諸大名に命じた。

命ぜられたのは、福島正則、前田利長、加藤清正、細川忠興、蜂須賀至鎮《よししげ》などの、主として西国大名であった。すべて豊臣系の大名である。

設計や工事全体の指揮は家康の腹心本多忠勝や本多正信がとることになった。しかし、本多忠勝は武功一辺倒の三河武士だったので名目上の総監督になった。実質的な総指揮は本多正信がとった。

工事を命ぜられた諸大名は顎足《あごあし》（旅費と弁当代さらに働き手に対する賃金）などをすべて

自前で奉仕した。

かれらはすでに、

「徳川丸に乗り遅れるな」

を合言葉に家康への忠誠心を競ってみせていたので、工事に身が入った。江戸の町はどんどん拡大されていった。

立花主従一行が江戸に入ったときは、ちょうどこの、

「江戸の町建設ブーム」

の真っ最中であった。

したがって各大名は争って働き手を求めていた。仕事はいくらもあった。そして少しずつ、

「関ヶ原合戦の敗北者」

に対する追及も弱まっていた。

立花宗茂の家臣たちは、簡単に仕事を手に入れることができた。

大名たちは労働者不足なので、それぞれ賃金をはずんだ。

立花家の家臣たちはみんなうれしかった。江戸の建設ブームで仕事がおもしろいように得られ、京都にいたときよりも、もっと多額な賃金を毎日手にすることができたからである。

かれらは一様に、

「これで殿にうまい食事を差し上げることができる」

と思った。

家臣たちは自分がぜいたくをするよりも、真っ先に、

「殿においしいものを差し上げたい」

という気持ちで一致していた。

江戸の町には諸国からいろいろな人間が入り込んだ。浪人もいれば、ならず者もいる。建設ブームに伴いがちな喧嘩、博打《ばくち》、女性漁りなどがしだいに江戸の町にもはびこってきた。

建設ブームは活気はあるが、同時に風紀を悪くする。

その風紀の悪さの巻き添えを食ったのが十時摂津である。事件を起こした。

十時摂津は例によって虚無僧姿に身を変えて尺八を吹きながら托鉢をして歩いた。

ある工事現場の脇を通りかかると、昼間から酒を飲んでいたならず者が三人ばかりいて、いきなり十時摂津に食ってかかった。

「うるせえ、尺八なんぞ縁起でもねえ！」

といった。

十時摂津は無視して吹きつづけた。

三人のならず者は立ち上がった。

「この虚無僧野郎。おれたちのいったことがきこえねえのか？」

と悪態をついた。十時は尺八を口から離した。

「わたしの尺八が何か邪魔をしたか」

ときいた。

三人は顔を見合わせ、たちまち険悪な表情になった。

「虚無僧野郎、おれたちに因縁をつける気か？　うるさいからうるさいといったんだ。そんな湿っぽい尺八の音なんぞ気を滅入らせるだけだ。せっかくの酒がまずくなる」

「それはすまなかった。邪魔をしたな」

十時はそういってそのまま通り過ぎようとした。

すると行く手に三人がそれぞれ分かれ、一人が前面に、一人が横に、そしてもう一人が後ろに立ちはだかって十時の歩行を止めた。

「何だ？」

十時がきき返すと前面に立ったならず者がいった。

「落とし前をつけてもらいてえ」

「落とし前とは何だ？」

「この野郎、とぼけやがって。てめえ、どこのサンピン（武士のこと）だ？」

「どこの者でもよかろう。別におまえたちに告げる理由はない」

「この野郎、ますます気に食わねえな。お高くとまりやがって。何だ、虚無僧のクセしやがって。物乞いと同じじゃねえか」

そうののしった。

十時はムッとしたが、ここで事を起こせば主人の宗茂に迷惑がかかると思って、黙って行き過ぎようとした。

その肩をならず者がつかんだ。

「このまま行かせねえぞ」

「何をする気だ？」

「落とし前をつけろ」

「落とし前とは何だ？」

「迷惑料だ。陰気臭い尺八をきかせた償いだ。酒代をよこせ」

「酒代？」

十時は笑い出した。そして、

「冗談をいうな。酒代を払わなければならないほど、わたしは悪いことはしていない」

「したんだよ、この野郎」

ならず者は因縁をつけつづける。

かれらも博打で金をスッてしまったので酒代が欲しいのだ。因縁をつけて十時摂津から金を巻き上げようという魂胆だ。

十時摂津にすれば、こんな連中に金をやる筋合いはないと思っていた。

そこで十時は、自分の腕をつかんでいたならず者の腕をねじあげて突き飛ばした。三人は驚いた。そして、

「この野郎、やる気か？」

とさらに凶悪な表情になり、脇差《わきざし》を抜いた。

この頃は戦国の余風がまだ残っていたので、江戸に流れ込んだ人間たちも身分を問わず刀を差していた。いつ他人から襲われるかわからないからである。

自衛が主な目的だったが、それ以上に他人を傷つけるのにも使っていた。

十時摂津は呆れた。

かれは武士だから武技の心得がある。刀を抜いた三人のならず者をみても、みんなへっぴり腰で様になっていない。

そこで、

「やめた方がいい」

といった。

「なぜだ？　この野郎、酒代をよこす気になったのか？」

ならず者たちは脇差を宙で振りまわしながらそんなことをいった。

十時摂津は笑った。

「酒代はやらぬ。理由がない。やめた方がいい。そんな刀の構え方ではわたしを斬れぬ。わたしの方が強い」

「この野郎、いわせておけばますますのぼせ上がりやがって、それ！」

と一人の合図を機に三人がいっせいに斬りかかってきた。

十時摂津は尺八でこれを受け、刀をはじき飛ばした。手のしびれたならず者は、

「いててて」

と悲鳴を上げながら腕を押さえた。それほど十時摂津の力は強く、また相手のツボをうち据えたからである。

しかし三人はひるまなかった。さらに斬りかかってきた。

「うるさいなあ、貴様たちはハエだ」

十時摂津は怒った。

「人間さまをつかまえてハエとは何だ！　もうかんべんできねえ」

そういうと、ならず者は再び斬りかかってきた。

振り下ろされた刀を巧みに身をひねってよけた十時は、相手の腕をつかんで手刀で刀をたたき落とした。

それを拾うと、構えた。

「いくらいってもわからぬ奴だ。この上しつこくからむと許さぬぞ」

かつての柳河藩家老の立場に戻って、威厳のある態度でそういった。三人は一瞬すくんだが、

「うるせえ！　虚無僧のくせにでけえツラするな」

そう叫ぶと、また斬りかかってきた。

腕を叩かれたならず者だけが身を縮めてかがみ込んでいた。

十時摂津は、斬り込んできた二人を、一人の胴を払い、一人を真っ向から眉間を割って斬

り殺した。悲鳴を上げて逃げようとする三人目も斬り倒した。

いつの間にか見物人がたくさん集まってきた。そして十時摂津の見事な腕にいっせいに賞賛の声を送った。

「どけどけ」

声がして、見物人の群れを割って役人が飛び出してきた。

そして呆れたように斬り倒された三人の遺体をみた。かがみ込んでそれぞれの脈を確かめたが、首を横に振った。三人とも絶命していた。

役人は十時摂津の腕の見事さに感心したが、とにかく殺人だ。そのままにほっておく訳にはいかない。

「虚無僧、取り調べる。奉行所にこい」

そういった。

まだ徳川幕府の体制はそれほど固まってはいなかったが、徳川家康は岡崎城主の時代からとくに民政を重視していた。

かれは若い頃、今川義元の人質だったが、今川義元が織田信長に桶狭間《おけはざま》の合戦で殺された後、独立した。

故郷に帰った家康がまず設けたのが、

「岡崎町奉行」

である。

とにかく家康は「民政」を大事にした。江戸城に入ってからも、江戸城の修築は後まわしにして、江戸の町づくりに先に手をつけたのもそのためだった。

そして幕府の役職はかなり粗雑だったが、市民のための奉行職だけは真っ先においた。それが江戸町奉行である。

十時摂津は、

（一時の短気で、やっかいな事件を引き起こした）

と反省した。しかし逃げる訳にはいかない。いさぎよく役人について奉行所にいった。取り調べがおこなわれた。

「姓名は？」

役人の上役がきいた。

「十時摂津と申します」

十時は悪びれずに答えた。

「浪人か？」

「そうです」

「かつて主取りをしたことがあったのか？」

「ございました」

「どこの家中だ？」

「主君は柳河城主の立花左近将監さまで、その家臣でございました。家老職をつとめました」

「なに、立花家の家老？」

奉行所役人はびっくりした。この虚無僧はそんな大物だったのかとあらためて驚いたのである。しかし同時に、

（それではあれだけの見事な腕をみせるはずだ）

とも思った。

「お主《ぬし》がならず者三人を斬ったいきさつは、わたしもあの場に居合わせたから事情はよく知っている。お主に罪はない。しかし一応、人を斬った以上は取り調べなければならんので、ここへ同道してもらったのだ。お奉行に申し上げてくる。ここでお待ち願いたい」

かつての柳河城主立花家の家老だったときいて、役人のことばつきも少していねいになった。

しかし役人たちは、立花宗茂が徳川家康に敵対して関ヶ原の合戦では石田三成に味方したことを知っていた。

（その立花家の連中が事もあろうに江戸に出てきていたのか）

と驚いた。

このときの江戸町奉行は内藤清成といった。このことをきくと、

「なに、立花家の家老が？」

と目を見張り、

「では、主人の宗茂殿も江戸にきておられるのかな？」

ときいた。役人はそこまでは調べてはいなかったので、

「再度たずねてみます」

ともう一度、十時のところにやってきた。そして、

「あなたの旧主人立花宗茂殿も江戸におられるのか？」

とたずねた。

十時摂津はこうなった以上、嘘をついても仕方がないと思って、

「おります。ただいまは高田の宝祥寺という寺のごやっかいになっております」

とありのままを告げた。

役人は戻ってこのことを奉行に告げた。内藤はしばらく考えていたが、

「たとえ敗軍の将といえども、かつての大名が浪人になって江戸に隠れ住んでいるということは自分ひとりの一存ではいかぬ。年寄に申し上げよう」

そういって江戸城にいき、年寄の土井利勝にこのことを話した。

土井利勝は、徳川家康がもっとも信頼する譜代大名である。

年寄という職は、家康が、

「徳川幕府の運営は庄屋仕立てにしよう」

ということからはじまった。庄屋というのは村で年寄とも呼ばれた。

家康の考えでは、

「徳川幕府の運営は、村で庄屋たちが集まっていろいろな問題を討議し、合意を得るような方法でおこないたい」

と、いまでいえば集団指導制・合議制を重んじたからである。

この日、土井利勝の脇には江戸の町づくりの総監督を務めている本多正信がいた。

本多正信も徳川家康の信頼する家臣だが、いまはもっぱら家康の三男秀忠の側近としても腕を振るっていた。

秀忠はすでに家康と宿将の相談で、

「徳川家の相続人」

に指名されていた。

世間では、

「徳川家康公が征夷大将軍になったのは、豊臣秀頼公が成人するまでのつなぎとしての天下人なのだ。秀頼公が成人されたあかつきは、必ず天下の権を秀頼公にお譲りになるに違いない」

と噂していた。江戸の町づくりに従事している豊臣系の大名たちの中には、心の底ではそう思っている者もいた。

(そのときはあらためて秀頼公に忠節を尽くそう)

と思っていた。加藤清正や福島正則もそう思っている。

ところが家康はそんなことは少しも考えてはいない。

「おれの後は秀忠に継がせる」

と思っていた。つまり、

「二度と豊臣家に天下の権は渡さない」

と心を決めていたのである。

本多正信は腹心だから、家康のそんな考えを知っていた。そのため秀忠に接近し、いままでいう帝王学を教え込んでいた。家康も正信に、

「秀忠をおれの跡継ぎとして恥ずかしくないように鍛えろ」

と命じていた。

内藤奉行の報告が終わると、土井利勝は脇の本多正信の方へ振り向いた。

「本多殿、どうすべきかな」

土井利勝がきいたのは、

「関ヶ原の残党である敗戦大名を、このまま江戸に置いておいていいのだろうか」

ということだ。本多正信は、

「そうですなあ」

と考えた後こういった。

「しばらく様子をみて、立花宗茂に幕府に対する異心がないことが見届けられたら、若殿のお相伴衆《しょうばんしゅう》にご登用になってはいかがでしょうか」

「若殿のお相伴衆に？」

土井利勝は驚いて本多正信を見返した。

正信は薄笑いを浮かべたまま、はっきりとうなずいた。

若殿というのは秀忠のことだ。お相伴衆というのは、

「話し相手」

のことである。

豊臣秀吉や徳川家康も好んで用いた方法だ。

いまでいえば学識経験者を呼んで、それぞれの専門分野の話をさせて、これを参考にするというトップの心構えである。

家康はすでに三男秀忠を自分の跡継ぎとし、征夷大将軍の二代目を継がせる気でいるから、しきりにこのお相伴衆に人を得るよう本多正信に命じていた。

正信は家康の命を奉じて秀忠のために有力なお相伴衆を探していた。

が、見渡したところ、いまのお相伴衆には、いうところの、

「関ヶ原合戦の敗北大名」

がいない。まわりが、

「とんでもない！」

といって人選びからはずしてしまうからだ。

本多正信は、

「これからの徳川将軍家は、そんな器量の小さいことではダメだ。敵側にいた人間でも、そ

の人物にみどころがあれば、すすんで意見をきくべきだ」

と思っていた。

本多正信は立花宗茂の名は前々からきいている。家康からもきいたことがある。

それは立花宗茂が関ヶ原の合戦で、敗北を知って引き上げるときに、琵琶湖から流れ出る瀬田川にかかった大橋を焼かなかったことである。

いままでの歴史では、ここで決戦に敗れた側は必ず瀬田の唐橋を焼いて攻める側を困難に陥れるように企んだ。

ところが立花宗茂は、石田三成の家臣が橋を焼こうとしたのを止めて、

「そんなことをすれば、民が迷惑をする」

といって、橋をそのままにして引き上げていった。

押し寄せた徳川家康はこの話をきいて、

「立花宗茂という大名は、花も実もある人物だ」

と賞賛を惜しまなかった。しかし一途な性格で、最後まで家康に敵対したから、柳河城と領地をそっくり没収されてしまったのである。

ところがこの主従は江戸に出てきて、家臣たちが虚無僧や労働者になって賃金を稼ぎ主人を養っているという。

本多正信は若いときに苦労した。

一時は家康に背いて、三河に起こった一向宗の一揆に加担したこともある。その一隊の隊

長をしていた。

しかし家康が一向一揆を鎮圧すると、逃れて北陸地方を放浪した。

この間、同じ三河武士の大久保忠世《おおくぼただよ》が、正信が置き捨てにした家族の面倒をみてくれた。その意味では大久保忠世は恩人である。それだけではない。大久保忠世はやがて徳川家康に、

「本多正信は能力のある男です。一時は一向一揆に加担いたしましたが、いまは悔いて浪人中です。召し抱えてやってはくださいませんか」

と持ちかけた。家康は不承ぶしょう承知した。

正信は帰参し、身分の低い鷹匠から再出発した。

ところが家康は心の底では日本の平和を願う武将であって、岡崎城の民政重視や江戸の町づくりにも示されたように、何よりも市民を優先させる。

本多正信はこの面で才幹を示した。かれは市民のための都市計画や、町づくりが得意であり、同時に民政の細かいことにも気配りをした。

謀臣本多正信

不遇な経験は人間の成長にとって肥料になる。とくに、

「毎日こんな苦しみを味わうくらいなら、いっそのこと死んでしまいたい」

というような極端な立場に追い詰められた人ほど、その苦しみを自分の心にしみ込ませる。

が、こういう経験を送った人のその後の生き方はふたつの大きな道に分かれる。

ひとつは、

「自分があんな苦しい思いをしたのは世の中のせいだ。世の中に復讐してやろう」

と、個人の経験を社会への報復の動機にする人間だ。だからこういう人は世の中を憎み、他人を恨み、むかし味わった屈辱感やひがみをバネにして、憎悪のオニとなって生きていく。

もうひとつはそうでなく、

「自分が味わったような苦しみは、絶対に他人に味わわせてはならない」

として、その経験を分析し、

「こういう場合にはこうすべきだ」

と苦しむ人の立場に立って、

「希望を持って生きていこう」

という励ましをおこなうような型の人間だ。

徳川家康の絶大な信頼を得ている本多正信は、後者である。

かれは長い浪人生活を送っている間に、苦しむ人びとの気持ちを自分のこととして味わった。人情の機微をおぼえた。とくにかれは根のない草のように諸国を歩きまわったから、よけいその感じを身につけた。

いま家康から江戸の町づくりを任され、出来上がった町の運営にも携わっているのは、本多正信が、江戸に住む人間に対し細かい心遣いをしているからである。つまり、

「民衆の喜怒哀楽」

を自分のこととして、

「こういう場合にはこういう手を打てば効果的だ」

と考えて、どんどん実行していたからだ。家康はそんな本多正信をみて目を細めた。

「おまえには意外な面があるのだな」

「なにがでございますか?」

「そこまで細かい気配りをするような人間とは思わなかったのだ」

「長い浪人生活がわたしに弱い者、苦しむ者の存在を教えてくれました」

「それはおれも同じだ」

家康はうなずいた。

「おれも子供のときから十二年間、織田家や今川家の人質となって冷や飯を食わされた。子供心にも、人間の気持ちというものがどういうものか、つくづくと感じさせられたものだ」

家康のことばに正信はうなずいた。ふたりともいってみれば他人の世話になって、いつも暮らしが安定しないという不安な経験を持っていた。家康はよく、

「主人と家臣の関係は舟と水のようなものだ」

という。意味をきくと、

「水はよく舟を浮かべるが、またよくひっくり返す。主人と家臣の関係も同じで、家臣はよく主人を支えてくれるが、何かあったときは波を立てて舟をひっくり返してしまう。なかなか家臣は油断がならない」

という。これは家康固有の家臣に対する不信感のあらわれだ。しかし正信は、

(六歳のときから十二年間も他家の人質になっていれば、そういうお気持ちになるのも無理はない)

と思っている。

家康が正信を信頼するのも、自分のそういう心の暗い半面を正信がよく理解しているからだ。

というよりも、正信自身がそういう暗い経験を持っていたから、ふたりは根のところで心

が結びついている。

正信はだからといって、家康が底の底から自分を信頼していると思わない。おそらく、

（この男はかつておれを裏切り、一向一揆に味方して反乱を起こした。本心から信じていいかどうかわからない。こいつも場合によっては波を立てる水なのかもしれない）

と思っているだろう。正信はそう思っていた。しかし正信にすれば、

（たとえ殿がそうお思いになろうと、心を入れ替えたおれは、死を賭して家康公に忠誠を尽くす）

と思っていた。

そういう正信のことだから、町奉行からきいた立花宗茂主従の行動を、

「近頃まれにみる美談だ」

と感じたのである。

家康は時期ははっきりいわないが、

「征夷大将軍職はやがて秀忠に譲る」

といっている。正信は秀忠の輔佐役を命ぜられていたので、

「いまどきめずらしい立花宗茂のような武士を、若殿（秀忠のこと）のお話相手に召し出せば、さぞかし若殿にとっても参考になることが多かろう」

と思った。

この案に対し、同じ家康の腹心である土井利勝は渋った。そこで正信は、

「わたしが主従の行動を調べて参ります。立花宗茂に微塵も徳川家に対する謀反心がなければ、ぜひ若殿のお話相手に召し出したいと思います」

そういった。そこまでいうのなら、と土井利勝も了承した。

こういう本多正信や土井利勝の意向が町奉行に伝えられた。

三人の無頼漢を斬殺した十時摂津は、いまでいえば正当防衛だということで、

「お構いなし」

ということになった。逆に土井利勝は、

「浪人しても武士の心得を忘れなかったことは見事である」

と町奉行を通じて褒めことばを与えた。

十時摂津は妙な気分になって宿所の宝祥寺に戻ってきた。どうせすぐ噂になると思ったので、みんなにこのことを報告した。

「なに、三人の無頼漢を斬り倒したと?」

久しぶりにおもしろい話をきいたので、宗茂は身を乗り出して十時の話をきいた。

十時の話が終わると、ほかの連中はみんな拍手した。十時は照れた。

数日後、本多正信は二、三人の供を連れて馬に乗り、ふらりと宝祥寺にやってきた。

寺僧が箒《ほうき》で門前を掃いていた。本多はヒラリと馬から下りると、家臣にたづなを渡して寺僧にきいた。

「こちらに立花宗茂殿がご滞留と伺ったが?」

寺僧はたちまち箒の手を止め、警戒の表情で本多を見返した。

「どちらさまでございますか？」

「徳川家の臣・本多正信と申す。もし立花殿がご在宅なら、お取り次ぎ願いたい」

「これは！」

寺僧はびっくりして本多を見つめ返した。寺僧もさすがに本多正信の名を知っていた。

「お待ちください」

寺僧は庫裏《くり》の入り口にいたぎんに本多正信の訪問を告げた。ぎんは本多正信など知らない。

「わかりました」

そういうと奥へいった。廊下から、

「お殿さま」

と声をかけた。立花宗茂は本を読んでいた。

「なんだ？」

振り返らずにそう応じた。

ぎんは、

「本多正信さまがおみえです」

といった。こういうところはぎんのことば遣いの特徴だ。ふつうなら、

「本多正信さまという方がおみえになりました」

と告げるだろう。が、ぎんはそんなことばのつかい方はしない。ぎんはとにかく曖昧なこ

とばとむだなことばが大嫌いだった。修飾語はいっさい使わない。いってみれば、点と点を結び直線のような語法で話す。これが単純明快で、気性のさっぱりした立花宗茂の大いに気に入るところだった。

「本多正信殿が？」

さすがに振り返った。

「はい」

「なんの用だ？」

「わかりません」

「そうか」

一瞬頭の中で、あれこれと思いをめぐらした宗茂は、

「ここへお通ししろ」

と告げた。ぎんはすぐ廊下を小走りに去った。やがて、ドカドカと廊下を荒い足音を響かせながら、

「ご無礼いたす」

といって、入り口に本多正信があらわれた。立花宗茂は書見台を片づけ、座敷の中央に正座していた。本多正信は入り口にピタリと座り、

「はじめてお目にかかります。本多正信でござる。以後お見知りおきを」

と手をついて丁重に挨拶をした。宗茂は、

「ごていねいなご挨拶でいたみいる。立花宗茂でござる」

と宗茂も手をついて礼を返した。そして、

「本多殿のご高名はかねてから伺っております。その本多殿がなぜわざわざこのようなむさくるしい寺にそれがしをお訪ねなさいましたか?」

と率直にきいた。本多はニヤリとわらった。

そして、

「膝をくずしてもよろしいか?」

ときいた。宗茂はうなずいた。そして自分から膝をくずしあぐらをかいた。

「それがしもこのほうが楽でござる」

そういってわらった。

邪気のない宗茂の笑顔はすぐ人を引き込む。本多はたちまち宗茂が好きになった。

「このほうが話しやすい」

そんなことをいいながらあぐらをかいて、室内をみまわした。

本多正信はいった。

「静かでござるな」

「さよう。侘び寺ではござるが、庭がなかなかのもので、四季折々の花が咲き楽しみです」

「おうらやましい限りです。それがしなどは、毎日野暮用に追われて花を楽しむ暇などまったくありません」

「いや、それは違います」

宗茂は宙に手を上げて本多のことばを遮った。本多は眉を寄せた。

「と申されると？」

「暇はあるとかないとかいうものではございません。本多殿はたとえ忙しくても、その気さえあれば花はいつでも楽しめます。本多殿は花をみる暇がないのではなく、花をみる気がないのでしょう」

「花をみる暇がないのではなく、みる気がない？」

きき返して宗茂のことばを頭の中で消化した。本多はたちまちピシャリと自分のおでこをたたいた。

「なるほど、これは一本取られた！　まさにおっしゃるとおり、花をみる気があれば、いつでもみられますな。いや、参った参った」

と、参ったを繰り返した。

しかしこの瞬間に、本多正信は完全に立花宗茂に対する警戒心を捨ててしまった。そして、

（この人物なら、若殿のお話相手としてピッタリだ）

と感じた。そこで単刀直入にいった。

「町奉行から報告を受けましたが、立花殿のご家臣が無頼者三人をお懲らしめになったという話は、もちろんおききおよびでござろうな？」

「ききました。いかに相手が無頼とはいえ、将軍家のお膝元をお騒がせし、まことに汗顔の

いたりです」

宗茂はそう詫びて頭を下げた。本多は宙で激しく手を振った。

「なんのなんの。江戸は開かれたばかりで、得体の知れない者が次々と入り込んでおります。ご家臣に無礼をはたらいたような無頼者も多く入り込んでおります。ご家来のお蔭で、同じような連中がさぞかし肝を冷やしたことでござろう。幕府にとってはこんな結構な話はござらん。そこできょうは改めて立花殿に、ご家中のお話などを伺いに参ったしだいでござる」

「別に取り立てて申し上げることなどありません」

「いやいや、ご謙遜あるな」

本多はそういった後、表情を改めてきいた。

「われわれが耳にするところによれば、立花家では、ご家来方が虚無僧や労働者になって、失礼ながらご貴殿にお仕えしていると伺った。近頃の美談でござる。しかしご家来方が、そのような気持ちを持たれる立花家の家風というのは、いったいどのようなものなのか、そのへんをとくと教えていただきたく参上したしだいです」

「…………」

宗茂は何もいわずに本多を見返した。

本多正信の真意をはかりかねたからである。どんなばかでも、本多正信のようないまをときめく権力者がわざわざこんな侘び寺にやってくるはずがないと考える。

（なにか下心があるはずだ）

宗茂はそう思って警戒した。

宗茂はまだ三十四歳だが、九州方面では大友家の武将としてさんざん苦労した。武将間のかけひきは十分に心得ている。

本多の底意をはかりかねて、

「なぜそのようなことをお尋ねになるのですか？」

ときいた。本多正信は、

「いや、これは申し訳ない。じつを申せば、わたしはいま家康公のご子息秀忠さまの輔佐役を仰せつかっております。このたびのようなお話を秀忠公に申し上げれば、ずいぶんと参考になるのではないかと思い、こうしてお邪魔にあがったしだいです。ぜひ、秀忠公のご参考になるような立花家の家風についてご教授を願いたい」

「ああ、そういうことですか」

宗茂は納得した。そこで、

「別に立花家の家風というものはございませんが、それがしの養父道雪殿からはこういうように教えられました。家臣に対しては、絶対にえこひいきをしてはならない。また荒使いをしてはならない。小さな過ちは決して咎《とが》めるな。

しかし国の法を犯す者のみについては、法の定めに従ってきびしく罰せよと。このときは、たとえその者に対してどんなに愛情があろうとも、私情として捨てなければならぬと教えられました。

そういうことが起こるから、普段からえこひいきをするなという道雪殿のお教えでした。それがしはただそれを守り通しているにすぎません。立花家の家風といえば、そんなところでございます」

「なるほど、いやこれはおそれいった」

本多正信は立花宗茂がいったことばを胸の中でかみしめた。そしてすぐ、

「しかしそれだけではござるまい。ほかにも何かございましょう」

と話を促した。宗茂は、

「そうですな」

といって宙に目を上げちょっと考えたが、本多正信に視線を戻すと、うなずいた。

「そういえば、わが養父立花道雪殿は、立花家はしばしば寡兵《かへい》をもって大軍にあたり、つねに負けることはなかった。その理由は、すべて立花家中の和によるものだ、とおっしゃっておりました」

「家中の和？」

「さよう。そしてその家中の和は、すべて大将の心構えひとつによって、生まれたり生まれなかったりするものだと教えられました。大将は、後方にあって部下に対し、ただすすめ、死ぬ覚悟で戦えなどといっても、兵はその下知《げじ》には従いません。大将が采配をふるったときに、部下が勇ましく敵陣に突入していくためには、普段から大将が部下を子のように慈しむことが必要だ、と道雪殿からは口やかましく教えられました。

これもまた、それがしが単に道雪殿のお教えを守っているにすぎません。すべては道雪殿のお教えでございます」

「いや、そのおことばはわれわれには耳が痛い。ともすれば、われわれは、おれがおれがと、自分の手柄を針小棒大に他に告げて、おのれを誇る悪いクセがついております。

ただいまの立花殿のお話は、すべて良いところはご養父立花道雪殿のおことばとしてお話しなさっておられるが、真実はそうではなく、貴殿ご自身がそのように考え、またご実行なさってきたことでござろう。そうでなければ、ことばは悪いが、家臣が身を粉にして働き、その得たものによって主人を養うなどということは到底できません。そうさせる何かが立花殿におありになるからこそ、十時摂津殿をはじめご家来方が、汗水流して努力しているのでございましょう」

「いや、それはそれがしに対する過褒《かほう》です。家臣たちの苦労を思うとき、到底それには値しない身を日夜反省しております」

「じつにもって奥ゆかしいおことばでござる。いや、この本多正信つくづく感服いたしました」

本多正信は宗茂の言行を褒めちぎったうえで、最後にこう切り出した。

「もうひとつだけお伺いしたい」

「何でしょう？」

きき返す宗茂に本多正信はいった。

「お気を悪くなさるかもしれぬが、関ヶ原の合戦のときになぜ大津城をお攻めになったのか、とくと伺いたい」

本多正信が訪ねてきた目的はこのことをききたいがためだった。

大津城をなぜ攻めたか？　という問いかけは、

「なぜあなたは石田三成に味方したのか？」

ということを確かめたかったのである。宗茂は緊張した。目の底に鋭い光を放ちながら、こう答えた。

「大津の一戦は、じつを申せば故太閤秀吉公へのそれがしの忠誠心をお届けする戦いでございった。それがしは若くして養父道雪殿にも実父高橋紹運にも死別いたしました。しかも若年の身で、立花の城を島津の大軍に囲まれ、しばしば危うき目にあいました。

が、孤立無援のそれがしを後ろ楯になって励まし、闘い抜かせてくださったのは、やはり太閤殿下でした。あのときそれがしが危機を脱したのも、すべて秀吉公を後ろ楯と頼んだからであります。

そしてその後は柳河の城を預けられ、とくに羽柴や豊臣の姓を名乗ってもよいと目をかけていただきました。それがしも人生意気に感ずるたちでございますので、豊臣家のためにはと誠心誠意力を尽くしました。

したがって関ヶ原の合戦のときには、当然豊臣秀頼公がご出馬になり、総大将の毛利輝元殿も合戦現場に出てくるものと信じておりましたのに、それがかないませんでした。

しかし、それがし自身はそのために城を失い、家まで潰しましたが、悔いはありません。すべてそれがしにとっては故太閤秀吉公へのご恩奉じのおこないであったのです」

堂々といいきった。本多正信は感動した。

しかしいまの宗茂のことばをそのまま江戸城に戻って伝えたのでは、土井利勝もまた首をひねるだろう。

「いまだにそんな考えを持っているやつは、とても秀忠公のお話し相手に推挙するわけにはいかない」

と反対するにちがいない。そこで本多は一歩踏み込んできいた。

「関ヶ原合戦ご参加のお心根はしかと承った。さもありなんと思ったとおりでござる。が、現在のご心境はいかがなものか、つまりなにゆえこの江戸の地に参られたのか、そのへんをおきかせいただきたい」

徳川秀忠の顧問に

「江戸へ参った理由でござるか」

宗茂は緊張を解いてニッコリとわらった。なんともいえない笑顔だ。本多は、

(この笑顔が多くの人を引きつけるのだな)

と感じた。宗茂はいった。

「寄らば大樹の蔭という古いことばがございます。なんといっても江戸は将軍家のお膝元の町、賑わっておりますし、またそれがしの家来どもも仕事を得るのにさほど苦労をいたしません。これはお蔭さまです」

「と申されると、徳川家に対しては別段遺恨もないということでござるか?」

「そのとおりです。目下のわれわれは徳川家のご恩によって露命をつなぎ、このような侘び寺の一隅とは申せ、やはりわれら主従の生存をお認めいただくということは、すべて徳川家のお蔭と認識いたしております。

それがしはそう考えることが、本筋だと考えております。もちろん家来どもにもそのように申しつけております」

「ご家来方のお気持ちは？」

「いま家臣どもはそれがしと一心同体です。したがって、それがしの考えることはそのまま家来どもの考えることに一致いたします」

「それを伺ってこの本多正信、大いに安心いたした。よかった」

ことばが嘘でない証拠に本多正信はそれまで張っていた肩をガックリと落とし、緊張感をすて去った。

「本多殿」

宗茂は改めてきいた。

「なんでござるか？」

「本日お訪ねのほんとうの趣は、どのようなことでございますか？」

「さよう」

姿勢を正すと、こういった。

「まだ確定ではござらぬが、立花殿ご主従の美談をきいて、われわれ江戸城の年寄どもは、もしご納得いただけるならば、立花殿に若殿のお相伴衆《しょうばんしゅう》になっていただきたいと存じまして」

「お相伴衆？」

ききなれない役職なので宗茂はきき返した。本多はうなずいた。

「くだいて申せばお話し相手でござる」

「なるほど」

「正式なお願いに伺ったときは、お受けくださるか？」

「もちろん」

宗茂は大きくうなずいた。

本多は目をみはった。意外だった。

「まこと、お受けくださるのか？」

「お受けいたします」

宗茂はこうつけ加えた。

「肥後の熊本で加藤清正殿のご厄介になっておりますときに、加藤殿から三万石の知行で家臣にならぬか、というお話をいただきました。加藤殿のご厚情にはお礼の申しようもありませんが、お断りいたしました。

その理由は、徳川家からの知行であればよろこんでお受けいたしますが、その徳川家の家臣である加藤殿の知行は受けられぬと申しました。徳川家から直接知行を頂戴できるならば、よろこんでお相伴衆にさせていただきます」

「いや、これはありがたい。ご貴殿がそこまで心のひろい方とは存じ上げず、とんだご無礼を申し上げた。まわりくどい訪問でお気を悪くされたかもしれぬが、真意はそこにござった。どうかおゆるしください」

「なんのなんの。一介の浪人にそこまでのお気遣い、立花宗茂身にあまる光栄でございます。よしなにお願いいたします」

そういって宗茂は座り直し、両手をついてひたいを畳にすりつけた。本多はびっくりした。

「そのようなことはおやめください。わたしはただの走り使いにすぎません」

そういいながらも本多も慌てて座り直し、自分の前に両手をついて深いお辞儀をした。

このときの宗茂にまったく抵抗心がなかったかといえば嘘になる。こだわりはあった。

やはり関ヶ原の敗戦で城を取り上げられ、家を潰されたしこりは残っていた。しかしいまはそんなことはいってはいられない。

柳河を出て以来、肥後の熊本での屈辱的な居候生活、さらに京都での家臣たちの労働によって支えられた日々の暮らし、そして江戸へ出てきても同じように家臣たちの労働による生活の資の心配などは、いくら鷹揚でも宗茂にすべてが伝わっていた。

とくに宗茂は養父道雪の教えを本多正信に告げたように、

「家中の和」

を重んじる。そしてその家中の和を生み、保つためには、

「大将が家来を子供のように慈しまなければならない」

ということを徹底的にたたきこまれている。

「ところがいまは反対だ」

と宗茂は悩む。

親が子を養うのが当たり前なのに、子ともいうべき家来が主人を養っている。こんなことは例がない。

本多正信はそういう実態を、

「近頃の美談だ」

と褒め讃えるが、当人の宗茂にしたら美談どころではない。

「おれの恥だ」

と日々身を縮めている。美談どころではなく、醜聞なのだ。

宗茂はたしかに生まれながらの大名であって、いうところの下級武士の苦労をそれほど知っているわけではない。

かれは養父道雪のことばを守って、

「部下を子供のように愛する」

という点では、すぐれた大将であった。若いときからそのことばを守り抜いてきた。

しかし細かいことについて、下級武士の心情を自分のものとしているわけではない。

もしそんな気持ちを宗茂が持っていたとすれば、柳河城を失って以来、家臣に食わせてもらって平気なはずはない。

肥後熊本から京都へ、京都から江戸へ出てくるにしたがって、宗茂の気持ちはしだいに昔とは変わってきた。

つまり、

「おれは家来に食わせてもらっている身だ」

という実感が胸の中で生まれ、いまはいいようもなく大きく育っていた。

したがって現在の宗茂は、平然と書見をし、ぎんにかしずかれ、家臣たちが江戸の町々を走りまわって汗みずくになって働き、生活の資を持ち帰ってくるありさまを、じつをいえば胸の底で大きな痛みを感じてみまもっていた。

家臣たちはみんな、

「殿に暮らしの心配をおかけ申しては相すまぬ」

といって、自分たちの労働のつらさについては、いっさい話し合わないようにしている。明るく、

「こんな話をきいたぞ」

「おれのいった町ではこんなことがあった」

と江戸市内における出来事を中心に報告会を開いていた。宗茂への気遣いである。

宗茂には家臣たちのそういう心遣いが痛いほどわかった。

そこでかれがきょう本多正信と話し合って、

「たとえ微禄でも、徳川家から扶持《ふち》を受けることにまったく抵抗はございません」

といい放ったのは、宗茂自身も、

(家来の世話になるのもそろそろ限界だ)

と思っていたからである。

むかしながらの大名気質が頭をもたげ、

「主人であるおれが家来を養わないでいて、主人の資格はない」

と思ったからである。

戦国時代に「下剋上《げこくじょう》」という考え方があった。これは単純に解釈すれば、

「下が上を乗り越える、あるいは下が上に勝つ」

という意味である。しかし下剋上の意味はそういう表面的な解釈よりももっと深刻な意味があった。

この思想は、

「君、君たらざれば、臣、臣たらず」

というものだ。つまり、

「主人が主人らしくなければ、部下も部下の責務を果たさない」

ということである。戦国時代、主人が主人らしくないということは、

「主人に部下の生活保障能力がない」

ということである。俗なことばを使えば、

「部下を食わせられないような主人は、主人としての資格がない」

ということだ。

そういう場合には部下はどんどんそんな主人をみかぎり、転職してしまう。

したがって戦国時代は、

「部下が主人を選び、同時に大転職が可能な時代」

であった。

もちろん主人としての器量とか人徳などは必要だったが、戦国時代にはこれは主体ではなく、むしろ付加的な意味合いを持っていた。

主人はとにもかくにも、部下を食わせなければならなかった。したがって戦国時代における、

「主人と家来における忠誠心」

を成り立たせているものは、現代的なことばを使えば、

「使用者と被使用者における労働契約」

に等しいものである。

だから戦国時代というのは、その部下の生活を保障するための収入源である土地の奪い合いに終始したのだ。

が、幸運なことに立花宗茂はあまりそういう苦労をしなかった。

それは養父の立花道雪や実父の高橋紹運などが傑出した主人であったから、部下もよく懐《なつ》き、信頼していたからである。

「こんな主人のもとでは、立身出世はおろか生活も十分にできない」

と思うような家臣はひとりもいなかった。これは立花道雪が婿の宗茂に懇々と諭《さと》したように、

「大将は部下を子供のように慈しまなければだめだ」

という、その〝慈しみ〟の中には当然、

「部下とその家族の生活を保障する」

という一項目が入っていたためである。

その延長がいまおこなわれている。そのころの恩を忘れずに家臣たちは、自分たちが汗水たらして働き、宗茂がじっと寺に残って本ばかり読んでいても決して文句はいわない。

本多正信はこの事実を、

「近頃にない美談だ」

と告げた。

しかし美談というのは家臣のおこないであって、宗茂自身のことではない。宗茂はただ、

「家臣たちに食わせてもらっている情けない主人」

でしかない。

きょうの宗茂は本多正信の申し出をとびつくように受けた。というのは、

（そろそろおれが働いて、むかしのように家臣を食わす立場に立たなければ申し訳ない）

という思いが極点に達していたからである。

もちろんいま徳川家から給与を受けるということは、おそらく江戸城へいって秀忠の話し相手になったとしても、宗茂が座る場所は針のムシロにちがいない。

「かつて徳川家康公に刃向かった者が、なにをおめおめと雀の涙ほどの給与を貰うがために、

お相伴衆などという屈辱的な立場に身をおくのだ？」

という冷たい目がいっせいにそそがれるにちがいない。

が、本多正信に、

「お受けいたします」

と答えた瞬間から、宗茂はその屈辱感に耐えていこうという心を固めていた。なぜ耐えるかといえば、

（おれのためであり、家臣のためでもある）

という思いがあった。

こう書くと、単に生活上の苦しみから逃れるために宗茂が徳川家に仕えるというふうに誤解されるかもしれないが、決してそうではない。

宗茂は本多正信に語ったように、

「かつての自分の行為はあくまでも亡くなった故豊臣秀吉公へのご恩奉じであって、それはすでに決着がついている。いまこうして江戸の一隅でささやかな暮らしができるのも、徳川家の恩であって、そのことを決してないがしろに思ってはいない。したがって、その徳川家が自分を召し出してくれるというならば、よろこんで受ける」

という筋道を立てた気持ちを持っていた。

数日後、本多正信がまたやってきた。そしてニコニコわらいながら、

「立花殿、では先日のお約束どおり明日からでも江戸城へおいで願いたい。正式に秀忠公の

お相伴衆としてお迎えする。禄高は当面五千石でおゆるし願いたい」

最後の五千石というところでちょっと語調が弱くなった。

これは本多正信が心の一隅で、

(こんな安い知行で申し訳ない)

と思っていたからだ。しかし宗茂は丁重に礼を返して、

「ありがたきしあわせ、明朝より出仕いたします」

といった。

この日も相変わらず家臣たちは江戸の町へ働きに出ていたので、誰もいなかった。めずらしく由布雪下も外出していた。ぎんだけが世話をしていた。本多が去るとぎんがきいた。

「お殿さま、本多さまのご用はなんでございましたか?」

宗茂はニコニコわらいながら、

「江戸城でおれを雇ってくださるそうだ。五千石という禄高だが、しかしこの寺にいつまでも居候をしている身にくらべればありがたい話だ。みんなも虚無僧をやったり、建設現場でつらい仕事をしなくてもすむようになるだろう」

そういった。ぎんは目を輝かせた。

「それはおめでとうございます。お殿さま、ほんとうによろしゅうございましたね」

そういった。宗茂はうなずいた。

「これでおまえにも少し楽をさせられるかもしれぬ」

ぎんはたちまち瞼を熱くし、潤むような目で宗茂を見返した。そしてつぶやくようにきいた。

「江戸城へお勤めになるようになっても、まだぎんをお側においてくださいますか?」

本多の来訪の目的を、ぎんは敏感だから、はじめからうすうす察していた。ぎんはぎんなりに、

(もしもお殿さまがお役を頂戴するようになったとき、わたしはいったいどうなるのかしら?)

と小鳩のように胸を痛めていたのである。

宗茂がたとえむかしは大名であっても、いまはひとりの浪人にすぎないからこそ、ぎんのような竹細工職人の娘が側に仕えていられる。

もしもお殿さまがむかしのようにおなりになったら、自分などすぐクビにされるにちがいないと心のひと隅では、そういう心配を持ちつづけていた。

しかし宗茂はそんなことは微塵も考えていない。逆に、

「これでぎんの暮らしも少しは楽になるだろう」

といってくれた。

ぎんは貧しさなど気にならない。ただ宗茂の側にいられれば、それだけで幸福なのだ。

宗茂の太鼓判を押したような返事を貰って、ぎんはそっと両手で自分の胸を抱きしめた。幸福だった。

この日、一日の労働から戻ってきた十時摂津や由布雪下たち十九人の家臣たちは、戻ってくるとすぐ、ぎんから宗茂の江戸城出仕の話をきいた。

ドカドカと部屋にとびこんできて、

「殿！　伺いました。おめでとうございます」

と喜びの色をあふれさせて祝意をあらわした。そのたびに宗茂は、

「ありがとう。明日からおまえたちもつらい仕事に出なくてもすむ」

といった。が、家臣たちは、

「しかし、五千石ではやはりいままでとあまり変わりませぬな」

とわらった。

「おめおめと徳川の家にシッポをお振りになるのですか？」

と咎めるような者はひとりもいなかった。

「家康公のご子息秀忠さまは、なかなかの目利きでいらっしゃいますな。殿をお話し相手にお召しになるなどというのは、ふつうの人間ではなかなかできません」

と秀忠を褒める者もいた。みんなうなずいた。

宗茂はいった。

「五千石では雀の涙ほどでどうにもならぬかもしれぬ。しかし、おまえたちでよく相談をし、国もとで苦労をしている連中のうち、何人でも江戸へこられるなら呼んでやってくれ。おれは一文もいらぬ」

「そんなことをおっしゃっても、殿が一文もお受け取りにならぬとならば、暮らしはどうお立てになるのでございますか」

家臣のひとりがからかうようにきいた。宗茂はわらっていった。

「おれは一文の収入がなくても、おまえたちが食わせてくれる」

「これはおそれいりました」

ドッとわらいが起こった。宗茂はつくづくと、

(おれは幸福だ)

と思った。

その幸福な宗茂の表情を廊下からぎんがじっと潤んだ目で凝視していた。

翌日、立花宗茂は服装を改めて江戸城にいった。本多正信と土井利勝が待っていて、

「ご苦労です。こちらへ」

と城内の長い廊下を伝って秀忠の居室に案内した。

徳川秀忠はこのとき、二十五歳である。すでに、

「家康公のご世子（相続人）」

として扱われていた。

秀忠を次期相続人に推薦したのは大久保忠隣《ただちか》である。

本多正信は、秀忠の兄結城《ゆうき》秀康《ひでやす》を推薦した。武将としての威厳が備わり、戦場でも勇猛に戦ったからである。

しかし大久保忠隣は反対した。

「この国はやがて平和になりましょう。そのときの徳川家の当主は、やはり平和な政《まつりごと》がおできになる方がふさわしゅうございます。秀忠さまはその素質をお持ちでございます」

そう告げた。家康はこのとき信頼できる重役たち数人を集めて、

「わしの後は誰に継がせたがよかろうか？」

と諮問していた。

次男の結城秀康と三男の秀忠に分かれたこの案は、結局家康の裁断によって秀忠に決定した。

家康は大久保忠隣がいった、

「これからのこの国は平和になる」

といういい方が気に入ったのである。

それに結城秀康は一時期豊臣秀吉の養子になっていたために、その意味では多少秀吉に汚染されていた。

秀忠の秀ももちろん秀吉から貰ったものだが、結城秀康ほど秀吉に接近していたわけではない。

しかし問題は、たとえ秀忠が徳川家の後を継いだとしても、そのまま征夷大将軍になるのか、それとも征夷大将軍だけは家康が豊臣秀頼に譲るのか、これが世間では大きな噂になっていた。そして、

「まかり間違えば、徳川と豊臣の間にまた合戦が起こる」

といわれていた。

徳川政権はまだまだ安泰ではない。もうひとつ大きな山を越えなければならなかった。

そんな時期に立花宗茂は秀忠のお話し相手として江戸城に召し出されたのである。

お話し相手を務めるお相伴衆というのは、公的なポストではない。秀忠のいわば私臣である。公務にはまったく関係がない。

秀忠が、

「こういう例がなかったか？　あるとすれば話してくれ」

といわれてはじめて、自分の経験を話す。

普段はほとんど仕事がない。秀忠も一日中お相伴衆の話をきいているわけにはいかない。秀忠には秀忠の公務があった。

秀忠は立花宗茂を自分のお相伴衆のひとりに加えたことを父の家康に報告した。家康は一瞬、

「なに」

と鋭い目をしたが、すぐニッコリとわらった。

「おもしろい男を話し相手にしたな。おまえもなかなかやるな。立花はたしか関ヶ原合戦のときに、琵琶湖の瀬田の唐橋を焼かずに残した男だ。おぼえている。いい話をしてくれるだろう」

と手放しで賛成してくれた。秀忠はうれしかった。

とくにお相伴衆と名づけなくても、秀忠は江戸城にやってくる大名たちを呼び込んでは経験談をきくのが好きだった。

とくに旧豊臣系の大名で、加藤清正、福島正則、黒田長政、細川忠興、前田利長などから話をきいた。

これは宗茂にとってありがたかった。というのは、宗茂自身江戸城へいく前に、

「おれの座る場は、当然針のムシロのはずだ」

と緊張していた。ところが案に相違した。

たしかにいきなり宗茂に食ってかかったり、あるいは、

「関ヶ原で徳川家に敵対し、敗れて城を失い家を潰した人間が、なぜおめおめと徳川家から扶持を貰うのだ?」

となじるような徳川系の大名もたくさんいるはずだ。

ところが、その先頭に立つはずの井伊・本多・酒井・榊原という〝徳川四天王〟たちは、すでに本多正信の知行割りによって、遠くの城に異動させられていた。

いま江戸城内で、家康や秀忠の側近として活躍しているのは、土井利勝と本多正信・正純父子、大久保忠隣などである。

いわば、四天王たちが武断派であったのに対し、新しい側近たちは文治派といっていい。

現在でいえば、制服組はかなり遠くへ異動させられ、スーツ組が江戸城内を肩で風を切っ

て歩いているというようなものだ。

これに対し豊臣系の大名は遠国で大きな領地を貰っていた。加藤清正は肥後の熊本で五十四万石、福島正則は安芸広島で五十万石、黒田長政は筑前福岡で五十二万石、細川忠興は豊前小倉で四十万石、前田利長は加賀金沢で百二十万石という大禄である。

立花宗茂が、

「江戸城中でも絶対にあいつにだけは会いたくない」

と考えていたのが毛利輝元である。

ところが関ヶ原の敗戦直後、輝元は隠居し秀就《ひでなり》に家督を譲っていた。そして広島城を奪われ、当時の収入額百二十万石を大幅に削られた。

現在は周防・長門二国で三十六万石余の大名に転落していた。しかも当主秀就はまだ十四歳だ。

したがって、宗茂が毛利輝元に対し、

「肝心なときに出馬しなかった卑怯者だ」

と宿意を抱いていたとしても、会う機会はまったくなかったのである。

その代わりに、加藤・福島・黒田・細川・前田などの大名が、代わり番こに秀忠のところにやってきた。秀忠が呼んで、

「話をききたい」

ということもあったが、これら旧豊臣系の大名たちは、

「新しいお相伴衆として召し出された立花宗茂殿に会いたい」

という気持ちが半分あった。

とくに加藤清正は、

「立花殿、よかった、よかった」

とよろこんだ。

このころ、加藤清正は四十八歳、福島正則も四十八歳、黒田長政が四十一歳、細川忠興も四十一歳、前田利長は四十二歳というようにみんな年齢が近い。

まだ二十五歳の若者秀忠はこれらの先輩に謙虚に接した。そのため、これらの旧豊臣系の大名たちの間でも秀忠の評判はよかった。

ましてて、

「このたび、立花宗茂をお相伴衆のひとりに加えた」

という話がひろがると、加藤清正をはじめ宗茂に好感を持っていた大名たちはいっせいによろこびの声をあげた。

そして、今度はおおっぴらに秀忠の脇にいる宗茂に会いにやってきた。

もちろんそのときは秀忠から、

「こういう話を知らないか？」

ときかれて、その場に座り込み長々と自分の経験談を話す。

が、話す間中、宗茂の顔をみては、ニコニコと温かいまなざしを送った。

宗茂はうれしかった。針のムシロだと思っていた相伴衆の座が、意外と温かい日当たりのいい場所だったからである。

徳川秀忠は、これら大名の中でもとくに黒田長政と細川忠興の話をきくのを好んだ。そのときは立花宗茂にも、

「おぬしも脇にいて一緒にきいてくれ」

と誘った。

秀忠がこのふたりの話をとくに好んだのは、ふたりとも〝名二代目〟だったからである。

細川忠興の父は幽斎であり、有名な歌人だった。関ヶ原合戦のときに息子の忠興は真っ先に徳川家康の供をしたが、留守を幽斎が守った。丹波田辺城はわずか五、六百の兵で、数万の西軍に包囲された。ついに落城かと思われたときに、天皇が干渉した。

「細川幽斎を死なせると、日本の和歌の道が絶える」

というのが理由だ。

勅使が立った。両軍を説得し、幽斎は名誉の開城をおこなって京都に移り住んだ。

これが慶長五年（一六〇〇）九月十二日前後のことで、関ヶ原合戦のおこなわれた九月十五日までわずかな日数だった。

徳川家康は感謝した。

「幽斎殿があの小城を支えてくれたからこそ、数万の西軍が関ヶ原の決戦場にこられなかったのだ」

と褒めた。

黒田長政の父は如水（孝高《よしたか》）である。

「日本一頭の鋭い男」

といわれて、織田信長や豊臣秀吉には警戒された。徳川家康も警戒した。しかし頭のいい名参謀であることに変わりはない。

したがって秀忠が細川忠興にきくことは決まって、

「幽斎殿はこういう際どうなさったか」

ということであり、黒田長政に対しても、

「お父上の如水殿は、こういうときにどうなさったのか？」

と戦国時代を駆けめぐっていた両雄の話に関心を持つ。

自分のことでなく、父はどうしたのかという話なのだから、細川忠興も黒田長政もよろこんで秀忠の求めに応じ、知っていることを全部話した。

ある日、立花宗茂は、

「きょうは黒田長政殿と細川忠興殿に名二代目の秘訣をきくから、おぬしも立ち合うように」

と秀忠に誘われた。

秀忠が、

「立花、ここへ」

と自分の脇を示した。宗茂は、

「あまりにもお側近くではおそれおおうございますので、ここに控えさせていただきます」

と下座に座った。

秀忠はそうかと残念そうな顔をした。黒田と細川はチラリと視線を交わし、目で、

「立花宗茂はさすがだ」

と感嘆し合った。

秀忠が黒田長政にきいた。

「きくところによれば、福岡城に新しく異見会というのをお設けになったときいたが？」

「そのとおりでございます。よくご存じでいらっしゃいますな」

長政はほほえんでうなずいた。

「異見会というのは何をなさる会か？」

「月に三度開きます。大広間を会場とし、出席者は身分を問いません。父が設けた会でございまして、時間のある者は当日だれが参加しても構いません。そしてこの会では、人と違った考えを申し述べること、会議で話し合われた秘密事項は絶対に他に洩らさないこと、上の者は下の者が批判的言説を弄したとしても、それにしこりを持たないこと――などがこの会の掟《おきて》でございます。父が定めました。とくに下の者が上の者を批判したときに、そのことを根に思って、その後、人事異動などで報復することを絶対に禁じております。父の知恵でございます」

黒田長政の父如水はまだ健在だ（翌慶長九年に死去）。また細川幽斎も健在だ（慶長十五年に死去）。

「なぜそのような異見会をお設けになったのか？」

「父が申しますには、おそれながら上さま（徳川家康のこと）の思し召しにより、この国はしだいに平和に向かっております。その際は、いつまでも戦国時代のようなものの考え方をしていてはだめだということで、下の者の異見をよくきけというのが父の教えでございます。

そこでこの異見を公の場で述べさせるために、異見会を設けたしだいでございます。父は、戦国の世を駆けまわって参りましたために、自身どこか独断専行のきらいがあると自ら反省していると申しておりました。したがって異見会の主宰者はわたくしが命ぜられております」

「なるほど。黒田殿はいま鎮西でも名二代目の名が高い。この秀忠とはまったく違う。うらやましい限りです。しかしその秘密の一端は、異見会にあることも事実ですな」

秀忠は豊臣系の大名に対しても敬語を使う。

素直に先輩だと思っているからだ。家康はそんな秀忠に、ときに飽き足りないものを感ずる。

「あいつは少し素直すぎる」

と本多正信や土井利勝にグチをこぼすこともあった。

しかし秀忠がそういう純粋な性格だからこそ、千軍万馬のしたたかな旧豊臣系大名たちの間で人気が高いのだ。

「秀忠さまのお側にいると、汚れたこっちの身が全部浄化されるような気がする」

タヌキやムジナのような政略に明け暮れてきた大名たちはよくそんな話をし合った。

(なるほど、異見会か)

脇で話をきいていた宗茂は胸の中でつぶやいた。フッと、

(おれのところにもそんな会をつくるかな)

と思った。黒田長政はさらにこうつけ加えた。

「父が申しますには、異見会というのは、刀と槍に代えて、自分の考えやことばによる合戦場だと心得よ、ということでございます」

「ことばによる合戦の場?」

目新しい発想なので若い秀忠は目を輝かせてきき返した。

長政はうなずいた。

「さようでございます。武器の代わりにことばをもって戦うということでございます。したがって父は、会議の馴れ合いや玉虫色の結論を出すことを嫌います。必ず自分の考えを自分のことばで語れ、ということを全家臣に申し伝えております」

「よいお話を承った。細川殿」

今度は細川忠興のほうを向いた。

「はい」

細川忠興も実質的には黒田長政と同じように〝お相伴衆〟のひとりになっていたので、きょうは何をきかれるかと笑顔で身構えた。

「立花はかつて九州の柳河にいたので、細川殿の噂をきいたであろうが、細川殿も名二代目の名が高い。わたしはうらやましい」

「そんなことはございません。わたくしは不肖の二代目でございます」

たちまち忠興が異を唱えた。秀忠は宙で手を振って、

「いやいやそんなことはない。ご謙遜だ。さて伺いたい」

「なんでございましょう」

「お父上は、細川家中をどのようにお捉えになっておられたのか？」

秀忠はいきなり組織論についてきいた。忠興は、

「さようでございますな」

と一拍おいたが、返答に困ったわけではない。

忠興は慎重な人間だから、ことばを選ぶ。このときもそうだった。やがてこういった。

「父はよく、細川家中は重箱のようなものだと申しておりました」

「重箱とは？」

「中にいろんなものが詰められております」

「なるほど」

「しかし、箱にピッタリ合ったフタをするなとよく申しておりました。重箱には丸いフタを

せよというのが父の口ぐせでございました」

「重箱に丸いフタを？」

秀忠は怪訝《けげん》な表情になって眉を寄せた。理解できなかったからである。こういった。

「四角い重箱に丸いフタをすれば、四隅が空《あ》くではありませんか」

「それが大切だと父は申すのです。箱にピッタリ合ったフタをすれば、中に詰まっているものが息苦しくなり、ときには腐ります。丸いフタをすれば、四隅が空いて中の詰めものもゆっくりと呼吸ができます。それが大事だというのが父の考えでございました」

将軍徳川家康の世子（相続人）秀忠が、細川忠興に、

「細川家の組織管理はどのようにおこなわれているのか？」

ときいたのに対し、忠興は、

「父幽斎に教えられたのは、細川家中は重箱だと考え、ただしフタは丸いものを使えといわれました」

と答えた。関心を持った秀忠は、なるほどとうなずいた。そしてさらに、

「細川家中では、人材育成にどのようなご工夫をなさっているのか？」

ときいた。忠興はほほえみ、

「さようでございますな」

と一拍おいたのち、こう答えた。

「父幽斎は、人づくりは将棋の駒を育てるようにせよと申されました」

「将棋の駒？」

「さようでございます。王の支え手になる飛車と角のような重臣を養い、また自分の周囲には金や銀のようにピッタリと王を守り抜く中堅武士を育て、また現場では桂馬や香車のようなやる気満々の指導者を養えといわれました」

「なるほど、それはおもしろいたとえだな」

秀忠は身を乗り出して目を輝かせた。

「それで？」

さらに話を促した。忠興はチラリと脇にいた黒田長政と立花宗茂の顔をみ、目でわらった後、急に表情を引き締めた。そして秀忠のほうへ向き直ってこういった。

「しかし幽斎は、何よりも歩《ふ》を大切にせよと申されました」

「歩を？」

なかばいぶかしげな表情で秀忠はきき返した。忠興はうなずいた。

「さようでございます。歩を大切にしない王は必ず危地に陥ると父幽斎は口ぐせのように申しておりました」

「うーん」

秀忠はうなった。秀忠の性格は素直だから、こういう話をきくと感動する。まじまじと忠興をみつめた後、

「よくわかった。しかしそれにしても細川家中はつねに一糸乱れずに上下そろって行動する

ときく。秘訣はどのようなものか？」

「秘訣など別にございません。父幽斎は、部下が過ちを犯したときは二度まで注意せよ。三度いってもきかぬ場合には、容赦なく斬れと申しました」

「うーん」

細川忠興の話に秀忠はうなった。宙に視線を上げしばらく考えた。

「部下の過ちは二度注意して、三度いってもきかなければ斬れか。なるほど。その点、わたしはすこし甘い」

と率直にいった。忠興は、

「そんなことはございません。若さまもなかなか果断なご性格でいらっしゃいます」

と褒めた。秀忠は、

「きょうのご両所のお話にはじつに感服した。秀忠も、ご両所にならって良き二代目になるように心がけよう。立花、どうだ、参考になったか？」

「たいへん参考になりました。わたくしもわずかな家臣を抱えてはおりますが、とてもご両所のような見事な裁きはできません。きょうから心を入れ替えて、ご両所を範とするように心がけます」

この宗茂のことばをきくと、黒田長政が遮った。

「なにをおっしゃる、立花殿。貴殿は、忠誠心のかたまりのような部下に囲まれた、この国唯一の幸福者ではありませんか」

「そうだ、立花は部下が虚無僧になったり労働者になったりして養われてきた幸福者だ。このうえ、何の苦労があろうぞ。なあ、細川」

秀忠が黒田長政に共鳴した。黒田長政もうなずいた。立花宗茂は赤くなった。

立花宗茂は、宿所に戻ってくると一日の出来事を全部話した。

「きょうは若殿（秀忠のこと）のお側で、黒田長政殿と細川忠興殿がこういう話をなさった。ずいぶん参考になった。おれも心を入れ替えて、おまえたちにそういうように接するようにする」

と報告した。家臣たちは耳を立て目を輝かせて、その話をきいた。かれらにとっても、

「関ヶ原合戦後のほかの大名家では、どのような管理運営をおこなっているのか、人材育成をおこなっているのか」

ということは大きな関心事であった。

それは、時代がしだいにいままでとは違ったものを求めはじめていたからである。その底には、やはり平和でゆたかな暮らしをしたいと願う民衆の声があった。

いまは民衆の声を無視しては、到底大名業など務まらないということを、家臣たちもよく知っていた。

それは江戸の町に出てさんざん汗を流し、苦労したから、ともに働く民衆の声を自分たちのものとして身につけていたからである。

立花宗茂もそういう家臣たちの声を率直にきいた。そして、

「いままでのおれは、前や上ばかり向いて、ただ家を保つことや、武士の有利になることばかり考えてきた。これからはそうはいかぬ。民衆の存在を忘れた大名など、この世にいなくてもよい」

とまでいうようになった。その意味では、秀忠の側にいて次々といろいろな経験談を話す大名たちには、立花宗茂は、すべて、

「この人びとに学ぼう」

という謙虚な気持ちを持った。

その意味では秀忠の相伴衆として、毎日そういう大名たちの話がきけるのはなんともありがたかった。

だから宗茂は時折秀忠にいった。

「毎日このように学ばせていただきながら、しかもご扶持（禄）まで頂戴できるとは、この宗茂はまたとなき幸福者でございます」

「そうでもあるまい。大名たちの話をきいていて腹の中では、こんなばかなことをと思うこともあるのではないか？」

「ございません。いまの宗茂はまったくの無から出発しております。ここで伺わせていただくことすべてが、糧《かて》や肥料になっております」

「ほんとうにそう思うのか？」

秀忠はまっすぐ宗茂をみて、そうきいた。宗茂はうなずいた。秀忠は宗茂の目の中に嘘い

つわりのないことを知った。

こうして宗茂は、禄高こそせいぜい五千石だったが幸福な日々を送った。しかし心の一隅では、

(こういう暮らしが続くと、おれは結局はぬるま湯につかったような堕落者になってしまうのではないか)

と危機感も感じていた。

奥州棚倉の藩主に

そんなある日、本多正信がまたフラリとやってきた。宗茂は宿所は変えていない。依然としてかれに好意を持つ寺の世話になっていた。

「秋が深まりましたな」

庭から入ってきた正信は、縁側で枯葉が落ちるのをみていた宗茂に声をかけた。きょうの宗茂は非番で城へ登らない。朝から、ハラハラと舞い落ちる庭の木の葉を眺めていた。

庭には見事な桜の木と楓《かえで》の木があった。ともに真紅に染まった葉が、何枚も落ちていた。宗茂の視線を追った正信は、

「見事な紅葉でございますな」

といった。宗茂はうなずいた。

「さようです。葉はおのれの生命を燃やしつくして、木の枝から離れます。木の葉の紅葉は、

葉の生命ぎりぎりの姿でございましょう」

「紅葉は木の葉の生命ぎりぎりの姿ですか。なるほど」

正信は宗茂のことばに感嘆したようにうなずいた。そして、

「さすが若殿のお相伴衆だけあって、ものの感じ方、おっしゃりようがわれわれ凡俗とはまったく違いますな」

とわらった。宗茂は恐縮した。

「本多殿、本日は？」

と用向きを促した。

正信はゆったりとした動きで縁の端に腰をかけた。散りつづける紅葉をみながらいった。

「立花殿は、奥州の棚倉《たなぐら》というところをご存じか？」

「奥州の棚倉？」

きき返して宗茂は首を横に振った。

「いや、わたしは九州の生まれ育ちなので、奥州のことはとんと存じません」

「さようでござろうな。これからの奥州は雪が深い。さぞかし寒気もきびしかろう」

正信は突然宗茂のほうへ向き直った。

「若殿が、大殿（家康のこと）とご相談の結果、立花殿に棚倉へおいで願えぬかということなのです」

「わたくしに？」

「そうです。一万石の禄高で大名の座に戻すというのが若殿のお気持ちです」

「これは」

宗茂は目をみはった。真実驚いた。

関ヶ原の敗将を改めて大名に取り立てるなどという話はきいたことがない。徳川家の譜代大名はもちろんのこと、関ヶ原の合戦のときに徳川家康に味方した豊臣系大名たちも文句をいい立てるだろう。

宗茂はまじまじと正信をみつめた。正信はいった。

「長らく保留されてきた常陸《ひたち》の佐《さ》竹義宣《たけよしのぶ》殿の処分が決まったのです。佐竹殿は、出羽の久保田（秋田市）に移されることになりました」

「佐竹殿が奥州へ？」

「そうです。佐竹殿の支配地は相当広範囲にわたっていて、その中に棚倉も含まれておりました。棚倉は奥州の浜《はま》通りと中《なか》通りの間にある要衝の地です。赤館《あかだて》という支城も設けられておりました。秀忠さまは、立花殿にその赤館に入城していただき、北の抑えを務めてはもらえぬかとおっしゃるのです。いかがですか？」

いかがですかといわれても、いまの宗茂は贅沢をいえるような立場にはない。

本多正信の話は秀忠の命令だ。秀忠は人がいいから一応宗茂の意向をきいてこいとはいったろうが、実際にはいまの相伴衆の立場から、大名に取り立ててくれるということだ。

秀忠も宗茂が断るとは思っていない。そんなことを宗茂がするはずがないと踏んでいる。いままでなら、宗茂は、

「家来ともよく相談をしたうえで御返事を申し上げます」

と答えるところだが、今回はそうはいかなかった。

かれは、縁の上に座り直した。そして手をつき、深く礼をして、

「一介の浪人たるこの立花宗茂に、ありがたきお扱い、慎んでお受けいたします」

と告げた。

これに対し本多正信が何かいおうとすると、ドカドカと廊下を踏み鳴らして、十時《とき》摂津《せっつ》、由布《ゆふ》雪下《せっか》、原尻宮内《はらじりくない》、太田《おおた》久作《きゅうさく》など、九州以来の家臣がとび出てきた。

そして、バッタのように廊下の板に、

「本多さま、誠にありがたき幸福《しあわせ》！」

と叫ぶようにいいながら額をすりつけた。

やや後方に、ぎんも手をつき、熱くなった瞼の中からじっと黒い瞳を正信にそそいでいた。その目は濡れていた。正信は驚いた。そしてつくづくと、

（まったく、この主従たちは一心同体だな）

と感じた。

正信はうれしかった。主人の立花宗茂だけでなく、主だった家臣たちのすべてが、自分に感謝の意を表してくれたことは、この棚倉行きをかれらも決していやがってはいないと思っ

たからである。

さきほど正信が口にしたように、奥州の冬は早い。とくに雪が深い。

その雪深い里に、たとえ大名の列に戻すとはいえ、わずか一万石の石高でおもむかせるのは、かならずしも優遇とはいえない。むしろ過酷な実験を試みるといっていい。

事実、家康は息子の秀忠にそういった。

「九州育ちの立花を奥州の雪深い里で過ごさせるのは、あいつのおれへの忠誠心がほんものかどうかを試すいい機会になる」

非情とも思えることばだった。

秀忠は黙っていた。目の底にちらっと父のことばに対する反発心をみせたが、口にはしなかった。

秀忠にすれば、何がなんでもいま立花宗茂を大名の列に戻すことが最大の願いだったからである。

たとえ奥州であろうと、石高が一万石であろうと、一度大名に戻せば、その先には加増の手があるし、同時に移封の手もある。

秀忠自身は、

（立花宗茂を、もっと優遇してやりたい。あの男は心底、徳川家に謀反心は抱いていない）

と思っていた。

将軍になったからといって徳川家康の政治的立場は完全に安定したわけではない。日本国内にはまだまだ豊臣系の大名がたくさんいる。

とくに秀吉の遺児豊臣秀頼が健在で、すくすくと成長しているいま、家康に対して虎視眈々と鋭いまなざしを向けている大名はごまんといた。

奥州ではとくに伊達政宗の動きがいつも警戒心を要した。油断ができない。おそらく秀忠が、

「棚倉に立花宗茂をさし向けましょう」

と父家康に告げたのは、政宗を中心にした挙動の定かでない大名たちへの抑えとして、この地に宗茂をおこうという戦略的な意味もある。単に、

「立花宗茂をもう一度大名に戻してやりたい」

という好意だけではない。

宗茂がこの戦略的立場をよく認識して、徳川家のためにつくせば、その後はさらに昇進の道を開いてやろうというのが秀忠の考えであった。

本多正信の内示によって棚倉行きの決定した宗茂は、翌日江戸城に呼び出され、将軍徳川家康から、このことを正式に命ぜられた。

宗茂は終始手をついたまま、

「ありがたき幸福に存じます」

という礼のことばを繰り返した。

そういう宗茂の姿を、徳川家康はじっと奥深いまなざしで凝視していた。その家康の脇から秀忠が、

「立花、頼むぞ」

と温かいことばをかけた。そして、

「いつ発《た》つ?」

ときいた。宗茂はわずかに顔を上げて秀忠のほうをみながら、

「できる限り速やかに発ちたいと存じます」

と答えた。

「これからの奥州は寒いぞ。雪も降る」

「承知しております。まず、その奥州の冬のきびしさを、経験するところからはじめたいと存じます」

「なるほど」

秀忠は感心した。


じつをいえばこの立花宗茂の棚倉赴任の年については、いろいろな説がある。慶長八年、同九年、同十年、同十一年とある。

筆者も迷った。立花宗茂が棚倉へいく前に、現地がどういう状況であるかは、書く立場のわたしのほうがよく知っていなければならないので、何度か現地にいった。

しかし現地の赤館城跡(現在赤館公園になっている)に建てられた説明板には慶長八年とあり、この説が一般的だ。

筆者としてはほんとうなら、秀忠が父家康から将軍職を譲られるのが二年後の慶長十年（一六〇五）なので、

「新将軍としての新しい政策の一環」

として、

「立花宗茂の大名への復帰」

と考えたいのだが、そうとばかりはいっていられない。

旧領主であった佐竹義宣がこの地を追われたのが慶長七年（一六〇二）のことなので、やはりそれに近い年月を取るのが一番いいと考えた。したがって、この小説では立花宗茂の棚倉への赴任は慶長八年（一六〇三）としておく。

現在、棚倉は福島県東白川郡棚倉町となっている。ここへいくには、東北新幹線で新白河で降り、棚倉行きのＪＲバスに乗って四、五十分くらいかかる。ここのＪＲバスは専用道路を持っている。かつて、国道二八九号線の上にＪＲ（そのころは国鉄）のレールが敷かれてあったそうだ。この線が廃止になった後、代替としてＪＲはバスを走らせた。

江戸時代には日本国内の街道が整備されたが、東北方面にいく道は何本かあり、その代表的なのが「奥州街道（奥州道中ともいった）」と呼ばれた道路だ。

江戸から宇都宮、白河、福島を経由して仙台に至る道である。これを〝中通り〟という。

東北新幹線や在来の東北本線は、この中通りを走っている。

もう一本は〝陸前浜街道〟と呼ばれるものであり、水戸から勿来関《なこそのせき》、磐城《いわき》、平《たいら》、中村（相

馬）を経て仙台へいく道だ。この浜街道の名から〝浜通り〟と呼ばれるようになった。福島県内は、この浜通り、中通り、そして会津の三地域に分かれ、天気予報も三つある。そのため、住民気質に多少差異があるようだ。

立花宗茂一行は、おそらく奥州街道を白河までたどり、そこから右折して現在の国道二八九号線を歩いていったと思う。

徳川家康から辞令を受けたのち、立花宗茂主従はただちに出発した。晩秋の時期である。宗茂は家康の前で、

「一番寒気のきびしい時期を経験することが、まず棚倉での責務を果たすうえでよい経験になると思います」

とはいったが、雪の降るのを待って出かけるような真似はしなかった。家臣たちと相談した結果、

「雪の降る前に棚倉に着いて、諸々の準備をしよう」

ということになった。奥州路はまさに紅葉の真っ最中だった。どこを歩いても、木の葉は美しく自分の身を染めていた。

宗茂はしばしば立ち止まって、紅葉を眺めた。家臣たちも、

「殿、急ぎましょう」

などとはいわない。合戦におもむくわけではないから、宗茂が道々立ち止まって紅葉を楽しむ邪魔は絶対にしなかった。

かれら自身も道ばたの石に腰かけたり、あるいは川に石を投げ込んだりして戯れた。

北へいくにしたがって、しだいに木の種類も変わってくる。九州ではみたことのないような白樺の木や、ブナの木なども少しずつみられるようになった。

白河で奥州街道に別れを告げ、表郷《おもてごう》近くにある白河の関跡を見物した。

ついてきた原尻宮内と太田久作が小さな声でこんなことをいった。

「これが有名な白河の関か。こんな平地にあるのでは、別にここを通らなくても奥州へは自由にいけそうだな」

「そのとおりだ」

学識の深い由布雪下がきき咎めていった。

「このころの関は、別に鑑札を持たなければ通さないなどということはない。つまり、ここから北が奥州だという境目を示すための関だ」

「ああ、そういうことですか」

原尻宮内と太田久作は納得した。

表郷村を通過して、しだいに棚倉が近くなってきた。

一行は、主人の宗茂と家老の十時摂津、由布雪下の三人が馬に乗り、あとの武士たちは徒歩だった。

突然、馬上の宗茂が、

「みろ」

と大声を出して右手を指さした。

従ってきた家臣たちはいっせいにその方向をみた。太田久作が、

「あっ」

と、とんきょうな声をあげた。

「なんだ？」

原尻宮内がきいた。太田久作は、

「そっくりだ」

といった。みんな立ち止まった。

「何がそっくりなのだ？」

十時摂津が太田久作にきいた。太田久作は宗茂の顔をみた。宗茂は目でうなずいてニコニコわらっていた。目は、

(久作、おまえの感じたとおりだ)

と語っていた。

先頭をいく宗茂が馬を止めたので、供をしていた連中もそれにならって立ち止まった。いっせいに右手の山をみた。途端、武士たちも、

「そっくりだ！」

と驚きの声をあげ、目をみはった。

右手のほうに三つのコブを持つ山がくっきりと空にその身体を突き入れていた。

たいして高い山ではない。しかし周囲の山々が丘のように連なっているので、コブを持つ三つの山だけがきわだってみえた。

「立花山だ！」

原尻宮内が叫んだ。供をしてきた武士たちはそろってうなずいた。

まさに三つのコブを持つ山は立花山と同じ姿をしていた。九州の立花山には、なつかしい立花城がある。

宗茂の養父立花道雪が長年居城し、やがて娘の誾千代《ぎんちよ》に城主の座を譲った。そのために、宗茂の妻になった誾千代は最後まで、

「わたくしは女城主です」

と突っ張り抜いた。

その誇りが、やがて夫宗茂との間に溝を生じた。宗茂も養子ではあったが誇りが高い。誇りと誇りがぶつかり合って、結局は別居するようになってしまった。

しかしその誾千代も死んだ。

馬の上からじっとコブが三つある山を凝視する宗茂の胸の中に、いろいろな思いが湧き立った。

「不思議なものでございますな。自然にも偶然というのがあるようでございます」

脇に馬首を寄せてきた由布雪下がそんなことをいった。

おそらく、いま宗茂が何を考え、何を思っているのかを正確に見抜いたからである。

「あのように九州の立花山に似た山をみると、はじめてだという気がしませぬな」

十時摂津も馬を寄せてきて、そういった。宗茂はうなずいた。その目は輝いていた。

「おれもそう思う。希望が湧いてきた」

宗茂はそういった。そして、

「赤館へ急ごう」

と馬の腹を軽く蹴った。一行は赤館に向かって進みはじめた。

赤館に着いて驚くべきことがまた起こった。

赤館城は、低い山の上にある。大名に戻されたとはいっても、禄高はわずか一万石だ。宗茂は、

「新しい城をつくるだけの金はない。赤館にあるという古い城をそのまま使おう」

といった。

伝えられるところによれば、赤館城は伊達氏の家臣だった赤館源七郎が築いたのでこの名が残されたという。

ここは、会津の蘆名《あしな》氏や、地元の白川氏、そして陸奥の伊達氏、さらに常陸の佐竹氏などが攻防の標的にしている地域であった。

結果として、佐竹氏の支配下になった。その佐竹氏が関ヶ原の合戦では態度が曖昧で、徳川家康の味方なのか石田三成の味方なのかはっきりしなかった。噂では、

「会津の上杉景勝を征伐するために軍をひきいてやってきた徳川家康が、下野《しもつけ》（栃木県）小

山まで達したときに、常陸の佐竹氏が立ち上がって上杉と手を組み、家康を挟み撃ちにするつもりだった」

といわれた。戦後きびしい尋問がおこなわれたが、佐竹氏ははっきりした返事をしなかった。

「そんな企てはございません」

と、きっぱり否定したが、どうも限りなく灰色に近い。

そこで徳川家康は二年ばかり経って、ついに、

「佐竹を常陸から追放しよう」

と処分を決定したのである。

したがって、佐竹氏の出城としての体裁はととのえていた。

それほど傷んではいないので、多少手を加えればすぐ住むことはできる。砦とも居館ともつかない建物をじっくりとみながら、宗茂主従はそう結論した。

このとき、城のある山頂の端にいって、崖の下方をみわたしていた太田久作が、

「やあ、そっくりだ！」

と、またとんきょうな声をあげた。建物の点検をしていた武士たちはいっせいにその方をみた。走り出す者もいた。

「なんだ、なんだ」

と声をあげた。宗茂も、

「久作のやつ、何をみつけたのだろう？」

とわらいながら、その方へ向かった。十時摂津も由布雪下も従った。

近づいてきた宗茂一行をみると、久作は右手の指を振りまわしながら、

「殿、殿、ご覧ください！」

と大声を立てた。

「久作、どうした？」

宗茂が近寄ると、

「下のまちです！」

と久作はさらに大声をあげた。崖の端に立った宗茂主従はいっせいにふもとをみおろした。

そしてそろって、

「あっ」

と声をあげた。宗茂もそのひとりだった。

宗茂はすぐ視線を戻して、いま調べてきた建物のほうを振り返った。建物が立っている大地全体をみわたした。

宗茂はやがて大きくうなずいた。

「似ている」

「そっくりでございますな」

十時摂津がうなずいた。由布雪下は、

「呆れたものでございますな。偶然がこうも重なるとは」

と、これも驚きの色を隠さなかった。

宗茂が、

「似ている」

といったのは、この山頂からみおろす光景が、岩屋城のそれにそっくりだったからである。

岩屋城は、太宰府の脇にある四王寺山（大野山）の山頂ちかいところにあった城だ。父高橋紹運《たかはしじょううん》が、島津軍に攻められて玉砕した。

四王寺山の山頂には大野城がある。異国軍襲来に備え、これを防衛するためにつくられた朝鮮式の城だ。岩屋城はその下にあった。宗茂にとっても思い出深い城だ。

岩屋城の端に立つと、ふもとの太宰府のまちがそっくりみえた。いま目にしているのは、まさしく太宰府のまちにそっくりだ。

「ここへくる途中では、立花山にそっくりなコブのある山をみ、ここでは太宰府の町を見下ろす岩屋城そっくりの地に城を構えるというのは、いよいよ何かの因縁でございますな」

由布雪下はそういった。宗茂はうなずき、

「天がわれわれに九州と同じ地を与えてくれたのだ。感謝せずばなるまい」

そういって空を仰いだ。

江戸を発つとき、家臣の間ではこもごもの噂がとび交った。

「棚倉という土地は、雪が深くて冬になると身動きができないそうだ」

「米もろくに穫れず、アワかヒエを食うのが精いっぱいだそうだ」

などという話がとび交った。

みんな心細かった。ほとんどが九州生まれで、東北の地についての土地勘はまったくない。

「伝えきくところでは、白河の関から北は、かつては人間が住めなかった」

などということを言い出す者もいた。

そんなところでわずか一万石の石高をもらったとしても、いったいどんな暮らしができるのだろう。

「そんな貧しい思いをするくらいなら、この江戸で浪人生活をつづけたほうがいい。江戸はいま城づくりやまちづくりで沸き立っている。仕事はいくらでもある。何もわざわざすき好んでそんなところまでいく必要がない」

という者もいた。もちろん家臣たちにすれば、自分たちの暮らしが貧しくなることを嫌がったわけではない。

「ご主人の宗茂さまに、みじめな思いをさせたくない」

というのがみんなのそろった気持ちであった。主人思いの結果、そんな話がとび交ったのだ。

しかし宗茂の決断で、一行はこの棚倉にやってきた。

そしてかれらが道中発見したのは、奥州の地はかならずしも貧しくないということだった。

すでに実りの秋は過ぎていた。田の中には、稲穂を取ったワラが束ねて丸太にかけられていた。

その田を周囲の低い山々の真っ赤に染まった木々が囲んでいた。ハゼの木だ。ハゼの紅葉は美しい。とくに赤いのが漆《うるし》の木だった。九州にも似た木がある。ハゼの木には実がなり、その実から蠟《ろう》が取れる。だから、

「ハゼの実に近寄ると、かぶれる」

などといわれていた。

一同がふもとのまちをみたり、改めて自分たちの拠点になる赤館の建造物をみたりしながら、それぞれの思いにふけっているとき、

「支度ができました」

と小走りに近寄ってきたぎんがいった。食事の支度ができたという意味だ。宗茂がきいた。

「酒は？」

「用意いたしました。ふもとの民家で分けていただきました」

「よく気がついた。よし」

宗茂はぎんに向かってニッコリわらうと、家臣たちを振り向いた。

「ぎんが心づくしの支度をしてくれた。着任の祝いをしよう。そして明朝から、この付近一帯の調査をおこなおう」

そう告げた。家臣たちもいっせいにうなずいた。心細さは完全に消えていた。

宗茂は、

「着任の祝いをしよう」

といったが、家臣たちはかならずしもそのことばに従わなかった。

家臣たちは、

「前領主は年貢をどのくらい取っていたのだろうか」

「神社仏閣はどんなものがどのくらいあるのだろうか」

「古い史跡にはどんなものがあるのだろうか」

「米以外の農作物は何が穫れるのか」

などということを話し合っていた。宗茂はわらった。脇にいた十時摂津と由布雪下を振り向きながら、

「みんな仕事熱心だな」

といった。二人はうなずき、

「なんといっても、殿が大名の座にお戻りになったのがうれしいのです。早速、明日からの仕事の手順を決めております」

「仕事の話ばかりしていたら、酒がまずくなるではないか。いい加減にするようにいえ」

「いや、かれらはこのほうが楽しいのでございます」

「久しぶりに、連中の賑やかな声をきくと、おれもうれしい」

「まったくそのとおりでございます」

宗茂一途に忠節をつくしてきた老臣二人は、互いに顔をみあわせてうなずき合った。

「明日は早速、熊本にいる小野和泉に手紙を書こう」

そういう宗茂に、由布雪下が、

「とりあえずのことは知らせておきました」

といった。宗茂は、

「それはありがたい」

と礼をいい、

「柳河に土着している連中や、小野と一緒に熊本にいる者の中で、ここへきたいという者があれば、どんどん呼びたい。もっとも、給与はたいして与えられぬがな」

宗茂はそういった。二人の老臣は顔をみあわせ、思わず手をついた。

「殿の温かい思し召しには、きっと九州の者どもも胸を熱くすることでございましょう。おそらく、多くの武士がここへやってまいりますぞ」

そういった。宗茂は、

「そうであればうれしい。おれはまったく役立たずの主人だからな」

そう笑った。

「なんのなんの、殿のようなご名君はいまの世にふたりとおりませぬ。われわれには、殿のご存在そのものが誇りでございます」

そう告げた。

宗茂は何もいわずに黙って二人の老臣をみかえした。目の底に感謝の色があった。

民とともに生きよう

そんな光景を、広間の端の廊下から、ぎんが輝く瞳で凝視していた。ぎんの胸も幸福感でいっぱいだった。ぎんも、

「明日は早速、京都のお父っつぁんにこのことを手紙に書いて知らせよう」

と思っていた。

翌朝は、十時摂津や由布雪下など家老の指示によって、供をしてきた武士たちがいっせいにふもとへ走り下りた。

「なによりも、この地の実態を把握しよう」

ということで、各方面へ調査に出向いたのである。

なんといっても東北の地は、日の暮れが早い。闇をぬって、こもごも丘を登り調査に走った家臣たちが戻ってきた。

先に戻った者は、ぎんが支度してくれた膳のものには手をつけず、自分たちの調査結果を

話し合いながら全員揃うのを待っていた。

中央にいる宗茂も同じだった。腕を組み軽く目を閉じて、家臣たちの話し声に耳を傾けていた。

やがて、十時摂津が告げた。

「殿、全員戻りました」

「そうか」

目を開きパラリと腕を解いた宗茂は、全員を見渡して告げた。

「一同、ご苦労であった。では、それぞれの調査の結果を話してくれ」

そういった後、

「酒を飲み、食いながら話そう」

と、自ら手酌で酒をつぎ、軽く宙に盃をあげた。そういうしぐさが家臣たちの胸をなんともいえぬ温かい思いでいっぱいにさせた。

ぎんが、

「殿さま、わたくしが」

と小走りに近寄って酌をしようとしたが、宗茂は宙で大きく手を振った。

「いい、自分でやる。おまえはこれだけ多くの男どもの世話をするのでは忙しくてしかたがあるまい。かわいそうにな」

そういうことばをかける宗茂に、ぎんは思わず胸をキュッとさせた。

しかし宗茂のいうとおりだった。ふもとから、何人かのお手伝いさんにきてもらってはいたが、いずれにしても数十人の武士の食事の支度はたいへんだ。

「では、おことばに甘えまして」

と、ぎんは再び台所へ去った。その後ろ姿をみおくりながら、十時摂津が、

「ぎんはまったくよく働きますな」

といった。

十時摂津は、

「さて、誰から話をする？」

と話を元へ戻し、一同をみわたした。が、口を切る者がいない。そこで由布雪下が、

「ではわしから話を切り出そう。まず棚倉という地名の由来だが」

といった。みんないっせいに由布をみた。

由布はこういった。

「わしの調べでは、古記録にこうある。伊野に庫を設け、穀を蓄え、春、開きわかつ。土民これを伊野の種倉《たねくら》という、と書かれたのが地名のはじまりらしい」

「種倉が、棚倉《たなぐら》に変わったということですか？」

脇にいた原尻宮内がきいた。由布はうなずいた。

「そのとおりだ」

「なるほど」

一同は納得した。宗茂が由布にいった。

「春、開きわかつというのは？」

「おそらく、田植え前に種を民に与えたということでしょう」

「そうか」

宗茂は宙をみあげてじっと思案した。やがて視線を由布に戻すと、こんなことをいった。

「われわれもその古事に習おう。領内の各地域に、種籾《たねもみ》の倉をつくろう」

そういった。そして、

「田植えのためではなく、災害が起こったときの予備の籾を保管しよう」

そう告げた。由布は大きくうなずいた。

「それは重畳。まず善政の手始めでございますな」

十時摂津もうなずいた。

「いまの種倉のお話ですが、この地には農事に深いかかわりを持つ神社が二つございます」

九州以来ずっと供をしている蓮池《はすいけ》という武士がそう発言した。

「農事にかかわりのある神社とは？」

尋ねる宗茂に蓮池はこう答えた。

「都々古別《つつこわけ》社と申しまして、アジスキタカヒコネノミコト（味耜高彦根命）という農業神を祭神としたお宮でございます」

「それが二つあるというのか？」

宗茂の問いに、蓮池はうなずいた。

「さようでございます。なんでも、ヤマトタケルノミコトがこの地方を通過したときに、地主神としてまつったのが最初だそうでございます。常陸街道に面した社と、われわれが通って参りました表郷の小高い丘の上の社と、二つございます」

「つつこわけというのはどういう字を書くのだ？」

こういう古いことに関心の深い由布雪下がきいた。蓮池は、

「都都とつづけ、それに古いという字に別という字を書きます。別はわけと読みますので、和気清麻呂の和気という字を当てることもあるそうでございます。しかし、農業神をまつるにしては、社には古い太刀や鎧があって、これを宝としているそうでございます」

「ほう、それはぜひみてみたいな」

宗茂はそういった。

「ふもとを流れる久慈川と根子屋川の間に大きな森がございます。森の入り口に古いケヤキの木がございます。なんでも、三百年から四百年の樹齢があるそうでございます」

蓮池の脇にいた糟家《かすや》という武士がそういう報告をした。

「ケヤキの古木か、それはなつかしい。その木もぜひみたい」

宗茂はほほえんでそういった。

「その久慈川の上流に、五来山という山がありまして、中腹に不動尊がございました。シャクナゲがいっせいに咲き乱れるそうでございます。怪石、奇岩が多く、渓谷の眺めはなんと

も見事でございます。近くでは松茸も多く取れます」

遠出をした太田久作がそんな報告をした。みんなわらい出した。

「久作、まるでみてきたようなことをいうが、ほんとうに行ったのか？」

そうきく武士もいた。久作は肩を張ってうなずいた。

「行ってきたとも。楓の紅葉がなんとも見事で、おれは思わずその紅葉の群れの中に身を投げたいと思ったよ」

「紅葉に身を投げたい？」

きき返した武士はみんなをみわたしてこういった。

「みんな、きいたか？　太田久作のやつは、紅葉の中に身を投げて死にたいそうだ」

みんなドッとわらった。宗茂もわらった。しかし宗茂は、

「それが久作のいいところだ。おれもできれば、その紅葉の中に身を横たえたいよ。そして、甘い夢をみたい」

宗茂のことばは久作を救っただけでなく、宗茂自身の詩精神を語っていた。

一瞬、家臣たちは沈黙した。気まずさを味わったわけではない。久作の夢に同調する宗茂の温かい心に胸を打たれたのだ。

次の料理を持って手伝い人たちと広間に入りかけたぎんは、思わず立ちつくした。

いまの宗茂のことばはまた彼女の心の底にも温かいものを掻き立てたからである。ぎんは思わず涙ぐみそうになった。

調査に出た武士たちは、それぞれ自分の調査結果を報告した。

一日の調査にしては、収穫は多かった。こもごも話す武士たちの報告内容によって、座にいた者は、全員がこの棚倉がどういう地形であり、また資源を持つ土地であるかを概略知ることができた。

全員の報告が終わると、宗茂は居住まいを正した。そしてこう話しはじめた。

「この際、おまえたちに話しておきたいことがある。それは、立花一家は、この棚倉の地を永住の地としたい、ということだ」

軽いどよめきが起こった。宗茂の発言に虚を突かれたからである。

宗茂はつづけた。

「知ってのとおり、おれはおまえたちとともに徳川殿に刃向かい、石田三成に味方をした。しかし結果はわれわれの負け戦となった。にもかかわらず、徳川殿はかつての敵将に対し、昵懇《じっこん》な扱いをしてくれ、おれをお相伴衆に取り立てたのちに、たとえ一万石とはいえ棚倉の地で大名の座に復権させてくれた。そう思うと、おれは徳川殿の恩を忘れるわけにはいかない。これからは、徳川殿にご恩を奉ずる。それには、まず与えられたこの棚倉の地に永住するつもりで根を生やし、民とともにゆたかな国に仕立て上げることが大切だ。さっき種倉をつくろうという話をしたが、当面は年貢を前領主の率にくらべ一割引き下げたい。そのためには、われわれ武士も鍬を取って、未開の地を耕すことが必要だ。今後の立花家は、よろこびも悲しみも民とともにしたい。わかってくれるか？」

そういった。家臣たちは誰も声を立てなかった。宗茂の話に改めて心を固めていた。

(殿はそこまでお考えだったのか)

と一同は宗茂のいまの発言を噛みしめた。

「殿、お見事なご決意でございますな」

脇から十時摂津が感動に満ちたまなざしで大きくうなずいた。由布雪下もうなずいた。九州生まれ、九州育ちの立花宗茂とその家臣団にすれば、奥州の冬のきびしさは予想もつかない。おそらく、皮や肉だけでなく骨まで凍るような寒さがつづくだろう。にもかかわらず主人の立花宗茂は全家臣に、

「立花家中は、この棚倉に骨を埋める」

と宣言した。さらに、

「民とともに生きる」

といい切った。家臣は全員、

「殿のご決意、相わかりました」

といっせいに平伏した。宗茂はそんな家臣たちをみながら、うむ、うむとうなずいた。目の底によろこびの色が躍っていた。

こうして立花宗茂の決意により、立花一族はこの棚倉を、

「ついのすみかとする」

と決定したのである。

立花宗茂が、

「この棚倉で民とともに生きる」

と決意したのには、長いいきさつがあった。

柳河城を追われて肥後に亡命した後、京都での浪人生活を送り、さらに江戸に出て苦しい生活を送った。その間、宗茂の生活を支えてくれたのはすべて家臣たちだった。

かれらは、虚無僧や労働者になって賃金を稼ぎ、主人を養った。

「殿は、暮らしのことはまったく心配なさいませんように」

と、こもごも温かいことばを投げかけてくれた。宗茂は感謝した。

かれはいわれたとおり家に残って、いつも本を読んでいた。しかし実際には、目は書物の文字をたどりながらも心は別なことを考えていた。それは、

「いまの自分は、果たしてこの世に生きる資格があるのだろうか？」

という疑問である。もちろん、江戸に出てきて以来、将軍徳川家康の後継者である秀忠が、特段の好意を示してくれたので、その意味では宗茂は恵まれていた。

しかしかれの頭の中を走りめぐりはじめたのは、家臣たちの忠誠心だけではなかった。かれは改めて、

「領地における民の存在」

に思いを馳せた。

立花城や柳河城で城主として無事に過ごせたのも、結局は土に生きる農民たちの営々とし

た努力が土台になっていたのだということを、宗茂は浪人生活を送っているうちにつくづくと感じた。そして、

「九州にいたころは、そのことを身にしみて感じていなかった」

と反省した。あのころは日本中が動乱の世の中で、大名や豪族はしきりに合戦を繰り返した。しかし合戦の目的は、

「一所懸命」

ということばに代表されるように、

「土地をめぐっての争い」

である。一所懸命というのは、

「ひとつ所に生命を懸ける」

ということだ。ことばを変えれば、

「一坪の土地でも増やしたい、自分の土地は絶対に奪われたくない。奪おうとする者がいれば命懸けでこれと争う」

という思想である。しかし、その土地も、ただ持っていてもなんの役にも立たない。耕す人間がいなければ土地の価値はない。耕すのは農民だ。

しかしその農民は、大名の移封とはまったくかかわりがない。かつての支配者が滅ぼされたり、あるいは他国へ去ったときも一緒にはいかない。そのまま残る。

それなのに、大名や豪族たちは勝手に、

「一所懸命の思想」

によって合戦ばかり繰り返している。そのたびに農民も巻き込まれ、家を焼かれたり畑を荒らされたり、あるいは逃げまどうところを突然斬り殺されたりする。武士を支えながらも、農民の生命財産はつねに危機にさらされていた。

宗茂はつくづくと考える。

「あのころのおれは、その農民の存在をまったく意識していなかった」

そう思い出すと、浪人生活の中でかれが頭の一角にこびりつかせ、しだいに育てていたその思いがいたたまれないほど大きくなった。はっきりいえば、

「農民たちにすまないことをした」

という思いだ。農民だけではない。商人にも職人にも同じ思いをさせてきた。武士は自分たちの合戦行動の目的をよく、

「万民のために」

という。

宗茂は疑問に思う。

「果たして合戦をおこなう武士は、真剣に民のことを考えていたのだろうか」

ということだ。万民のためというのは建前であって、実際に考えていたのは、

「自分たちのこと」

ではなかったのか。つまり万民のためという口実を掲げながらも、実際に武士たちが戦い

争ったのは、

「武士とその家族のため」

ではなかったのか、という反省だ。

棚倉にきた日に、宗茂がささやかな酒宴の席で、

「立花家中は、この棚倉に骨を埋める。民とともに生きる」

と宣言したのは、じつはこの思いを一挙に外に出したいためであった。宗茂にすれば、棚倉で民とともに生きるというのは、

「九州でさんざん苦しめてきた民衆に対し、罪のつぐないをしたい」

ということである。それを棚倉の地でまず実行しようということだ。それには、

「棚倉の地は仮の住まいで、秀忠さまはきっとこの宗茂をもっと暖かい土地に移封させてくださるだろう」

などという甘い期待は持たない。そんな気持ちで始終キョロキョロし、

「早く移封のご命令がこないか」

などと思っていたら、そんな領主を迎えた棚倉の民衆こそいい迷惑だ。

「あの殿さまは、この地に気持ちを落ち着けていない。早く移封しようと江戸城の方ばかりご覧になっている」

といわれてしまう。

現代のことばを使えば、本社から地方の支店長を命ぜられた者が、行った先を左遷地だと

思い、

「こんなところにいつまでもいたくない。一日も早く本社に戻りたい」

と考えて、本社の方ばかりに目を向けるということである。そうなると、地元の仕事に身が入らない。何か理由をみつけては、

「ちょっと本社に連絡にいってくる」

などといって、支店を留守にする。支店に勤める人たちは、だいたい土地の人が多い。定年までそこに勤める。

そうなると腰の落ち着かない支店長をみて、みんな顔をみあわせる。

「今度の支店長もだめだ。ここに腰を据えない。目と心はいつも本社の方を向いている」

とがっかりしてしまう。

だいたい新しくきた支店長が、

「おれは左遷された」

などといえば、その支店で働いている人たちはいっせいに暗い気持ちになり、同時に新任の支店長に対する信頼心を失ってしまう。支店長が、

「おれは左遷された」

ということは、その支店がそういうみられ方をしているということだ。これでは働く人間はやる気を失う。

立花宗茂は違った。かれは九州育ちで東北のことはまったく土地勘がない。にもかかわら

ず、

「ここに骨を埋める」

といい切り、

「民とともに生きる」

と宣言したことは、

「棚倉に住む人びとの中に溶け込む」

という意思の表明だ。だからかれは自分だけでなく、家臣たちにもそれを求めた。いまのことばを使えば、

「一人ひとりが意識変革をおこなう」

ということだ。宗茂はいった。

「新しい酒を新しい器に盛りたい。この棚倉を新しい器としよう。それにはおれたち自身が新しい酒にならなければだめだ」

といった。俗なことばを使えば、

「郷に入っては郷に従え」

ということになるが、宗茂がいうのはそういうことではない。〝郷に入っては郷に従え〟というのは、

「郷すなわち、その地域がいままで保ってきた伝統や習慣にそのまま従う。自分を合わせる」

ということだ。宗茂がいうのはそういう意味ではない。

「新しい器」

というのは、新しい生活環境のことである。それをつくるのには、

「自分を変えて新来の自分たちだけでなく、前から住んでいた人たちも、新しい人間に生まれ変わってほしい」

ということだ。したがって、新しい酒になるのは立花家中だけではない。いままでここに住んでいる人びとも含まれる。

つまり、新住民である立花家中が意識変革をおこなうと同時に、旧住民である人びとも意識変革をおこなって欲しいということだ。一緒になって、

「新しい酒に生まれ変わろう」

ということだ。

「水は方円の器に従う」

ということばがある。これもまた、

「柔軟な存在である水は、容器の形態に自分を合わせる」

ということだが、水の場合には潜在的な力がある。したがって、棚倉に骨を埋めるとはいっても、棚倉のいままでのやり方を全部認めるということではない。新住民としての立花家中が、

「場合によっては、棚倉の地域を変革する」

という意味も含んでいた。しかし短兵急にそんなことをすれば、たちまち立花家中はここに住む人たちから毛嫌いされる。追い出されかねない。

そこで宗茂は、

「この土地に伝わってきた習俗や、いろいろなものの考え方を尊重しながら、よいところを残し、悪いところは変えていこう」

という、いわば、

「時間をかけた変革」

を思い立った。が、地域の変革というのは、

「変革をおこなう者に対する絶大な信頼心」

がなければだめだ。その信頼を得るにはどうしたらいいか。宗茂は、

「まずこの土地をゆたかにすることだ。そして住む人びとの暮らしをゆたかにすることだ。いってみれば富民を目標にしよう」

といった。そして、

「民がゆたかになれば、国も富む」

と告げた。つまり、

「国を富ませて民を富まそう」

という上から下への策ではなく、民が富めば国も富むという下から上への政策であった。

この民を富ますために宗茂が採《と》ったのは、

・産業の振興
・社倉《しやそう》の建設
・伝統的な習俗の承認
などである。それに、
・年貢の軽減
を加えた。産業の振興にはなによりも米の増産をはかった。そのために新田の開発をすすめ、灌漑用水路の整備をおこなった。社倉の建設は、最初に調査した地域を踏まえ、

「災害が起こったときに、まず食糧と生活日用品に困窮するであろう地域」

を重点的に考えて、そういう地域にはたくさんの種籾《たねもみ》と生活日用品を保存するようにした。ただ、あちこちの地域に均等につくればいいという方針は取らなかった。

現在でいう、

「優先順位主義」

を取った。

これらのことは十時摂津、由布雪下、原尻宮内、太田久作、蓮池、糟家《かすや》などが中心になって計画を立てた。しかし、宗茂はむかしのように、

「おまえたちの思うとおりにやれ」

とはいわなかった。合同会議には積極的に参加した。そして自分の意見をいった。みんな顔をみあわせた。目で、

「殿はまったくお変わりになった」

と語り合った。立花宗茂は完全に九州時代の面影を取り戻していた。自分が先頭に立って、

「おれにつづけ！」

と戦場を疾駆したあの勇姿を取り戻していた。家臣たちは、

「殿はそれほどこの土地に骨を埋めるお覚悟なのだ」

と後で語り合った。

これら一連の政策を決めるたびに、宗茂は必ず、

「江戸の本多殿に報告せよ。そして、ご意見があれば承るようにせよ」

と命じた。

十時摂津が手紙を書いた。宗茂によれば、本来なら自分が手紙を書くべきなのだが、それよりも家臣たちに書かせたほうが、本多殿のお覚えもよくなるだろうという考えがあったからである。

しかし十時摂津が手紙を出す前に、宗茂は必ずその文面を読みとおし、最後につけ加えた。

「くれぐれも上さま（家康のこと）と秀忠さまによしなにお執りなしください」

と書き加えた。

宗茂にすれば、

「棚倉の城主を命ぜられたといっても、好き勝手な政治をおこなっていいということではない。基本的には江戸城の承認がいる」

と思っていた。だから家康や秀忠との強力なパイプになっている本多正信に、絶えず手紙を送りつづけたのである。

これに対し江戸の本多正信は、まめに返事を送ってきた。

「このたびのご改革の推進は誠に結構だ、と秀忠さまがおっしゃっておられました。そのまま努力をおつづけになるようにとのおことばです。そしてさらに、機会があればぜひ棚倉にいきたいと申されておりました」

などと書いてきた。

正信からの返事を貰うたびに、宗茂は全員を城の広間に集めて披露した。宗茂にすれば、

「われわれは孤独な仕事をしているわけではない。江戸城でも深い関心をもって注目している」

ということを家臣たちに告げたかった。そうすれば家臣たちも、いっそうやる気を増すからである。

家臣の中でも農政にあかるいのが蓮池と糟家だった。かれらは、九州地方や西国地方でおこなわれている農業技術を、どんどん農民たちに教えた。

その技術は、やはりこの地方のものよりも多少先進的であり、すぐれた面があった。農民たちはよろこんだ。

「今度のご領主さまのご家来は、われわれの仕事までよくご存じだ」

そういって、蓮池や糟家が田畑の中に入っていくと、たちまち鋤や鍬を持った連中がまわ

りに群がった。目で、

「きょうはどんなやり方を教えてくださるのか」

と期待に目を輝かせた。蓮池や糟家は、新しい技術を教えるだけでなく、古いやり方をみていて、

「そこはこうしたほうがいいのではないかな」

などといって、古いやり方の悪いところを修正した。ムッとして抵抗する農民もいたが、しだいに軟化し、ふたりのいうことを素直にきくようになった。

というのは、そのほうが生産効果が上がったからである。

宗茂からいわれていたので、蓮池や糟家は農民たちが古い土俗信仰を保っていても、何もいわなかった。

「そういう面を、急激に変えてはならない」

と宗茂から命ぜられていたからである。

後のことになるが、この蓮池と糟家は棚倉地域に、寺をひとつつくる。現在も残っている。

ふたりは地域の地味を検討し、やがてコンニャクや葉たばこの栽培を奨励した。米以外の副収入の道を開かれて、農民たちはよろこんだ。やがてコンニャクと葉たばこは、この地域の特産品になる。

東北地方はまた果物の王国である。モモ、リンゴ、ナシ、サクランボウ、ブドウなどができる。

なかでもリンゴは、東北全域にわたって季節がくればツヤツヤした輝きをみせる。ガブリと嚙みつけば、こんなにうまいものはない。

九州地方ではみたこともない赤いツヤツヤしたリンゴをなでながら、立花家の家臣たちは互いにニッコリわらい合い、ガブリとリンゴの皮に歯を立てる。

やがて冬がきた。棚倉にも雪が降り積もった。かれらが、

「九州の立花山とまったく同じ姿だ」

という例の三つのコブを持った山も、冠雪した。

天からハラハラとこぼれ落ちてくる雪の中で、立ちつくしたまま、そのコブの山をみていると、家臣たちの胸にはいいようのない懐かしさがこみ上げてくる。しかしかれらは、だからといって、

「九州に戻りたい」

とは一言もいわなかった。家臣たちは主人宗茂の気持ちを知っているので、

「おれたちもこの地に骨を埋めるのだ」

と思っていたから、

「あの山をみると、一日も早く九州へ帰りたくなるな」

などとはいわなかった。

「口が裂けても、その一言をいってはならない」

ということは、家臣たちの合言葉になっていた。

そのころからポツポツと、九州から土着していた旧家臣団が訪ねてくるようになった。一万石ではたいしたことはできない。

「給与はこのくらいしか出せないが、どうだ、住むか？」

家老の十時摂津や由布雪下たちがきく。訪ねてきた者は目を輝かせて、

「給与など一文もいりません。自分の食い扶持は自分で田を耕してつくります。どうか殿のお側においてください」

と懇願する。その意気込みの激しさに十時と由布は顔をみあわせてほほえむ。そして、

「わかった。小屋は太田にきいて割り当てて貰え」

と太田久作に引き渡す。訪ねてきた連中は嬉々として太田久作の後に従う。

訪ねてくる武士を、太田久作は必ず城から少し離れた崖のはずれに連れていく。そして、

「みろ」

と麓のまちを示す。やってきた連中はいっせいに声を上げる。

「そっくりだ！」

「太宰府のまちだ！」

そう告げる。太田は得意そうにうなずく。

「表郷《おもてごう》をたどってきたときに気づいたことはなかったか？」

「ありました」

武士のひとりが大きくうなずく。そして、

「立花山とそっくりな、コブを三つ持った山がありました」

「よく気がついた。だから、おまえたちは別にみなれぬ土地にやってきたわけではない。ここには立花山もあれば、太宰府のまちもある。九州にいるのと同じだと思え」

そういった。武士たちはいっせいにうなずいた。

雪の棚倉はまるでおとぎ話の絵のようだった。

雪は、あらゆるものを白く覆い隠す。隠されたのは家や道や田畑や自然だけではなかった。音も消える。

「こんな静かな思いをしたのははじめてだ」

赤館城の中で、宗茂は降りつづく雪をみながらつぶやいた。家臣たちもうなずく。

このころ、江戸城の本多正信からは、

「近く、大きな事件が起こります」

と伝えてきていた。

大きな事件とはいったい何だろうか、と、宗茂は家臣たちと話し合った。

その事件が起こった。それは、宗茂たちが棚倉におもむいた慶長八年に、徳川家康は征夷大将軍の職に就いたが、その職を二年後の慶長十年（一六〇五）に突然投げ出したことである。

しかし、だからといって家康は将軍職を大坂城の豊臣秀頼に譲ったわけではなかった。息子の秀忠に譲った。これには天下がどよめいた。誰もが、

「まさか！」

と、おどろきの目をみはった。

というのは、徳川家康が征夷大将軍になったのは、いわば、

「豊臣秀頼さまが成人するまでのつなぎ」

と世間では受け止めていたからである。

秀頼が大人になれば、家康は当然その征夷大将軍職を秀頼に譲るとみていた。ところが家康はそうはしなかった。自分の息子の秀忠に譲ってしまった。これはあきらかに、

「征夷大将軍職は、徳川家の世襲とする」

ということを宣言したと同じだ。

本多正信は、

「秀忠さまが将軍職にご就任になって以来、立花さまのことを終始お口になされる。あるいは、棚倉以外の土地にご移封をなされるおつもりかもしれない」

と書いてきた。

宗茂は家臣たちにこの正信の手紙を披露した。どよめきが起こった。宗茂はそのどよめきを抑えるようにしていった。

「甘いことを考えてはならぬ。このわれわれが味わった東北の冬のきびしさを、当たり前のこととして受け止めていこう。あくまでもおれたちは、この棚倉に骨を埋める気で精を出そう」

そう告げた。家臣たちはうなずいた。

宗茂は秀忠が将軍になったことを心から祝福していた。かれにすれば、やはり秀忠の父徳川家康はどこか煙ったい。

なんといっても、関ヶ原の合戦でははっきり敵対した仲だったからである。おそらく家康のほうにも、なんらかのこだわりがあるだろう。

それが隠居して、自分の大好きな秀忠が将軍になってくれたということは、宗茂にとっても幸いであった。

だから本多正信が書いてきたように、

「立花殿のご移封を考えておいでだ」

ということばは、決して嘘ではなかろう。秀忠は折に触れ、本多正信に、

「立花をもっと収入の多い土地に移してやりたい」

と告げているにちがいない。本多正信は立花宗茂に対して、なんの秘密も持たない主義だから、秀忠がいったことは全部手紙に書いて送ってくる。これが宗茂の支えになった。

(おれは、秀忠さまにそこまで信頼されている)

という思いは、逆に宗茂に、

「だからこそ、おれはこの地に骨を埋める覚悟で精励する必要があるのだ」

と思わせた。

翌慶長十一年（一六〇六）、隠居した前将軍家康は、

「駿府城を天下普請でおこなう」

と令した。

前将軍の命令なので、全国の大名たちは自分からすすんでこの仕事に参加した。その中には豊臣系の大名もたくさん入っていた。かれらの中にも、

「徳川家康の勢いはあなどれない。睨まれると、ひどい目にあう」

と考える者が多かった。しかし一部には、

「ここで駿府城の工事に参加しておけば、あるいは徳川殿も考えを変えて、大坂城の秀頼さまに将軍職を譲るかもしれない」

と願う者もいた。

秀忠が二代将軍になったことはしかたがない。しかし、それはまだ秀頼が十分に成人していないためだ。秀頼はまだ少年だ。

だから豊臣家思いの大名たちは、

「ここで家康にお世辞を使っておいて、秀頼さまが成人したときには、秀忠殿から秀頼さまに将軍職を禅譲してもらおう」

と願っていた。

その心根はいじらしいほどであった。しかし家康はそんな考えは微塵も持っていなかった。かれは息子の秀忠に将軍職を譲ったときにははっきり、

「豊臣家には二度と将軍職は渡さない」

と思っていた。それだけではない。家康はすでに、

「豊臣家を徳川家の家臣に組み込もう」

と考えていたのである。だからそのきっかけとして、

「折をみて、豊臣秀頼をおれのところに挨拶にこさせよう」

と考えていた。

現在の豊臣家は関ヶ原の合戦後、煽りをくらって摂津・河内・和泉などの国々で、せいぜ

い七十万石足らずの一大名に転落していた。家康はそれをさらに、

「徳川家の家臣のひとり」

に加えようと策していた。それにはいまだに豊臣家に対し忠誠心を持っている大名たちが徳川家康に対してこれほど忠義な心を持っているということを、大坂城に見せつける必要があった。

その最初の試みが、駿府城の普請に顎足《あごあし》自分持ちで、その工事に参加させたことであった。命ぜられた大名たちは、前に書いたふたつの思惑で参加した。

駿府城はたちまち立派に完成した。家康はここに移った。そして駿府城に、いろいろな知識や技術を持つ人びとを集め、いわゆる、

「駿府機関」

をつくった。以後、徳川幕府の政治は、

「二元政治」

と呼ばれるようになる。それは、
・徳川幕府の政策はすべて駿府城で立案される。
・江戸城の将軍秀忠がひきいる幕府は、駿府城から示された政策の実行者となる。
という形を取りはじめたからである。手っ取り早くいえば、

「徳川幕府の頭（ブレーン）は駿府城であり、胴体（ボディ）と手足は江戸城である」

ということだ。

家康にすれば秀忠に将軍職を譲ったものの、まだ秀忠の実力をそれほど高くは買っていない。ここですべてを秀忠に任せてしまえば、場合によっては徳川幕府は倒れてしまう。そうなると、

「それみたことか」

と豊臣系の大名がいっせいに立ち上がり、どさくさまぎれに将軍職のポストを大坂城の秀頼のところにさらっていってしまう。そして、

「反徳川」

の兵を挙げることは目にみえていた。そのために家康は、

「当分の間、自分が幕府の面倒をみなければ秀忠には乗り切れない」

と考えていた。この変則的な政治形態の中で、二元政治のパイプとなったのが本多正信・正純《まさずみ》父子であった。

本多正信は江戸城にいて秀忠の脇にピタリと寄り添った。

そして息子の正純は駿府城にいて家康の指示命令を受けながら、駿府城で立案された政策を正確に江戸城に伝えた。

そのため、本多父子の権勢がにわかに高まった。以前から正信については、

「家康さまがもっとも信頼する人物」

といわれてきたが、今度パイプ役になったことによって、その権勢はさらに高まった。

その本多正信が、激務の間をぬっては棚倉に状況を次々と細かに伝えてきてくれる。その

ため宗茂は、

「いま江戸で何が起こっているか、上方で何が起こっているか」

ということを正確に知っていた。

宗茂はすぐれた武将である。もたらされる情報が何を意味するのか、すでに先をみていた。

「まもなく、徳川・豊臣の間が手切れになって、再び大きな合戦が起こる」

と考えていた。

「そのときは、殿はどちらにお味方なさいますか？」

話がそういう面におよんだとき、十時摂津がきいた。宗茂は、

「もちろん徳川殿にお味方する」

ときっぱり答えた。十時摂津はほほえんだ。

「よくそのように、お心をお定めになりましたな」

といった。宗茂を大名にしてくれたのはもともとは豊臣秀吉なのだから、その息子に対しても義理をつくすのではないかと心の一部では考えていたからだ。

しかし宗茂はそうではなかった。宗茂はこういった。

「いったんは浪人した身を、徳川殿が再び拾ってくれた。新しい恩には報いなければならない。それが武士の義だ」

そう告げた。十時摂津は由布雪下と顔をみあわせ、うなずいた。

「両家の手切れはもはや時間の問題でございますな」

「おれもそう思う」

江戸から遠く離れた棚倉の地なので、こういう議論は自由におこなえた。

慶長十五年（一六一〇）二月になると、徳川家康は今度は全大名に、

「名古屋城の築城」

を命じた。

これまでに家康は自分の息子たちの配置を終わっていた。

尾張には九男の徳川義直《よしなお》を配し、駿河・遠江の領主には十男の徳川頼宣《よりのぶ》を配し（後に紀伊和歌山へ移る）、水戸には十一男の頼房《よりふさ》を奉じていた。これがのちに、

「御三家」

と呼ばれる存在になる。将軍予備軍でもあった。

つまり徳川本家に相続人が絶えたときは、御三家がよく相談をして将軍相続人を出すことになる。家康の考えでは、この段階では、

「本家に相続人が絶えたときは、御三家から相続人を出す」

ということではなかった。

「御三家が中心になってよく相談し、候補者を決める」

ということである。ところが時が経つにつれて、

「将軍後継者は御三家から出す」

ということに確定してしまった。

名古屋城の普請工事は、豊臣系大名に大きな不満を巻き起こした。広島城主福島正則などは、

「江戸城や駿府城はやむを得なかったが、九男坊のために、なぜおれたちがこんなに自分の金や労力を使わなければならないのだ？」

と文句をいった。きいていたのが肥後熊本城主加藤清正である。加藤は福島にこういった。

「文句があるのなら、広島に戻って兵を挙げればいいではないか」

そういわれると、福島はことばの勢いを失い、

「それができたらな」

と苦笑した。

当時の豊臣系大名には、たったひとりではもはや徳川家康に敵対できるような力を持つ者はいなかった。すべてが、

「徳川丸に乗り遅れるな」

ということで、大御所家康と将軍秀忠の鼻息を窺うのに汲々《きゅうきゅう》としていたのである。

家康はこうして豊臣系の大名たちに、一種の心理的実験をおこなった後、今度は露骨に大坂城の豊臣秀頼に対しても攻勢を強めた。それは、

「ちかく二条城にいくので、挨拶にこられよ」

と告げたことである。大坂城内は激昂した。とくに、秀頼の生母淀君は怒った。

「家来筋であった徳川家康が、主人に当たる秀頼殿を呼び出すとはなにごとか。挨拶にくる

のは徳川のほうではないのか」

と息巻いた。淀君にすれば当然だ。しかし、すでに徳川家康の力のほどをよく知る加藤清正が諫《いさ》めた。そして、

「わたくしが責任を持って若君をお守りいたしますので、どうか二条城に出向かせていただきたい」

と訴えた。周囲から加藤清正のいうことに賛成する者もたくさんいて、淀君もしぶしぶ承知した。

こうして慶長十六年（一六一一）三月に、豊臣秀頼は京都の二条城にいって、そこにいた家康に会った。

このときのふたりの座った位置は、家康が主格になり、秀頼は脇にひかえたという。しかし秀頼の脇には、加藤清正が懐の中でしっかりと短刀を握っていたので、家康も妙なまねはできなかった。

このとき徳川家康は七十歳、豊臣秀頼は十九歳であった。伝わるところによれば、秀頼は非常に大きな身体つきで、また眼光も鋭い偉丈夫であったという。

一目みた家康は、心の底をおののかせた。

（これは油断がならぬ。まごまごすると、秀忠も負ける）

と感じた。それほど豊臣秀頼の醸《かも》し出す雰囲気が堂々たるものだったからである。

家康はかつて、自分の長男信康が、出来がいいために織田信長に警戒され、謀略をもって

自決させられた痛い経験を持っていた。したがって、

「出来のいい二代目」

に対しては、警戒心を持つ。豊臣家の統領として秀吉の跡を継いだ秀頼がこんな立派に育っているとは思わなかった。

家康はこの日無事に秀頼との会見を終えたが、しかし心の中では、

（豊臣秀頼を殺さなければ、徳川政権は安定しない）

と考えた。そうなると、いよいよ豊臣家に対して意地の悪い行為に出ることになる。そのひとつとして家康は、

「豊臣家に残る秀吉公の遺産を食い潰させよう」

と考えた。そのひとつの例が、

「京都方広寺の大仏の修復と、鐘楼の建設」

であった。

方広寺の大仏は、秀吉が全国的におこなった〝刀狩り〟によって、農民や商人や僧たちから集めた武器を全部溶かしてつくったものである。

この大仏が、上方の大地震によって傷ついた。家康はその修復をすすめ、さらに新しい鐘の鋳造をすすめた。

力関係でこういう無理難題に抵抗できなくなっていた秀頼は、家康のすすめにしたがった。

この方広寺の大仏修復のために、父秀吉から残された莫大な金銀が費やされた。やがて、

大仏の開眼式が迫った。

このとき、見聞に出かけていったのは駿府城にいた家康のブレーンの僧天海《てんかい》と金地院崇伝《すうでん》、それに学者の林羅山《らざん》などであった。

かれらはつぶさに大仏や鐘を吟味した。やがて林羅山が、鐘に刻まれた文字をみて、ふたりの僧に、

「これをご覧あれ」

と指さした。ふたりの僧が覗くと、そこには、

「国家安康　君臣豊楽」

と刻まれてあった。別に何ということはない。ふつうの文章である。怪訝な表情をして、ふたりの僧が林羅山に、

「何か、不審な点でも？」

ときくと、林羅山はニッコリわらってこういった。

「国家安康というのは、徳川家康公のお名をズタズタに引き裂いたものであり、君臣豊楽というのは、豊臣家が今後益々栄えて楽しむという意味でしょう」

そういった。ふたりの僧は唖然として顔をみあわせた。目で、

「まったくのこじつけだ」

と語り合った。が、林羅山は自分の思いつきをそのまま駿府城に戻って家康に報告した。

家康は羅山の話にのった。これが原因となって、大仏開眼式は延期になった。豊臣方では、

「そんなつもりはまったくありません」

と弁明したが、家康はきかなかった。

これが原因となって、ついに慶長十九（一六一四）年十月に、徳川家と豊臣家は完全な手切れになった。徳川家康は全大名に出陣を命じた。

「豊臣氏を征伐する」

と触れた。

通知を受けた立花宗茂も急ぎ出陣した。わずかな留守を残し大坂に向かった。ぎんが、かいがいしく宗茂の支度を手伝った。

「ぎん、留守を頼むぞ。留守中のことはすべておまえが始末するように」

と告げた。ぎんは、

「かしこまりました」

と指をついて頭を下げた。しかし胸の中はかきむしられるように騒いだ。

（今度の陣で、宗茂さまにもしものことがあったら）

と胸騒ぎがしたからである。

しかし俗に〝大坂冬の陣〟と呼ばれる合戦は、家康の政略によって結ばれた豊臣家との講和条約で決着がついた。両軍とも、武器を収めた。

このときの条件のひとつに、

「大坂城の外堀を埋める」

というのがあった。同時に、

「大坂城で雇い入れた浪人は、すべて解雇する」

という項目もつけ加えられた。

ところが大坂城の外堀を埋める工事の指揮者になった本多正純《まさずみ》は、約束を守らず内堀まで埋めてしまった。

おどろいた豊臣方が抗議すると、本多正純は平然と答えた。

「指揮者のわたしが知らぬ間に、工事担当者たちが勝手に堀を埋めてしまったのです。いまさら掘り返すわけにもいきませんから、このままにしましょう」

豊臣方は啞然とした。そして、

「徳川方にはかられた！」

と地団太を踏んだ。怒った豊臣方では、雇った浪人たちを解雇しなかった。逆に、

「豊臣家のために義をつくす士をつのる」

と触れた。かつて関ヶ原の合戦で敗れた有力大名や勇士たちが再びぞくぞくと入城していった。こうして再び大合戦の火蓋が切られた。夏の陣である。

真田信繁《のぶしげ》（俗に幸村《ゆきむら》と呼ばれる）とその子大助、後藤又兵衛、塙団右衛門《ばんだんえもん》（直之《なおゆき》）、薄田隼人正《すすきだはやとのしょう》などの有力武将は、すでに冬の陣から参加していた。

しかしいずれも、個人的に武功をあらわすことは得意でも、組織の長として一軍の指揮をとれるのは数少ない。また直属の部下が少ない。わずかに真田信繁が、ゲリラ戦の名手とし

て出城（真田丸《さなだまる》）を築いて、勇戦したのみである。

立花宗茂も勇躍参加した。すると二代将軍秀忠は、

「本陣にきて、参謀役を務めてもらいたい」

といってきた。

宗茂はおどろいた。しかし秀忠は強く心に決するところがあった。

「今回は、前回の関ヶ原合戦のように後れを取るわけにはいかない。手柄を立てて、父にも自分の武勇を示したい」

それには、

「歴戦の勇者である立花宗茂をおいて参謀を務められる者はいない」

と思っていた。宗茂は感激し、秀忠の本陣にいった。

このことをきいた家康が、秀忠のところに使いを送ってきた。内容は、

「本陣をどこに定めるべきか、立花の意見をきけ」

ということであった。秀忠はすぐ宗茂にこのことを問うた。が秀忠には考えがあって、

「本陣は、大坂城に近い天王寺か茶臼《ちゃうす》山のどちらかがよい」

と考えていた。そこでこのことを話すと、宗茂は首を横に振って、こう答えた。

「本陣は、家康公のご陣は伏見におかれ、あなたさまのご陣は浜の方面におかれるほうがよろしゅうございましょう。そして、大坂城を囲んだ諸軍には巡見使をご派遣になり、場合によっては秀忠さまがご自身でお出かけになるのがよろしいと存じます。なぜなら、大坂城を

囲んだわが軍は大軍でございます。攻めが長引きますと、やがて寄手の間に気持ちのゆるみが生じます。これを城方から突かれますと、いかに大軍であっても必ず崩れます」

しかし、

「今度は、関ヶ原合戦の恥をそそぎたい」

と意気込む秀忠は、めずらしく宗茂の意見をきかなかった。不満だった。それは宗茂の案が、

「家康と秀忠の本陣ははるか後方におき、後方から寄手の軍勢を監督したほうがよい」

というものだったからである。

秀忠は宗茂の考えをしりぞけ、茶臼山に陣をおいた。

ところが一大事が起こった。真田丸から突然真田信繁のゲリラ軍が、徳川本陣を急襲したからである。徳川軍は大混乱に陥った。

このとき本多正信は、

「立花殿の意見に従って、本陣を後方に移しましょう」

と告げた。秀忠もしぶしぶうなずいた。ところが今度は宗茂が反対した。

「先日は、わたくしなりの意見を申し上げましたが、こういう結果が出た以上は、本陣の移動はなさらないほうがよろしいと思います」

「なぜだ？」

険しい表情になってきく秀忠に宗茂はこういった。

「こちらの軍は旗本まで崩れました。旗も倒れました。もしこの状況を大坂城の秀頼殿がご存じで、すぐさまご自身がご出馬になり兵をすすめれば、あるいはわが軍はさらに敗れたかもしれません。ところが、なぜか秀頼公はご出馬になりませんでした。ということは、徳川家を襲った大きな危機はすでに天の配慮によって過ぎ去ったと思われます。これは、徳川家のご武運がまだつきない証拠でございましょう。今後は絶対に、城方からの手強い反撃はございますまい。せっかくの好機に、秀頼公がご出馬にならなかったことは、おそらく城内の武士たちの戦意を大いに低めたと思いますので、ご心配はございません。このまま、この地に本陣をおくべきです」

秀忠の顔から怒気が去った。ほほをゆるめた。宗茂のいった、

「徳川家にとって最大の危機が訪れたが、その危機を利用しなかった豊臣秀頼方は、すでに敗れている。このままこの陣から動くべきではない」

という臨機応変の励ましが、大いに心強く思えたからである。

秀忠は宗茂の手を握った。

「さすが立花だ。助かった」

宗茂はほほえんで首を横に振った。脇で本多正信がニコニコわらっていた。

正信にとってもこの始末はうれしかった。もしも秀忠が本気で怒って、宗茂を嫌いになるようなことがあったら、いままでの努力が全部水のアワになる。

本多正信は立花宗茂に好感を持っていたので、この結末に満足した。

宗茂がいうとおり、徳川方の混乱を利用して秀頼がもし出馬していれば、この合戦はどうなっていたかわからない。

宗茂のいうように、この合戦は、

「武運は徳川家に味方した」

という結果を生んだ。

包囲軍はいっせいに大砲を大坂城内に撃ち込み、城内を大混乱に陥れた。進退極まって、豊臣秀頼とその生母淀君は自決した。豊臣家はこうして滅びた。大坂城は炎上した。

〝大坂夏の陣〟と呼ばれるこの合戦は、徳川方の大勝利に終わった。

よろこんだ秀忠は、すぐ父の家康のところにいった。そして、

「このたびの戦に勝てたことのひとつには、立花宗茂の助言があります。この際、かれをもっと収入の多い大名にしたいと思いますが」

といった。家康はわらった。

「このどさくさになんだ。おまえはまったくあの男が好きなのだな。よかろう。しかし、あの男は油断ができない。絶対に十五万石以上の大名にしてはならぬ」

そう告げた。

大坂の陣が終わった後、家康は次々と手を打った。

そのひとつは、年号を慶長二十年から元和《げんな》元年（一六一五）に変えたことである。元和とは、

「平和のはじめ」

という意味だろうか。また、

「偃武令《えんぶれい》」

を出した。偃武というのは、

「武器を倉庫にしまってカギをかけ、二度と開けない」

ということである。元和という年号といい、偃武令といい、すべて徳川家康の、

「平和宣言」

ということであった。つまり、

「日本国内においては、二度と戦争を起こさない」

という宣言だ。宗茂は感動した。

「さすが徳川殿だ。タヌキおやじといわれるが、しかしそうではない。徳川殿はかなり前から、日本の平和を願ってこられたのだ」

と感じた。家康は日本の平和を確定するために、

「一国一城令」

も出した。

あるいは、皇室や公家のなすべきこと、あるいは大名や武家のなすべきことなどを法令にして発布した。

柳河に帰還

徳川幕府の基礎は、こうして家康によって着々と築かれた。その安心感があったのだろうか、家康は翌元和二年（一六一六）四月に死んだ。七十五歳であった。

宗茂がきいたところによれば、家康は駿府城ちかくの田中というところに鷹狩りに出かけた。帰りに当時流行だった榧《かや》の実の油で揚げた鯛のてんぷらを食べた。これがあたって苦しみ、ついにそのまま死んでしまったという。

偉大な武将の呆気ない最期であった。宗茂は一種の無常観を感じた。

宗茂軍は棚倉《たなぐら》に凱旋した。赤館城に戻った宗茂は全家臣に、

「このたびは誠にご苦労であった。きょうからまたこの地に骨を埋《うず》める努力をつづけよう」

と宣言した。大坂から引き揚げるときに本多正信がそっとささやいた。

「秀忠さまが父君のご許可を得て、立花殿をさらに大きな大名になさるご所存のようです。どうか楽しみにお待ちください」

宗茂はほほえんで、

「かさねがさねのご好意、心からかたじけのう存じます」

と礼をいった。しかしその本多正信も、家康が死んでから二ヵ月後にこの世を去った。宗茂の老臣たちは、

「これで、殿に対する一番の理解者がいなくなりましたな」

と、ちょっと無念そうにいった。老臣たちはおそらく、大坂を去るときに本多正信が告げた、

「より大きな領地への栄転」

を心の隅ではあてにしていたのかもしれない。宗茂にはそんな気持ちはまったくなかった。かれの頭の中には、いまは完全に棚倉の土地があった。出陣前に田植えがすんでいたので、凱旋したときには水田の中で稲がすくすく育っていた。

「みろ。稲にも生命がある。暖かい陽の光を受け、土に育てられて秋にはやがて穂に実をつける。楽しみだ」

そう告げた。秋になればいろいろな果物も実る。

「棚倉はゆたかな土地だ」

いまの宗茂は完全に棚倉の人間になっていた。

しかし、天は宗茂にそのまま棚倉に骨を埋めることをゆるさなかった。異変が起こった。元和六年（一六二〇）十一月二十七日、立花宗茂は突然江戸城に呼び出された。そして、

居ならぶ幕府首脳部たちから、

「棚倉城主立花宗茂、このたびありがたき思し召しをもって筑後柳河において約十一万石を与える」

と告げられた。

「上さまの思し召しである。ありがたくお受けするように」

「はっ」

宗茂は平伏した。胸はよろこびで血が躍り舞い、頭は興奮で渦が巻いた。宗茂はすでに五十四歳になっていたが、まるで若者のようなよろこびを感じた。その日、宗茂はお礼言上のために秀忠に会った。秀忠もよろこんだ。

「立花、よかったな。すべて、そのほうの誠意の賜《たまもの》である。これからも、わたしのために励んでもらいたい」

父の家康が死んでからぐっと貫禄を増した二代将軍秀忠は、人間的重みをみせながらも、かつての宗茂に対する好意を、満面にあふれさせてそう告げた。宗茂は思わず涙ぐんだ。

「かつて、敵陣に身をおいたこの宗茂に、かかるご厚情、立花家一統、末の末まで決して忘れませせぬ」

「うむ、うむ」

立花宗茂をこのたび柳河城主に戻すことについて、もっとも熱心だったのが将軍秀忠だったという。そして秀忠は、

「これが、自立したわたしの最初の善政だ」

と語ったという。家康が生きていたころは、さすがに秀忠も敵陣に身をおいた宗茂を旧領に戻すことはできなかった。家康は大坂の陣で見事な参謀の役割を果たした宗茂には感心したが、しかし秀忠には、

「あの男は油断がならぬ。もしもっと大きな領地を与えるとしても、十五万石以上は与えてはならぬ」

と厳命した。

関ヶ原の敗戦によって、立花宗茂は潔くその責めを受けた。領地を没収され、城も奪われた。家臣は全員失業した。その後に入ったのが、岡崎城主だった田中吉政である。田中吉政は豊臣秀吉の家臣だったが、関ヶ原の合戦では徳川家康に味方し西軍の将石田三成を捕らえた。吉政と三成は昵懇《じっこん》の間柄であった。しかし吉政は三成を家康の陣に連行した。この功績によって、それまでの岡崎十万石から柳河・久留米の両地域を含む筑後一国を与えられたのである。石高は三十二万五千石だった。

ところが、吉政に代わってその子忠政が藩主になると、内紛が起こった。そのために、二代目忠政は大坂の陣に間に合わなかった。家康は怒った。秀忠に命じ、田中忠政は、

「七ヵ年の間、江戸滞在を命ずる」

と軟禁されてしまった。そして元和六年、不遇のうちに忠政は死んだ。待ち構えていたように秀忠が乗り出した。

「田中の遺領は二等分する。そして、半国を丹波福知山城主の有馬豊氏《ありまとようじ》に与え、もう半国柳河は棚倉城主立花宗茂に与える」

と宣言した。年寄たちは思わず顔をみあわせた。

「そんな功績が、立花にございましたでしょうか？」

異変後に起こる諸大名の不平や不満をおもんぱかって、年寄のひとりがそうきいた。秀忠は、

「立花は手柄を立てた。大坂の陣における参謀としての役割は、父をも感動させた。立花の移封は、父の遺志である」

半分は真実、半分は嘘をまじえて秀忠はそういいきった。

「父の遺志である」

というういい方は、頑迷な古手を納得させるのに大きく役に立った。

棚倉に戻ってきた主人からこのことを知らされると、家臣団は声をあげてよろこんだ。いくら宗茂が、

「立花一族は棚倉に骨を埋める」

といっても、やはり旧領の柳河に帰るとなればこれは別だ。

宗茂は、全員大広間に集まるように命じた。こういった。

「このたびの柳河への帰還は、まさに天の命であり、天の時である。しかし、この帰還はすべてご当代さま（秀忠のこと）のご恩以外のなにものでもない。立花一族は、将軍家に対し

敵の立場にあった。ところがこうして旧領を賜ったのは、立花一族が長年築いてきた武勇の名がしからしめたものとは思う。しかし、徳川家の恩を忘れてはならぬ。柳河に帰還したのちも、立花家は徳川家のために身命を賭してつくすのだ。いいな！」

誰も異存はなかった。

「はっ」

全員床にひたいをすりつけて平伏した。が、胸の中は、あいかわらずよろこびの子ウサギがピョンピョン跳ねまわっていた。立花家中にとっては、じつに二十年ぶりの帰還であった。

「宗茂さまが柳河にお戻りになる」

という知らせは、すでに柳河一帯に知れわたった。土着して農業の仕事に励んでいた旧臣や、熊本の加藤家に居候して日々を過ごしていた旧臣も、次々と柳河城に駆け込んできた。

領民たちも、

「お殿さまがお戻りになる！」

とよろこびにわいた。

そういう中に、馬に乗った宗茂を先頭に、百数十人の立花家中が整然と入国してきた。国境には、たくさんの出迎え人がいた。馬上から、

「おう、ご苦労、ご苦労、また戻ってきたぞ」

声をかける宗茂に、多くの旧臣たちはすがりつくようにして歓声をあげた。なかにはこぶしでグッと涙を拭う者もいた。農民たちは、道のまわりに列になって正座し、いっせいに頭

を下げた。宗茂は、

「頭を上げてくれ。みんなの顔をみせてくれ。なつかしいぞ」

そういいながら、列の中に顔見知りを発見すると、

「五平爺、達者だな。棚倉にいたときは、二度とおまえに会えぬかと思ったが、こうして元気な顔をみておれもうれしい。後で城に遊びにこい」

そういった。五平は思わずクッと鼻を鳴らし、

「お殿さま！」

と嘆きともよろこびともわからないような声をあげた。その目から涙がポロポロこぼれていた。何度かそういう繰り返しをしながら、宗茂は歓呼の声に包まれる中を柳河城に入っていった。十時摂津《ととときせっつ》、由布雪下、原尻宮内、太田久作、蓮池、糟家など、放浪中の主人宗茂にずっと仕えつづけた家臣団も胸を張って入城していった。そして、列の後尾にはぎんの姿もあった。棚倉を出るとき宗茂はぎんにきいた。

「永らく世話になったが、どうだ、京都のおやじさんのところに戻っては？」

これに対しぎんは激しく首を横に振った。つぶらな目に熱を込めて宗茂を見返し、

「どうか柳河にお供をさせてくださいませ」

と頼んだ。その表情のひたむきさに胸を打たれた宗茂は、

「わかった。では柳河にきて、また面倒をみてくれ」

といった。これをきいたぎんは、世にも幸福そうな表情で大きくうなずいた。

柳河に戻ったからといって、のんびり暮らせるわけではない。宗茂にはすぐにも手をつけなければならないことがたくさんあった。

・柳河城ならびに領内の諸施設の点検と整備
・所々に散っている旧家臣団の呼び戻し

そのほかにも、

・亡くなった舅《しゅうと》立花道雪と、妻誾千代《ぎんちよ》の菩提寺建立
・実父高橋紹運の慰霊

などである。

もうひとつ、頭の痛いことがあった。それは、田中家の旧臣たちが、いっせいに、

「立花宗茂さまはかねてからご名将と伺います。われわれは、かつては田中家に仕えましたが、改めて宗茂さまのご家臣に加えていただきたく、嘆願仕ります」

といって、どっと数百人の武士がやってきたことだ。十時や由布は嘆願者たちの心根に打たれ、

「一部でもお召し抱えになってはいかがですか」

と同情した。宗茂はふたりの顔を見返したが、

「いや、それはできぬ」

「なぜでございますか？」

「かつて立花家の家臣であった者が続々と城に戻ってくる。前にこの城のあるじであったこ

ろには、収入は十三万石余りあった。が、このたび十一万石に減っている。旧臣を全部呼び戻すだけで、収入のほとんどが消える。それなのに、新しく田中家の旧臣たちを加えることはできぬ。それだけの余裕はない」

いわれてみればそのとおりだ。十時と由布は顔をみあわせ、やがて宗茂にこういった。

「老骨がつい情にほだされて、心ないことを申し上げました。どうかおゆるしください。田中家の旧臣たちはすべて断ります」

「断るだけではない。今後、この柳河領内に住むこともゆるさん」

「は？」

十時と由布はびっくりした。思わず宗茂を見返した。しかし宗茂は厳然とした表情をしていた。十時と由布は悟った。

(殿はそこまでお考えなのだ。かつての立花家中だけで、この国をお治めになりたいのだ)

と感じた。宗茂にすれば、二人に話せない思いがあった。それは今度の柳河帰還を二代将軍徳川秀忠の温情によるものだという認識は宗茂の骨の髄までしみ込んでいる。

しかし宗茂には、田中吉政という大名がゆるせなかった。かつて盟友であった石田三成を裏切り捕らえ、これを家康の本陣に突き出すなどということは、宗茂ならやらない。またできない。そういう田中吉政の行動に、宗茂は一種の不純さを感じていたのである。あくまでも潔癖なかれは、そういう不純な大名の家臣がこの土地に住みつくことを認めたくなかったのである。田中家の旧臣たちにとっては非情な扱いになったが、これは宗茂の性格なのでど

うにもならない。嘆願にきた田中家の旧臣たちは、再就職を断られただけでなく、

「柳河領内に住むこともゆるさない」

と宣言されて、すごすごと各地に散っていった。

しかしこのことは、立花宗茂が別に田中家の旧臣たちが憎くておこなったことではない。潔癖で律儀な宗茂には、田中吉政のやり方が納得できなかったし、ある種の汚れを感じたのである。ましてや、岡崎十万石の大名から、筑後三十二万石の大大名に立身した唯一の功績が、石田三成への背信であったとすれば、宗茂のような性格の武将にはなんとしてもゆるせない行為であった。

ところが翌日から柳河領内をまわってみると、宗茂は自分がこの城にいたころとはまったく違った整備がおこなわれていることを感じた。

前に宗茂がいたときは、十三万石の城主だったが、田中吉政は三十二万石余の大名だ。したがって、城の整備もその基準によっておこなわれていた。とくに田中吉政は、豊臣家の家臣であったころから土木建設技術に秀でていた。したがって城の建造物はもちろんのこと、城をとりまく堀の整備、あるいは城下町の道路の建設、用水路の建設、さらに有明海からの魚介類の城への搬入水路などの整備は、じつに見事なものがあった。

「大したものだ」

宗茂は率直に感動した。供についた十時摂津や由布雪下は思わず顔をみあわせた。

戦場における振る舞いに対し納得できないことは批判する。しかし、一方の行政や都市整

備についてはみるべきものがあれば、それはそれで評価する。そういうところが宗茂にはあった。十時も由布もそういう宗茂が好きだった。

現在、柳河城跡の水門近くに真勝寺というお寺があり、その本堂の下に、

「田中吉政の墓」

と伝えられる墓碑がある。

堀の周囲には、柳が植えられていた。ゆっくりした速度で馬を走らせながら、宗茂はいった。

「田中殿のときには、この堀はおそらく軍用のものとしてつくったはずだ。しかしこれからは、われわれはこの堀を平和な用水として使うようにしよう。民に必要な米や物資を運ぶのだ」

従う十時と由布は思わず、

「はっ」

と馬上でうなずいた。

「民のために生きよう、民とともに生きよう」

というのは、棚倉で宗茂が宣言した今後の、

「政治の目標」

である。宗茂は棚倉にいたときは、

「柳河で、もっと民に心を用いるべきだった」

と反省した。しかし、二十年ぶりの帰還を歓呼の声で迎えた農民たちの表情をみれば、柳河にいたときから宗茂は、口には出さなくても、

「民本位の政治」

をおこなっていたのだ。でなければ、二十年も田中氏の治政下にあれば、領民の心は宗茂から離れてしまう。ところが、二十年の年月がまったく昨日のようなもので、農民たちは決して宗茂のことを忘れてはいなかった。宗茂が柳河城を奪われて、肥後熊本に落ちていくときに国境まで追いかけてきて、それぞれ農耕具を手に持ちながら、

「わたくしどもも戦いますから、殿さまもどうかお城に戻って新しいご領主と戦ってください！」

と悲痛な声をあげた連中が、いまは相応に年を取っている。しかし、あの日の感激をかれらも忘れてはいない。

「殿は、柳河におられたときから、民の立場に立って政務をお執りになっていたのですよ」

棚倉で宗茂があまりにも深い反省をするので、十時も由布もそういって慰めたことがある。しかしそれは単なる慰めではなかった。事実だった。

前領主の田中吉政・忠政父子が、城と城下町はかなり整備していってくれたので、宗茂はこれをそのまま使うことにした。ただ、十時や由布にいったように、

「軍事用につくられた諸施設を、今後は平和で民のくらしに役立つように活用する」

ということである。

次にかれが手をつけたのが、

「立花家臣団の再編制」

である。棚倉にいたときには百六人（百五十人という説もある）の家臣がおり、何人かは棚倉現地で採用した。肥後熊本から続々と戻ってきた家臣が約百人、各地に散らばって浪人ぐらしを送っていた者が六十人いた。合わせて、二百六十六人である。これでは十一万石の大名の体面を保つことができない。

「新しく家臣を採用しよう」

宗茂はそういった。そこでとりあえず五十人ほどの新規召し抱えの家臣が雇われることになった。宗茂は、

「新規召し抱えの家臣は、旧田中系の者は絶対に採用してはならない」

ここでもクギをさした。関ヶ原の合戦や大坂の陣以来浪人していた武士で、この地域に住みついた者の子弟で優秀な者を採用しようということになった。

こうして再編制した家臣団に対し、宗茂は新しく収入となった十万九千六百四十七石のうち、じつに七万八千百五十八石二升五合をいまでいう「人件費」として支出することに決めた。重役たちはおどろいた。

「殿、家臣たちにそんなに多くの給与をお与えになりますと、ご自身の収入がごくわずかになってしまいますぞ」

「それでいい。あまりにも長い間、みんなに苦労をかけた。わたしの収入はごく少しでもや

っていける。棚倉一万石当時のことを考えれば、たいへんな金持ちになったようなものだ。苦労をかけた家臣たちに多くの給与を割いて欲しい」

そういった。この時代はこれですむ。しかし、しだいに年月が経ち、立花家も二代目、三代目となってくると、この、

「藩主の直接収入」

の少なさが、そのまま、

「藩の行政費の不足」

につながり、立花家もほかの大名家の例にもれず、いわゆる財政難に陥っていく。

しかし初代の宗茂にすれば、長年苦労をかけてきた部下に対して給与を多く与え、頼りがいのなかった主人の自分が、つましい暮らしで我慢するのが当然だという気持ちがあった。このことは全家臣に伝わり、家臣たちも思わず顔をみあわせた。そして、

「殿のためには、いつでも生命を投げ出そう」

と誓い合った。

すでに亡くなっている一族の霊を慰めるために、宗茂は次々と寺を建てた。養父道雪については、前に柳河城に入ったときすでに福厳寺《ふくごん》を建てた。これを改めて立花家の菩提寺とした。

妻の誾千代は、ある時期から別居生活に入っていたが、慶長七年（一六〇二）十月十七日に亡くなった。当時は、肥後熊本の玉名郡腹赤村の庄屋の家に住んでいたので、そのまま庄

屋の屋敷内に葬られた。これを宗茂は改めて柳河城内に良清寺という寺を建て、ここに葬って供養した。誾千代の母宝樹院は、立花三佐衛門宅に引き取られていたが、元和二年（一六一六）五月二十八日に亡くなり、同地の源覚寺に葬られた。

宗茂と誾千代の間には子供がなかったので、相続人に悩んだ。そこで五男一女の子福者であった弟直次《なおつぐ》（統増）の四男を養子にした。宗茂の幼名千熊丸《せんくままる》を名乗らせた。のちにこの千熊丸が二代目柳河藩主忠茂になる。

弟の直次は元和三年（一六一七）七月十九日に、四十六歳で江戸で死んだ。そこで、宗茂は幕府に願い出て、元和七年（一六二一）の春に、直次の嫡子種次に三池一万石分与の許可を得た。三池藩立花家の成立である。しかし、三池藩立花家は直次を藩祖としている。直次の墓は、大牟田市今山の紹運寺にある。

寛永年間に宗茂は隠居して、忠茂に家を譲った。かれは、寛永十九年（一六四二）十一月二十五日まで生き、七十六歳でこの世を去る。剃髪したのちの号は立斎《りゅうさい》である。

しかし、かれがもう一度先陣に立ったことがあった。島原・天草の乱である。このときのかれは、老骨に武具をまとい、率先島原城に斬り込んだ。このときの立花軍は、

「ぬけがけをした」

といって叱責を受けた。宗茂は苦笑した。しかし、この合戦に参加した諸大名の間では、

「立花宗茂殿はあいかわらず猛将だ」

と、その勢いのよさが讃えられた。

世の中が落ち着いてくると、

「英雄たちの伝記を書こう」

というブームが起こった。立花宗茂のところにもある歴史家がやってきた。

「あなたの伝記をぜひ書かせていただきたい」

と頼んだ。宗茂はわらって首を横に振った。

「書いていただくようなことは何もない。わたしにとっては、わたしのいままでの生涯そのものが伝記なのだ。とても書きつくせない」

そういった。かれにすれば、ひたすらに、

「義を立て、誠を貫く」

ということを一貫して守ってきた人生行路を、他人に対して誇る気持ちもなく、またそれに酔うつもりもない。終始一貫して、

「誠の道」

を生き抜き、同時に誠の道で死んでいくことにほんとうの生きがいを感じていたのである。

かれの法号は、

「大円院殿松蔭宗茂大居士」

である。隠居後はずっと江戸でくらしていたので、遺体はいったん下谷《したや》の広徳寺に葬られたのが、のちに柳河の福厳寺に改葬されている。

その後の柳河藩立花家は明治維新までつづく。宗茂の跡を継いだ二代目忠茂は、文教政策

に力を注ぎ、朱子学者の安東省庵《あんどうせいあん》を侍講《じこう》として招いた。

寛文三年（一六六三）に藩主の座を子の鑑虎《あきとら》に譲った。

元禄九年（一六九六）に四代目の鑑任《あきたか》が藩主となった。鑑任は藩内再開発に熱心で、新田開発・藩札発行・ハゼ蠟の生産などに力をいれ、家老の小野春信に三池郡平野山で炭鉱をひらかせた。三池炭鉱のはじまりといわれる。

五代貞俶《さだよし》、六代貞則《さだのり》、七代鑑通《あきなお》とつづく。鑑通は長命で治世は五十年もの長きにわたった。藩政の刷新に熱心だった。

八代目は鑑寿《あきひさ》、九代鑑賢《あきかた》は藩校伝習館を創立した。

十代鑑広《あきひろ》、十一代鑑備《あきのぶ》、そして十二代鑑寛《あきとも》にいたって幕末を迎える。鑑寛は家老の立花壱《い》岐《き》に改革の全権委任をおこなう。壱岐は、

「生産者の利益優先」

の産業振興をおこなう。〝民とともに〟という藩祖宗茂の精神は生かされ、他家のようなお家騒動はほとんどない。ご子孫がいまだにご健在だ。


（完）

あとがき――秀忠の琴線に触れた男

二代将軍徳川秀忠は、みるひとによっては、

「凡庸であった」

あるいは、

「創業者と三代目のあいだに立つという、条件の悪い立場の人物」

などといわれる。はたしてそうだったのだろうか。わたしはちがうと思っている。秀忠は秀忠なりの能力を発揮した名二代目である。

その秀忠のよさは、

「自分の琴線に触れる人物を次々と発見し、これを登用した」

ということだ。秀忠が「ボンクラ」といわれたのは、父の家康にも責任がある。父の家康は、関ヶ原合戦後三年たったとき（慶長八年・一六〇三）に、待望の征夷大将軍になった。ところが二年後の慶長十年には、そのポストをおしげもなく息子の秀忠に譲った。しかし家康自身は駿府城を拠点にし、多彩なブレーンをおいて、

「徳川幕府の政策立案機関」

となった。そして、ここでつくった政策を江戸城の秀忠に命令し実行させた。いわば、政策立案という頭脳部分は駿府城の家康が担当し、手足を動かして実行するという立場に立ったのが江戸城の秀忠である。そうなると世間のみる目は、

「肝心なことは隠居の家康公が決め、二代目はただそれを命ぜられるままに実行しているだけだ」

と、いわば、

「駿府城からの指示で踊らされる江戸人形」

ということになる。これが秀忠が凡庸であったという理由の最大のものだ。しかし秀忠はちがった。かれは自分の能力の限界を知り、同時に、

「父の名がより高まるように」

という努力をしたのである。つまり、

「父が生きているあいだは、あらゆる功績や名誉はすべて父に行くようにしよう」

はっきりいえば、

「舞台裏の黒子に徹しよう」

と覚悟を決めたのだ。しかし秀忠は、

「やがて自分が将軍として独立できたら、自分なりの持ち味を出そう」

とも考えていた。

そのひとつとして実行したのが、この小説に書いた立花宗茂への行為である。立花宗茂は、

関ヶ原の合戦のときにはためらうことなく石田三成に味方した。石田三成に味方したというよりも、

「自分を引き立ててくれた故豊臣秀吉公の恩に報いよう」

ということだ。だからかれは、大津城攻略ののちに大坂城へ赴いたときに、秀頼や総大将の毛利輝元にせまって、

「秀頼公にご出馬を願いたい」

と何度も頼んだ。秀頼さえ出馬すれば、かならず徳川家康に味方している豊臣系大名のほとんどがひっくり返って、今度は石田三成の味方をするだろうと思ったからである。が、秀頼は出馬しなかった。毛利輝元も出陣しなかった。

わたしが立花宗茂に関心をもったのは、戦国時代に権謀術策をこととし、ともすれば、

「力の強い実力者」

に傾きがちな、いわば〝風にそよぐ葦〟のような戦国大名の中にあって、最後まで、

「恩のある豊臣家に尽くし抜く」

と筋を通した美学に胸を打たれたからである。宗茂が筋を通したのは、何も秀吉に対してだけではない。九州の一角に陣取ったかれは、はじめから大友家一筋に尽くし抜いた。薩摩の島津氏がいきおいを得て九州中を席捲し、九州全土をほとんどおのが制圧下におさめようとしたときも、宗茂は実父の高橋紹運や養父の立花道雪とともに、最後まで大友家のために戦い抜いた。このガンコといっていいようないわゆる、

「日本人の心」

のつらぬきかたに、一種の清涼剤を感じたのだ。関ヶ原の合戦に敗北し、城と領地を取られ、家臣全員を失業させたということは、現代企業でいえば、

「トップである社長の選択の誤りと、事業の失敗」

である。しかしその後の主従の生き方がおもしろい。家来たちはそんな主人を少しも恨まずに、逆に内職に精を出しては失業した主人を養うのである。もっともおかしいのは、そのうえに宗茂が平然と乗っていたことだ。この点、こういう宗茂を、

「坊ちゃん気質だ」

といい捨てるのは易い。しかしこれはなかなかできることではない。部下の苦労を知りながらも、平然と養われるということは、それなりに宗茂の、

「品性」

が良質だったことを物語る。

バブル経済の崩壊後、日本では、

「日本式経営はもうダメだ」

とか、

「日本式発想をすべてあらためよう」

などという、いわば数字にあらわれた実績だけを重んずる風潮が、しきりにまかり通っている。はたしてこれでいいのだろうか。日本人には日本人の美点がある。美風もある。わた

しは、

「どんなに社会状況が変化しようとも、日本でうつくしいとされているものは、最後まで守らなければならない。また守るべきだ」

という、

「不易流行」

の考え方に賛成だ。不易流行は松尾芭蕉がいい出したことで、不易というのは、

「どんなに世の中が変わろうと、ぜったいに変わらないもの、あるいは変えてはいけないもの」

のことをいう。流行というのは、

「目まぐるしく変化する社会に的確に対応していくこと」

のことをいう。秀忠が宗茂に発見したのは、この〝不易流行の精神の活用者〟としての素質である。つまり、宗茂は一見不易を守り抜いているようにみえるが、決してかたくななガンコ者ではない。かれは博多を管理する大友家の代官として立花城にいた。したがって、いまでいうグローバリズムあるいは国際感覚にも秀でていた。

「外をしっかり見定めながら、足もとを固めていく」

という精神をもっていた。秀忠が宗茂に発見したのはこういう特性である。秀忠は、

「父には到底かなわぬ。しかし自分なりの能力を発揮するのは、やはり日本の諸所にいる人材を発見し、登用することだ。それがたとえ父に敵対した者であってもさしつかえない」

わば、と、関ヶ原合戦のときに家康に背いた者の再登用もあえておこなったのである。これがい

「秀忠らしさ」

だ。秀忠は、いってみれば、

「自分の琴線に触れるもの」

を大切にした。だからこそ、立花宗茂を旧領地に、前とほとんど同じ石高をもって戻してやったのである。こんなことは例がない。全国の大名がアッと目をみはった。しかし秀忠の評価は高まった。同時に、

「立花宗茂なら、そうされるのが当然だ」

という宗茂への評価もあらためて再認識された。

この小説で書きたかったのは、

「失われつつある日本的美風のたしかさ」

というモチーフだ。日本式経営の中でアメリカ人が称賛する、

「うちの」

という思想である。アメリカ人が称賛するのは、

「日本の働き手は、トップから末端に至るまで〝うちの〟ということばをよく使う。うちの会社、うちの社長、うちの社員、うちの製品、うちのサービス、などだ。これは日本の働き手が、上から下まで一艘の船に乗っていることを物語る。トップは船長、そしてそれぞれの

漕ぎ手は、オールをもって船を漕いで岸辺に向かっている。岸辺というのは、客のため、住民のためというものだ。そんな美風をもった国はどこにも見当たらない。日本のまねをすべきだ」

ということだ。立花宗茂とその家臣は、まさしくこの〝うちの〟思想の実現者だ。日本式経営の崩壊を嘆きつつも、なおそのなかに美風を発見し、かたくなに守り続けている日本の働き手たちに、なにがしかの勇気と励ましになれば、立花宗茂も柳川の泉下から、きっと手を拍ってよろこぶにちがいない。

童門冬二

解説——筋を通した武将の美しさ

長谷部史親（文芸評論家）

何につけても筋を通そうとする姿勢が求められるのは、今も昔も変わりはない。しかしながら現実問題として、しばしばそれが困難を伴うのもたしかである。いくら筋を通したくとも、いくたの障壁に阻まれたあげく、思いもよらぬ方向へそれてしまう場合だってあろう。あるいは筋を通すことが、かえって悪い結果を招きそうだとの判断のもとに、自らの意志で転進を選択するケースがないとはいえない。つまりは、ただやみくもに筋を通せばいいのではなく、どのように筋を通すかが問われるのではなかろうか。

日本では武家層の支配する時代が、明治維新のころまで存続した。ただし徳川幕府の治世下における武士の大半にとって、つねに腰に大小を帯びたり武芸の稽古にはげむことはあっても、戦場に活躍の舞台が用意されたわけではない。大きな戦とは無縁な世の中が二百数十年も続き、もはや刀を手にじっさいに闘う機会が激減した武士たちは、ある意味では形骸化の一途をたどり、またある意味では理念の中で先鋭化していったともいえる。そして武士こそは、筋の通った生き方をしなければならない存在であった。

その武士が文字どおり戦闘のための人間だったのは、やはり戦国時代までのことであろう。あくまでも幕府の推移という観点からは、室町時代が終わった後に続くのは江戸時代になるわけだが、将軍家だった足利氏の権威失墜とともに、世は群雄が割拠する戦乱の時代へと突入していた。この戦国時代の間に頭角をあらわした織田信長が志半ばに明智光秀に討たれ、その光秀を討った豊臣秀吉が天下統一へ駆け上った短い期間を安土桃山時代と呼んで区切ることもあり、とくに文化史的側面からは大いに意義がある。

ともあれ室町時代の後期から江戸時代の初期までが戦国時代に相当し、そのまっただ中に安土桃山時代がくるみこまれているとでも考えればよかろうか。それぞれの武士にとって戦国時代とは、まさに生き残りをかけた激動の場であった。天下分け目の関ヶ原合戦において、東軍と西軍のどちらに加わるか迷ったり、ときには裏切りとも見なされる予想外の行動に走った者が少なくなかったとおり、いかに武士としての筋を通すかが複雑に入り組む一方、栄光と挫折が背中合わせになった苛烈《かれつ》な時代だったともいえる。

本書『全一冊 小説 立花宗茂』の主人公は、先に挙げた信長や光秀や秀吉はもちろん、武田信玄や上杉謙信といった名だたる武将たちにくらべると、一般的にはいくぶんなじみが薄いかもしれない。しかしながら立花宗茂は、とかく筋の通しにくい戦国の世を生き抜きつつ、みごとなまでに自身の筋を通して見せたのみならず、数々の華麗な武勲を立てることに成功した。関ヶ原合戦で西軍に加担したせいで、しばし浪々の生活を味わいながらも、ついに以前の領地に返り咲いた点でも稀有の武将なのではあるまいか。

本書の物語は関ヶ原合戦が終わり、立花宗茂が領地を追われた状態で幕を開ける。幸いにも過去のよしみで、加藤清正から居城に迎えてもらえた。だが家臣団の大半は離散を余儀なくされたし、いつまでも加藤清正の好意に甘えて厄介になるのも具合が悪い。そこで宗茂は、連れてゆく家臣を絞りこんだ上で、京都への移転を決意した。京都へ行けば、今後の世の中の動向が見えてくるだろうと思ったからである。とはいうものの本人に収入の道はなく、家臣たちの地道な労働に支えられるありさまだった。

ここから物語は、一気に往時へとさかのぼってゆく。もともと宗茂は、大友氏の家臣で筑後の武将となった高橋紹運の長男として生まれた。そのまま家督を継ぐものと期待されたが、同じく大友氏に仕える立花道雪に男児がなく、優良な資質を見こまれて娘の婿というかたちで養子に入る。幼児から実父の薫陶を受けて育った宗茂は、さらに養父や勝ち気な妻、そして家臣たちにも鍛えられて成長を遂げ、巨大な存在だった道雪が数年後に死んだときには、すでに周囲の信頼を十二分にかちえていた。

宗茂の生年には諸説あって、有力なものでも永禄十年と永禄十二年の二説が唱えられているが、本書では永禄十年（一五六七）説のほうを採用している。道雪の娘と結婚したのが十五歳になる天正九年（一五八一）で、道雪の死にともない遺領を継いだのは四年後の天正十三年であった。十代の若さで一国一城の主を任されるのは、現代の感覚ではともかくとしても、戦国時代の武家においては格別に珍しいことではない。それでも宗茂の場合は、一家を束ねるに足るだけの風格をそなえていたものと想像される。

　高橋紹運や立花道雪が仕えた大友氏は、一時期は九州の過半に勢力を誇る有力な大名であった。ところがキリシタン大名として知られた宗麟のころになると、徐々に衰退への道を歩み始めてしまう。代わって力をつけた島津氏が薩摩方面から攻め上がり、以前から大友氏と反目していた諸将の圧力もあって、宗茂が城主となったときには大友氏の命運は風前の灯であった。最後まで大友氏に殉ずるつもりでいた宗茂にとって、すんでのところで強力な援軍となったのが、豊臣秀吉の軍勢による九州征伐である。

　衰退しつつある大友氏の窮状を察知し、機敏にくら替えをはかる者が多かった中でも、宗茂やその実父の紹運らは一貫して大友氏の忠実な家臣であり続けた。これが彼らにとって、正しい筋の通し方だったのである。やがて秀吉が新たな主君に定まると、宗茂の忠誠心はもっぱら秀吉に捧げられることになった。秀吉の死後、関ヶ原合戦によって天下の雌雄が決定されようとしたとき、亡き秀吉の恩義に報いるために西軍に加わったのは、宗茂にしてみれば選択の余地のない当然の行動だったのである。

　関ヶ原合戦が決着を見た後に、徳川家康は自身に敵対した者に厳格な処分を下した。むろん宗茂も例外ではなく、先に記したとおり所領のいっさいを没収され、家臣ともども無一物の身に陥っている。西軍に加わった武将たちは、多かれ少なかれみな辛酸をなめるとともに、ほとんどが再浮上の機会に恵まれなかった。しかるに宗茂は大名の地位に復したのみならず、もとの所領に戻ることができている。これはいったいどうしてなのかが、いわば本書の最大のポイントであり、興味を誘われる部分ではなかろうか。

いうまでもなく本書は、歴史上の人物の事蹟を題材に、史実にもとづいて構築されてはいるものの、何はともあれ「小説」である点に留意しなければなるまい。過去の出来事を正確に把握するには、同時代に記録された史料の検分が不可欠だが、複数の史料の間にささいな食い違いが見られたり、ときに大きな矛盾が生じていることさえある。現在でも、ある特定の人物への評価が人によってまちまちなように、同じ出来事について記録するにしても、それぞれの立場に応じて異なる側面があるからにほかならない。

あたかも裁判官が、互いに矛盾し合う複数の証言をもとに、法理に照らして妥当な線を見いだすのにも似て、歴史学者の仕事は史料を取捨選択したり、史料に矛盾が生じた原因を探りつつ解釈を深めることによって、ひとつひとつの事実を確認してゆく作業だともいえる。有力な史料が見つかった部分に関しては、ある程度のことが解明できる一方、的確な史料が存在しないか見つかっていない部分に関しては、たぶんそうであったとしかいいようがないし、憶測だけを頼りに大胆な新説を打ち出すわけにはいかない。

かたや小説においては、史料が明確に語ってくれない部分を、豊かな想像力で補って鮮やかに再現することが可能になる。文献の裏づけのある史実に束縛されることなく、歴史の闇の中へ大胆に踏みこんで、そこから普遍的な真実をつかみとって見せるのが、いわば歴史小説の意義であり面白さでもあろう。そしてここで重要な点は、作者が歴史の諸相をもとにどのような哲学を紡ぎ出し、読者に伝えようとしているかである。はたして童門冬二氏は、立花宗茂の生涯のどのあたりに着目し何を感じたのであろうか。

まずは何度も書いたように、つねに武士としての筋を通したことに象徴される宗茂の姿勢の美しさにちがいあるまい。いかに誇り高き武士でも、目先の損得勘定に機敏に反応する者の多かった時代だからこそ、宗茂の凜《りん》とした筋の通し方は光芒を放つ。作中でもふれられているとおり、宗茂は戦術面でもすぐれていたわけだが、それだけでは家臣たちを掌握し統率するのはむずかしい。やはり何ら恥じることのないまっすぐな生き方が、領主としての力の源泉となり、遠く離れた豊臣秀吉の信頼すらかちえたように思う。

それに関連して、宗茂が家臣たちに慕われている点を挙げておきたい。中には義父の道雪のころから仕えている家臣もいるのに、他家から養子に入った宗茂は彼らの心もしっかりとつかんでしまった。自身のゆるぎない姿勢に加えて、家臣ひとりひとりに目を配り、温かく接し続けたたまものであろう。これはひいては領地全体にもおよび、宗茂は領民からも愛された。宗茂が旧領に返り咲いた後の柳河藩（現在の福岡県柳川市一帯）が安定して栄え、立花家が明治維新以降も連綿と存続したのはその証左といえる。

もうひとつ挙げるなら、本書では徳川二代将軍秀忠の存在性に、あらためて光を当てた点に注目しておきたい。家康は存命中に征夷大将軍の地位を秀忠に譲り、駿府に隠居したまま江戸を動かしたといわれ、あたかも秀忠が家康の操り人形のようにも見えるが、その秀忠が宗茂を気に入って側に置き、家康の物故を待つように宗茂の復権に力をそえたところなど、秀忠には秀忠なりに独自の内政の才があったという解釈が見逃せない。

平易な表現で一気に楽しく読めると同時に、丹念な取材と深い含蓄を背景とした本書はもちろんのこと、童門冬二氏には他にも歴史上の人物像に着目した作品がたくさんある。本文庫でも『全一冊 銭屋五兵衛と冒険者たち』『全一冊 小説 伊藤博文』『全一冊 小説 新撰組』『全一冊 小説 平将門』『全一冊 小説 二宮金次郎』『全一冊 小説 蒲生氏郷』『全一冊 小説 直江兼続』『全一冊 小説 上杉鷹山』等々豊富に刊行されているので、ぜひとも併せて読んでいただきたいと願ってやまない。

鑑賞――生き生きと描かれる「組織と人間」

佐木隆三（作家）

　童門冬二さんの歴史小説の魅力は、「やさしくてわかりやすい」ことだろう。その「やさしさ」は、人間を見る目のあたたかさで、かみ砕いた文章が「わかりやすい」。これを真似ようとしても、なかなかできない芸当だから、やはり素晴らしいのである。

　わたしは中学一年生のときから福岡県で暮らして、十八歳で八幡製鉄所に就職した。けっこう旅行が好きで、日帰りか一泊で福岡県内を回り、柳川市へもだいぶ足を運んでおり、立花宗茂の名前は知っている。しかし、これほど魅力的でおもしろい人物であることに、『全一冊　小説　立花宗茂』を読むまで、ほとんど気づかなかった。

　ハイライトは、江戸へ出て虚無僧をしていた十時摂津《ととときせっつ》（元柳河藩の家老）が、三人のならず者に斬り込まれて、いわば正当防衛で一瞬にして倒す場面である。この小説では数々の戦闘シーンが描かれるが、わたしには最も印象的だった。失業した大名の立花宗茂を養っている家来が、武士の本性を発揮して、三人を殺害してしまうのだ。

る。

徳川家康は、江戸の町づくりで天下に号令をかけ、建設ブームが起きていた。戦国時代は終わりを迎えて、平和な時代を築かなければならない。いかに正当防衛とはいえ、三人も殺害してしまえば、ただで済まないのではないか。そう思ってわたしは、ドキドキしたのである。

江戸町奉行所で十時を取り調べた役人は、三人を斬り倒した虚無僧が、柳河藩の元家老と知って驚く。その主人は、関ヶ原の合戦で徳川家康に敵対し、石田三成に味方して領地を失った、浪々の身の立花宗茂で、いまは江戸の寺で暮らしているという。役人が町奉行に報告したところ、「敗軍の将が江戸に潜んでいるのでは放っておけない」と、さっそく年寄りに相談した。

なにしろ家来が、かつての大名を虚無僧や日雇い仕事で養っている。これが話題にならないはずはなく、主従にツキが回ってきて、立花宗茂は家康の後継者である秀忠の「お相伴《しょうばん》衆《しゅう》」をつとめるのだから、こんなドラマチックな展開はない。そうして秀忠に見込まれた立花宗茂は、東北地方の一万石の領地を与えられて、やがては九州の柳河藩主に返り咲く。

「江戸時代というのは、いろんな面白いことがあったんだなぁ」

わたしは読みながら、ときどき涙で頬を濡らした。まもなく古希を迎えるけれども、小説を読んで涙を流すなんて、久しぶりのことだった。いつも凶悪事件の裁判を傍聴取材して、百回以上も死刑判決を聞き、心がすさんでいるからだろうか。虚無僧姿で尺八を吹き鳴らし、ならず者を三人も倒して、主人に運をもたらす殺人事件など、今日ではありえない「美談」である。

豊臣秀吉は「九州には忠義な武士が多い。九州は義の本場だ」と感嘆していたという。その手本が、若き日の立花宗茂で、秀吉の取り立てを受けた。関ヶ原の合戦では、「恩のある豊臣家のために死力を尽くそう」と、石田三成側について敗れ、柳河十三万石を没収されて主従は失業者になった。

このとき熊本城の加藤清正が、「ご家臣も一緒にどうぞ」と誘ってくれたから、百三十人ほどが熊本で世話になった。秀吉が朝鮮へ出兵して、自らは伏見城で病死した。このため五大老が撤兵を命じたが、加藤清正は明軍と朝鮮軍に包囲され、窮地におちいった。それを知った立花宗茂は、「友軍を見殺しにするわけにはいかない」と、引き揚げ命令が出ていたのに加藤清正の救出に向かったから、恩義を感じていたのである。

『全一冊 小説 立花宗茂』は、「義」をテーマにした作品でもある。わたしたち現代人は、ともすれば「義」を忘れて、「利」に走ることが多い。六本木ヒルズの住人たちによる「ライブドア事件」や「村上ファンド事件」などを見ていると、インサイダー情報を巧みに操りながら、「同盟」を結んだように見せかけ、土壇場で裏切っている。

もとより戦国時代も、「一所懸命」の武家集団が、下克上でしのぎを削り、非情な行為におよんでいる。しかし、そういう武将たちに対して、童門冬二さんは関心がないようだ。いや、関心がないはずはないけれども、そんな手合いにあまり筆を割く気になれない。おそらくそういうことなのだろう。

本書の「謀臣本多正信」に、次のような記述がある。

＊　＊

不遇な経験は人間の成長にとって肥料になる。とくに、

「毎日こんな苦しみを味わうくらいなら、いっそのこと死んでしまいたい」

というような極端な立場に追い詰められた人ほど、その苦しみを自分の心にしみ込ませる。

が、こういう経験を送った人のその後の生き方はふたつの大きな道に分かれる。

ひとつは、

「自分があんな苦しい思いをしたのは世の中のせいだ。世の中に復讐してやろう」

と、個人の経験を社会への報復の動機にする人間だ。だからこういう人は世の中を憎み、他人を恨み、むかし味わった屈辱感やひがみをバネにして、憎悪のオニとなって生きていく。

もうひとつはそうでなく、

「自分が味わったような苦しみは、絶対に他人に味わわせてはならない」

として、その経験を分析し、

「こういう場合にはこうすべきだ」

と苦しむ人の立場に立って、

「希望を持って生きていこう」

という励ましをおこなうような型の人間だ。

柳河藩の家老だった十時摂津が三人のならず者を切り殺したとき、町奉行の報告を受けて興味を示したのが、江戸の町づくりの総監督をつとめていた本多正信だった。かつては徳川家康に背いて、三河で起きた一向一揆に加担し、鎮圧されると北陸地方を放浪した。しかし、能力のある人物なので家康に許されて、二代将軍になる秀忠の養育係に任ぜられていたから、立花宗茂を「お相伴衆」に取り立てた。こういう人事が、実際にあったことに、わたしなどは驚きを覚える。

家康は警戒して、立花宗茂を必要以上に取り立ててはならないと秀忠に告げるが、その忠義に感服して遺訓に背き、柳河藩主に復帰させる。もし本多正信が、浪々の身の元大名を寺に訪ねて、現在の心境などを探らなかったら、こういう展開はなかった。そのことを思うと、歴史とは人間のドラマであると、改めて気づかされるのである。

童門冬二さんは、東京都庁に勤務していたころ、美濃部都政を中枢で支えたことで知られる。その当時の豊富な経験が、退職後の文筆活動に生かされている。こういう作家は、日本に二人といないはずである。ここに童門冬二さんの創作の秘密を、垣間見ることができる。歴史的な事実は史料で知ることはできるが、小説は人間の物語だから、豊富な経験がなければ、生き生きとした「組織と人間」を描けない。

もとより公務員には、退職後も守秘義務があるから、わたしなどが「どんな人事が都庁であったのですか?」と質問しても、答えてもらえるはずがない。とはいえ、数々の修羅場をくぐり抜けてきた人だから、このように筆が冴えるのだろう。

実際にお目にかかる童門冬二さんは、穏やかな笑顔でやわらかな語り口である。そうして自分について多くを語らず、人の話を聞くのが上手である。

こんなことを書けば支障があるかもしれないが、わたしの知る小説家の多くは二癖も三癖もあり、とても鼻っ柱が強く、「おれが、おれが」と自慢話が好きだ。本人は「一国一城の主」のつもりで、個人事業主としてライバルと熾烈に戦い、自分と家族の生活を支えているのだから、こういういびつな性格になるのはやむをえない(と、わたしなどは弁明している)。

しかし、あまり調子に乗って自慢話をすれば、この歴史小説に登場する、自分のことしか考えない人物のモデルにされかねない。史料に残るエピソードから、人物像を描くときなど、「そうか、あの男に似ているな」と、身近な知人のことなどを思い出し、そのいやらしい表情などに重ねて書くのは、小説家のよくすることである。

先述したように、凶悪事件の裁判を傍聴取材して、まさに「自分があんな苦しい思いをしたのは世の中のせいだ。世の中に復讐してやろう」と他人を恨み、恐るべき犯罪を起こす男女を、いやというほど見てきた。法廷ではしおらしく振る舞い、無罪を主張したり、刑罰を軽くしてもらおうと、他人のせいにする輩が多い。

わたしなどは結果として、自分で選んだ方法だから、死ぬまで犯罪小説を書いていくしかない。とはいえ、「自分が味わったような苦しみは、絶対に他人に味わわせてはならない」と、苦しい人の立場に立つような主人公も登場させたい。けれども、とてもできない相談なので、童門冬二さんの歴史小説を読み、人生の糧にしたいと願う。

立花宗茂　年譜――（細谷正充・編）

永禄十年（一五六七）
この年、豊後国国東郡筧に生まれる（十二年誕生説あり）。父は大友宗麟配下の武将・高橋紹運（鎮種）。母は大友家の重臣・斉藤鎮実の娘（妹説あり）。幼名、千熊丸。その後、統虎・宗虎・親成・尚政・政高・俊正を経て、宗茂を名乗る。弟・統増（後に直次）と、四人の姉妹がいたという。

永禄十二年（一五六九）
この年、紹運が高橋家を継ぐ。筑前国御笠郡の岩屋城に移る。

元亀二年（一五七一）
七月、宗麟配下の武将・戸次道雪（鑑連）、城督として筑前立花城に入る。

天正三年（一五七五）

永禄十年十月　松永久秀、奈良東大寺大仏殿を焼く。

永禄十一年九月　織田信長、室町十五代将軍足利義昭を奉じて上洛。

元亀二年九月　信長、比叡山延暦寺を焼き討ち。

天正元年四月　武田信玄、病により死去。七月、室町幕府滅亡。

天正二年九月　信長、伊勢長島の一向一揆衆を大量虐殺。

五月、道雪から家督を譲られた誾千代、立花城の女城主に。

天正六年（一五七八）

十二月、肥前の龍造寺隆信らが、立花城・宝満城等を攻める。この戦いで、宗茂が初陣を飾ったといわれる（初陣の年には諸説あり）。

天正九年（一五八一）

九月、宗茂、道雪の養嗣子となる。十一月、道雪・紹運、秋月氏と戦う（潤野原合戦）。

天正十年（一五八二）

十一月、立花城で御旗・御名字の祝いをする。名字を戸次から立花に改める。

天正十二年（一五八四）

七月、御笠郡に出陣。

天正十三年（一五八五）

九月、道雪が陣中で死去。

天正三年五月　信長と徳川家康の連合軍、長篠に武田勝頼を破る。八月、信長、越前の一向一揆衆を大量虐殺。

天正五年十月　久秀、信長に叛旗を翻して敗死。羽柴秀吉、中国地方攻めに出陣。

天正六年十一月　大友宗麟、耳川の戦いで大敗する。

天正十年三月　信長・家康の連合軍に武田軍、撃破される。勝頼、天目山で自刃。武田氏滅亡。六月、信長、明智光秀の謀反により、本能寺で殺される（本能寺の変）。その後、光秀は羽柴秀吉との山崎の合戦に破れ、敗走中に小栗栖の領民に殺された。

天正十四年（一五八六）
六月、島津義久、大軍を率いて九州を北上。七月、島津軍の攻撃を受け、岩屋城落城。城を守っていた紹運が戦死する。宗茂の母は落飾し、宋雲尼を名乗る。八月六日、宝満城が落城。統増と宋雲尼が、島津軍に捕えられる。その後、島津軍は宗茂が守る立花城を包囲する。同月二十四・二十五日、島津軍撤退。宗茂は島津方の高鳥居城を攻める。

天正十五年（一五八七）
四月、豊臣秀吉に島津攻めの先鋒を命じられる。薩摩国川内の手前で、救出された統増と対面する。六月、秀吉から筑後三郡を与えられる。山門郡柳河を城地とする。九月、宗茂、一揆平定のため、肥後南関に到着。十二月、一揆衆の籠った田中城が落城。隈部親永は降伏した。

天正十六年（一五八八）
五月、預けられていた親永らを、柳河城下で討ち取る。その

天正十四年（一五八六）島津軍との交戦で岩屋城は陥落。紹運以下七百数十名が戦死した。

天正十一年四月　秀吉、賤ヶ岳で柴田勝家を破る。勝家は北庄城で自刃。

後、上洛。七月、従五位下、侍従に任じられる。

天正十八年（一五九〇）

六月、陣中見舞いのため、小田原に向かう。八月、柳河に戻る。十月までに妻を伴い大坂に向かい、しばらく滞在した。

天正十九年（一五九一）

この年、名護屋城普請に従事するため、名護屋に向かう。

文禄元年（一五九二）

三月、朝鮮攻めのため、第六軍に編入され、軍役二五〇〇を課される。その後、渡海し、朝鮮を転戦する。

文禄二年（一五九三）

六月、包囲に参加していた、晋州城落城。その後、朝鮮半島南岸に城を普請し、在番する。

文禄四年（一五九五）

九月、日本に帰国。十月、伏見で秀吉に拝謁。十一月、大坂を発し、十二月に柳河に戻る。

天正十三年七月　秀吉、関白となる。

天正十四年三月　宗麟、大坂城に赴き、秀吉の救援を乞う。十二月、秀吉、太政大臣となる。豊臣姓を賜る。

天正十五年三月　秀吉、島津征伐のため九州に出陣。五月、宗麟、死去。島津義久、秀吉に降伏する。六月、秀吉、九州を平定して、博多を楽市とする。八月、肥後で検地に応じなかった隈部親永に国人衆が付き、一揆が起こる。秀吉は小早川秀包を総大将にして、一揆平定のため、筑後・肥前の諸将を肥後に向かわせた。十月、秀吉、北野で大茶会を催す。

慶長元年（一五九六）
五月、上洛する。十月、丸目蔵人から剣術免許を受ける。

慶長二年（一五九七）
七月、渡海して釜山城に入る。九月、釜山城を出る。十二月、固城に駐留。

慶長三年（一五九八）
十二月、博多に到着。大坂に赴き、小西行長・島津義弘らと伏見に上がる。

慶長五年（一六〇〇）
七月、西軍に加わる。八月、大津城を包囲。九月になって大津城城主の京極高次が降伏する。関ヶ原で西軍敗北を知り、大坂城籠城を説くが入れられず、柳河に帰国。十月、九州の東軍と敵対し、鍋島軍と交戦（江上の合戦）。その後、黒田如水・加藤清正との間に和睦成立。柳河城を開城する。十一月、如水の下で、島津攻めの先鋒を命じられる。十二月、家康への釈明のため大坂に向かい、黒田長政と面談する。

天正十八年三月　秀吉、北条征伐のため小田原に出陣。七月、北条氏、秀吉に降伏。八月、家康、江戸城に入る。
天正十九年九月　秀吉、朝鮮出兵を諸武将に命じる。十二月、豊臣秀次、関白となる。
文禄元年三月　日本軍、朝鮮へ出兵（文禄の役）。
慶長二年一月　日本軍、再び朝鮮へ出兵（慶長の役）。
慶長三年八月　秀吉、死去。同月、朝鮮滞陣の軍、日本への引き揚げが始まる。
慶長五年六月　家康、上杉討伐に出陣。七月、石田三成ら西軍挙兵。九月、関ヶ原で東西対決。東軍の勝利に終わる。

慶長六年（一六〇一）
この年、加藤家領地の肥後高瀬に仮寓。七月、上方に赴き、家康に拝謁する。

慶長七年（一六〇二）
十月、誾千代、肥後玉名郡腹赤村で死去。

慶長十一年（一六〇六）
九月、江戸に出て、二代将軍徳川秀忠に拝謁する。その後、奥州棚倉に領地を与えられた。

慶長十五年（一六一〇）
二月、秀忠に従い、駿府に行く。七月、加増を受け三万石になる。これを機に名を宗茂と改めた。九月、棚倉に戻る。

慶長十六年（一六一一）
四月、実母宋雲尼、死去。

立花山全景。慶長六年（一六〇一）に福岡城が築かれ立花城は廃城となった。

慶長十七年（一六一二）
六月、由布雪下（荷）、奥州で死去。七月、直次に四男が誕生。宗茂は、これを嗣子とする（後の忠茂）。

慶長十九年（一六一四）
十月、直次、五千石を与えられる。十一月、宗茂、徳川軍の一員として大坂冬の陣に参戦。

元和元年（一六一五）
四月、大坂夏の陣に参戦。

元和二年（一六一六）
二月、棚倉に戻る。十二月、秀忠のお相伴衆となる。

元和三年（一六一七）
七月、直次、死去。

元和六年（一六二〇）
十一月、柳河への再封が決定する。

慶長八年二月　家康、征夷大将軍となり、江戸幕府を開く。
慶長九年三月　黒田如水、死去。七月、徳川家光、誕生。
慶長十年四月　家康、秀忠に将軍職を譲り、大御所となる。
慶長十六年一月　島津義久、死去。六月、加藤清正、死去。
慶長十九年十月　徳川軍、大坂城を攻撃。十二月に城の外郭取り壊しを条件として和睦となる（大坂冬の陣）。
元和元年四月　徳川軍、再び大坂城を攻撃。五月、大坂城落城し、秀頼・淀君、自刃。これにより豊臣氏は滅亡した（大坂夏の陣）。
元和二年四月　家康、死去。六月、本田正信、死去。

元和七年（一六二一）
二月、筑後に入り、柳河城を受領する。
元和八年（一六二二）
十月、江戸に出て、秀忠に御礼言上。十二月、忠茂、元服して左近将監を名乗る。宗茂は飛驒守と改める。
元和九年（一六二三）
五月、秀忠に従い上洛。八月、柳河に帰国。
寛永元年（一六二四）
五月、江戸へ向かう。この年は、江戸で越年。翌二年は在府して、秀忠・家光に近侍する。
寛永三年（一六二六）
一月、帰国。五月、大坂を経て京都に入る。十月、秀忠に従い江戸に。翌四年は在府して秀忠・家光に近侍。
寛永五年（一六二八）
四月、家光に従い日光社参。

柳河城跡。城は残念ながら明治五年（一八七二）、失火により焼失した。

寛永六年（一六二九）
この年、江戸下屋敷の普請が始まる。七月頃、上屋敷から下屋敷に移る。

寛永七年（一六三〇）
十二月、忠茂、下総古河の大名・永井尚政の娘と結婚。

寛永十一年（一六三四）
三月、忠茂と共に、家光に拝謁。七月、家光の上洛に従う。八月、家光に従い、江戸に戻る。九月、家光に従い日光社参。十月、江戸城手伝普請で石垣調達等の指示を出す。

寛永十三年（一六三六）
四月、家光の日光社参に従う。

寛永十四年（一六三七）
十二月、忠茂、原城に到着。立花軍が中心となり、原城三の丸を攻撃する。

柳川市は掘割が縦横に走り、川下りが楽しめる。

元和五年五月　秀忠、上洛。
元和九年七月　秀忠、徳川家光に将軍職を譲る。八月、黒田長政、死去。

寛永十五年（一六三八）
一月、家光、宗茂ら九州の諸大名に、原城討伐命令を下す。二月、江戸から原城に向かった宗茂、着陣する。三月、柳河に戻る。五月、江戸に戻る。下屋敷を訪れた家光から、粟田口則国の脇差を拝領する。十月、隠居を許される。法体となり立斎と号する。

寛永十六年（一六三九）
七月、家光、宗茂の下屋敷を再訪する。八月、宗茂、江戸城大廊下で、鍋島直茂・黒田忠之らと共に、異国船来航時の措置について申し渡しをされる。九月、家光の品川東海寺の御成に従い、杖を拝領する。

寛永十七年（一六四〇）
この年頃から、徐々に体調悪化。六月、宗茂老体を理由に、忠茂の在府が許される。十二月、家光、見舞いの使者を送る。

寛永十八年（一六四一）
一月、忠茂、従四位下に任じられる。六月、忠茂、在府の再延長を願い出る。八月、宗茂、眼病が悪化。

寛永三年六月　秀忠、上洛。七月、家光、上洛。
寛永九年一月　秀忠、死去。
寛永十一年七月　家光、上洛。
寛永十四年十月　島原・天草の切支丹農民による一揆が起こる（島原の乱）。
寛永十五年一月　島原の乱に上使として派遣された板倉重昌、戦死する。二月、島原の乱、平定される。

寛永十九年五月　幕府、譜代大名にも参勤交代を命じる。

寛永十九年（一六四二）

五月、忠茂、帰国する。七月、宗茂、この頃より床に着く。十一月二十五日、死去。戒名、大円院殿松蔭宗茂大居士。遺体は江戸下谷広徳寺に葬られた。

年譜は諸資料に基づくもので、創作である『全一冊　小説　立花宗茂』とは異なる点があります。

参考文献＝『立花宗茂』中野等（吉川弘文館）／『立花宗茂』河村哲夫（西日本新聞社）／『大友宗麟』外山幹夫（吉川弘文館）／「立花道雪」岩井護「歴史読本」１９９３・７月号（新人物往来社）／「立花家十七代が語る立花宗茂と柳川」(http://www.muneshige.com/index.html)

写真提供／福岡市東京事務所／太宰府市／柳川市

この作品は二〇〇一年五月、学陽書房人物文庫より
刊行された『小説　立花宗茂　上・下』に拠りました。

集英社文庫

童門冬二の全一冊シリーズ

好評発売中

全一冊 小説 上杉鷹山《うえすぎようざん》

民を思い、組織を思い、国を思った稀有の人物・上杉鷹山。九州の小藩からわずか十七歳で上杉家の養子に入り、米沢藩の財政を建て直した名君の感動の生涯。

全一冊 小説 直江兼続《なおえかねつぐ》 北の王国

上杉謙信、景勝の二代にわたって仕え、「越後に兼続あり」と秀吉をもうならせた智将・直江兼続。戦乱の世を豪胆に駆けぬけたその戦略と生き方を描き出す巨編。

集英社文庫

全一冊《ぜんいっさつ》 小説《しょうせつ》 立花宗茂《たちばなむねしげ》

2006年12月20日 第1刷
2019年7月14日 第6刷

定価はカバーに表示してあります。

著者 童門冬二《どうもんふゆじ》

発行者 徳永 真

発行所 株式会社 集英社
東京都千代田区一ツ橋2-5-10 〒101-8050
電話 【編集部】03-3230-6095
【読者係】03-3230-6080
【販売部】03-3230-6393(書店専用)

印刷 図書印刷株式会社

製本 図書印刷株式会社

フォーマットデザイン アリヤマデザインストア マークデザイン 居山浩二

ISBN978-4-08-746106-0 C0193